DESEO

AF274839

SARA ORWIG

EL HIJO
DE OTRO

HARLEQUIN™

Editado por Harlequin Ibérica.
Una división de HarperCollins Ibérica, S.A.
Avenida de Burgos, 8B - Planta 18
28036 Madrid

© 2024 Harlequin Ibérica, una división de HarperCollins Ibérica, S.A.
N.º 543 - 25.7.24

© 2003 Harlequin Books S.A.
El hijo de otro
Título original: Entangled with a Texan

© 2003 Harlequin Books S.A.
Encerrados con el deseo
Título original: Locked Up with a Lawman

© 2004 Harlequin Books S.A.
El recuerdo de una noche
Título original: Remembering One Wild Night
Publicadas originalmente por Harlequin Enterprises, Ltd.
Estos títulos fueron publicados originalmente en español en 2006

I.S.B.N.: 978-84-1074-013-6
Depósito legal: M-11932-2024
Impreso en España por: BLACK PRINT
Fecha impresión para Argentina: 21.1.25
Distribuidor exclusivo para España: LOGISTA
Distribuidor para México: Distibudora Intermex, S.A. de C.V.
Distribuidores para Argentina: Interior, DGP, S.A. Alvarado 2118.
Cap. Fed./Buenos Aires y Gran Buenos Aires, VACCARO HNOS.

Capítulo Uno

La intuición le dijo que algo iba mal. La última vez que se había sentido así fue diez minutos antes de ser derribado por un francotirador en tierras lejanas.

A pesar de la buena comida y la fantástica compañía, David Sorrenson se removió en la silla, inquieto; no le gustaba la sensación que tenía. Intentó dejarla de lado como ridícula. Estaba en casa y a salvo, no tenía por qué preocuparse.

El frío de esa noche del tres de noviembre hacía aún más atractiva la cena semanal en el Royal Diner. En la rocola sonaban clásicos del rock and roll y el apetitoso olor de las hamburguesas de Manny inundaba el local. Había pocas mesas llenas, y los taburetes de vinilo rojo de la barra estaban vacíos.

David no entendía por qué se sentía inquieto en una atmósfera tan relajada. Era agradable estar de nuevo en Royal, Texas, su pueblo natal, con sus amigos, y haber terminado con Operaciones Especiales de la fuerza aérea.

David se rió del chiste que estaba contando Alex Kent. Los ojos verdes de su amigo chispeaban. David conocía a Alex desde la infancia. Ambos tenían treinta y cinco años y tenían mucho en común: ambos habían crecido sin madre, habían ido juntos al colegio y David trabajaba con Operaciones Especiales y Alex con el FBI. Sin embargo, había muchas diferencias. Alex, que atraía a las mujeres como una flor a las abejas, parecía perfectamente cómodo con su vida; David, en cambio, últimamente se encontraba en una encrucijada.

–David, pareces ausente –dijo Clint Andover.

–No, estoy aquí. Es agradable comer el chili de Manny y oíros charlar.

–Es una pena que Ryan no haya podido venir –comentó Alex, refiriéndose a otro amigo común.

–Tenía una cita esta noche –comentó David–. Va a convertirse en tu rival con las damas, Alex.

La campanilla que había sobre la puerta tintineó. David vio a una mujer con un bebé y una bolsa de pañales entrar tambaleándose a la cafetería.

–Oh, oh –masculló David, poniéndose en pie. Sus amigos hicieron lo mismo.

Bajo una larga melena castaña y alborotada, se veía sangre; la mujer parecía haberse caído de un coche. Llevaba un suéter de tela vaquera y un abrigo gris de paño, rasgado y manchado de barro. Estaba pálida y parecía a punto de desmoronarse.

Los tres hombres se lanzaron hacia ella. Clint Andover la atrapó entre sus brazos, David agarró al bebé envuelto en mantas y Alex se ocupó de la bolsa de pañales mientras pedía una ambulancia por el móvil.

La mujer parpadeó. Unos enormes ojos color violeta con pestañas espesas los miraron.

–No dejéis que se lleven... a mi nena..., no dejéis que se lleven a Autumn... –susurró. Parpadeó de nuevo y perdió el conocimiento en brazos de Clint.

La bebé empezó a llorar. David le dio unos golpecitos cariñosos y Clint depositó a la mujer en el suelo. Manny se acercó con un abrigo salpicado de grasa.

—Aquí hay un abrigo...

Clint tapó a la mujer y David siguió acunando al bebé. Para su sorpresa, dejó de llorar y lo miró con grandes ojos azul oscuro.

—Un ambulancia viene de camino —dijo Alex. Manny regresó a la cocina mientras el resto de los comensales observaba la escena con asombro.

Alex se inclinó hacia la mujer y le quitó un papel arrugado de la mano. Lo estiró y los tres amigos se miraron. Todos reconocieron la tarjeta del Club de Ganaderos Texas.

Como miembro del prestigioso club social, David sabía, igual que sus amigos, que el Club de Ganaderos Texas era una fachada. Sus miembros trabajaban en misiones secretas para salvar vidas inocentes. Esa noche, otros dos miembros del grupo de amigos, Travis Whelan y Sheik Darin ibn Shakir estaban fuera del país, en misión confidencial. Era obvio que la mujer que yacía en el suelo había ido allí buscando la ayuda de un miembro del Club de Ganaderos Texas.

Tenía un cardenal en una mejilla y una herida en la cabeza, Clint contenía la hemorragia con un pañuelo. En la distancia se oyó un sirena.

—Está aquí buscando ayuda del club —murmuró David—. No podemos dejar que se la lleven sin más.

—Estoy de acuerdo —contestó Clint. Alex asintió.

—Tendremos que ir en la ambulancia. Y no podemos permitir que le quiten a la bebé —siguió David.

—He mirado en la bolsa —comentó Alex con voz grave—. Hay pañales, biberones y leche en polvo, pero también un montón de dinero. Billetes grandes.

David soltó una exclamación. Con la bebé bajo un brazo, se inclinó y tomó el pulso a la mujer.

5

Abrió sus ojos y vio que tenía una pupila más dilatada que otra.

—Está mal —dijo David—. Su pulso es débil.

—Si le ocurre algo, no podemos permitir que el estado se quede con la bebé hasta averiguar quién le dio esa tarjeta —dijo Alex.

—Llama a Justin Webb —sugirió David, pensando en un médico amigo, miembro del club—. Dile que se reúna con nosotros en el hospital; le pediremos que examine a la nena. No es pediatra, pero tiene influencias en el hospital y podrá ayudarnos.

Mientras Alex hacía la llamada, dos enfermeros entraron por la puerta. David reconoció a uno de ellos: Carsten Kramer.

—¿Alguien ha visto qué ha ocurrido? —preguntó Carsten, mientras su compañero examinaba a la mujer. David le puso al día. Un segundo después, Alex le hizo un gesto, indicando que Justin Webb se reuniría con ellos en el hospital.

Poco después, la mujer, con una vía intravenosa y una mascarilla de oxígeno, fue trasladada a una ambulancia. Clint Andover subió con ella y David y Alex decidieron seguirla en el coche. David, aunque no le gustaba la idea, le entregó la bebé a un enfermero.

—Manny, te pagaremos después —gritó David por encima del hombro; él y Alex agarraron sus abrigos y corrieron tras Clint y los médicos.

El viaje al hospital les pareció interminable, aunque David sabía que no estaba lejos de la Royal Diner. David se preguntó de dónde había salido la mujer y quién le había entregado la tarjeta.

Alex y él, con la bolsa de pañales, entraron al hospital justo cuando la camilla con la mujer inconsciente desaparecía tras una puerta doble. Se reunieron con Clint y le comunicaron que debían esperar.

Tres minutos después, un hombre alto y de pelo castaño, Justin Webb, entró y saludó a los tres.

—Gracias por venir tan rápido —dijo David—. Ya se han llevado a la mujer y a la bebé a una sala de examen.

—¿Quién es? —preguntó Justin.

David le contó lo sucedido en el restaurante.

—Parece que lo que empezó como una noche tranquila en el Royal se ha convertido en un problema para vosotros, chicos —dijo él—. Echaré un vistazo a la bebé.

—¡Gracias! —exclamó David con alivio—. Nos gustaría ocuparnos de ella hasta que pueda hacerlo su madre.

—Si la madre no puede cuidarla durante unos días, intentaré que os la dejen, afirmó Justin con solemnidad.

—Hará todo lo posible por cumplir su promesa —dijo David, viendo alejarse al alto médico, uno de los mejores cirujanos plásticos del suroeste del país.

—Ha pasado por esto con su propia familia —comentó Alex, mientras los tres iban a sentarse.

La hija mayor de Justin, Angel, había sido abandonada ante la puerta de la casa de su esposa, antes de que Justin y Winona se casaran. La habían adoptado.

—Justin y Winona adoran a esa niña —añadió Clint.

—Justin hará cuanto pueda para impedir que la bebé sea entregada a Protección de Menores —dijo David.

—Aunque intentemos mantener esto en secreto, es sólo cuestión de tiempo que notifiquen a la poli-

7

cía –dijo Alex Kent, sacando el teléfono móvil–. Me sorprende que no estén ya aquí. Llamaré a Wayne Vicente, hemos trabajado juntos otras veces.

–Buena idea, Alex –aprobó Clint.

David se recostó en la silla y cruzó las piernas, mientras escuchaba a su amigo hablar en voz baja con el jefe de policía.

–Vicente estará aquí enseguida –informó Alex, guardando el teléfono.

–He estado pensando en la mujer –dijo Clint–. Con todo ese dinero, una herida en la cabeza y esa bebé, debe estar en peligro. Si la retienen en el hospital, creo que uno de nosotros debería vigilar su habitación.

–Cierto –afirmó David–. ¿Qué dices, Clint? Tú eres el experto en seguridad.

–Creo que podré reorganizar mi agenda para quedarme –Clint encogió los hombros–. Sí, yo lo haré.

–Bien –Alex tocó la bolsa de pañales–. Yo me ocuparé de la policía y pondré el dinero en lugar seguro, a no ser que Vicente lo confisque. Al menos hasta que la madre pueda ocuparse.

–Yo puedo ayudarte –se ofreció David.

–David, tú ocúpate del bebé –dijo Clint–. Uno de nosotros debe hacerlo.

–Si hace falta –contestó David, suponiendo que dejarían a la niña en la habitación, con su madre.

Los tres amigos se quedaron en silencio hasta que un hombre uniformado entró en la sala de espera. Alex se puso en pie y fue a saludar al jefe de policía.

–Supongo que recuerdas a David Sorrenson y a Clint Andover –dijo Alex.

–Desde luego. Hablé con Clint hace tres o cuatro días –comentó Vicente, ofreciéndole la mano.

–Así es –contestó Clint, dándole un apretón.

–Aquí está la bolsa con el dinero –dijo Alex. Los cuatro se sentaron y Vicente abrió la bolsa de pañales color turquesa y rosa. Soltó un silbido–. Esa mujer debe tener problemas. Esto es una fortuna.

–No sabemos nada de ella, pero queremos ayudarla –afirmó Clint–. Debe haber tenido una buena razón para venir a Royal.

–De acuerdo, Alex –el jefe de policía se frotó la frente–. Redactaré un informe. Pon el dinero en lugar seguro y mantenme al tanto de lo que ocurra. Ahora hablaré con el médico sobre la mujer y su bebé.

–Gracias –dijo Alex. Los tres hombres se pusieron en pie y el policía desapareció tras una puerta. Media hora después llegó una enfermera.

–El doctor Webb me ha pedido que viniera a buscarlos –dijo. Los tres la siguieron por un pasillo hasta una sala. Dentro estaba Justin dando un biberón a la bebé.

–Esta niña está sana y hambrienta –dijo él–. Me alegro de que llamarais. Debe tener entre cinco y diez días; el cordón umbilical aún no se ha caído. La madre está en coma y no puede ocuparse de ella.

David miró a la diminuta criatura y se le encogió el estómago. No se sentía capaz de ocuparse de ella. Intentó concentrarse en las palabras de Justin.

–Los médicos no han podido identificarla. No saben cómo llegó a la ciudad ni de dónde viene. ¿No llevaba bolso? –Justin los miró interrogativamente.

–Sabemos lo mismo que tú, Justin –dijo David.

–Cuando la trasladen a una habitación, me quedaré a vigilarla —dijo Clint—. Creemos que está en peligro, y parece que esto va a durar más de lo que esperábamos. Contábamos con que nos diera unas respuestas en las siguientes horas.

—No lo creo —afirmó Justin—. La pondrán en Cuidados Intensivos, pero me parece bien que alguien la vigile. Si alguien está empeñado en herirla, no sería difícil. Está muy grave.

—Diablos —exclamó David, recordando la mirada desesperada de los ojos color violeta.

—Su médico, Harry McDougal, cree que sufrió el golpe en la cabeza con un objeto contundente, así que es probable que esté huyendo de alguien —explicó Justin.

—Llamó Autumn a la bebé —dijo Clint. Los cuatro hombres miraron a la bebé.

—Ah, la pequeña Autumn —dijo Justin, sonriendo a la criatura que tenía en brazos—. Bien, chicos. Clint se quedará en el hospital para proteger a la mujer misterio.

—Yo me ocuparé del dinero y de averiguar cuanto pueda sobre ella —apuntó Alex.

—¿Quién se queda con Autumn? —preguntó Justin.

—Supongo que yo, pero no sé nada de bebés —admitió David—. ¿Alguien quiere cambiar su trabajo con el mío? —preguntó con cierta desesperación.

—Todos tenemos nuestras tareas —Alex lo miró con expresión divertida—. Vamos, David, es hora de que algo interrumpa esa ordenada vida que llevas.

—Sí, muy ordenada —David miró a la bebé—. El año pasado estaba recibiendo tiros y dando gracias al cielo por seguir vivo.

—Royal es muy tranquilo —dijo Alex—. Tú te quedas con la nena. Además, ninguno de nosotros es experto en bebés. Te dejaremos con Justin para que te dé instrucciones.

–¡Eh! Esperad un minuto –exclamó David, sintiendo una punzada de pánico–. Es en serio. Nunca he tenido a un bebé en brazos.

–Entonces, ya es hora de que pruebes –dijo Alex–. Iremos a encargarnos de nuestras tareas y te dejaremos con la tuya. Será mejor que acordemos una reunión.

–De acuerdo. Mañana por la mañana –sugirió David, mirando el bulto que Justin tenía en brazos. Sólo veía una cabecita redonda con mechones de pelo castaño claro–. Nos veremos en el club a mediodía.

–Allí estaremos –prometió Clint, yendo hacia la puerta con Alex–. Gracias, Justin.

–No sé que hacer con un bebé –repitió David, con las manos en las caderas–. Estoy entrenado para hacer lo que van a hacer ellos.

–Sólo dale de comer, cámbiala y tenla en brazos, lo harás bien –dijo Justin.

–¿Cuándo le doy de comer? ¿En el desayuno, en la comida y en la cena?

–¿Has vivido debajo de una piedra? ¿Es que esas fantásticas mujeres con las que sales no tienen bebés?

–No. Y en mi familia no había bebés –aclaró David con voz tensa, preguntándose si habría alguna manera de librarse de su tarea.

–Imagino que esta nena necesitará un biberón cada dos horas.

–¡Cada dos horas! –exclamó David, atónito.

–Sí, David –afirmó Justin, intentando contener la sonrisa–. Deja que te enseñe a cambiar un pañal

11

y la gasa del ombligo –Justin colocó a la bebé sobre la cama y David se acercó.

–¡Vamos, amigo! –Justin dejó escapar una carcajada, quince minutos después–. Es fácil. Estoy seguro que podías desmontar ese rifle que cargabas con los ojos vendados, en segundos. Sé que tienes cerebro suficiente para aprender a poner pañales a esta diminuta criatura.

–Un rifle es mucho más sencillo –escupió David–. Y ella no hace más que mover las piernas. Un rifle se queda quieto.

–Aprenderás. Si superaste el adiestramiento de Operaciones Especiales de las Fuerzas Aéreas de Estados Unidos, conseguirás superar esto. Creo recordar que tienes una licenciatura de Harvard. Así que vuelve a intentarlo. Y te aviso que se está portando muy bien. A estas alturas, la mayoría de los bebés estarían montando un escándalo infernal. Es una muñeca –la voz de Justin se suavizó–. Echo de menos tener un bebé.

–Entonces, ¿por qué no... ?

–No. Ni lo sugieras –Justin movió la cabeza con firmeza–. Winona me echaría de casa. No puedo aparecer con un bebé al que tendríamos que renunciar dentro de unos días. Cambia ese pañal.

–Empiezo a arrepentirme de haberte llamado. No estoy preparado para esto. Mira lo pequeña que es. Me da miedo hacerle daño.

–No se lo harás. No va a romperse –dijo Justin con una sonrisa–. Ten cuidado, igual que lo tenías con tu M16 o el arma que llevaras. Si conseguiste entrar en las Fuerzas Especiales, puedes hacer esto.

–Un bebé es algo muy distinto –David apretó los dientes–. No se queda quieta –forcejeó con el pañal, pero finalmente consiguió ponérselo y dejó escapar un suspiro de alivio al ver que no se caía–. ¡Ya está!

–¡Felicidades! ¡Sabía que lo conseguirías! –Justin le dio una palmadita en el hombro.

–Ya vale, Webb –ladró David–. ¿Qué más necesito saber?

–¿Sabes cómo preparar su comida?

–¿Qué?

–Esto es lo que come –Justin le mostró seis botes–. Las instrucciones para mezclarlo están en la lata. Te daré latas, pañales y biberones...

–¿No puede beber leche de la nevera? –preguntó David, leyendo las instrucciones de la lata.

–No, claro que no puede –contestó Justin con paciencia–. Mañana tendrás que comprarle ropa, a no ser que haya en la bolsa, con todo ese dinero que mencionó Alex.

–¡Caramba! ¿Cómo puede algo tan pequeño necesitar tantas cosas y tantos cuidados? –exclamó David, asustado por el lío en el que se había metido.

–Amigo, si la cuidas durante más de tres días, nunca querrás apartarte de ella.

–No lo creo –David miró a la bebé, que había cerrado los ojos–. ¿Está bien?

–Se ha dormido. Ha comido y la has agotado con tus prácticas poniendo pañales. Creo que es hora de que vuelva a casa con mi familia.

–Gracias por esto, Justin. ¿Puedo llamarte si tengo preguntas?

–Sí, pero relájate. Es un encanto –Justin lo miró de reojo–. ¿No tienes una cuna de viaje, verdad?

–¿Qué?

–No sé ni por qué lo pregunto. No puedes colocarla en el asiento. Necesitas que vaya segura. Supongo que encontraré a una enfermera que nos preste una. Espérame aquí —le entregó a la bebé. David la miró, asombrado por lo diminuta que era.

—¿Cómo puede ser tan complicada cuando me cabe en las manos? —preguntó David, pero su amigo ya había salido—. Haré lo que pueda por ti; siento no saber nada de bebés —susurró, admirando sus manitas, diminutas y perfectas. Le acarició la mejilla.

Justin regresó unos minutos después y le dio las últimas instrucciones.

—No te preocupes. Lo harás muy bien.

—Vale. Nos vemos, Justin —David fue a buscar a Alex y a recuperar lo que hubiera en la bolsa de pañales que perteneciera al bebé. Después se despidió de sus amigos y salió del hospital con la nena en brazos.

—¿Qué voy a hacer contigo? —le dijo con voz suave. Condujo en la oscura y fría noche, agradeciendo que la niña durmiera, pero con los nervios a flor de piel.

Las luces de su casa se encendieron cuando se acercó a la propiedad. David aparcó y salió con la niña, la cuna y todas sus cosas. Cruzó el porche, abrió la puerta, apagó la alarma y encendió las luces.

Minutos después estaba en su dormitorio con la cuna en medio de la cama. La bebé no encajaba en la masculina habitación, decorada en verde oscuro y marrón. Se rascó la cabeza, preguntándose qué haría cuando se despertara. Unos segundos después, la nena se movió y empezó a llorar.

David la soltó, le cambió el pañal, con menos problemas que antes, preparó un biberón y se lo dio. Después la puso en la cama, a su lado. Exhausto, durmió lo que le parecieron diez minutos y la niña volvió a llorar.

Para las tres de la mañana, la cocina era un caos de biberones medio vacíos, latas y ropa de bebé manchada de leche. Mientras ella gritaba y pataleaba, calentó otro biberón para intentar calmarla de nuevo.

–Ay, chiquitina, ¿qué quieres? –preguntó con desesperación. Sabía que si llamaba a Justin, se reiría de él.

A las cuatro volvió a acostarla. Se había dormido por fin. Una hora después volvió a despertarlo su llanto.

Le pareció que la noche duraba más de trescientas horas. Por la mañana, David sabía que necesitaba encontrar a una niñera.

Durante la noche se había destrozado el cerebro pensando en todas las mujeres con las que había salido, pero no se le ocurrió ninguna candidata que fuese a estar dispuesta a ocuparse de una bebé.

Puso un anuncio en el periódico solicitando niñera, aunque sabía que tardaría días en conseguir resultados. Su cocinera y ama de llaves intentó echarle una mano cuando llegó, pero Gertie Jones seguía soltera a los sesenta años y sabía tan poco de bebés como David.

En cuanto pudo, fue a Royal a una tienda de productos infantiles, con la niña. Desde que había regresado de su trabajo en el ejército, David solía disfrutar conduciendo por Royal. La calle principal era un lugar muy concurrido del pequeño y rico pueblo al oeste de Texas, rodeado de campos petrolíferos y ranchos. Pero ese día no veía lo que le rodeaba; era un hombre con una misión: buscar ayuda.

David esperó a que la tienda abriese y entró con otros muchos clientes. Sintiéndose perdido, recorrió pasillos de vestidos diminutos hasta que llegó a la zona de pañales, camisetas y sonajeros. Mientras buscaba a una dependienta, Autumn empezó a llorar.

—Oh, por favor, no llores —dijo David. Desesperado, buscó a una dependienta, meciendo a la niña en brazos—. No llores, nenita —David estaba desesperado.

No se había afeitado y se había puesto unos vaqueros y la primera camisa que había encontrado. Sospechaba que tenía el pelo de punta, pero eso no le importaba en ese momento.

—Autumn, nena, no llores —suplicó. Oyó a alguien moverse y vio a una dependienta agachándose tras un mostrador. Corrió hacia ella como si fuera un bote salvavidas en medio de una tormenta.

—¿Puede ayudarme? —preguntó.

La dependienta se irguió y David la miró con sorpresa. Ella abrió los ojos de par en par.

Capítulo Dos

La mujer llevaba un sombrero rosa de los que sólo había visto en películas y en fotos de su tatarabuela, y un vestido floreado cubierto de volantes y lazos de terciopelo rosa. Tenía el cabello rubio oscuro recogido en dos coletas y círculos rojos en las mejillas. Sus pestañas eran tan espesas que parecía imposible que pudiera mantener abiertos los ojos color chocolate que lo observaban con intensidad. Los labios eran rojos, seductores y atractivos.

Marissa Wilder miró boquiabierta a David Sorrenson, pasmada ante el metro ochenta y cinco de hombre rudo y atractivo. Se le aceleró el corazón y le subió la temperatura. Recordó que debía tener unos once años cuando provocó ese efecto en ella por primera vez. Él, con dieciocho, ni siquiera había sabido que existía. De hecho, en ese momento no debía tener ni idea de quién era. Estaba más guapo que nunca, con ese cabello negro y ondulado y sensuales ojos verde mar.

Entonces vio el diminuto bebé que llevaba en brazos. Lloraba con toda la fuerza de sus pulmones y él la miraba impotente y desesperado. Marissa, preguntándose dónde estaría su mujer, se acercó a ayudarlo.

–Deme al bebé –dijo, extendiendo los brazos.

–¿Hay un microondas en la tienda para calentarle un biberón? –preguntó él. Rebuscó en la bolsa de papel marrón que llevaba y sacó uno.

–Sí, lo hay –contestó Marissa. Le hizo un gesto para que la siguiera. Fueron a una sala para empleados donde ella calentó el biberón y se lo dio a la nena.

La acunó en brazos y colocó la tetilla del biberón junto a su mejilla. La nena movió la cabeza y empezó a succionar. Marissa miró a la bebé con anhelo. Deseaba tener un bebé y deseó que ése fuera suyo.

–Eres perfecta con ella –dijo una voz profunda. Ella alzó la cabeza y se encontró con unos ojos verdes clavados en ella. David Sorrenson parecía a punto de devorarla y se quedó sin aliento.

–¿Perfecta?

–Con los niños –dijo él, señalando a la bebé que tenía en brazos.

–Ah, bueno, he tratado con muchos. Tengo una sobrina y tres sobrinos, de mis dos hermanas –aclaró Marissa–. Es una nena preciosa. ¿Dónde está su esposa?

–No estoy casado. Y no es hija mía. Bueno, lo es de momento.

Marissa lo miró y se dio cuenta de que estaba consternado. Eso la sorprendió porque había asistido a varios partidos de fútbol en el instituto cuando él era delantero, y siempre había mantenido la calma. Ella había sido mucho más joven, pero sus hermanas mayores hablaban mucho de él y había ido a verlo jugar. Lo observó. Necesitaba un afeitado, tenía la camisa mal abotonada y la miraba como si fuera un bicho raro bajo un microscopio.

–¿Estás casada? –barbotó.

—No –contesto ella, empezando a preguntarse

18

si sufría algún tipo de tensión mental que lo estaba desequilibrando–. Soy divorciada.

La respuesta pareció aliviarlo y ella se preguntó por qué; sabía bien que no iba a pedirle una cita. Él le ofreció la mano.

–Soy David Sorrenson.

–Sí, lo sé –dijo Marissa, sintiendo cómo su mano se perdía en la de él–. Estabas en el instituto con una de mis hermanas mayores. Soy Marissa Wilder. Estudiabas con Karen.

–Vaya, no te he reconocido. Pero se te dan bien los bebés y parece que te gustan.

–Me encantan –musitó ella, mirando a la niña que tenía en brazos–. ¿Cómo se llama?

–Autumn –contestó él.

–Autumn, un nombre precioso. ¿Qué tiempo tiene?

–Entre cinco y diez días, más o menos.

«¿Más o menos?», Marissa se preguntó qué clase de padre era, mientras algunas de sus ilusiones respecto a David Sorrenson se desmoronaban.

–¿Y te han enviado a comprar pañales? –adivinó.

–Algo así. ¿Hace mucho que trabajas aquí?

–Unos dos años –contestó ella. Si no supiera con quién estaba hablando, habría llamado al guarda de seguridad de la tienda. Las preguntas de David eran raras y ninguna de las conversaciones femeninas sobre David Sorrenson que había oído a lo largo de los años incluía la palabra «raro».

–¿Te gustaría trabajar de niñera? –le espetó él–. Necesito una con urgencia y pagaré bien. Triplicaré lo que estés ganando aquí.

Siguieron unos momentos de silencio, hasta que Marissa se dio cuenta de que lo estaba mirando boquiabierta. La oferta la había dejado sin palabras.

–¿Triplicar mi salario?

–Sí. Pareces saber cómo manejar a un bebé. Yo no, y necesito ayuda.

Marissa habría enviado a cualquier otra persona al cuerno, pero había estado enamorada de David Sorrenson casi diecisiete años de sus veintiocho. Seguía sin habla ante la idea de trabajar para él ganando el triple.

–Esto es muy repentino. ¿Te refieres a que vaya a tu casa todos los días?

–No. Me refiero a vivir en mi casa y cuidar de Autumn a diario.

–¡Ah! –la idea de vivir en casa de David Sorrenson hizo que su corazón se desbocara.

–¿Qué dices? –preguntó él, escrutando su rostro.

–Lo siento, pero no puedo hacer eso. Mis padres están fuera del país y me ocupo de mi abuela y de mis hermanas pequeñas.

–Quizá todas puedan trasladarse a mi casa. ¿Cuántos años tienen tus hermanas?

–Mi abuela no se trasladará –contestó ella, pensando que él tenía los ojos más seductores que había visto en su vida. Verde claro, enmarcados por largas pestañas negras–. Greta acaba de empezar la universidad, y Dallas está en el último curso del instituto.

–La que está en la universidad tiene edad para ocuparse de tu abuela y de tu hermana pequeña.

–Bueno, eso es cierto. ¿Cuándo necesitas que alguien empiece a trabajar para ti?

–Esta mañana.

Ella volvió a mirarlo. El hombre debía haber perdido la razón en los últimos años, aunque físicamente seguía siendo un monumento.

–Tengo un trabajo. No puedo irme sin más.

–Te pagaré para que lo hagas. Hablaré con el gerente y le explicaré la situación –declaró David–. Te daré un plus de mil dólares para que dejes el trabajo ahora.

–¿Mil dólares? ¿Así, sin más? –lo miró atónita.

–Sin más. Estoy desesperado –contestó él.

–Empiezo a creer que lo estás –dijo, casi mareada. Ganar el triple, viviendo con David Sorrenson. Y mil dólares. Se decía que él se había retirado de la sección de Operaciones Especiales de la Fuerza Aérea. Era rico, independiente y vivía en su propio rancho. Se le había visto con dos o tres mujeres por el pueblo: guapas y sofisticadas. Marissa no había oído a nadie decir que estuviera loco, ni que tuviera un bebé.

La oferta le daba vueltas en la cabeza. Sabía que debía evitar vivir en su casa, pues era una forma segura de que le rompiera el corazón. Pero, por otro lado, podía disfrutar del momento

–No me convence dejar mi empleo ahora mismo –dijo con cautela, considerando las posibilidades–. Es una decisión drástica. Creo que deberíamos sentarnos y discutir la oferta.

–De acuerdo. Dile al gerente que vas a tomarte un descanso y hablaremos del trabajo de niñera. Será muy temporal, puede que sólo un día o dos.

–¿Un día? Entonces no necesitas una niñera.

–Sí, ¡claro que sí! –clamó él–. No puedo pasar otra noche como la última. De hecho, no quiero pasar una hora más sin ayuda.

–Tenemos que hablar de esto –dijo ella, conduciéndolo fuera de la sala de empleados. El hombre estaba loco, pero la oferta era demasiado buena.

–Vamos al Royal Diner. ¿Has desayunado?

–No, esta mañana no me dio tiempo –contestó ella.

–¿Quieres que se lo diga a tu jefe? –David miró a su alrededor.

–¡Oh, no! Yo se lo diré –gimió ella, imaginándose la reacción de su jefe–. Tú ocúpate de Autumn.

–No –contestó David con voz firme–. Tú ocúpate de Autumn, parece contenta. Yo se lo diré a tu jefe y conduciré. ¿Cómo se llama?

–Jerry Vickerson, su despacho está en la esquina izquierda, al fondo de la tienda.

–Volveré enseguida, Marissa Wilder. No te vayas –ordenó David–. Y cuando vuelva, tengo que comprar una cuna de viaje. Me da igual el precio. Elígela tú –giró sobre los talones, se pasó la mano por el pelo y cuadró los hombros.

–Autumn, tienes un protector muy persuasivo y decidido. ¿Dónde está tu mamá, cielo? –se imaginó de niñera ganando el triple. Aunque no durase mucho, cuidar de ella sería maravilloso. Y vivir en casa de David Sorrenson sería... ¿excitante? Probablemente le rompería el corazón; pasaría el día fantaseando sobre él.

Acurrucando al bebé contra el pecho, Marissa canturreó mientras buscaba una cuna. Recordó la bolsa de papel que David había llevado en la mano y eligió un bonito bolso para pañales, de color rosa y con ositos.

–Solucionado –dijo él, minutos después–. Ya no trabajas aquí, pero puedes recuperar el puesto en cuanto acabes con tu función de niñera... y podría ser pronto.

Ella lo miró asombrada. Su jefe era casi un tirano con sus empleados. Ese afán de colaboración era tan sorprendente que se preguntó qué incentivo le había ofrecido David Sorrenson.

–De acuerdo –murmuró–. He elegido una cuna, y una bolsa para pañales. Pareces necesitar una –comentó, mirando la bolsa de papel.

–Ah, sí, cierto. Muy bien –sacó la cartera y miró los precios–. Perfecto, meteré las cosas en la bolsa y, cuando lleguemos al coche, pondremos a Autumn en la cuna de viaje. Estoy utilizando una prestada.

Marissa marcó la compra en la caja.

–¿Quieres recoger tus cosas? –preguntó David–. Le dije a tu jefe que te traería después a recoger tu paga. Tendrá el cheque listo dentro de una hora.

–Tendrás que sujetar a la niña. Necesito las dos manos para quitarme la insignia con mi nombre.

–Yo lo haré –dijo David, acercándose.

A ella se le disparó el pulso al sentir los cálidos dedos en su hombro. Observó su rostro sin afeitar y su sensual labio inferior, preguntándose cómo sería sentirlo sobre los suyos. Él le quitó la insignia.

–¿Algo más? –preguntó, dejándola en el mostrador.

–¡Ay, sí! –contestó ella con ensoñación, mirando los rizos de vello oscuro que asomaban por el cuello de su camisa de manga corta.

–¿Sí? –repitió él con curiosidad, arqueando las cejas.

–¡Quería decir no! –dijo ella, notando que el rubor le teñía las mejillas. Se dio la vuelta, pero vio que él estrechaba los ojos, escrutándola.

–Mi coche está por aquí –dijo, agarrando su brazo.

–¿No te gustan los bebés? –preguntó ella, con la ridícula sensación de haber perdido el control de su vida en unos momentos.

–No sé nada de ellos. Bueno, ahora sé que lloran mucho y cómo cambiar un pañal.

Marissa aceleró el paso, intentando seguir sus largas zancadas, mientras cruzaban el aparcamiento hacia su deportivo verde oscuro. No podía creer lo que le estaba ocurriendo, todo parecía un sueño.

Miró al hombre alto que tenía al lado, en menos de media hora había cambiado su vida. Estaba fuera de la tienda, iba a desayunar con un hombre muy atractivo y cuidar de una niña preciosa ganando un montón de dinero. Se recordó que debía disfrutar del momento.

—Dame a Autumn, la pondré en la cuna —dijo él. Sus manos se tocaron y ella sintió un escalofrío, sin saber por qué. No solía reaccionar así cuando entregaba cosas a hombres en la tienda.

Miró la ropa que llevaba. No le apetecía nada ir al Royal Diner con el disfraz de pastorcita que se había puesto para anunciar la oferta del día de la tienda. Suspiró; era suyo, no de la tienda, y sería demasiado lioso ir a casa a cambiarse. Subió al coche y observó a David colocar a la niña en la cuna y atar las correas, en el asiento de atrás. Después, se sentó al volante.

Se recordó que no debía fiarse de los hombres encantadores y atractivos. Se había vuelto loca por su guapo ex marido, y resultó ser la mayor decepción de su vida. La había utilizado para sus propios fines, engañándola mientras ella trabajaba para pagarle la carrera de medicina. Cuando acabó los estudios, la dejó.

Cuando Autumn empezó a llorar, Marissa giró en el asiento, le canturreó algo y le ofreció el biberón. Autumn calló de inmediato.

—Gracias por hacer esto —dijo David.

—Es una nena adorable. Preciosa.

Él no contestó. Minutos después aparcaban ante el Royal Diner y él bajó del coche para soltar la cuna. Le sujetó la puerta a Marissa y entraron juntos a la cafetería. Cuando el olor a beicon frito y a café la asaltó, se dio cuenta de que estaba hambrienta. Se sentó en una mesa y se alisó la falda y las enaguas de colores.

—Pon la cuna de Autumn a mi lado. Cuando se termine el biberón, se dormirá.

Él no necesitó que lo dijera una segunda vez, obedeció y se sentó frente a ella. Marissa, nerviosa e inquieta, le sonrió. Miró a su alrededor y vio que una camarera a la que conocía se acercaba hacia ellos.

Sheila Foster, mascando chicle, se estiró el uniforme color rosa y les llevó vasos de agua y la carta.

—Hola Marissa, hola David —saludó. Miró de nuevo a Marissa—. Bonito vestido, y bonito bebé.

—Gracias, Sheila —dijo Marissa, con una sonrisa. En su mejilla izquierda se formó un hoyuelo.

—¿Queréis café? —preguntó Sheila. David asintió, contemplando el hoyuelo.

—¿Y tú, Marissa?

—No, gracias —sentía un cosquilleo cada vez que él pronunciaba su nombre—. Tomaré un zumo de naranja.

—Yo también tomaré zumo, además del café —dijo él.

—Dime, David, ¿cuál es tu parentesco con Autumn? —preguntó ella, en cuanto se quedaron solos.

—Ninguno —contestó él, mirándola a los ojos. Por primera vez en su vida, no tenía lista una explicación.

—Si no es nada tuyo, ¿cómo es que está a tu cargo? —pregunto Marissa, con sorpresa.

David pensó que, aunque vestía de forma muy rara, su cerebro funcionaba. Y esos ojos marrón oscuro lo estaban partiendo en dos.

—Ayer, mientras cenaba aquí con unos amigos, una mujer entró corriendo y se desmayó.

—¿Y ésta es su bebé? —exclamó Marissa—. Eso salió en las noticias anoche. ¿Cómo es que la tienes *tú*? ¿Por qué no está con su madre?

Él había estado tan preocupado ocupándose de Autumn que no había pensado en lo rápido que se correría la noticia por Royal. Aunque contaba con la población más rica del estado, seguía siendo un pueblo y las noticias corrían como la pólvora.

—Conozco al doctor Justin Webb —contestó David, midiendo sus palabras. No podía desvelar toda la verdad—. Cuando llevamos a la mujer al hospital, él estaba allí. En vez de entregar a la niña al servicio de Protección de Menores, me pidió que me ocupara de ella hasta que pueda volver a hacerlo su madre —explicó.

—¡Vaya! No me extraña que parecieras atribulado.

—Sí. Nunca he pasado tiempo con un bebé. Ni siquiera había tenido a uno en brazos hasta anoche.

—Bueno, ahora yo estoy aquí, y me he ocupado de muchos —Marissa miró a la bebé dormida con compasión—. Será mejor que hablemos de este trabajo. Adivino que esperas que me instale hoy.

—Por Dios que sí —afirmó él con sinceridad—. Estoy contando los minutos.

—Tengo que ir a casa, darle la noticia a mi familia, hacer una maleta y organizar las cosas. Estaré lista sobre las cuatro. ¿Qué te parece?

—Bien, pero si puede ser antes, mejor.

–¿No tienes una novia que pueda hacer esto por ti? –preguntó ella con curiosidad.

–No. Las mujeres con las que salgo no saben nada de bebés, pañales o biberones. Ni por asomo.

–Me lo imagino –dijo ella. David supuso que lo consideraba un playboy irresponsable–. ¿La madre está sola en el hospital, en coma?

–No del todo. Uno de mis amigos, Clint Andover, está con ella.

–¿Cuál será mi horario de trabajo?

–Tiempo completo, espero –dijo él, inquieto.

–Tengo familia y quiero algo de tiempo libre.

–Puede que esto sea un trabajo a corto plazo, pero necesito la ayuda –él ladeó la cabeza, volviendo a sentir un pinchazo de desesperación–. Te pagaré más si trabajas veinticuatro horas al día, siete días a la semana.

–Tendrías que doblar la paga el fin de semana –sugirió ella.

–Hecho –asintió él. Habría aceptado pagarle cuatro veces más. El dinero no era problema. Miró a la bebé que dormía pacíficamente, con cara de ángel; sabía que eso sólo era fachada y no duraría.

Miró a Marissa Wilder. No estaba acostumbrado a estar en manos de alguien que, vestida de pastorcilla, parecía una niña. Ningún miembro del género femenino de más de cinco años se pondría un vestido así. Con tanto colorete, parecía salida de una obra de teatro infantil. Pero le habría dado igual que llevase plumas, pijama y el pelo morado. Sabía cuidar de la niña y recordaba vagamente a su hermana Karen, así que no era una completa desconocida.

–¿Tendré que ocuparme de ella por la noche?

–Sí –contestó él, conteniendo el aliento por si se negaba.

–Ya. Estoy renunciando a todos mis incentivos, a mi seguridad social, así que...

–Marissa, no sólo triplicaré tu salario que, por cierto, le he preguntado a tu jefe, sino que también te pagaré el seguro médico y lo que quiera que aportase la tienda a tu plan de pensiones –afirmó él, pensando que no sólo sabía de bebés, sino también de dinero.

–Gracias –dijo ella, animada–. Eso es generoso.

–Lo sé, pero estoy desesperado.

–¿Por qué aceptaste quedarte con Autumn si iba a suponerte tanto esfuerzo?

–Es una larga historia –contestó él–, pero te he contado las razones básicas: no creo que deba pasar a manos del estado si su madre puede ocuparse de ella pronto. Aún no han pasado veinticuatro horas.

–Aquí llega Manny –Marissa sonrió–. Hola.

–Hola, Marissa –contestó él, limpiándose las manos en el delantal–. Estás muy graciosa así vestida.

–Gracias, Manny –el hoyuelo volvió a formarse en su mejilla.

–Hola, Manny –saludó David.

–Hola, David –Manny miró la cuna–. Ésta es la niña de anoche, ¿no?

–Sí, Autumn –dijo David, aún asombrándose de cómo corrían las noticias. Sacó la cartera–. Deja que te pague las cenas de anoche.

–Olvídalo –Manny agitó la mano–. Invitación de la casa. Os ganasteis la cena.

–Gracias, Manny, pero no tienes por qué hacer eso.

–Olvídalo. ¿Me viste en la tele anoche? –preguntó Manny.

—No. Debía estar en el hospital todavía.

—Me entrevistaron dos cadenas. Querían saberlo todo sobre la mujer y la bebé.

—¿Cómo se enteraron tan rápido?

—Ya sabes cómo corren las noticias por aquí —Manny encogió sus musculosos hombros—. ¿Cómo está la madre?

—No lo sé. Pasaré por el hospital esta tarde.

—Espero que se recupere pronto. Me alegro de que la estés ayudando. Sorrenson el Buen Samaritano. ¿Qué vais a tomar? Tengo un desayuno especial: huevos, salchichas, galletas y salsa.

—Suena bien —dijo David—. ¿Te apetece, Marissa?

—Yo sólo tomaré huevos y tostadas.

—Vamos, Marissa. Necesitas algo de carne sobre esos huesos —la apremió Manny—. Pediré dos especiales y tostadas. Come lo que quieras —se dio la vuelta, fue hacia el mostrador y le dio una palmadita en el trasero a Sheila. Ella soltó un risita.

—¿Dónde vives, David? Tienes una casa en Pine Valley, ¿no? —preguntó Marissa. Era una exclusiva zona residencial de Royal.

—Allí vive mi padre, cuando está en Texas. Yo vivo en el rancho, al oeste del pueblo.

Hablaron del trabajo hasta que Sheila llegó con sus apetitosos desayunos.

—Tengo que comprar cosas para Autumn, apenas tiene ropa —comentó David.

—Puedo ayudarte a elegirla —se ofreció Marissa.

—¿Podemos volver a la tienda ahora y comprar lo necesario?

—Seguro. Con tus poderes de persuasión, quizá convenzas a mi jefe para que me deje utilizar mi descuento como empleada —bromeó Marissa.

—Eso no es problema —David hizo un ademán negativo con la mano–. Elige lo que haga falta, incluyendo pañales y una cuna para casa.

Marissa se recostó en la silla y se limpió la boca con la servilleta. David notó que tenía unos labios de aspecto delicioso. Miró su bandeja.

–No has comido mucho –comentó.

–No podría comerme todo eso. Sólo quería huevos y tostadas.

–Manny siempre sirve raciones grandes. ¿Estás lista para irnos? –preguntó él, agarrando la cuenta.

–Sí. Puedo pagarme el desayuno, David –dijo ella.

–Ahora eres mi empleada, y el desayuno lo pago yo –agarró la cuna de viaje y miró a Autumn–. Está durmiendo mejor ahora que en toda la noche.

–Tal vez esté más relajada. Creo que los bebés perciben la tensión en la gente.

–Pues yo estaba muy tenso, y ella también.

Volvieron a la tienda y Marissa eligió la ropa. Le pareció que David compraba demasiado de todo, pero él dijo que no quería repetir el viaje. Cuando acabaron, pidió que entregaran todo en su casa.

–Iré a casa a preparar la maleta –le dijo ella, ya en el aparcamiento–. ¿Quieres venir a conocer a mi abuela?

–Me gustaría y lo haré pronto. No quiero que se preocupe por tu cambio de trabajo, pero tengo una reunión a mediodía, y se ha hecho tarde.

–Eso es porque has comprado media tienda. Bueno, estaré en el rancho a las cuatro.

Él la miró a los ojos, preguntándose si había mentido alguna vez en su vida. Parecía imposible. Se preguntó cómo se vestía la abuela Wilder; no podía ser más excéntrica que su nieta. Se imaginó una casa de cuento, como la de chocolate del cuento.

–Hasta las cuatro, Marissa. Y gracias.

–De nada –dijo ella, con una gran sonrisa. Se dio la vuelta y se alejó, con las coletas, la falda y las enaguas botando a cada paso. Llevaba unas medias a rayas y zapatillas de bailarina color rosa. Antes de subir a su coche, miró por encima del hombro y la vio abrir la puerta de un utilitario de aspecto muy normal.

–Bueno, pequeña Autumn, ya tienes niñera. Creo que te gustará; a mí me gusta. Esta noche será soportable –miró a la bebé–. Sigue durmiendo, por favor. Tengo que ir al club a ver a mis amigos, y no suelen dejar entrar a niños. Si duermes todo el rato, te compraré una mecedora de vuelta a casa.

Momentos después aparcó ante el club. Entró con la cuna de viaje en la mano y cruzó el elegante vestíbulo, forrado con paneles de nogal y decorado con retratos al óleo. Fue el primero en llegar a la pequeña sala en la que celebrarían la reunión. Se sentó en un sillón de cuero y puso la cuna de Autumn en una silla, a su lado. El sol entraba por los ventanales, iluminando la elegante alfombra oriental y la mesa de billar que había a un lado de la habitación.

–Buenos días, señor –dijo un camarero, sonriendo a David–. ¿Cómo está la pequeña?

–Bien de momento, Jimmy.

–¿Quiere beber algo?

–Traiga café y refrescos.

–¿Algo más? ¿Comida?

–Para mí no. Quizá los demás quieran comer algo.

–De acuerdo –el hombre salió, y un segundo después Alex Kent entró en la sala. David supo, por la mirada de sus ojos verdes, que traía malas noticias.

Capítulo Tres

Se dieron la mano y la mirada solemne de Alex se esfumó al echarle un vistazo a David.

—¡Santo cielo, amigo! ¿Qué te ha pasado?

—No tuve tiempo de afeitarme —David se frotó el mentón.

—Ya lo veo. Tampoco de abotonarte bien la camisa.

—Diablos —masculló David, mirándose—. Me vestí a toda prisa.

—Una noche dura, ¿eh? ¿Estuviste de fiesta con alguien después de que se durmiera la pequeña?

—Alex, no te pases. Fiesta, un cuerno. Estuve toda la noche en pie, con ella.

—Ahora está muy tranquila —Alex se inclinó sobre la niña—. Me cuesta creer que esta muñeca te haya tenido despierto toda la noche.

—¿Quieres que cambiemos de tarea?

—No —Alex sonrió y acarició el brazo de la bebé—. Es una cosita preciosa.

—Sí, pero ha sido una noche infernal. No se te ocurra despertarla —espetó David.

—Me alegro de que te tocase a ti —Alex sonrió—. No sé nada de niños.

—¿Crees que yo sí? —protestó David—. Acabo de contratar a una niñera. ¿Sabes algo de la madre?

—No, pero aquí llega nuestro hombre.

Clint, con la misma ropa que la noche anterior y sin afeitar, entró en la sala y estrechó la mano a sus

32

amigos. El camarero regresó con bebidas y aperitivos, le pidieron unos bocadillos y se marchó de nuevo.

Ryan Evan llegó poco después; tenía treinta y dos años y era el más joven del grupo. Los cuatro miraron a la bebé, pacíficamente dormida.

–He contratado a una niñera –anunció David.

–Puede que la necesites un tiempo –dijo Clint con solemnidad. Todos se sentaron.

–Vamos, chicos, ponerme al día –pidió Ryan con curiosidad–. Siento haberme perdido nuestra habitual cena de chili.

–Apuesto a que sí –lo pinchó Alex–. ¿Quién era ella esta vez?

–Lo pasé bien –Ryan encogió los hombros–. ¿Qué pasó anoche?

–Te perdiste un montón –contestó David. Después le contó lo ocurrido–. Ryan, tú no le diste a esa mujer una tarjeta de Club de Ganaderos Texas, ¿verdad? –preguntó al acabar.

–¿Yo? No.

–Sólo quería comprobarlo.

–He contactado con varios miembros –informó Alex–, para descubrir quién se la dio. De momento, sin éxito.

–He visto a Manny esta mañana –dijo David–, me ha comentado que anoche lo entrevistó la televisión.

–Eso era inevitable en un lugar de este tamaño –dijo Ryan–. Si ocurre cualquier cosa extraña, todo el mundo lo sabe en menos de una hora.

–Tienes que ponernos al día sobre nuestra mujer misterio –le dijo David a Clint–. ¿Está sin protección?

–No. Llamé a Aaron Black y él me dijo que se

quedaría vigilando mientras nos reuníamos. También me ofreció que fuera a dormir unas cuantas horas.

–Aaron es buena elección –dijo David, pensando en el ranchero.

–Es lo bueno de los miembros del club –apuntó Alex, estirando las piernas–. Siempre están dispuestos a ayudar.

–Háblanos de la mujer, Clint. ¿Cómo está? –preguntó David.

–Nada bien. Sigue en coma. Está desnutrida y deshidratada. Dio a luz hace pocos días y ha sufrido un fuerte golpe en la cabeza –contestó Clint.

–Menos mal que contraté a una niñera esta mañana –las esperanzas de David de devolverle a la niña a su madre rápidamente se esfumaron–. ¿Algo más?

–Está en la UCI y le harán pruebas toda la semana. Ya le han hecho un encefalograma.

–No suena nada bien.

–Recemos para que sobreviva –Clint miró a la bebé con rostro serio–. Esa niña no puede perder a su madre –David recordó que Clint había perdido a su esposa en un incendio y el dolor lo corroía por dentro. Todos los hombres de esa sala ocultaban cicatrices profundas, de diferentes clases.

–Haremos cuanto podamos por ellas –dijo Alex.

–En el hospital están muy preocupados por la madre, y el personal es excelente –comentó Clint.

–Cierto –asintió David–. Los ricos de Royal han invertido tanto dinero en el Royal Memorial que podría competir con cualquier hospital de gran ciudad –miró a Alex–. ¿Tienes información sobre su identidad?

–No –contestó Alex–. Había una lista de nombres en la bolsa y los investigaré. Esta mañana hablé con Wayne Vicente y no hay ninguna persona desaparecida que coincida con su descripción. Sólo he descubierto una cosa –miró a sus amigos uno a uno–. Llevaba medio millón de dólares en la bolsa. Casi todo en billetes grandes.

–Diablos, es mucho dinero –comentó Ryan.

–Yo diría que está metida en problemas graves –dijo David. Los demás asintieron.

–Medio millón... ¿en qué puede estar metida? –preguntó Ryan.

–En algo peligroso –aseveró Clint.

Jimmy regresó con bebidas y bocadillos. Esperaron a quedarse solos para seguir hablando.

–Alex, sigue con tu informe –sugirió David.

–No he encontrado a nadie que recuerde haberla visto llegar a la ciudad. Ni en el aeropuerto ni en la estación de autobús. No tengo ninguna foto que enseñar, sólo he dado su descripción, sin resultado de momento. Acabo de empezar con la lista de nombres y fechas que había en la bolsa. Como está desnutrida, adivino que no hace mucho que tiene el dinero. Su ropa es barata. Si el dinero es suyo, es una excéntrica que guarda cada penique; pero es demasiado joven para haber acumulado tanto. Imagino que está huyendo –concluyó.

–Eso significa que habrá que seguir vigilándola.

–Puedo ayudar cuando me necesitéis. Puedo turnarme contigo en el hospital, Clint –ofreció Ryan. Miró a Alex–. También a ti, Alex, para lo que quieras.

–Gracias –contestó Alex.

–Pero tú quedas solo a cargo de la nena –le dijo Ryan a David.

–Ya lo había supuesto –dijo David con resignación–. ¿Cuándo vuelven Travis y Darin?

—No lo sé, pero nos vendría bien su ayuda —contestó Ryan—. Llamaré a Travis.

—¿Qué hacemos a continuación? —preguntó Clint.

—Seguiré intentando descubrir la identidad de la mujer y quién le dio la tarjeta. Preguntaré aquí en el club —ofreció Alex—. Guardé el dinero en la caja fuerte y seguiré en contacto con el jefe de policía —sus ojos verdes chispearon—. Así que, David, tú seguirás de papá. La pequeña Autumn parece feliz.

—Lo está. Pronto tendrá niñera.

—¿Quién es? —preguntó Alex.

—Marissa Wilder.

—Conozco a su hermana —intervino Ryan.

—Karen Wilder —dijo Alex—. Salí con ella una vez. Era más juerguista que su hermanita pequeña. Ahora está casada y tiene unos cuantos críos.

—¿Así que mi niñera es de fiar?

—¿No lo has comprobado? —preguntó Clint—. Puedo investigar, pero no creo que haga falta, si conocéis a su familia. ¿No lo has comprobado? —repitió.

—Diablos, no —estalló David—. Si hubieras pasado toda la noche en vela cambiando pañales e intentando que un bebé tragase biberones y dejase de llorar, también habrías contratado a la primera niñera que vieses. A Marissa se le dan bien los niños.

—Sigue así, papá. Lo harás bien —bromeó Alex. Se frotó la frente—. Creo recordar que Marissa Wilder estaba casada.

—Ahora no —dijo David—. Se lo pregunté.

—Sí que lo estaba —intervino Clint—. Con un tipo que era médico. Después de divorciarse, se casó de nuevo y se trasladó a Midland.

–Me daría igual que hubiera tenido cinco maridos –rezongó David. Los demás se echaron a reír.

–Me voy –dijo Clint, poniéndose en pie. Tenía aspecto solemne y expresión preocupada. David lamentó que estuviera involucrado en el asunto; no necesitaba más dolor en su vida–. La verdad, David. Tienes aspecto de haber pasado una noche horrible.

David hizo un gesto de despedida con la mano.

–Saldré contigo, Clint –Ryan se levantó también.

–Será mejor que me vaya mientras sigue dormida –dijo David–. Si se despierta con hambre, oirán sus gritos por todo el club. David levantó la cuna de viaje y la bolsa de pañales. La niña movió la mano y se quedó quieta de nuevo.

–Parece una bebé muy pacífica –dijo Alex, saliendo con David a la luz del sol–. Tenemos las manos llenas. Me pregunto quién golpeó a nuestra desconocida. Y quién intenta quitarle el bebé y por qué. Podría ser el padre, o parientes. Tengo muchas preguntas y ninguna respuesta. Es una pena que la nena no pueda hablar.

–Tiene buenas cuerdas vocales, pero no conversa.

–Te acostumbrarás, y ahora tienes ayuda –Alex sonrió–. Por lo que recuerdo, los Wilder son una buena familia. Sus padres hacen trabajos benéficos... creo.

–Me dijo que estaban fuera del país. Mantennos informados, Alex.

–Lo haré. En cuanto sepa algo, os lo diré. Esa mujer no salió de la nada. Y en su pasado tiene que haber alguien del club. Seguiré investigando. Tú ocúpate de la nena; así serás un experto cuando te cases y seas papá.

–Ya –rezongó David–. Nunca he pensado en casarme, y ahora estoy seguro de que no lo haré. Crecí sin madre y sin apenas ver a mi padre; no sé nada de estas cosas de familia.

–Estás aprendiendo. No desperdicies tus conocimientos –lo pinchó Alex–. Sería una pena.

–Lo que tú digas –David fue hacia su coche–. Este deportivo no está diseñado para un bebé –dijo para sí, mientras intentaba asegurar la cuna en el asiento trasero. Miró a la nena, que aún dormía, y le acarició el pelo–. Preciosa, has sido un angelito. Cumpliré mi promesa y compraré una mecedora de camino a casa.

Cerró la puerta con cuidado y vio a Clint saliendo del aparcamiento. Lo llamó, le llevó la cuna prestada y le pidió que la devolviera al hospital.

–Duerme, pequeña –dijo al arrancar el motor–. Supongo que estás descansando para esta noche, pero eso queda entre tú y tu niñera. Yo voy a dormir doce horas.

Autumn siguió durmiendo mientras David compraba una mecedora y pedía que se la llevaran esa tarde. Rezando para que siguiera así hasta llegar a casa, volvió por el camino más corto. Poco después llegó ante las verjas de hierro y el poste con un cartel que decía Rancho TX S. Levantando una nube de polvo, recorrió el camino de gravilla.

Soltó un suspiro de alivio cuando divisó la casa. Adoraba el rancho. Era su hogar y sus recuerdos de infancia más felices se habían generado allí.

La casa había sido construida a finales de 1800. David había pasado horas subido a su tejado y columpiándose en las ramas de los altos robles que daban sombra al jardín. Ahora era su refugio del mundo.

Detrás había un granero, un barracón, un corral y otros anexos. En la distancia se veían varias casas más.

Cuando llegaba al garaje, un perro negro y marrón corrió hacia el coche agitando el rabo. David aparcó, bajó y le rascó la cabeza.

–Vamos, General, apártate. Una bebita ha venido a vivir con nosotros, y es demasiado pequeña para que juegues con ella.

En ese momento, Autumn se estiró y parpadeó.

–Estamos en casa, pequeña. Enseguida te cambiaré y te daré de comer. Empiezo a ser un experto en esto –dijo, entrando en la casa.

Miró la mecedora que había en el porche y poco después salió para meterla en la espaciosa cocina, que tenía una zona de estar en un extremo. Sacó a Autumn de la cuna de viaje, la apoyó en su hombro y fue a por el biberón que había preparado.

–Preciosa, ya te he cambiado el pañal. Ahora podemos mecernos mientras comes, eso te gustará –se sentó y la colocó en sus brazos, como había visto hacer a Marissa. Segundos después, Autumn succionaba y David se mecía, encantado–. Empiezo a dominar esto –dijo–, pero me alegrará ver llegar a tu niñera.

Miró a su alrededor. Gertie, el ama de llaves, había recogido el caos de la noche anterior. Las encimeras de azulejos y el suelo de terracota volvían a estar inmaculados. Los armarios eran de madera y una barra separaba la zona de cocina de la de estar, en la que había una chimenea de piedra, un sofá y dos sillones. Al otro lado había una mesa ovalada con doce sillas, junto a un mirador. Era una habitación práctica, cómoda y bien equipada; una de las favoritas de David.

Sentado en la mecedora, en medio de la zona de estar, David miró a la bebé. Se preguntó si él había sido tan pequeño una vez, y si su madre lo había mecido aquellos primeros meses, antes de morir. Estaba seguro de que su padre no lo había hecho. No se lo imaginaba ocupándose de un bebé.

Miró el reloj. Eran las cuatro menos cinco. Esperaba que Marissa apareciera. Había llamado a Gertie desde el club para que le preparase un dormitorio. Oyó el sonido de un coche y suspiró con alivio. Cuando sonó el timbre, se levantó intentando no molestar a Autumn, que seguía bebiendo su biberón. Abrió la puerta con la niña en brazos y se quedó asombrado.

Deseó preguntar «¿Quién eres tú?», pero se enfrentaba a los mismos ojos chocolate y la misma deliciosa boca. Las extrañas ropas y el maquillaje habían desaparecido. Tenía ante él a una mujer deslumbrante, toda curvas y piernas, de cintura estrecha. Su rostro estaba enmarcado por una sedosa cortina de cabello rubio oscuro. Las mejillas eran levemente rosadas, de piel perfecta. Llevaba una camisa de algodón azul, remetida en una falda azul marino.

—No pareces la misma —farfulló, sin pensarlo. Ella esbozó la misma sonrisa adorable, derritiéndolo.

—No. Me temo que no llegamos a comentar mi atuendo esta mañana. Había una oferta especial en la tienda, y todos íbamos disfrazados de personajes de canciones infantiles. Yo iba de Bo-Peep, la pastorcilla.

Marissa arqueó una ceja al ver que él la miraba desconcertado, como si no conociese al personaje que había perdido sus ovejitas, pero no hizo ningún comentario.

–Veo que Autumn está muy bien –David se dio cuenta que seguían en la puerta; la estaba devorando con los ojos y no la había invitado a entrar.

–Adelante –se apartó rápidamente–. ¿Tus cosas están en el coche?

–Sí.

–Te ayudaré a traerlas. Espera a que termine de darle de comer a Autumn y te lo enseñaré todo. Estaba en la cocina. Metí la mecedora del porche –dijo. Se dio cuenta de que estaba parloteando, por primera vez en su vida. Le daba vueltas la cabeza. Creía haber contratado a una niñera competente, pero también era una mujer muy atractiva. ¿Cómo iba a vivir con ella en la misma casa?

Con una mano, tiró de la mecedora y la acercó a la chimenea. Señaló el sofá con una mano.

–Siéntate.

Marissa lo hizo, cruzando sus largas y bonitas piernas. Él se dio cuenta de que la estaba mirando de nuevo, y sudaba. Alzó la cabeza.

–Compré una mecedora antes de volver a casa. La traerán más tarde. Ésta es la del porche y, la verdad, había olvidado que la tenía.

–Autumn ya lleva más de medio biberón. Tendrías que hacerla eructar –sugirió Marissa.

–¿Qué?

–Los bebés tragan aire al succionar. Espera, te enseñaré. ¿Dónde están los paños de cocina?

–En el tercer cajón, junto al frigorífico.

Con un sensual bamboleo de caderas, Marissa cruzó la habitación y regresó con un paño.

–Inclínate hacia delante un poco, para que ponga esto en tu hombro.

Él siguió sus instrucciones. Notó sus manos sobre el hombro y captó un leve aroma a rosas. Tenía

41

la piel suave y cremosa. Maldijo para sí, no quería sentirse atraído por su niñera. Sería mal asunto.

—Ahora échate hacia atrás y ponla sobre tu hombro.

—Odio interrumpirla.

—No le importará si es poco tiempo y se sentirá mejor. Llorará menos si no le duele la tripita.

Le quitó el biberón a la niña y lo dejó en el suelo, junto a la mecedora. Apoyó a la niña en su hombro.

—Muy bien —lo animó Marissa—. Ahora dale palmaditas en la espalda. Marissa regresó al sofá y cruzó sus fabulosas piernas, que él no había visto bien esa mañana, con las medias de rayas.

—Ha eructado —dijo él un momento después.

—Ahora puedes volver a darle de comer.

—Ojalá hubiera sabido esto anoche —suspiró él.

—Seguro que ella desea lo mismo —sonrió ella.

—Dijiste que no estabas casada, Marissa. No te pregunté si tienes novio.

—Nada de novios —el hoyuelo apareció en su mejilla.

—Un amigo me dijo que estuviste casada.

—Así es. Con Reed Grambling. Se casó de nuevo y ahora vive en Midland.

—Lo conocía —dijo David, recordando a un jugador del equipo de baloncesto—. Era muy popular. Siento que no funcionara.

—Me encandiló su aspecto y su encanto, pero sólo le interesaba él mismo. Y las mujeres. Cuando terminó la carrera de medicina, que yo costeé, me dejó. Pero eso ya es pasado, recuperé mi nombre de soltera.

—Tuviste mala suerte.

—Ya lo he olvidado. ¿Pasaste por el hospital?

–No, Clint Andover me dijo que no tenía sentido. La mujer sigue en coma y el pronóstico es grave.

–¡Que horror! ¡Pobre nenita! –Marissa se mordió el labio y miró a Autumn.

–Esperemos que lo supere, entretanto, Autumn está en buenas manos –miró a la bebé–. Se ha dormido. Si quieres, puedo enseñarte la casa.

–Sí –Marissa se puso en pie–. La cocina es preciosa.

–Papá la decoró hace años. Parte de la casa ha sido remodelada, pero el resto sigue como cuando la construyó mi tatarabuelo.

Marissa escuchaba la voz profunda y grave de David, preguntándose si había alguna mujer en su vida. Se recordó que no debía pensar en eso; era como su ex marido: atractivo, encantador e interesado en mujeres mucho más guapas y sofisticadas que ella.

La casa era espaciosa, de habitaciones grandes, techos altos y suelos de madera. David la condujo a un amplio vestíbulo, decorado con óleos de paisajes marinos y tiestos con plantas.

–El abuelo se rebeló de joven y se unió a la marina. Regresó pocos años después, pero siempre amó el mar y coleccionaba estos cuadros –la tomó del brazo y la guió hacia la derecha–. Aquí está la sala. Pasó la mayor parte del tiempo aquí y en la cocina.

Soltó su brazo, pero ella siguió sintiendo la calidez de sus dedos. Apenas le llegaba al hombro, debía medir treinta centímetros más que ella. Era tan peligroso para el corazón de una mujer como lo había sido su marido, quizá incluso más. No sabría si podría resistirse a él.

La sala era enorme, con ventanales que ofrecían una vista panorámica del rancho. Una pared estaba llena de estanterías y cuadros. Había una gran chimenea de piedra y una gran pantalla de televisión en un extremo de la habitación. En una esquina había una mesa de juegos y cuatro sillas.

Después pasaron por un elegante salón y un comedor con una mesa de caoba para veinte personas. Había una sala de billar, biblioteca y despacho.

—Ésta será tu habitación —dijo él, guiándola por el pasillo a una habitación con una cama con dosel y muebles antiguos—. No sé dónde instalar a Autumn.

—Pon su cuna en mi habitación, si quieres. Así podré atenderla por la noche. A no ser que esté demasiado lejos de tu dormitorio.

—No, mi dormitorio es el siguiente.

—¡Oh, vaya! —gimió ella.

—¿Ocurre algo? —preguntó él, mirándola curioso.

—No, no —contestó ella rápidamente. No sabía cómo iba a dormir pensando que él estaba tan cerca.

Al llegar al rancho y ver el tamaño de la casa había supuesto que quizá apenas lo viera durante el día. Pero no iba a ser el caso.

—Perfecto entonces. Instalaré aquí la cuna —dijo David, sin parecer consciente del efecto que tenía sobre ella. En ese momento sonó el timbre—. Deben ser los repartidores, dijeron que la traerían esta tarde.

—Dame a Autumn —sugirió ella. David fue a abrir. Miró a la niña con adoración, estaba deseando bañarla y vestirla con la ropita que había elegido en la tienda. Se sentó en una silla y la acunó.

—La cuna está aquí —dijo él unos minutos después–. Puedes ponerla en la cama hasta que la monte.

–Prefiero tenerla en brazos, aunque esté dormida. Creo que le gusta. Aquí está más cómoda.

–Eso no lo discuto –apuntó él. Regresó con una caja enorme–. ¿No se despertará si la monto ahora? Haré ruido, puede que tenga que dar algún martillazo.

–Los bebés son capaces de dormir por mucho ruido que haya –le aseguró ella–. Móntala. Si se despierta nos iremos a otra habitación.

Marissa lo observó trabajar, admirando la flexión de sus músculos mientras lo hacía. Tenía manos fuertes y bien formadas, pero dos dedos de la izquierda estaban torcidos y llenos de cicatrices.

–Anoche no dormí nada, así que después de cenar me acostaré –la miró por encima de hombro–. ¿Te parece bien? ¿Podrás apañarte sola esta noche?

–Desde luego que sí.

–¡Bien! Llevo soñando con dormir desde ayer a medianoche. Come cada dos horas, es agotador.

–Estaremos bien. Tú duerme –afirmó ella. Se le aceleró el pulso al imaginárselo tumbado en la cama.

David terminó el montaje, colocó el colchón y puso las sábanas. Colgó un móvil de animales de colores sobre la cuna. Volvió a sonar el timbre, llevaban la mecedora de cerezo.

–Compré la mecedora para tu habitación. ¿Dónde la pongo? –preguntó David, llevándola.

–No lo sé. Déjala en cualquier sitio, ya lo pensaré.

–Si me das las llaves del coche, lo acercaré a la puerta trasera y traeré tus cosas.

–Gracias –sacó las llaves del bolsillo y se las dio.

Sus dedos se rozaron. Unos minutos después, él regresó con cajas y maletas.

–No viajas ligero, ¿verdad? –dijo él, poniéndose las manos en las caderas tras tres viajes.

–No dijiste cuánto duraría el trabajo –apuntó ella.

–No me quejaba –alzó los hombros–. Me da igual si traes a tu abuela, tus hermanas y toda la casa. Estoy tan contento de tener una niñera que cualquier cosa que hagas me parecerá bien.

–La niña es un encanto.

–¿Cuándo te gustaría comer? Si te parece bien, cenaremos mientras duerme. Gertie se irá después y nos quedaremos solos.

Oír su voz profunda decir que estarían solos inició una espiral de sentimientos en Marissa. No llevaba ni dos horas allí y reaccionaba a cada uno de sus gestos.

–No me importa.

–Si Autumn está durmiendo alrededor de las siete, cenaremos, y después yo me iré a dormir.

–Muy bien.

–Voy a limpiar, a no ser que quieras que me ocupe de ella mientras deshaces el equipaje.

–No. Está dormida, así que la acostaré un rato –Marissa colocó a Autumn en la cuna y le acarició su cabello–. Es preciosa.

–Un pequeño milagro. No sé cómo me aguantó anoche –murmuró él. Se había situado al otro lado de la cuna y Marissa vio que observaba a Autumn.

–Fuiste muy bueno al ocuparte de ella.

–Su madre necesita ayuda y algunas oraciones –alzó la cabeza y la miró a los ojos–. Tienen problemas muy serios. Te veré en la cena, llámame si me necesitas.

–Sí, David –contestó ella. Iba a enamorarse de él de la cabeza a los pies. Era sexy y buena persona. Se dijo que debía pensar sólo en el dinero que iba a ganar. Un dinero que le ayudaría a cumplir su sueño. Un sueño que no había confiado a nadie y que, hasta ese momento le había parecido muy lejano. Pero con el dinero que iba a pagarle David Sorrenson, podría alcanzarlo.

Acarició la manita de Autumn con ternura y empezó a deshacer su equipaje.

Cuando fue a cenar, David se había puesto una camiseta azul marino y unos vaqueros. Recién peinado y afeitado estaba guapísimo y le recordaba al David que había conocido años antes. Había sido un chico, pero ahora era un hombre músculo, alto y guapo. Sonrió, y a ella se le desbocó el corazón.

–Ven a conocer a Gertie –dijo él, quitándole a Autumn de los brazos–. Hizo la cena y mañana volverá a limpiar y a cocinar. Tú sólo debes ocuparte de Autumn.

Marissa entró en la cocina y vio a una mujer alta y delgada de pelo gris, que sonrió ampliamente.

–Marissa, ésta es Gertrude Jones –dijo David–. Gertie, te presento a Marissa Wilder, nuestra nueva niñera.

–Ah, me alegro –dijo Gertie–. ¿Te gustan los niños?

–Los adoro –contestó Marissa.

Autumn empezó a llorar y la hora siguiente fue ajetreada, mientras Marissa cambiaba y la alimentaba y David intentaba ayudar. Gertie se ofreció a quedarse a servir la cena, pero Marissa y David le aseguraron que podrían apañarse. En cuanto Gertie se fue, David regresó a la cocina y cerró la casa.

La cena fue ajetreada, porque Autumn se despertó de mal humor. Marissa y David se turnaron para tenerla en brazos y comer. Después, David limpió la cocina.

—Me sorprende que Gertie no quiera ocuparse de Autumn —comentó Marissa, acunando a Autumn.

—Gertie sabe tan poco de niños como yo —explicó él, secándose las manos y agachándose ante la chimenea para poner leña en su interior—. Vive aquí, al otro lado de la carretera, en el rancho. Varios empleados viven en sus propias casas. Trabajó para mi padre y lleva aquí desde antes de que yo naciera —cuando el fuego estuvo encendido, se volvió hacia ella—. Dame a Autumn, la tendré un rato.

—Pensé que querías irte directo a la cama —comentó Marissa, entregándole a la bebé. David se sentó en un gran sillón de cuero, con Autumn en el brazo.

—Ahora que sé que puedo dormir, no me encuentro tan cansado. Me apetece conocer mejor a mi niñera —dijo. Ella sonrió, esperando que él no notase cómo se le desbocaba el pulso con cada uno de sus comentarios. Seguía teniendo los ojos verde mar enmarcados por pestañas oscuras más fascinantes del mundo.

—Dijiste que no tenías novio. ¿Cómo pasas el tiempo libre?

—Con mi familia —contestó ella—. Cuido de mis sobrinos, de mis hermanas y de mi abuela. Voy a correr y nado. Cosas normales. ¿Y tú, David? —preguntó ella—. Acabas de dejar las fuerzas aéreas, ¿no?

—Sí, ya me cansé de esa vida —él estiró las piernas y las cruzó por los tobillos.

—Así que ahora te ocuparás del rancho.

–En realidad no. Me estoy tomando algo de tiempo, pero luego me trasladaré a Houston y trabajaré en la empresa petrolífera de mi padre.

Marissa observó su aire mundano y se lo imaginó en una gran ciudad. A pesar de sus botas y sus vaqueros, parecía más adaptado a la vida de ciudad que a la de campo. Pero quizá eso se debía a haber visto fotos suyas en el periódico con alguna belleza del brazo.

–¿Piensas vivir en Royal toda la vida? –preguntó.

–Espero vivir siempre aquí. Me gusta estar cerca de la familia –dijo ella. David le había dedicado su atención completa toda la tarde y era muy buen oyente. Era fácil hablar con él.

–¿Que harás con la fortuna que ganes si este trabajo de niñera dura más de una semana o dos? ¿Qué quieres?

Pensó en las múltiples respuestas que podría darle, pero no vio razón para ocultarle la verdad. Sus vidas sólo se cruzarían un breve periodo de tiempo, y luego cada uno seguiría caminos separados.

–No se lo he dicho a mi familia, pero me gustaría ir a un banco de esperma y tener mi propio bebé.

–Hay formas más baratas, sencillas –sus ojos verdes chispearon– y excitantes que un banco de esperma.

–Pero implican tener relación con un hombre –soltó una risa–. Ya he pasado por eso y no quiero volver a hacerlo.

–Siento que tu matrimonio te quemara tanto.

–Durante los seis años de estudios de Reed yo trabajé. En cuando acabó, se marchó con otra mujer. Y descubrí que me había estado engañando casi desde el principio. Así que no estoy interesada en tener más citas.

—No pienses que todos los hombres son como tu ex.

—No. Si conozco a un auténtico santo, no lo haré.

—Un auténtico santo es poner el listón muy alto —comentó David, mirándola con tanta atención que ella empezó a arrepentirse de haber desvelado su secreto.

—Bueno, pero como sólo me interesaría por un santo, el banco de esperma parece buena solución. ¿Y tú? Sigues soltero.

—El matrimonio no es para mí. No crecí en una casa en la que hubiera buenos roles familiares. Mi madre murió cuando era un niño y mi padre contrató a gente que se ocupara de mí. Adquirí un estilo de vida que no cuadra con el de un hombre casado. No veo matrimonio en el futuro —sonrió—. Pero me gusta tener citas.

—Yo tampoco veo otro matrimonio en mi vida.

—Apostaría el rancho a que vuelves a casarte —dijo él, mirándola de arriba abajo.

—¿Por qué dices eso? Apenas me conoces.

—Eres demasiado atractiva para quedarte soltera.

—Gracias, pero muchas mujeres bonitas lo hacen. Y creo que tú sales con muchas de ellas.

—Cierto, pero pareces de las que se casan. Adoras los bebés, para empezar. Y te gustan los hombres.

—No quiero hablar de eso. No deberíamos entrar en lo personal, sino tratarnos como jefe y empleada.

—Eso pensé cuando llegaste, pero ahora no sé por qué tenemos que ser tan profesionales. Puede que este empleo no dure mucho.

—Hay una buena razón; no quiero una relación que no sea profesional. Es mejor que sea impersonal. ¿Cuáles son tus aficiones, David? –preguntó ella, sonrojándose bajo su escrutinio y anhelando cambiar de tema. El sonrió abiertamente, consciente de su intención.

–Me gusta correr, nadar, esquiar, escalar e ir a bailar con mujeres bonitas. ¿Te gusta ir a bailar, Marissa?

–Sí, con un santo –contestó ella.

–¿No sirve un mero mortal? Bailar es un placer.

–Es mejor no jugar con fuego –dijo ella.

–Te estás perdiendo lo bueno de la vida. Deja que te lleve a bailar el sábado por la noche.

–¡Eh, vaquero! Vas demasiado rápido. Como esta mañana. Nada de baile el sábado, gracias –negó con la cabeza, aunque deseaba decir sí–. David, lo he pasado muy mal y no me interesa ningún tipo de relación.

–Te prometo que sólo serán unas horas de baile. Piénsalo, volveré a pedírtelo.

–Por ahora, prefiero que esto sea profesional –repitió ella con firmeza.

–Aceptaré lo que quiera mi niñera –cruzó las piernas–. ¿A qué se dedican tus padres?

–Tienen un rancho para animales abandonados y maltratados, cerca de aquí.

–¡Vaya! Eso es loable. ¿Es sin fines de lucro?

–Sí. Tienen empleados que llevan el rancho por ellos. Mis padres pasan la mayor parte del tiempo en Washington o dando conferencias.

–¿Qué los llevó a salvar animales?

–Papá es veterinario. Patentó un par de medicamentos que le dieron los fondos necesarios para crear el rancho. Invierten casi todos sus ingresos allí.

–Eso es encomiable, supongo.

–¿Quieres darme a Autumn e irte a dormir?

–No es mala idea –dijo él, levantándose. Ella se puso en pie para aceptar a la niña.

–Buenas noches, David.

–Buenas noches, Marissa. Llámame si me necesitas.

Cuando salió de la habitación, ella deseó secarse la frente. Él ya estaba flirteando y debía considerarla una conquista fácil; un entretenimiento que olvidaría pronto. David no tenía intenciones de casarse ni de comprometerse. Se parecía demasiado a su marido. Debía resistirse a David Sorrenson, que sólo quería una aventura. Miró a la bebé que tenía en brazos.

–Nenita, has complicado mi vida, pero te quiero de todas formas –comprendió que su corazón tendría que afrontar dos heridas. Si el trabajo duraba mucho, le dolería renunciar a Autumn, aunque deseaba que la nena estuviera con su madre.

Se estableció una rutina: David salía temprano por la mañana a trabajar en el rancho y regresaba por la noche. Pero cuando llegó la segunda semana de noviembre, él empezó a pasar más tiempo con Marissa y Autumn. Salía más tarde y regresaba antes a casa.

Marissa empezó a sentirse cada vez más atraída por él. A menudo lo pillaba mirándola y se preguntaba qué pensaba. Flirteaba con ella, la entretenía y era cada vez más irresistible. Pero ella se esforzaba por ignorarlo.

David, esquivando las balas, apretó los dientes y corrió por el abrupto terreno, alejándose de la casa

52

ardiendo que era una trampa mortal. Oyó el tiro y sintió el dolor. Se quedó sin aire y deseó gritar.

De golpe, David se sentó en la cama, desorientado. En seguida supo que estaba en su dormitorio, no al otro lado del mundo, huyendo con el corazón destrozado por la violenta muerte de su mejor amigo. Estaba empapado de sudor. Se preguntó si las pesadillas acabarían alguna vez. Oyó el sonido de un llanto.

Pronto se hizo el silencio. Se puso las manos tras la cabeza e imaginó a Marissa, con un camisón transparente, en la habitación de al lado. Hacía más de una semana que le había contado su deseo secreto: un banco de esperma. Ella no debería tener que seguir ese camino, era demasiado atractiva.

—Ya —dijo en voz alta—. ¿Quieres ofrecerte como voluntario? —lo haría sin dudarlo. Era sexy y atractiva y no podía resistirse a flirtear con ella. Pero sabía que si rompía sus defensas y empezaban a salir, Marissa desearía una relación seria y él nunca se casaría. No era hombre de familia; algunos años apenas había visto a su padre y su estilo de vida era demasiado peligroso. No podía imponer eso a una esposa o a unos hijos.

Siguió pensando en Marissa en camisón. Después de pasar treinta minutos dando vueltas, volvió a oír a Autumn llorar y recordó la primera noche que pasó con la niña. Estuvo a punto de ir a ofrecer ayuda, pero no quería sentar un precedente que luego lamentaría.

La niña calló y David, con alivio, imaginó a Marissa en la mecedora. Consiguió dormirse una hora más tarde. Se levantó al amanecer y, antes de irse escribió una nota a Marissa, diciendo que volvería sobre las seis.

Consiguió no pensar en ella a ratos, pero a las tres decidió que era hora de volver a casa. Se dio todo tipo de excusas pero, en el fondo, sabía que quería ver a Marissa.

Cuando llegó, la cena estaba en el horno y Gertie se había marchado.

–¡Estoy en casa! –gritó, colgando el abrigo y el sombrero. No hubo respuesta y, tras recorrer la planta inferior, subió la escalera–. Marissa –llamó.

Estaba polvoriento y, dirigiéndose hacia la ducha, se quitó la camiseta. La puerta del dormitorio de Marissa estaba abierta de par en par. David dio un golpecito.

–¿Marissa? –al no oír respuesta, entró. Autumn estaba tumbada en la cuna y se acercó a mirarla.

–Hola, preciosa –murmuró. Oyó un gritito a su espalda.

Giró y se quedó helado al ver a Marissa.

54

Capítulo Cuatro

Ya había estado caliente pensando en ella. Al verla empezó a arder. Marissa estaba envuelta en una manta de baño azul marino, debajo sólo estaba su voluptuoso y cálido cuerpo desnudo.

–Dijiste que no volverías hasta las seis –musitó ella. Lo miró con los ojos muy abiertos–. No sabía que estabas en casa –añadió, pensando que debería ir a vestirse, hacer cualquier cosa menos mirarlo.

–Grité tu nombre y llamé a la puerta –dijo él.

Pero ella no lo escuchaba; no podía dejar de mirar su musculoso pecho desnudo, salpicado de vello negro y rizado que bajaba hasta desaparecer dentro de sus vaqueros. El hombre era puro músculo, piel bronceada y perfección. Se le secó la boca.

No podía respirar, tragar ni hablar. No debería haber aceptado ese trabajo, se derretía sólo con que la mirase.

–Autumn está dormida –dijo él, acercándose.

–Sí –musitó Marissa, mirando sus labios–. Tengo que vestirme...

–Marissa –la voz de él sonó aún más grave. Puso la mano en su nuca y le quitó la toalla que llevaba a modo de turbante. Espesos mechones de cabello rubio oscuro cayeron sobre sus hombros.

Él enredó los dedos en ellos, y no pudo apartarse. Sólo podía mirar sus ojos y ver cuánto la deseaba.

—Apártate, David —susurró, por fin.

—¿Por qué? Un beso es inevitable.

—No lo es —discutió ella, con el corazón acelerado—. No mientras esté aquí envuelta en una toalla.

—Eso podríamos remediarlo —dijo él. Ella sujetó con ambas manos la toalla anudada.

Él no se movió, seguía mirándola con ojos anhelantes. Inclinó la cabeza y rozó sus labios con suavidad, pero ella sintió que la abrasaban.

—David, no deberíamos... —musitó.

—¿Por qué diablos no? —preguntó—. Sé que lo deseas, lo veo en tus ojos. Marissa, esperaba esto desde que te abrí la puerta de casa.

Ella pensó que ella lo había esperado desde los once años. Él volvió a poner los labios sobre los suyos y Marissa supo que estaba perdida. Iba a satisfacer su curiosidad por él. Había soñado miles de veces con ese momento, imaginando su beso, fantaseando con que él la deseaba. No podía negarse a disfrutar unos minutos.

David rodeó la cintura de Marissa con un brazo, acercándose e introduciendo la lengua en su boca. Al paladear su sabor dulce y cálido, sintió una dorada tortura en su corazón, y una satisfacción que habría supuesto imposible. Era como un rayo de sol en una vida.

Apretó los brazos, intentando devorarla con su beso, estremeciéndose hasta lo más profundo de su ser. La suavidad de esa mujer prometía una calidez que llevaba toda la vida buscando.

Marissa acarició su musculoso pecho esculpido, sintiendo el crespo vello en las palmas de las manos. Después tocó sus fuertes hombros y rodeó su cuello. Su fuerza de voluntad desapareció del todo.

Él profundizó el beso y ella lo correspondió con

pasión, sintiendo un cosquilleo interminable en todos sus sentidos. Se puso de puntillas. El beso de David era cuanto había soñado y más. Acababa de abrir una caja de Pandora y se enfrentaría a todo tipo de problemas, pero el momento era delicioso.

David Sorrenson, el hombre de sus sueños, la estaba besando.

–Marissa –murmuró él con pasión. Enredó los dedos en su cabello y siguió alimentando la pasión del beso.

Ella sabía que debía detenerse, pero no podía hacerlo. Había esperado toda una vida, y merecía la pena. Sus sueños se habían hecho realidad. Nunca había habido un beso así, que la hiciera temblar, deshacerse. Se encontraba en un mundo de fuegos artificiales y estrellas. Deseó acariciarlo, hacerle sentir lo mismo que sentía ella.

De repente, como si una niebla se disipara, comprendió lo que estaba haciendo. Iba derecha a un abismo que le rompería el corazón, a amar a un hombre que no se tomaba en serio las relaciones.

Lo empujó suavemente con las manos. Él, mirándola, dio un paso atrás. Sus ojos verdes mostraban cuánto la deseaba y respiraba con agitación. Deslizó la mano desde su nuca hasta su cintura y ella recordó que sólo la cubría una toalla.

–Ahora tenemos que parar –le dijo.

–Puede –contestó él, acariciando su mejilla–. No son más que besos, Marissa. Es excitante empezar a conocernos.

–Es más seguro evitar conocernos demasiado bien.

–¿Más seguro? –alzó las cejas–. No te tomes la vida tan en serio. A los dos nos gustó besarnos. Niégalo.

–No puedo. Pero no quiero involucrarme demasiado –afirmó.

–¿Y si te prometo que no lo haremos? Sólo besos y buena compañía. ¿Qué hay de malo en eso?

–Lo malo es desear más. Tus besos podrían convertirse en adictivos –empezó a enfadarse con él–. ¿Crees que no hay ningún peligro de que uno de los dos sufra, se enamore, o se complique la vida?

–No lo hay. Recuerda, tú quieres un santo. Yo no lo soy –contestó él con ligereza.

–Eso no me tranquiliza –dio un paso atrás y dejó caer la mano hasta su antebrazo–. ¿Estás tan seguro de que no lo pasarás mal cuando me vaya?

–El pasado me da esa seguridad –afirmó él, con expresión solemne–. Los últimos años de mi vida he evitado el compromiso porque estaba siempre enfrentándome a peligros. Se ha convertido en un hábito. No quiero compromisos. Tú no quieres compromisos. Así que podemos relajarnos, disfrutar el uno del otro e incluir algo de placer en nuestra vida.

–David Sorrenson, algún día, lo quieras o no, te enamorarás. No puedes ir por la vida iniciando relaciones y desentendiéndote después. Cuando alguien te rompa el corazón, entenderás por qué yo no quiero volver a arriesgarme. Duele demasiado.

–Eres demasiado seria –dijo él, pasando los dedos por el borde superior de la toalla, por su escote. Ella jadeó, deseando volver a sus brazos.

–¿Cómo te hiciste esto? –le preguntó, tocando una fea cicatriz que tenía en el hombro izquierdo. Él cambió de expresión, cerrándose.

–En el ejército. Un tiro –dijo con voz brusca.

Ella inspiró, comprendiendo que debía haber corrido muchos riesgos en su vida. Su seca respuesta indicaba que no quería hablar de ello. Pero el hechizo que los había envuelto, se había roto.

—Tengo que vestirme —declaró—. Vete.

—Ay, dame un minuto más —pidió él. Ella supo que conseguiría su deseo, igual que la mañana que la contrató; era irresistible.

David rodeó su cintura con un brazo, levantó su cortina de pelo y la echó a un lado. Al sentir sus besos en la nuca, ella cerró los ojos. Sintió un cosquilleo en los senos y su deseó de abrazarlo se hizo aún mayor.

—Ahora, vete de aquí —se apartó y señaló la puerta.

—Si insistes... —la miró de arriba abajo, lentamente. Recogió la camiseta que había dejado caer al suelo—. Voy a ducharme. Así oleré como tú. Podríamos habernos duchado juntos —sus ojos chispearon.

—Eres malvado, David.

Con una sonrisa traviesa, él salió del dormitorio.

Ella corrió a cerrar la puerta a su espalda, como si la persiguieran los demonios. Era el demonio de su deseo el que amenazaba con vencerla.

Se puso unos vaqueros y una camisa azul mientras recordaba los últimos minutos y los besos más fabulosos de su vida. Besos o no besos, no tenía ninguna intención de enamorarse de él. Había dejado claro que no quería comprometerse y ella no aceptaría otra cosa. Pero sus besos la habían vuelto loca.

Sabía que no era capaz de hacer lo que él había sugerido. Ir a bailar, besarse y separarse de él en una semana, o cuando fuera, sin sufrir por ello. Suspiró. Seguramente la consideraba estirada, miedosa y tradicional, pero no podía evitar ser como era.

Si se separaban al día siguiente, él tardaría un día o dos, quizá una semana, en olvidarla. Ella, ahora que se habían besado, podría tardar toda una vida. Movió la cabeza. La vida no era justa. Pero si protegía su corazón igual que David, sería más justa para ella.

Estaba hecha un lío y suponía que pasaría una noche horrible, incapaz de dormir. Tendría que obligarse a olvidar los besos de David, pero no lo haría todavía. Disfrutaría del recuerdo durante un tiempo.

David, en la ducha, se lavó el pelo y dio rienda suelta a sus pensamientos. Iba a convencer a Marissa para que fueran a bailar el sábado.

–Tranquilo, amigo –se dijo bajo el agua. Sabía que Marissa quería matrimonio, pero él no estaba interesado.

Recordó sus besos y notó el pálpito de su sexo, atormentado de deseo. Había notado su calor bajo la toalla y había anhelado acariciar su piel. David intentó concentrarse en las tareas que debía realizar en el rancho. Pero no podía pensar en el ganado.

Marissa tenía tanto miedo de volver a sufrir que se había cerrado al mundo. Habían pasado dos años desde su divorcio, eso era tiempo más que suficiente para olvidar. David suspiró y movió la cabeza. Había salido con docenas de mujeres bonitas y ninguna había tenido tanto efecto en él.

Era distinta a todas ellas. Había algo terrenal en ella, un profundo instinto maternal con Autumn, un enfoque práctico de la vida. Y además estaban esos besos que lo habían derretido. La reacción nunca había sido tan intensa antes.

Acabó de ducharse, se secó y se puso ropa limpia; vaqueros y una camiseta. No podía dejar de pensar en Marissa: la quería en sus brazos, en su cama. La idea le elevó la temperatura. El sentido común le decía que no la tendría en su cama si no le prometía matrimonio. Y eso no iba a ocurrir.

Pensó en Ellen Drake, con quien había salido bastante desde que regresó a casa. Era divertida, sofisticada y no se tomaba las cosas en serio. Ellen quería pasarlo bien y que la vieran en los sitios adecuados con la gente adecuada. Sospechaba que eso le importaría bien poco a Marissa. Debía olvidarla antes de encontrarse metido en un lío con una fémina llorosa.

Pero recordó los besos y supo que no podía olvidarla ni ignorarla. Tenía que convencerla para que saliera con él, y no sería fácil. Ella había dicho que quería un santo y él no lo era.

Marissa le estaba quitando el sueño con tanto éxito como Autumn la primera noche en su casa. Había contado con noches largas y pacíficas. Apenas podía dormir y no pensaba con claridad durante el día. Se dijo que no era más que una cara bonita. Si salía con él, bien; y si no, también. Dos semanas antes ni siquiera había sabido que Marissa Wilder existía. La olvidaría.

–Lo haré –gruñó, intentando no pensar en que se moría de ganas de pasar la tarde con ella.

Marissa lo mantuvo a distancia y David volvió a pasar la noche en vela. El martes, antes del amanecer, ya estaba haciendo el café.

Oyó llorar a Autumn, preparó un biberón y fue hacia el dormitorio de Marissa. Llamó a la puerta y ella le contestó que entrase.

–Buenos días –dijo, abriendo la puerta. Llevaba vaqueros y una camiseta roja que se ajustaban a su cuerpo a la perfección. Parecía tan fresca como si hubiera dormido un día entero. Le subió la temperatura al mirar sus vivaces ojos marrón oscuro.

–Buenos días, David –canturreó ella–. Gracias por preparar el biberón. Le daré de comer en la cocina.

Él deseó rodearla con los brazos y seguir por donde lo habían dejado el día antes, pero se conformó con seguirla a la cocina y preguntarle qué quería desayunar.

Mientras ella daba el biberón a Autumn, fue a su habitación, abrió el armario y miró la talla de un vestido y de los zapatos. Antes de salir, miró a su alrededor. La habitación parecía otra.

Estaba llena de cosas de Marissa: desde dos tiestos con flores a libros, maquillaje y un reloj. Había fotos de su familia sobre la cómoda. Sonrió, preguntándose si Gertie se enfadaría; mantenía la casa ordenada y limpia y quizá tendría que pagarle un plus por ocuparse del dormitorio de Marissa.

Regresó a la cocina y llamó a su capataz, Rusty Bratton, para decirle que ese día no iría. Hablaron de asuntos de trabajo un rato y colgó.

–No irás a quedarte aquí para ayudarme con Autumn, ¿verdad? No hace falta.

–No –se sirvió un café y fue a sentarse cerca de ellas, que estaban en la mecedora. Intentó no mirarla, sin éxito. Tenía el pelo recogido en la nuca con un lazo rojo; deseó desatarlo y acariciar el sedoso cabello. La semana anterior se había negado a ir a bailar con él, pero no iba a permitir que eso volviera a ocurrir.

–Voy a la ciudad, así que dame un lista de lo que necesitéis tú o Autumn –dijo.

–Ahora la hago. Me gustaría que comprases un juego de la oca, si no te importa. Mitch, mi sobrino, cumple cuatro años dentro de unos días.

–Eso es fácil –contestó él–. Haz la lista. Tengo que hacer algunas llamadas antes de irme.

Media hora después, con vaqueros, botas, sombrero y chaqueta, David salió de la casa. Miró por encima del hombro y vio a Marissa en la ventana, con Autumn en brazos. Ella le saludó con la mano y él hizo lo propio.

Después de hacer compras y gestiones, David pasó por el hospital para hablar con quien estuviera vigilando a la mujer misterio. Al final del pasillo vio a Clint, que lo saludó con la cabeza.

–Tenía que venir a la ciudad y se me ocurrió pasar por aquí a pedir noticias.

–No hay nada nuevo –Clint miró su reloj–. Ryan vendrá a sustituirme en seguida. Alex sigue sin haber encontrado pistas sobre su identidad o el dinero. La policía no tiene ninguna denuncia de desaparición que encaje con ella. No hay progresos.

–Maldición, eso es malo.

–¿Cómo está la niña?

–Muy bien. Le gusta su niñera y viceversa, ahí no hay problema. Entonces, ¿nada de nada?

–Hubo un pequeño incidente que quizá no tenía que ver con nuestra Sinnombre –dijo Clint, metiendo las manos en los bolsillos del pantalón.

–¿Qué?

–Ryan estaba de guardia a primera hora de la mañana, hoy. Fue a la máquina de refrescos, al final del pasillo. Cuando regresó había un hombre casi al lado de su puerta. Al ver a Ryan, el tipo se marchó apresuradamente –Clint encogió los hombros–. Puede significar algo o podría ser coincidencia. Si hubiera ocurrido durante el día, Ryan no le habría dado importancia.

–Pero si quienes la buscan han descubierto su paradero, es un problema –dijo David.

–Estoy de acuerdo, pero puede que no sea nada.

–Tened cuidado –urgió David, mirando el pasillo por el que circulaban enfermeras y visitantes.

–Tranquilo, seguiremos vigilando –prometió Clint.

–¿Puedo hacer algo?

–Nada, aparte de cuidar de la bebé –contestó Clint–. Con eso basta.

–Ahora volveré al rancho. Espero que haya algún cambio o noticia. Nuestra Sinnombre no salió de la nada. Alguien debe estar buscándola, alguien debe conocerla.

–Sí, debe haber más de uno.

David salió al aparcamiento, inquieto. Miró a su alrededor. Sentía un cosquilleo en la piel, como si lo vigilaran, y supuso que eran imaginaciones suyas. Pero su instinto no solía fallar en situaciones de peligro.

Se sentó al volante y esperó, recorriendo el entorno con la mirada, buscando algo inusual. Pero la gente iba y venía con naturalidad. Finalmente, arrancó el coche.

Llegó a casa a primera hora de la tarde. Marissa estaba en el suelo de la sala de estar, cambiando a Autumn, sobre una manta. David la saludó al pasar, Tenía los brazos llenos de cajas y Marissa lo oyó hacer varios viajes al coche y después hablar con Gertie en la cocina.

Cuando por fin entró en la sala, sintió el impacto

de su intensa mirada verde. Llevaba un suéter azul marino que hacía que su cabello pareciese aún más negro y le daba un aspecto muy sensual. Consciente de que no debía mirarlo, Marissa se volvió para levantar a Autumn. David cruzó la habitación.

–Deja que la tenga un rato –dijo–. Os he echado de menos a las dos –dijo con voz queda.

–¿Has hecho todos tus recados? –preguntó ella, intentado no pensar en su comentario.

–Sí, y compré ese juego que querías para tu sobrino.

–Me extraña que no hayas jugado nunca. Y tampoco conocías el personaje de Bo-Peep, la pastorcilla. ¿Qué clase de infancia tuviste?

–Una sin canciones ni juegos infantiles –dijo él–, pero tuve infancia.

–Empiezo a dudarlo. Tengo que preparar un biberón –dijo ella, yendo hacia la cocina. David la siguió. Olía a comida apetitosa.

–He terminado –dijo Gertie, quitándose el delantal–. La mesa está puesta y la comida en bandejas, tapada y lista. Me iré, a no ser que necesites algo más.

A David lo divirtió que Gertie le dijera todo a Marissa, sin siquiera mirarlo. No sabía cómo Marissa se había convertido en la jefa de un día para otro.

–No, muchas gracias –dijo Marissa–. ¿Necesitas algo más, David?

–Oh, no. Gracias, Gertie. Hasta mañana.

David la acompañó hasta la puerta y miró a su alrededor, comprobando que no había nada raro.

–Autumn tiene que comer –dijo Marissa, quitándole a la niña–. Si tienes hambre, puedes empezar a cenar.

–No se me ocurriría no esperarte –farfulló David–. Llevo todo el día deseando cenar contigo.

–¡Oh, Dios! –suspiró ella, mirándolo. A David le dio un vuelco el corazón, a pesar de sus protestas y de su cautela, él la afectaba, era obvio.

–Prepararé el biberón –dijo, consciente de que en ese momento había que ocuparse de la niña, no de flirtear.

Marissa lo observó. Desde el día anterior se había propuesto levantar barreras. No deseaba revivir algo tan doloroso como su divorcio. Ni David buscaba algo duradero ni ella una aventura.

David le dio el biberón y Marissa se sentó en la mecedora con la bebé. David puso música, encendió el fuego y, finalmente, se sentó a su lado.

–¿Sabes algo sobre la madre de Autumn? –preguntó.

–Fui al hospital. Sigue igual.

–¡Lo siento! Pobre nena y pobre mamá –Marissa apretó a Autumn entre sus brazos–. ¿Tampoco han descubierto su identidad?

–No. No está en ninguna lista de personas desaparecidas y no hay pistas. Es un misterio. Debe tener familia en algún sitio.

–Quizá no. Algunas personas carecen de ella.

–A veces he estado tan alejado de mi familia que si algo me hubiera ocurrido, nadie lo habría sabido durante mucho tiempo.

–No sé cómo hacías ese trabajo. Ni por qué.

–Tal vez para evitar el trabajo rutinario que me espera en Houston –se pasó la mano por el pelo–. Cuando uno es joven, recién salido de la universidad, la vida se ve de otra manera. Entonces no quería trabajar en un despacho día tras día.

–¿Y ahora sí?

–Estoy más resignado a hacerlo que entonces.

–¿Resignado? –ella lo miró con sorpresa–. ¿Por qué vas a hacerlo si no quieres?

–Toda mi vida ha estado encaminada en esa dirección exceptuando un desvío a las fuerzas aéreas. Mi padre lo espera de mí y no hay ninguna razón importante para decepcionarlo. Supongo que me acostumbraré.

–Eso es un hijo consciente de sus deberes –comentó ella, viendo un nuevo aspecto de su personalidad–. Será muy distinto de lo que has hecho hasta ahora. Marissa se sentía cada vez más atraída por él. Debería haber rechazado ese trabajo, pero al ver a la pequeña Autumn su corazón se henchía de felicidad. Tenía un sueldo fabuloso y la bebé era adorable. Sólo debía proteger su corazón.

–Espero que la madre se recupere pronto y pueda recuperar a su bebé. Autumn es maravillosa, David.

–Apuesto a que dices eso de todos los bebés que has cuidado en tu vida –sonrió él.

–Es posible –aceptó ella.

–¿Quieres celebrarlo? –cruzó la habitación hacia el botellero–. ¿Te apetece una copa de vino?

–Sí. Después de que Autumn coma y se duerma. ¿Qué vamos a celebrar?

–Que seas la niñera de Autumn.

–Eso se lo merece –Marissa se rió, aunque una vocecita interior le decía que debería rechazar el vino y dejar de charlar con él. Pero la vocecita perdió la partida.

David echó leña en la chimenea de la cocina y puso la cena en la mesa. Después, tuvo a Autumn en brazos hasta que se durmió y la llevó a la cuna.

Regresó a la cocina y le ofreció una copa de vino a Marissa, mirándolo a los ojos.

—Por que la pequeña Autumn haya entrado en nuestras vidas —brindó.

—Eso es digno de celebración, pero espero que su madre se recupere pronto.

—Yo también. Pero me alegro de que nos hayamos conocido —dijo él con voz grave. Chocó la copa con la suya y la observó mientras tomaba un sorbo. Ella, bebiendo, pensó que nada podía ser más embriagador que el deseo que veía en esos ojos verdes.

—¿Lista para cenar? —preguntó él con voz seductora. Ella asintió y él le apartó la silla de la mesa para que sentara, rozando su hombro levemente.

Se sentó frente a ella. Mirándolo, Marissa recordó sus sueños de adolescencia. Por fin estaba allí, en su casa, cenando con él y se habían besado. Se recordó que se trataba sólo de un empleo temporal.

—Carne asada, patatas y salsa, la especialidad de Gertie —le pasó la bandeja—. La has conquistado, no sé si recuerda que yo también vivo aquí.

—No seas ridículo. Es muy amigable.

—Creo que está tan contenta como yo de que aceptaras. El primer día estaba tan anonadado que ni siquiera recordaba mi nombre.

—Eso me sigue sorprendiendo. Un bebé es sencillo.

—No para mí.

—Está delicioso —preguntó Marissa, probando el asado. Ladeó la cabeza—. ¿Cómo es que no has oído de Bo-Peep ni conoces el juego que te pedí que comprases? ¿Te tenían encerrado en el ático?

—No. Mi madre murió. Crecí con un hombre que no sabía nada de niños ni tenía interés por aprender. Contrató niñeras y tutores, me envió al colegio y se ocupó de mí, pero hay grandes vacíos en mi infancia. No jugaba como hacen otros niños.

–No te faltaba nada –Marissa miró a su alrededor.

–Papá heredó dinero e hizo aún más –encogió los hombros–. Yo me limitaba a estar callado, hacer lo que me decían y disfrutaba a mi manera. Me encantaba leer, jugar al fútbol y nadar. Supongo que a mis niñeras no les gustaban las canciones y los juegos infantiles. Hubo tantas que ni siquiera las recuerdo. Gertie siempre estuvo presente, pero los niños le interesaban tan poco como a mi padre.

–¿Y otros parientes?

–Tengo abuelos, pero tampoco les gustaban los niños. Supongo que es hereditario.

–¡Seguro que no! –exclamó Marissa–. Te portas muy bien con Autumn –tomó un sorbo de vino–. ¿No quieres casarte y formar una familia?

–Cuando entré en Operaciones Especiales, borré el matrimonio de la lista; era una vida peligrosa.

–Pero creí que ya lo habías dejado.

–He dejado el ejército, pero soy más mayor, tengo mis costumbres fijas y no sé nada de matrimonio ni de vida familiar. Seguramente me quedaré soltero –explicó. Marissa se preguntó cuántos corazones rotos iba dejando a su paso–. Quizá algún día... Me estoy acostumbrando a cuidar de Autumn, es adorable.

David miró a Marissa y especuló sobre su vida.

–Apuesto a que mientras crecías jugabas a todo y estabas siempre rodeada de niños.

–Tienes razón –sonrió, mostrándole su hoyuelo.

–Tu sonrisa hace que desee sonreír –dijo él, tocando su mejilla.

Marissa pensó que si puntuaba su capacidad de resistirse a él, de uno a diez, no pasaría del uno.

Mientras cenaban, hablaron de sus vidas. Al oírlo hablar del rancho con entusiasmo, se dio cuenta de que en el fondo de su corazón era un auténtico vaquero.

—Hemos terminado, vamos al sofá —dijo él, tras un largo rato.

—Deberíamos recoger esto.

—Para eso pago a Gertie. Déjalo y ven —la tomó del brazo y la llevó al sofá.

Mientras Marissa se debatía entre sentarse junto a él o en un sillón para mantener las distancias, él se detuvo.

—Ahora, cierra los ojos. Te he traído una sorpresa.

Capítulo Cinco

¿Una sorpresa para mí? –preguntó Marissa, asombrada–. ¡David, apenas me conoces!

–Pretendo conocerte mejor –dijo él, tomando su rostro entre las manos. Ella sintió que se derretía al oír su voz cálida y grave. Entreabrió los labios e inspiró con fuerza, le faltaba el oxígeno.

–Esto es un empleo –le agarró las muñecas–. Eres mi jefe, David; esto debería ser una relación profesional.

–Dame una buena razón –pidió él.

–Para que uno de nosotros no se enamore y acabe con el corazón herido.

–¿Estás lista para una relación seria? –preguntó él.

–¡No! Eso es lo que intento decirte –exclamó Marissa–. Confiaba en mi ex marido al cien por cien, me utilizó y rompió esa confianza. Me fue infiel y sólo me quería para que lo mantuviese mientras estudiaba medicina. No quiero volver a tener una relación seria.

–Yo tampoco –afirmó David–. Eso nos hace inmunes al dolor. Relájate y disfruta. Te hicieron daño, necesitas salir y vivir un poco, eso podría hacerte olvidar.

–Deberías dedicarte a las ventas –dijo ella con voz seca–. Ése es el argumento típico de alguien a quien nunca han herido.

–No he pasado por un divorcio –admitió él–, pero no puedes apartarte del mundo. Tú no. Estás demasiado llena de vida para eso.

–Discute cuanto quieras –dijo ella con exasperación–. He experimentado ese dolor y sé de lo que hablo.

–Cualquiera diría que estoy a punto de declararme. Esto no es nada. Relájate y disfruta. Creo que hace mucho tiempo que no lo haces. Cierra los ojos, Rissa.

Oír ese diminutivo fue como una llamarada en sus venas. Nadie la había llamado Rissa ni ningún otro apodo. Dicho con su voz profunda, sonaba cálido y especial. Inspiró con fuerza y cerró los ojos.

–Ahora mismo vuelvo. No los abras.

No lo oyó alejarse, pero dejó de sentir sus dedos en las mejillas. Se preguntó por qué reaccionaba con tanta intensidad a ese hombre, por qué no lo veía como a los demás. Encima, le había llevado una sorpresa; había roto su equilibrio desde el momento en que vio sus ojos verdes desde detrás del mostrador de la tienda.

–Vale, abre los ojos –estaba ante ella con un montón de cajas–. Son para ti. Abre primero la más grande –sugirió–. Así las demás tendrán más sentido.

Ella, muy consciente de que la observaba, levantó la tapa de la caja grande. Bajo capas de papel de seda había un ligero vestido negro de punto. Era delicado, de buen corte y precioso.

–¡David, es precioso! –exclamó. De inmediato, se hizo cargo de las implicaciones–. ¡No puedo aceptarlo! ¡Es un chantaje, David Sorrenson!

–Claro que puedes. Ahora es tuyo. No es algo que *yo* quiera –dijo él cortante–. Y no es un chantaje, es un regalo.

–Sabes que no puedo aceptarlo. Eres rastrero y tramposo –dijo ella, sintiendo que se ahogaba en su persistencia, que iba de cabeza al abismo.

–Ser rastrero a veces sirve para conseguir lo que uno quiere. Deja de discutir. Es tuyo. Póntelo el sábado por la noche. El Club de Ganaderos Texas celebra cenas con baile dos veces al mes. Quiero que vengas conmigo. Ahora, abre las demás.

–Haces cualquier cosa por conseguir lo que quieres –masculló ella, exasperada y encantada al mismo tiempo. Él iba demasiado rápido, y ella se sentía demasiado atraída y susceptible–. Desde luego...

–Shh –le puso un dedo en los labios–. Piénsalo bien antes de desilusionarme.

Se acercó, puso una mano en su cintura y alzó su barbilla para mirarla a los ojos.

–En cuanto a lo de hacer cualquier cosa para conseguir mis deseos, soy culpable. Sobre todo si se trata de una mujer bella y sexy que me quita el sueño y me vuelve loco con sus protestas. Salgamos juntos el sábado por la noche –pidió con voz seductora.

–¿Y Autumn?

–Ya me he ocupado de eso –contestó él.

–¿Cómo puedo negarme? –susurró ella, perdida en la profundidad de su mirada.

–¡Bien! –le quitó el vestido de las manos y lo echó en una silla. Se inclinó y apagó la lámpara; sólo las llamas de las dos chimeneas iluminaban la habitación.

–Llevo esperando desde ayer, Rissa –musitó, mirando sus labios.

–Sé que debería decir que no.

–No lo hagas –empezó a besar su cuello y su oreja. Ella inspiró con fuerza.

—David, escúchame —protestó, poniendo las manos en sus antebrazos. Fue un error táctico, cualquier contacto físico le disolvía el cerebro.

—Escúchame tú a mí. No hay razón para que no pasemos juntos unas horas, bailando, disfrutando de una buena cena. Admítelo, Rissa.

—Estoy perdida —susurró ella—. Irremediablemente.

—Ah.

Ella percibió con vaguedad su tono satisfecho. La había derrotado. No podía seguir negándose a salir con el hombre con el que había soñado durante años.

La boca de él la poseyó, su lengua acarició y jugó creando una espiral de calor y deseo en su interior. Rodeó su cuello con los brazos y le devolvió el beso.

—Juegas sucio —dijo, acariciándole el pelo.

—Si gano, merece la pena —volvió a besarla y la batalla terminó. Ella sintió la presión de su entrepierna, los músculos de su pecho en los senos con deleite.

Los besos se hicieron más profundos y su respiración entrecortada. Marissa sabía que estaba jugando con fuego y que antes o después se quemaría, pero no podía detenerse ni resistirse.

Él deslizó la mano por su espalda, tiró de la camiseta para sacarla de los vaqueros y sintió su mano callosa y caliente en la piel. La deliciosa sensación que sentía se disparó cuando la movió hacia un seno. Gimió y apretó las caderas contra las de él.

Le quitó la camiseta y desabrochó el sujetador. Se deshizo de ambas prendas y tomó sus senos entre las manos, grandes y morenas. Empezó a trazar círculos alrededor de sus pezones.

Ella gritó y se agarró a sus brazos. Cerró los ojos

atónita por la respuesta que provocaba en todos su ser. Temblorosa, lo deseó, deseó todo, aunque no debía.

Su mente la instó a disfrutar del momento. A dejarse llevar. Introdujo las manos bajo su suéter y acarició su pecho, sus pezones, el vello rizado y áspero. Oyó un sonido gutural profundo que se perdió entre besos.

Segundos después, él se sacó el suéter y lo tiró a un lado. La abrazó y volvió a besarla.

Ella acarició su espalda, sin poder creer que era David quien la besaba y quería que saliese con él. Tras tantas noches de sueños y fantasías estaba allí, rodeándola con sus brazos, deseándola. Él ya tenía las manos en el cinturón cuando se dio cuenta de lo que pretendía. Agarró sus muñecas.

–David, tienes que parar. Vas demasiado rápido –gimió, derritiéndose con su mirada.

–Eres preciosa, Rissa –musitó él, apartándose un poco.

Rápidamente, ella recogió su camiseta y se la puso. La mirada de David fue tan potente como una caricia. Los vaqueros abultados mostraban su innegable excitación. Se acercó de nuevo y volvió a besarla.

–Ven conmigo el sábado por la noche. –ronroneó–. Di que lo harás.

–Iré –aceptó Marissa–. Pero déjame recuperar el aliento. Vas demasiado rápido para mí, David.

De repente, él sonrió, mostrando unos dientes blancos y perfectos.

–¡Estupendo! –gritó, echando la cabeza hacia atrás–. ¡Saldremos juntos el sábado por la noche!

–Me has intimidado hasta conseguirlo –no pudo evitar una risita.

–¿A eso lo llamas intimidación? Yo lo llamo de otra manera.

–Seducción. Ten cuidado, David. Estás jugando con fuego.

–Tendré cuidado.

–Supongo que con tu trabajo como agente especial, te gusta el riesgo y la aventura, pero a mí no. No quiero que vuelvan a herirme.

Él alzó su barbilla y le apartó el pelo del rostro.

–No hay nada más lejos de mi intención que hacerte daño –lo dijo con tanta ternura que a ella le temblaron las rodillas.

–Puede, pero eso no significa que no vaya a ocurrir –contestó ella–. Y deja los besos seductores, porque no pienso acabar en la cama contigo.

–¿En serio? Lo recordaré. Sin embargo –deslizó las manos hacia su cintura–, puede que mi objetivo sea llevarte a mi cama.

–Parte de mí piensa que hablas en broma y parte que hablas en serio –suspiró–, y las dos tienen razón.

Se inclinó para recoger el sujetador de encaje y se lo metió en el bolsillo del pantalón. Cuando se irguió, él seguía contemplándola.

–Siéntate ahí, yo me sentaré aquí y hablaremos –anunció, intentando sonar firme.

–Cariño, ¿qué te parece algo intermedio? –la tomó en brazos, la llevó al sofá y la sentó en un extremo. Él se sentó en el otro y sonrió–. ¿Qué tal esto? Hay espacio entre nosotros, pero aún puedo tocarte un poco –estiró un largo brazo y enredó un mechón de pelo entre sus dedos.

Ella se dijo que al menos lo había parado lo suficiente para recuperar el sentido. Intentó ignorar que su cuerpo ardía deseando más. Podría haberse

76

perdido en sus besos toda la noche, pero sabía dónde llevaría eso.

–¿No tienes frío? –preguntó. Su fantástico torso seguía desnudo y mirándolo sería incapaz de mantener una conversación normal, era demasiado tentador.

–¿Quieres que me ponga el suéter? –alzó una ceja–. ¿Te inquieta mi pecho? –preguntó con inocencia.

–Sé lo que estás haciendo –saltó Marissa–. No hace falta que te lo pongas, puedo resistirlo.

Él sonrió. Estiró el brazo para alcanzar el suéter y se lo puso. Después se pasó la mano por el pelo. Marissa sabía que, vestido o no, todo en él era irresistible.

–Si salimos... –empezó.

–Has dicho sí. *Cuando* salgamos..., no *si* –le recordó él.

–Cuando salgamos, ¿quién se ocupara de Autumn?

–Ya lo he arreglado –contestó él, acariciándole la nuca y acercándose un poco–. Tengo un vecino que también es amigo y miembro del Club de Ganaderos Texas, Jason Windover. Él y su esposa, Meredith, tuvieron un niño en junio de este año. Llevaremos a Autumn a su casa. Meredith es fantástica y Jason fue agente del FBI, así que Autumn estará segura. ¿Qué te parece?

–¿FBI? ¿Autumn necesita un agente del FBI o un agente especial? ¿Corre peligro?

–Podría ser. No lo sabremos hasta que no descubramos algo sobre la madre –contestó él, acariciándole el pelo. A ella le costaba concentrarse. La atormentaban escalofríos y cosquilleos; David la atraía como un imán.

–Pero sí sabes algo –lo presionó.

–Sí, un poco –le contó lo ocurrido la noche en que Autumn y su madre llegaron.

–¡Medio millón de dólares! ¡Alguien debe ir tras ese dinero! –Marissa ladeó la cabeza y lo estudió–. ¿La estáis protegiendo, cuidando de su bebé, guardando el dinero e intentando descubrir su identidad sólo porque tenéis un gran corazón?

–Algo así –contestó él.

–Recuerdo algunos rumores sobre el Club de Ganaderos Texas; se decía que sus miembros ayudaban a la gente en apuros. Es verdad, ¿no?

–Eso intentamos en este caso. Suponemos que alguien persigue a la madre por el dinero. A no ser que secuestrara a la niña y se llevara el dinero. Creo que es la madre quien corre peligro, no Autumn.

–Me alegra que me lo hayas dicho –rezongó Marissa, preguntándose en qué se había metido.

–No te preocupes. Estás a salvo en el rancho. Hay alarmas alrededor de toda la casa y los edificios cercanos. Tengo perros.

–Conocí a dos de ellos la semana pasada, y son tan feroces como un flan –apuntó Marissa.

–Ladran a los extraños. Y hay seis. Los hombres que trabajan aquí están sobre aviso, y Gertie siempre tiene cuidado. Esto es como un fuerte.

–Deberías habérmelo dicho antes.

–No estás en peligro. Además, yo estoy cerca.

–*Tú* podrías ser el mayor peligro.

–No soy una amenaza, ya lo verás el sábado.

–¿Recogeremos a Autumn de vuelta a casa?

–Sí –él se acercó un poco más y pasó los dedos por sus hombros–. Pero Meredith dice que podemos dejarla allí toda la noche.

–No. La recogeremos –afirmó Marissa, intentando ignorar el efecto que le causaban sus dedos–. Es demasiado pequeña –no añadió que quería evitar la tentación de estar a solas con David.

–Debo haber elegido a la mejor niñera de Texas, pareces su madre –dijo él–. Pero haremos lo que quieras.

Marissa se puso en pie y alzó el vestido negro.

–Es precioso, no deberías haberlo hecho –soltó una risa– Aún no he abierto los demás regalos.

Volvió al sofá y abrió otra caja. Dentro había unos zapatos de salón negro. Lo miró intrigada.

–¿Cómo has sabido qué talla comprar?

–¿Es la correcta?

–Sí –dijo ella, tras mirarla.

–Es mi magia especial.

–Ya, seguro –lo observó, preguntándose cuándo había mirado sus cosas–. Son perfectos. Y esto, ¿qué es? –abrió una pequeña caja atada con un lazo rosa.

Sacó una brillante pulsera de oro.

–¡David, es preciosa! No deberías haberlo hecho.

–Quería hacerlo –contestó él, quitándole la pulsera–. Extiende el brazo –ella obedeció y él se la puso. Destelló con la luz de las llamas cuando movió la muñeca.

–¡Es preciosa! –lo miró–. Gracias por todo.

–Póntelo todo el sábado por la noche. Para eso lo compré.

–Si estás pensando en seducirme, te aviso...

–Shh, Rissa. Sólo quiero que esté guapa. Ya habrá tiempo para la seducción más adelante.

Ella no supo si sentirse complacida o enfadada.

–Los regalos son fantásticos –dijo–. Puede que tus motivos no lo sean. Estás muy seguro de ti mismo.

—¿Preferirías que te invitara a salir conmigo mordiéndome las uñas?

—Sería un cambio.

—Intentaré comportarme lo mejor posible.

El teléfono sonó y David cruzó la sala para contestar. Habló en voz baja unos instantes, mientras Marissa pensaba en los regalos y en su cita del sábado por la noche. David colgó el teléfono con expresión seria.

—Era Clint Andover. Un hombre ha intentado entrar en la habitación de nuestra Sinnombre esta noche.

Capítulo Seis

¿Para hacerle daño? –preguntó Marissa, asustada.

–Probablemente, ¿por qué iba a intentar entrar si no?

–¿Consiguió escapar?

–Sí. Clint fue a atender a la mujer y el desconocido huyó –David se mesó el cabello y frunció el ceño.

–¡Es terrible!

–Alguien la busca y ahora sabe que está en Royal. Está aventurándose cada vez más. Pero por el dinero que llevaba encima, mucha gente arriesgaría la vida.

–¿Lo sabe la policía?

–Sí, ahora están en el hospital, pero mi amigo Clint se quedará para proteger a nuestra misteriosa Sinnombre. Mañana iré a la ciudad para reunirme con mis amigos.

–David, me gustaría verla y llevarle a Autumn.

–Está en coma. No sabrá que su bebé está allí –señaló David.

–Sé que está inconsciente, pero quizá en las profundidades de su mente o de su corazón, recuerde a Autumn y eso la ayude. ¿Preguntarás si puedo hacerlo?

–Su enfermera, Tara Roberts, se preocupa mucho por ella. Le preguntaré –decidió él–. Pero parece un ejercicio futil.

—Conozco a Tara —afirmó Marissa—. Mis sobrinos nacieron en el Royal Memorial. Tara es fantástica y me alegro de que se interese por ella. ¿Puedes enterarte de cuándo es su turno?

—Sinnombre está en la UCI. No puede recibir visitas —apuntó David.

—Puede recibir visitas breves de su familia —aclaró ella—. Y Autumn es su familia, más que Tara o Clint.

—Puede que no funcione, pero si quieres intentarlo, pediré permiso —contestó él tras reflexionar un momento—. Pero iré contigo.

—Eso está bien. Gracias. Me sentiré mejor si la madre y su bebé están juntos de nuevo.

—Eres muy optimista —comentó él.

—Eso dice mi hermana Greta. Según ella, yo soy la optimista y ella la pesimista. Karen es la juerguista y Dallas la loca por los chicos.

—¿Estás de acuerdo con el análisis?

—Más o menos —sonrió ella.

—Cuando te vi en la tienda infantil me dijiste que me conocías por tu hermana mayor. Pareces mucho más joven que ella.

—Tengo veintiocho años. Solía ir con ella a los partidos de fútbol y te veía jugar.

—¿Y me recuerdas de eso? —inquirió él. Marissa supo que se había sonrojado y que él persistiría con sus preguntas hasta que descubriera la respuesta.

—Sí, David, te recordaba. Me parecías guapo. Fue un capricho de adolescente. ¿Satisfecho? Lo superé.

—Espero que no —dijo él, inclinándose hacia ella—. Y haya lo que haya entre nosotros, yo también lo siento.

—Sospecho que lo que *tú* sientes es lujuria.

–Correcto. Ahora mismo tengo el pulso acelerado. ¿Y tú? –puso la mano sobre su cuello y esperó.

–No puedo evitar que mi cuerpo responda al tuyo, pero eso no cambiará mi opinión –dijo ella, apartando la mano que tenía sobre su cuello–. Ahora, vuelve a donde estabas sentado.

Él hizo una mueca y se apartó unos centímetros.

–Cuéntame más de tu vida. ¿Cómo es que trabajas en una tienda infantil?

–Estudié Psicología y trabajé en la clínica unos años, pero no quería hacerlo para siempre. También estudié Relaciones Públicas y he enviado algunas solicitudes de empleo; lo de la tienda es temporal. ¿Dónde estudiaste tú?

David le habló de sus estudios y de su vida en el rancho, sin entrar en temas emocionales ni malos recuerdos. Cuando Autumn empezó a llorar, Marissa la llevó a la cocina y David y ella se turnaron cuidándola. Siguieron hablando y le dieron otro biberón, pero cuando Autumn se durmió, Marissa se puso en pie.

–Son casi las dos, David. Me voy a la cama.

–¿Quieres que lleve a Autumn? –ofreció él.

–No hace falta. No pesa nada –contestó Marissa.

–Entonces llevaré tus cosas –dijo él, recogiendo las cajas y apagando la luz de la cocina.

–¿A qué hora iremos a la ciudad mañana?

–Mi reunión es a las diez. Después hablaré con Clint y Tara sobre llevar a Autumn al hospital. No quiero que estés por ahí sola con ella. Prefiero volver aquí y recogeros sobre las dos.

Cuando llegaron al dormitorio, la siguió y colocó los regalos sobre la cama. Ella fue hacia él y le agarró la mano. Él arqueó las cejas con sorpresa.

–Ven aquí, David –lo condujo de la mano al pasillo y se detuvo en la puerta–. Gracias por la velada y la cena. Buenas noches.

–¿No me quieres en tu dormitorio? –preguntó él con voz divertida.

–Aún no –contestó ella. Él inspiró con alivio.

–No esperaba esa respuesta, teniendo en cuenta que me has engañado para echarme.

–Ser rastrero a veces sirve para conseguir lo que uno quiere, algo así dijiste antes –Marissa sonrió–. Buenas noches.

–Sólo un beso –dijo él, apoyando una mano en el umbral de la puerta.

–Ya has recibido más de uno, y tengo una bebé en brazos.

–Ninguna de las dos cosas importa –dijo él. Puso una mano en su barbilla y agachó la cabeza. Antes de que la rozase, Marissa se escabulló bajo su brazo.

–Hasta mañana –le cerró la puerta en las narices y dejó escapar un suspiro. ¡Se moría por sus besos! Dio gracias al cielo por su fuerza de voluntad.

Puso a Autumn en la cuna y la miró. Era una de las bebés más lindas que había visto nunca. Cerró los ojos y rezó para que su madre se recuperara. Aunque iba a costarle mucho despedirse de Autumn.

Decidió no pensar en eso. Era mejor volver a casa llorando por la pérdida de Autumn que hacerlo llorando por la de Autumn y David. Debía recordarlo.

«Esto no es nada. Relájate y disfruta», había dicho David. Para *él* no era nada. Para ella era mucho. El sueño de media vida. Si dejaba que la sedujera, sería como masilla en sus manos.

–Marissa Wilder, aprende a decir no –se ordenó

en voz alta, recordando a su ex y lo encantador que había sido al principio–. No, no y no.

Repitiéndose esas palabras, cruzó la habitación y volvió a mirar los regalos. Se quitó la camiseta y los vaqueros, se puso el vestido y se miró en el espejo. Era perfecto, sencillo, elegante. Con un suspiro, se puso la camiseta larga que utilizaba para dormir.

Tumbada en la oscuridad, recordó las manos de David en su piel, sus caricias, sus fabulosos besos. Se preguntó si realmente ella le quitaba el sueño o si lo había dicho sólo para seducirla.

Pensó en el peligro que amenazaba a Autumn y a su madre. Esperaba que no fuera demasiado riesgo llevar a la niña al hospital, pero creía que sería bueno para su madre tenerla cerca unos minutos.

David salió antes del amanecer a ocuparse de las tareas del rancho y hablar con su capataz. Sólo había dormido un par de horas, y había sido un sueño inquieto, salpicado de sueños eróticos sobre Marissa. Sospechaba que ella no sabía hasta qué punto lo estaba volviendo loco.

Tenía que concentrarse en el peligro al que podían enfrentarse fuera del rancho. Había sido un golpe que alguien intentara llegar hasta la madre. Alguien quería ese dinero, o a ella, o sellar sus labios. Había intentando no alarmar a Marissa, pero había alguien en Royal que pretendía dañar a su Sinnombre.

La mente de David volvió de un salto a Marissa. Deseaba mucho más que besos, la quería en su cama. Sólo pensar en ella hacía que su temperatura se disparara, incluso en esa fría mañana de noviembre. El sábado por la noche. No podía esperar.

Dos horas después regresó a la casa para desayunar, ducharse y afeitarse antes de ir a la ciudad. Marissa estaba con Autumn en la mecedora y Gertie se afanaba preparando la cena de esa noche. Marissa llevaba un suéter marrón oscuro ajustado y vaqueros. Deseó que Gertie no estuviera allí para abrazarla.

–Te llamaré después de la reunión para decirte si puedes ver a la madre hoy o no –le dijo. Comprendió que le encantaba verla con Autumn, alguna vez sería una gran madre. Recordó que quería ir a un banco de esperma; no le gustaba la idea, aunque no fuera asunto suyo.

A las diez entró en el Club de Ganaderos Texas y se reunió con sus amigos en una sala privada. El fuego estaba encendido y la habitación resultaba acogedora.

–Ya estamos todos aquí –dijo Clint, reclinándose en el sillón–. Hola, David.

–¿Cómo está el papaíto? –inquirió Alex, con un destello de sus ojos verdes.

–Bien, desde que he contratado a Marissa Wilder.

–Apuesto a que sí –dijo Ryan–. Conozco a Marissa. Es muy guapa.

–Si es la mitad de juerguista que su hermana, debes estar pasándolo muy bien en el rancho –añadió Alex.

–Marissa no es juerguista. Es digna de confianza y práctica. Disfruto viéndola ocuparse de la pequeña Autumn. La nena es un encanto, Marissa se ocupa de ella y yo puedo relajarme y disfrutar de mi vida.

–Estuviste solo con la bebé menos de veinticuatro horas, y hablas como si hubiera sido un mes –bromeó Alex.

–Déjalo, Alex. Doy gracias al cielo por tener una niñera competente. Ni siquiera me fijo en su aspecto.

–O miente, o está muerto –exclamó Ryan.

–Bueno, estamos todos aquí –dijo David–. Cuéntanos lo ocurrido, Clint –se sentó en otro sillón de cuero.

–Lo pillé junto a su cama –dijo Clint, con las piernas estiradas ante él. Llevaba un suéter negro que le daba un aspecto peligroso–. Me dio la impresión de que empezaba a alzarla en brazos –siguió Clint–. No sé si quería hacerle daño o llevársela. Ya había mirado en el armario y sus pertenencias estaban revueltas. Intenté agarrarlo, pero se escabulló. Tuve que elegir entre seguirlo o ver si ella estaba bien. Opté por ella, me pareció prioritario –se oyeron murmullos de asentimiento–. Pedí ayuda y las enfermeras llegaron en seguida. Corrí tras él, pero había huido –concluyó Clint.

–¿Podrías identificarlo? –inquirió Ryan.

–No. Era alto, alrededor de un metro ochenta, musculoso pero no pesado, lo noté cuando forcejeamos. Llevaba la cabeza tapada con un verdugo. No vi más.

–¿No lo viste a la luz? ¿Ni a distancia?

–Sólo lo vi a la luz corriendo por el pasillo. De espaldas. Llevaba vaqueros, una chaqueta de pana y un verdugo negro. Y zapatillas deportivas. Nada distintivo.

–¿Subió a un coche? –preguntó Ryan. Clint negó con la cabeza.

–Giró y creo que volvió a entrar al hospital. Hay un montón de entradas. Odio decirlo, chicos, lo perdí.

–Nadie te culpa –dijo David rápidamente–. ¿Estás seguro de que volvió a entrar?

–¿Quién sabe? Se lo dije a la policía y registraron el edificio durante horas. Hay guardias en distintos puntos y uno me está sustituyendo en este momento.

–¿Crees que el tipo estaba armado? –preguntó Alex.

–Si lo estaba, no vi el arma –contestó Clint–. No sé qué pretendía hacer con ella.

–En cualquier caso, está en peligro, como sospechábamos –comentó David, pensando en Autumn, Marissa y Gertie. Se preguntó si estaban seguras–. ¿Hay alguna pista, Alex? ¿Has descubierto alguna otra cosa?

–Nada. La policía tampoco –Alex movió la cabeza–. Nadie parece estar buscándola. Ninguna mujer con un bebe está en una lista de desaparecidos.

–¿Y la lista de nombres que llevaba en la bolsa?

–Estoy investigándola, pero nada de momento.

–He advertido a Marissa, Gertie y los trabajadores del rancho. Pero tú deberías tener cuidado, Clint, te interpones a sus propósitos.

–Me encantaría ponerle las manos encima.

–A todos nos gustaría –dijo David–. Me pregunto si es el padre.

–Si fuera el padre, lo diría. Con el dinero que llevaba encima, cualquiera sabe en qué está mezclada.

–Esa noche estaba aterrorizada –dijo David–. Si olvidamos los cardenales y la malnutrición, es joven y atractiva. ¿Bailarina? ¿Modelo? No sabemos a qué nos enfrentamos.

–Lo sé –Clint se puso en pie–. Será mejor que me vaya. Espero que descubramos algo.

Todos salieron del club. David siguió a Clint.

–Necesito hacer unas compras, ir al rancho y

llevar a Marissa al hospital, si te parece bien –dijo David.

–Te llamaré, pero estoy seguro de que a Tara le parecerá bien que lleve al bebé al hospital.

–Gracias, Clint. Deja de preocuparte. Puede que tengas otra oportunidad de atrapar a ese tipo.

–No quiero que haga daño a nuestra Sinnombre, pero si vuelve a aparecer, no me pillará por sorpresa.

–Tienes mi número de teléfono móvil –dijo David–. Esperaré tu llamada.

–Sí. Gracias por tu apoyo, David.

De nada –David fue hacia su deportivo, ansioso por regresar al rancho. Marissa estaba allí y odiaba la idea de haberla puesto en peligro al contratarla. Antes de arrancar, llamó a Rusty, su capataz, y le pidió que pusiera a alguien a vigilar la casa.

Después, fue a la tienda, hizo las compras y regresó al rancho a toda velocidad. Odiaba la idea de regresar a Royal con Autumn y Marissa, pero lo había prometido y no se separaría de ellas ni un segundo. Había estado en situaciones cien veces más peligrosas sin preocuparse; no entendía por qué estaba tan afectado.

Antes de llegar al rancho recibió una llamada de Clint, diciéndole que podía llevar a Marissa y Autumn al hospital, Tara estaba de acuerdo.

Eran las cuatro de la tarde cuando condujo de vuelta a Royal con sus dos pasajeras. Marissa llevaba una chaqueta negra y David era muy consciente de que hacía horas que no la besaba ni estaba a solas con ella. Estaba guapísima, burbujeante y encantada de llevar a Autumn al hospital.

Marissa lo había sorprendido cuando llegó al rancho, pidiéndole que, ya que iban a estar en Royal, fuera a cenar a casa de su abuela y a conocer a su familia.

Había aceptado, pero en ese momento deseaba posponer la reunión y tener a Marissa para él solo. Pero debía conocer a su familia; era lógico que sintieran curiosidad respecto a él y al empleo de Marissa.

En el hospital, guió a Marissa hacia la habitación. Autumn estaba dormida, vestida con un trajecito rosa. A David le sorprendía el cariño que estaba empezando a tenerle a la niña. Empezaba a entender que Justin le hubiera dicho que le costaría separarse de ella.

Por otra parte, no estaba listo para el matrimonio, los compromisos y los bebés de forma permanente. Miró a Marissa e inspiró con fuerza al recordar que iba a ir a un banco de esperma. Quería un santo y él no podía serlo.

En la planta de cuidados intensivos, David preguntó por Tara Roberts y le dijeron que fueran a la sala de espera. David condujo a Marissa hacia allí. Una mujer rubia y alta llegó poco después

—¿Señor Sorrenson? —miró a Marissa y sonrió—. Hola, Marissa.

—Hola, Tara —contestó Marissa.

—¿Es ésta la nena de nuestra Sinnombre? —preguntó Tara con voz suave.

—Gracias por permitir un encuentro entre madre e hija —dijo Marissa—. El sentido común indica que no servirá de nada, pero mi corazón dice lo contrario.

—No hará ningún daño —afirmó Tara—. Esperad sentados unos minutos más, vendré a buscaros. Sólo Marissa y la nena podrán entrar, señor Sorrenson.

—Tara, llámame David.

Se marchó y regresó poco después. David las siguió para saludar a Clint y esperar con él.

—Podrás estar unos minutos —instruyó Tara, guiando a Marissa a una habitación pequeña llena de aparatos.

Sólo se oía el zumbido y los pitidos de los equipos. Marissa suspiró con tristeza al ver a la madre de Autumn conectada a todo tipo de máquinas, inmóvil. Estaba pálida y parecía muy frágil y pequeña.

—Tara, ¿puedo poner a la nena en la cama, a su lado? —susurró Marissa.

—Deja que lo haga yo —contestó Tara—. Aquí está tu nenita. Tu bebé —susurró a la madre.

Con un nudo en la garganta, Marissa se sentó en una silla. Sabía que podía resultar inútil, pero tenía la esperanza de que el vínculo materno hiciera un milagro. Si ella estuviera en lugar de la desconocida, desearía que alguien le pusiera a su bebé al lado. Cerró los ojos y rezó. Autumn necesitaba a su madre, y viceversa. Las últimas palabras que había dicho antes de perder la conciencia habían sido sobre la seguridad de su hija.

Tara y Marissa observaron a Autumn y a su madre. La única indicación de que la mujer estaba viva era el leve movimiento de su pecho al respirar. Poco después, Autumn se removió, abrió los ojos y empezó a llorar. Tara fue a la cama a por ella.

—Supongo que basta por hoy —dijo la enfermera—. Aunque el llanto no molestaría a la madre.

—Espero que se recupere —Marissa tomó a Autumn en los brazos. Ya en la puerta se volvió hacia la pálida mujer—. Ponte bien —susurró—. Tu nena te necesita.

Autumn empezó a llorar más fuerte y Marissa

91

sintió ganas de llorar con ella. Sabía que Autumn se quejaba de hambre, no podía saber lo que le ocurría a su madre, pero, en contra de toda lógica, Marissa tenía la sensación de que lloraba por su madre.

Su mirada se cruzó con la de David, que la observaba. A su lado había un hombre alto y de aspecto solemne, de pelo castaño.

—Marissa, éste es mi amigo Clint Andover —dijo David—, que vigila la seguridad de nuestra Sinnombre.

—¿Cómo está la pequeña? —preguntó Clint tras saludar.

—Bien. Pero hambrienta —contestó Marissa, mostrándole a Autumn—. Gracias otra vez,.

David la tomó del brazo y se marcharon, dejando a Clint hablando con Tara.

—Es buena enfermera —comentó Marissa—. Se preocupa mucho.

—Me alegro. Y Clint es un buen guarda. Aunque el tipo se le escapó, impidió que le hiciera daño a la madre de Autumn. Está en buenas manos.

—Iré atrás con Autumn, para darle de comer. Ha dejado de llorar, pero sé que tiene hambre.

—Hazlo aquí —sugirió David, abriéndole la puerta del coche—. Esperaremos hasta que acabe de comer.

Marissa asintió, sacó un biberón y se sentó en el asiento del pasajero para dárselo a Autumn.

—Gracias por concertar la visita al hospital. Sé que a ti te parecía una tontería innecesaria.

—Como tú dijiste, nunca se sabe —David sonrió—. No hizo ningún mal y si ayuda, bienvenido sea. Eres una persona muy compasiva, Marissa Wilder.

Ella sonrió, pero recordó que Reed, su ex marido, solía decirle que era buena persona. Buena, práctica, servicial, pero no de las que inspiraban una gran pasión. David se portaba de forma apasionada porque estaba en su casa, disponible cuando él no tenía nada que hacer.

Miró por la ventana, las hojas revoloteaban por el aire. No dudaba que David sentía lujuria por ella, pero sí que sintiera algo más. Sabía que ella era vulnerable y le faltaba confianza en sí misma, por culpa de su ex marido. Reed la había acusado de no ser apasionada, de no ser lo bastante mujer para él. Suspiró y miró a Autumn, que había vuelto a dormirse.

—¿Lista? —preguntó David.

Marissa asintió y le dio instrucciones para ir a casa de su abuela, en el casco antiguo de Royal. Aparcaron ante una casa de ladrillo rojo de dos plantas, con arriates de flores en la parte delantera.

—La abuela no cree en los peligros del colesterol —comentó Marissa, mientras lo guiaba a la puerta delantera—. Creo que vamos a cenar pollo frito.

—A mí me suena bien.

Marissa pulsó el timbre y la puerta se abrió de inmediato. En el umbral había una mujer baja de pelo gris, vestida con un suéter azul y pantalones grises. Sus enormes ojos marrones eran tan agudos y despiertos como los de su nieta. David tuvo la sensación de que la visita «informal» había sido concertada para que la abuela de Marissa le echara un vistazo.

—Ésta es mi abuela, Louise Wilder —presentó Marissa—. Abuela, David Sorrenson.

—Encantado, señora Wilder —dijo él con educación, ofreciéndole la mano.

—Igualmente, señor Sorrenson. Dejadme ver a

esa preciosa bebé –dijo ella, tomándola en brazos y entrando en la casa. Marissa lo guió al interior, donde había dos jovencitas que se parecían a Marissa.

–Mi hermana Greta –Marissa le indicó a una morena delgada, más alta que ella, con grandes ojos marrones y una sonrisa encantadora. La saludó y giró hacia la más joven–. Y ésta es Dallas.

Saludó a otra bonita chica, con una larga melena castaña recogida en la nuca con un lazo rojo, a juego con su camiseta. Ella soltó una risita cuando David le apretó la mano.

–Vamos con la abuela –sugirió Marissa, poniendo la mano en el brazo de David. Lo asaltó el aroma a pan recién horneado, pollo friéndose y sidra caliente mientras iban hacia la sala. La abuela estaba sentada en una mecedora, hablándole a Autumn. La niña tenía los ojos abiertos y parecía cómoda en brazos de Louise Wilder.

–Toda tu familia parece tener un toque mágico con los bebés –comentó David. Poco después, David decidió que había acertado el motivo de la visita. Aunque Louise Wilder prestaba mucha atención a Autumn, le hizo preguntas específicas sobre su vida y antecedentes. Mientras cenaban, la abuela Wilder se enteró de que David jugaba al ajedrez y Marissa soltó una carcajada.

–Abuela, no lo obligues a jugar. La abuela es una apasionada del ajedrez y juega siempre que puede.

–A mí me parece bien –comentó David con cortesía, aunque se moría por volver a casa con Marissa.

Después de cenar, las tres hermanas insistieron en ocuparse de los platos y lo apremiaron para que fuese a jugar una partida con la abuela.

David descubrió que Louise Wilder era una oponente formidable. Tuvo que concentrarse en el juego, era una experta. No le fue mal hasta que Marissa acabó en la cocina y fue a sentarse cerca de él. La vio cruzar la habitación con ese seductor bamboleo de caderas que tanto lo fascinaba. El suéter marrón se ajustaba a sus senos redondeados y a su diminuta cintura y se la imaginó quitándoselo cuando estuvieran a solas. Ella le ofreció una sonrisa resplandeciente.

Tenerla cerca acabó con su concentración y le costó mucho compensar el daño que habían causado varios movimientos mal orquestrados. El tiempo fue pasando lentamente. Marissa observaba la partida y Greta y Dallas se turnaban para tener a Autumn en brazos.

Había empezado con la intención de *dejar* ganar a Louise Wilder, pero ganaría ella, hiciera él lo que hiciera. Deseaba volver al rancho con Marissa, pero no tenía una buena excusa para poner fin a la partida.

—Eres muy bueno —comentó la abuela Wilder en un momento dado. Él se preguntó si había conseguido su aprobación o no y si le importaba o no tenerla. Era posible que no volviera a verla.

—Se está haciendo tarde y tengo que rendirme ante una campeona —dijo, al ver en el reloj de pared que eran las once menos diez—. Usted gana —concedió.

—Bueno, no hemos terminado, ¿quién sabe? —la anciana le guiñó un ojo y sonrió. Autumn dormía pacíficamente en sus brazos.

—Haré chocolate antes de que os vayáis —ofreció Greta, yendo hacia la cocina.

—No te molestes. Deberíamos irnos...

—Podemos tomar una taza de chocolate caliente —lo interrumpió Marissa, sonriente—. ¿De acuerdo?

Él asintió; esa sonrisa le quitaba el sentido. Minutos después estaban sentados a la mesa de la cocina, con humeantes tazas de chocolate y un plato de galletas caseras. Autumn se había despertado y la abuela le estaba dando el biberón.

—Dijiste que tu padre está fuera del país, David —comentó Marissa—. Si no ha regresado para Acción de Gracias, ¿por qué no cenas con nosotros? También podría venir él si está aquí.

Las chicas y la abuela secundaron la invitación.

—Gracias, sois muy amables —contestó David. Pero no creía que Marissa siguiera en su casa para el Día de Acción de Gracias, ni si volverían a verse después. Le había costado mucho persuadirla para lo del sábado por la noche. Al menos tenía una cita en Acción de Gracias, aunque incluyera a toda la familia.

Eran más de las doce y media cuando por fin subieron al coche para regresar al rancho. Autumn se despertó al entrar en casa. David encendió el fuego y observó a Marissa darle otro biberón a Autumn y acunarla hasta que se durmió.

—La llevaré a la cama y después podemos hablar un rato —ofreció David.

—Yo la acostaré —Marissa se puso en pie y sonrió—. Es tarde, David y estoy agotada. Nos veremos por la mañana.

—Ay, Marissa, sólo un rato —pidió él, decepcionado y frustrado—. Mañana por la mañana me ocuparé de Autumn para que puedas dormir un rato más.

—Es muy tarde —Marissa negó con la cabeza—. Nos veremos por la mañana —fue hacia la puerta de su dormitorio y David la siguió. Allí giró hacia él y le dio el biberón vacío—. Se me olvidó dejarlo en la cocina. ¿Te importa llevarlo?

–No, claro que no –aceptó el biberón y estiró un brazo hacia ella. Ella entró en el dormitorio, entrecerró la puerta y le sonrió de nuevo.

–Hasta mañana –cerró la puerta con firmeza.

Él se quedó inmóvil. Sentía la tentación de abrirla, entrar y acallar sus protestas con besos, sabía que podría hacerlo. Pero ella había dejado claro lo que quería, y no tenía costumbre de imponerse a una mujer que lo rechazaba. Juró entre dientes y fue hacia su habitación, más ardiente y molesto que nunca.

David dedicó la mañana del sábado a tareas del rancho y por la tarde Gertie estuvo en la casa, ayudando a Marissa a hacer galletas. Él estaba contando los minutos que faltaban para su cita, pero ella no parecía nerviosa en absoluto.

Marissa bañó a Autumn, le puso un pijama blanco y preparó una bolsa con todo lo necesario. Había cerrado la puerta de su dormitorio porque deseaba intimidad y mantener cierta distancia con David.

Se tomó su tiempo para bañarse, lavarse el pelo, secarlo y vestirse. En realidad burbujeaba de alegría; había pasado todo el día intentando no pensar en esa noche, sin conseguirlo. No entendía por qué la excitaba tanto una cita cuando pasaba todo el día con él en la misma casa. Supuso que era porque iban a bailar.

Eligió braguitas y sujetador de encaje negros. Se puso las medias y después el vestido, que llevaba un forro de seda agradable sobre la piel.

Tras recogerse el cabello sobre la cabeza, se puso aretes de oro y la pulsera que le había regalado David. Por fin se miró al espejo y le agradó su reflejo. El vestido era uno de los más bonitos que había tenido nunca.

Mientras se miraba, recordó su desastroso matrimonio. No quería cometer el mismo error una segunda vez; además, David había dejado muy claro que no le interesaba casarse. Nunca olvidaría sus palabras: «Esto no es nada. Relájate y disfruta».

–Ten cuidado esta noche –le susurró a su reflejo.

Recogió un pequeño bolso negro y echó un vistazo a Autumn, que dormía en la cuna. No le gustaba la idea de dejarla ni unas horas, pero sabía que pronto tendría que renunciar a ella para siempre. Aunque eso doliera, Marissa quería que la niña volviera con su madre. Suspiró y fue a buscar a David, que trasladaría a Autumn al coche para llevarla a casa de los Windover.

Lo encontró en la sala, guapísimo, con un traje azul oscuro, mirando por la ventana.

–Estoy lista, David –dijo.

Capítulo Siete

David tenía un aspecto demasiado sexy y peligroso para su paz mental. Cuando él la miró a los ojos, inspiró con fuerza.

–Estás deslumbrante –dijo él, ronco.

–Tú también –contestó ella, sin aliento.

–Me gustaría soltarte el pelo y quitarte ese vestido –rodeó su cintura con un brazo y la admiró.

–En vez de eso, vas a llevarme a cenar y a bailar –apuntó ella, intentando que su voz sonara firme–. Llevo todo el día deseándolo –admitió.

–Lo has ocultado muy bien. No creía que estuvieras interesada en nuestra cita, me alegra que lo estés.

–Hace siglos que deseo esto, David.

–Si me dices más cosas como ésa, es posible que no lleguemos a salir de casa.

–Entonces, mediré mis palabras. Sólo diré cosas impersonales, como que hace frío y que tenemos que despertar a Autumn antes de salir.

–¿Seguro que no prefieres quedarte aquí y salir mañana por la noche? –preguntó él con voz aterciopelada, pasando los dedos por su cuello.

–Segurísimo. No intentes escabullirte de la cita que me prometiste.

–Nunca escabulliría una cita contigo. ¿Vamos a por la niña?

–Vamos. Hoy he hablado con mi abuela –le

contó Marissa mientras iban hacia el dormitorio–. Fuiste un éxito con toda la familia, y a mi abuela le impresionó cómo juegas al ajedrez. Por supuesto, a Dallas le pareciste un sueño, pero no dejes que se te suba a la cabeza, porque la fascina cualquier hombre guapo.

–Me alegro de haberles gustado, pero sólo hay una Wilder a la que desee impresionar.

–No hace falta que te esfuerces. Llevo impresionada desde los once años.

–Si dices esas cosas, no puedes esperar más que una respuesta física de mí –la rodeó con los brazos.

–Tienes mucha experiencia con las mujeres, David. Puedes tomarte mis comentarios con ligereza; supongo que siempre has tenido un éxito espectacular con el género femenino.

–Es posible, pero muy pocas me lo han dicho. Es diferente cuando lo dices tú. Cada vez que mencionas que te resulto atractivo, deseo hacer algo al respecto.

–Lo que puedes hacer es llevarme a cenar y bailar.

–Te parece gracioso –dijo él con el ceño fruncido–, pero haces que me abrase. Me vengaré esta noche. Una dulce venganza –concluyó con voz seductora.

–De acuerdo. Seré muy cauta.

–Al diablo con eso. Te aviso ahora mismo de que yo no tengo ninguna intención de ser cauto.

–Tranquilo, amigo –replicó ella–. Me apetece ir a cenar y ver el Club de Ganaderos Texas, el exclusivo bastión masculino por excelencia.

–Dejamos entrar a mujeres para las fiestas.

Marissa entró al dormitorio. Él se quedó atrás, observándola. Colocó a Autumn en la cuna de viaje.

–Todo está en la bolsa, excepto los biberones –le dijo a David al salir.

–Están en la cocina, ya preparados. Yo llevaré a Autumn –dijo él, agachándose junto a la cuna de viaje. Aprovechó para deslizar los dedos por la pierna de Marissa, más arriba del bajo de la falda.

–¡David! –exclamó Marissa.

–Sólo una caricia antes de irnos. Un anticipo, cariño –farfulló él con voz melosa.

Levantó la cuna y ella fue con la bolsa a la cocina, para guardar los biberones.

–¿Y tu abrigo? –preguntó él, mirando a su alrededor.

–No llevo. Tú me darás calor.

–Ya estás otra vez –le dedicó una abrasadora mirada de sus ojos verdes–. Créeme, te daré calor. Ven aquí.

–Ahora mismo estoy bien.

–Hace frío ahí fuera.

–Correré –rió ella, esquivándolo.

Él encendió la alarma y apagó las luces. Cuando llegaban a la puerta, le puso un brazo sobre los hombros.

–He dicho que te daré calor –dijo, guiándola rápidamente hasta el coche. Los últimos rayos de sol empezaban a desaparecer. Arrancó el motor, puso la calefacción y, tras abrirle la puerta a Marissa, sujetó la cuna de viaje en el asiento trasero. Por fin, puso rumbo al rancho de Jason y Meredith Windover.

Cuando aparcaron ante la puerta, ésta se abrió y la pareja salió a recibirlos. David hizo las presentaciones, llevaron a Autumn dentro de la casa y echaron un vistazo a Ian Windover, que dormía en su cuna.

–Gracias por cuidar de ella –dijo Marissa.

–De nada. Pasadlo bien. Ahora somos expertos en esto –le aseguró Meredith.

–Nos la quedaremos hoy y mañana, si queréis un descanso –ofreció Jason–. Dos bebés serán una risa.

–Dos bebés serían un caos –apuntó David–. Gracias, pero no. La recogeremos esta noche.

–No volveremos muy tarde, lo prometo –añadió Marissa.

–Siempre nos acostamos tarde los sábados por la noche –replicó Jason–. Tomaros vuestro tiempo y no os preocupéis. Tenemos tu número de móvil y te llamaremos si hace falta.

Se despidieron de los Windover y pronto estuvieron en el coche, de camino a Royal. Marissa se estremeció.

–¿Qué ocurre? –preguntó David, poniendo una mano sobre la suya y colocándola en su muslo. Ella sintió una descarga de electricidad extendiéndose por su brazo.

–Aunque tus amigos sean buenos padres, me inquieta dejarla aquí. Sé que podría estar en peligro y estos ranchos están muy aislados.

–Son auténticos fuertes. Jason Windover y yo hemos sido adiestrados para enfrentarnos al peligro. Hay mucha gente en estos ranchos, duros vaqueros que no temen una pelea. Tenemos alarmas, perros, luces. Autumn estará segura. No te preocupes –David soltó su mano, puso la suya sobre su rodilla y subió muslo arriba, mientras guiaba el volante con la otra.

–David –advirtió ella, sintiendo una oleada de sensaciones eróticas; agarró su mano y la sacó de debajo de su falda.

–Sólo quería impedir que te preocuparas de Autumn –bromeó él–. Creo que tuve éxito.

–¡Más del que puedes imaginar! –soltó ella, sintiendo un cosquilleo en los senos.

–Es una de las cosas que me gusta de ti –comentó él con voz queda–. Dices lo que piensas. Eso da interés a la vida.

–Más vale que te concentres en conducir. Vamos a salir a la autopista.

–Puedo conducir y hablar contigo al mismo tiempo. Dices lo que piensas, reaccionas a mis besos y a mis caricias. Sé cosas de tu familia, de tu trabajo, de tu jefe. Y después de esta noche sabré más. Quiero saber lo que sientes, cómo sabe cada milímetro de tu piel –susurró él con tono íntimo y seductor.

–Sigue soñando, amigo. Te van las relaciones cortas –burbujeó ella–. A mí no. No lo olvides.

–La mitad de lo que dices es un sí y la otra mitad un no –murmuró él.

–Es porque hablan mi corazón y mi cabeza. Pero quien controla es la cabeza –explicó ella, observándolo.

–Ya lo veremos –dijo él, concentrándose en la carretera mientras ella admiraba su firme perfil masculino.

Detuvo el coche a la entrada del Club de Ganaderos Texas y le dio las llaves al guardacoches.

Cuando entraron en el club, de la mano, ella miró a su alrededor con curiosidad. La impresionó la elegancia de los paneles de madera, las alfombras orientales y los óleos con marcos dorados.

Entraron del brazo al comedor. La mesas estaban dispuestas en círculo, alrededor de la pista de baile. David saludó a casi todo el mundo mientras iban hacia una mesa situada junto a una ventana.

David extendió el brazo sobre el mantel de lino y puso la mano sobre la suya; no la soltó hasta que llegó el camarero. Pidió vino y, cuando se lo sirvieron, alzó la copa en un brindis.

—Por una velada inolvidable —dijo. Las copas se tocaron suavemente.

Marissa estaba tan concentrada en David que le costó mucho decidir qué quería para cenar.

—Los solomillos y las barbacoas son una especialidad de la casa —sugirió David.

—Tomaré costillas —dijo ella, admirando el espeso cabello negro de David, mientras él miraba la carta.

Sabía que, por mucho que lo negara, esa noche siempre sería especial para ella. Recordaría cada minuto el resto de su vida. David era embriagador y ella había soñado demasiadas veces con una noche así.

El camarero llegó a tomar nota. Pidieron solomillos, costillas y ensaladas. Cuando el camarero se fue, una pareja pasó junto a la mesa y David les saludó.

—Debes conocer a todo el condado —dijo ella.

—Conozco a mucha gente, y supongo que tú también. Pero ahora estamos en el club y conozco a todos los socios, y ellos a mí.

—Esto es como un sueño, David. Mi primera cita contigo, la primera vez en el Club de Ganaderos Texas y también será la primera vez que bailemos juntos.

—Me haces desear levantarte de la mesa y llevarte de vuelta al rancho.

—¡Nada de eso! ¡Voy a disfrutar de esta velada!

—Espero que lo hagas, Rissa. Quiero que sea muy especial, porque para mí lo es.

El camarero llegó con las ensaladas, el pan y mantequilla dorada.

Mientras comían, hablaron de Autumn y del misterio que rodeaba a su madre. Marissa comía despacio, más interesada en David que en la deliciosa comida. Pensó que comerían, bailarían un par de veces e irían a recoger a Autumn. Sería mejor así.

–Tus ojos son preciosos –dijo él, tocándole la mejilla–. Marrón oscuro, misteriosos, escondiéndome secretos. Ocultando lo que piensas.

–No ocultan lo bastante –protestó ella–. Siempre sabes lo que pienso.

–Eso es bueno –sonrió él–. Ojalá tu enamoramiento de adolescente no hubiera acabado nunca.

–Sabes bien que quedan efectos residuales. Reacciono ante ti. Y yo también te afecto.

–Eso es quedarse muy corto –murmuró él–. Marissa, olvida lo del banco de esperma. Es una locura. Eres bella, sexy... Atraerías a cualquier hombre. Pero deja de buscar a un santo, nunca lo encontrarás.

–No lo busco. No quiero otro matrimonio, aventura o relación infeliz, de ninguna clase.

–Pero quieres un bebé.

–¡Oh, sí! ¿No te dolerá devolver a Autumn? ¿No querrás una nenita que ocupe su lugar?

–Dolerá un tiempo, pero se pasará. No, no quiero tener otro bebé sólo porque Autumn me parezca adorable.

–Eres un hombre de corazón duro, David Sorrenson. Un hombre de relaciones superficiales –pinchó ella.

–Y tú una mujer de corazón blando que busca relaciones imposibles –la orquesta empezó a tocar y

David miró lo que quedaba en sus platos–. Vamos a bailar –sugirió.

Ella, sonriente, se puso en pie y lo siguió a la pista de baile. David le presentó a muchas personas de camino. Sobre todo, mujeres elegantes y bellas, de las que Marissa consideraba eran el ideal de David.

–Ojalá te tuviera sólo para mí –comentó él, cuando llegaron a la pista de baile, tres canciones después.

Iniciaron un baile lento y ella inhaló el aroma de su loción para después del afeitado. Introdujo los dedos entre el cabello de su nuca y miró al hombre que era maravilloso y una amenaza al mismo tiempo. Se perdió en sus seductores ojos verdes.

Bailaron como si lo hubieran hecho toda la vida. Sin un solo mal paso. Los únicos errores serían los que cometiera su corazón, vulnerable ante ese hombre.

Poco después la música adquirió un ritmo rápido y empezaron a bailar suelto y a dar vueltas. Marissa olvidó la cautela, disfrutando de cada segundo.

–Me gusta tenerte en mis brazos, moverme contigo, sentirme a tu lado. Llevo soñando con esto desde la primera noche –le dijo David.

–Pues yo llevo soñando con ello desde que estaba en sexto de primara –contestó ella con voz seca–. Que no se te suba a la cabeza, ahora soy mayor y más sabia.

–Eso no lo sé, pero desde luego eres más bonita y más sexy.

–¡Buu! Ni siquiera sabías que estaba viva. Hemos sido presentados al menos media docena de veces.

–Apuesto a que no tenías ni dieciséis años.

–Puede que no, pero seguía siendo yo.

–La adorable Rissa –sonrió él–. Esa mañana, en la tienda, pensé que eras una chica muy rara..., así vestida. Pero no me importó, créeme.

–Lo sé. Estabas desesperado por encontrar a alguien que se ocupara de Autumn. Tus amigos hicieron bien en confiártela. ¿Te trasladarás a Houston a trabajar cuando Autumn vuelva con su madre?

–Sí, pero esperaré un par de meses –contestó David, sin admitir que estaba pensando en quedarse en Royal por ella–. No hay prisa. Quiero un descanso entre el ejército y empezar a trabajar en la refinería –dijo.

Al oírlo hablar, ella comprendió que pertenecían a mundos muy distintos. Su familia era acomodada, pero nunca podría vivir como David.

–Cuando llegue allí, estaré atado –aclaró él–. No quiero que ocurra aún.

–Si no quieres trabajar en Houston, ¿por qué no te quedas en el rancho?

–He sido educado para hacer ese trabajo –David encogió los hombros y la abrazó con más fuerza–. Pasaba allí los veranos mientras estuve en la universidad. Papá espera eso de mí y nunca le he fallado. No tengo ninguna buena razón para negarme a hacerlo.

–Basta con que tu corazón no lo desee. Sé que tu padre puede contratar a alguien que realice esa labor.

–Claro que sí. Pero quiere que quede en familia.

–No podrá quedar en la familia para siempre.

–¿Qué sugieres que haga? –inquirió él, mirándola con ojos burlones.

–Adoras el rancho. ¿Por qué no trabajar allí?

–Siempre he sabido que entraría en el negocio del petróleo, como planeó papá –su mirada se perdió en la distancia.

–¿Lo decepcionaría mucho que no fueras a Houston?

–No lo sé. Nunca me he planteado otra cosa –volvió a mirarla y sonrió–. Eso es el futuro. Ahora mismo, sé muy bien lo que deseo hacer.

–Creo que esto no quiero escucharlo.

–Quiero soltarte el pelo –le susurró al oído–, tenerte en mis brazos, besarte y conseguir que pierdas esa cautela que te rodea como una coraza –la apretó contra su pecho y le besó la oreja.

Aunque su cabeza le gritaba que estaba en peligro, lo deseaba tanto que se abrazó a su cuello, seductora. Sentir su aroma, sus músculos, era tormento y placer.

–Vámonos a casa, Rissa –susurró. Ella se apartó un poco para mirarlo e intentó recuperar el aliento.

–Llevo deseando bailar contigo desde los once años. Ahora voy a aprovecharlo.

–Entonces nos quedaremos a bailar, pero no creo que lleves tantos años soñando con esto.

–No, pero estar contigo a revivido mis fantasías.

–¿Cuáles eran? –arqueó las cejas.

–Ya tienes ego más que suficiente. No pienso decir qué sueños tenía sobre ti.

–¿Quieres que te cuente los sueños que tuve yo anoche, y lo que hacías en ellos?

–¡No! –exclamó ella, sonrojándose. Sabía que él sólo se estaba divirtiendo, pero era demasiado irresistible.

Cuando la orquesta se tomó un descanso, David recogió su abrigo, la guió a la terraza y se lo puso sobre los hombros. Después la abrazó. Ella apoyó las manos en su pecho y alzó el rostro para mirarlo.

–Es una noche maravillosa. Tenías razón. Lo estoy pasando muy bien, pero me gustaría telefonear para ver cómo está Autumn.

–Te aseguro que Autumn está en buenas manos. ¿Quieres llamar tú, o lo hago yo?

–Tú, si no te importa. Conoces más a los Windover.

David sacó el teléfono móvil y marcó un número. Ella adivinó, por lo que oía, que todo iba bien.

–Gracias –dijo cuando él colgó–. Sé que me preocupo innecesariamente, pero es muy pequeña y ya ha pasado por mucho en la vida.

–Eso es verdad, Rissa –se inclinó y le besó la oreja, después bajó hacia su boca, acariciándola con su aliento.

Marissa se puso de puntillas y le ofreció los labios. Le devolvió el beso. En su interior se inició una espiral ascendente, interminable, de sensación. Se estremeció, pero David no creyó que fuera de frío, porque se apretaba contra él, insinuante.

El deseo que sentía por ella se había ido acrecentando a lo largo de la velada, hasta convertirse en un fuego descontrolado y desconocido. Era bella, atractiva y sexy; un tormento. Ella temía sufrir, pero ninguno de los dos iba a enamorarse. Aunque bromeaba sobre su amor adolescente por él, sabía que exageraba y lo había superado hacía muchos años.

–Estamos en un lugar público, David –susurró ella, liberándose de sus brazos–. Si seguimos así, acabaré tan desarreglada que no podremos volver a entrar.

Él pensó en pedirle nuevamente que volvieran a casa, pero sabía que lo estaba pasando muy bien y no quería estropear su diversión. Inhaló con fuerza, esperando que el aire frío disminuyera el ardor de su cuerpo. Marissa se alisó el ajustado vestido. Estaba preciosa y le costaba muchísimo no tocarla.

—Como quieras, cariño —masculló.

Ella sonrió y le dio la mano. Volvieron dentro.

—¡David! ¿Cómo estás? —dijo una mujer alta, rubia platino, que le ofreció una sonrisa radiante.

—Hola. Muy bien. Cathy, ésta es Marissa Wilder. Marissa, te presento a Cathy Grayson.

Cathy, sonriente, charló con ellos unos minutos.

—Es preciosa, David —comentó Marissa cuando consiguieron alejarse—. Saliste con ella, ¿no?

—Sí, pero ya no —contestó él con indiferencia—. ¿Estás celosa? —bromeó.

Marissa soltó una risa.

—¡Ni lo sueñes!

Regresaron a la mesa y David colocó el abrigo en el respaldo de la silla. La orquesta volvió a tocar y regresaron a la pista de baile. Vio a Cathy bailando con otra persona, se sonrieron. Un mes antes le había parecido atractiva y había salido con ella. Lo habían pasado bien, pero ya no sentía nada al mirarla. Todo el resto de las mujeres palidecían al compararlas con Marissa.

Miró el reloj. Eran casi las once. La orquesta dejaría de tocar a medianoche, y entonces podría llevarla de vuelta al rancho. Deseaba a esa mujer más de lo que había deseado a ninguna es su vida, y lo sorprendió tener que admitirlo para sí.

No podía dejar de pensar en la idea del banco de semen; era como un aguijón clavado en la piel.

Sabía que eso no debía importarle, nunca en su vida se había fijado en Marissa, aunque ella decía que los habían presentado varias veces.

Era un mujer voluptuosa, llena de vida y estaba disfrutando con entusiasmo del baile. Quería seducirla y hacerle el amor hasta el amanecer. Imágenes y fantasías lo atormentaban. Se preguntó si podría derrumbar sus barreras. Su forma de actuar contradecía sus palabras y quizá no tuviera fuerza para resistirse.

Bailaron sin descanso hasta que llegó la última pieza, una lenta. Entonces la dobló sobre su brazo y ella tuvo que agarrarse a él mientras besaba sus labios. La levantó cuando la orquesta dejaba de tocar.

—Seguro que has iniciado todo tipo de cotilleos. Ya sabes cómo se corre la voz aquí —protestó ella.

—¿Te importa? —preguntó él, divertido.

—No, pero mis hermanas me llamarán mañana para hacerme preguntas.

—Entonces, más vale que demos a todos un buen motivo de cotilleo —dijo él, rodeando su cintura con un brazo y atrayéndola.

—¡David! —exclamó ella, liberándose—. ¡En público no! Además, algunas mujeres me están lanzando miradas asesinas.

—Eso es cosa de tu imaginación. ¿Lista para irnos?

—Sí —contestó ella con ojos chispeantes—. Ha sido una velada fantástica. Encantadora, David.

—Me alegro, pero no ha sido eso para mí.

—¿No lo has pasado bien? —escrutó su rostro—. Parecías estar disfrutando.

—Ha sido un tormento sexual, tórrido y abrasador —comentó él. La vio inhalar con fuerza y tuvo que contenerse para no hacerle el amor allí mismo. Salieron y esperaron a que les llevaran el coche.

—Pues para mí fue una cena deliciosa y una velada inolvidable. ¡Me encanta bailar contigo, David! Gracias por traerme. Ahora toca volver a la vida real —dijo ella con entusiasmo.

Su júbilo era contagioso y se alegró de que lo hubiera pasado bien, pero habría deseado verla tan excitada y ardorosa como estaba él. Llevaba toda noche deseando llevársela a la cama y hacerle el amor.

—Vamos a casa, recogeremos a Autumn por la mañana —sugirió cuando estuvieron en el coche—. Jason y Merry dijeron que no sería problema.

—¡Lo prometiste! No vamos a dejar a Autumn toda la noche. Recuerda tu primera noche con ella.

—De acuerdo. Iremos a casa de los Windover —aceptó David.

—Bien —estiró los brazos y canturreó la melodía de una de las canciones que habían bailado. Se sentía burbujeante—. ¡Hacía muchísimo que no lo pasaba tan bien! —exclamó—. Siento que te costara tanto convencerme para salir. Ha sido como dijiste y mejor.

Él la miró de reojo. No había conseguido su objetivo. La quería ardorosa y apasionada, pero se había convertido en Bo-Peep, la pastorcilla. Sólo el sensual vestido negro le decía que no era así.

—No me creía capaz de pasarlo tan bien, David —dijo alegremente—. Durante mucho tiempo, pensé que era imposible. Pero no lo es. Supongo que podría empezar a volver a salir con hombres.

—Maldición —rugió él—, estás con uno *ahora*. Es la primera vez que invito a salir a una mujer y me dice que va a empezar a salir con otros.

112

–Esto es distinto –aclaró ella, como si pertenecieran a planetas diferentes–. Tú mismo dijiste que sería una velada sin preocupaciones, puro disfrute, informal. Has demostrado que puedo pasarlo bien y te lo agradezco mucho, David. ¡Gracias! –giró en el asiento, rodeó su cuello con los brazos y lo besó en la mejilla.

David jadeó, sintiendo una mezcla de ira, frustración y deseo, mientras seguía conduciendo. Toda esa pasión y entusiasmo debería centrarse en él, no en pensar en volver a salir con hombres. La frustración se incrementó kilómetro a kilómetro. Giró en el siguiente cruce, tomó un camino de tierra y detuvo el coche bajo un árbol.

–¿Qué pasa? ¿Has pinchado? –preguntó Marissa.

Él apagó el motor, desabrochó los dos cinturones de seguridad y la atrajo hacia él.

–Diablos, soy tu cita y lo de hoy no era informal.

–¿No? –lo miró con los ojos muy abiertos–. Dijiste que lo era. Dijiste...

–Sé lo que dije, pero no era tan literal como te lo tomaste. No pretendía ayudarte a salir con otros.

–¡Bromeas!

–Si intentabas pincharme, lo has conseguido.

Mientras la rodeaba con los brazos, escrutó su rostro. Tenía los ojos enormes y parecía realmente asombrada. Se preguntó qué pensaba en realidad.

–Rissa, ven aquí –dijo, atrapó su boca con los labios y la besó intensamente, dando rienda suelta a la pasión que lo había atenazado todo el día.

Capítulo Ocho

El corazón de Marissa golpeteó en su pecho al sentir su lengua, que parecía dispuesta a devorarla.

Empezó a hervirle la sangre y todo el júbilo y vivacidad se transformaron en un intenso anhelo por el hombre que la abrazaba con fuerza. La noche había sido muy significativa para ella, pero estaba intentando que él no supiera hasta qué punto. Había pensado que tratar la velada como un buen rato lo mantendría a distancia, permitiéndole desentenderse de ella.

No quería un corazón roto y tampoco que él le tuviese lástima. Había creído que podría mantener una barrera entre ellos, pero el beso estaba dando al traste con su estrategia. El beso era puro fuego, pasión inequívoca. Un beso vinculante y eterno, que encadenaba su corazón y destruía su resistencia. Estaba desintegrándose, desmoronándose en sus brazos.

Se apretó contra él, devolviéndole el beso con pasión, olvidando que aquello pudiera ser una relación informal. Volcó sus verdaderos sentimientos en sus besos, intentando abrasarlo, convertirlo en cenizas, como él hacía con ella.

David le bajó la cremallera del vestido y lo dejó caer hasta la cintura. Le apartó el sujetador y empezó a acariciar un pezón con el pulgar.

Ella gimió, deseando quitarle la camisa, pero en

la parte delantera del coche deportivo no había sitio para moverse. Giró e intentó sentarse a horcajadas sobre él.

Él bajó más el vestido y empezó a lamer y besar uno de sus senos.

–David, para –musitó–. Estamos en un camino, puede pasar un coche –se apartó y se alzó el vestido.

–Te deseo, Rissa, y lo de esta noche no ha sido casual. Ha sido importante.

Ella tomó aire, estaba sin aliento.

–Ve más despacio, David. Me siento como si estuviera en tierras movedizas, haciendo todas las cosas que quiero evitar –le acarició la mano–. Puede que sea demasiado tarde para pedirte un poco de precaución.

–No es necesario –afirmó David con solemnidad.

Se inclinó para abrocharle el cinturón de seguridad. Después abrochó el suyo y arrancó el motor.

Ella se sentía apagada, curiosa y mucho más excitada de lo que le había dejado ver. Condujeron en silencio y no supo si él estaba enfadado o no tenía ganas de hablar. Tenía que decidir si quería iniciar una relación con David, aunque estuviera destinada a ser temporal.

Recogieron a Autumn, dormida, en el rancho de los Windover, y volvieron a casa.

Mientras arropaba a Autumn en la cuna, Marissa notó la presencia de David en el umbral, observándola. Cuando se irguió él hizo un gesto con la cabeza.

–Vamos a la cocina a tomar algo.

No sabía si quería volver a arriesgar su corazón, pero lo cierto era que no podía resistirse a él.

David encendió el fuego, sirvió dos copas de vino blanco y las llevó al sofá.

115

–Por bailes lentos, besos largos y apasionados y por una mujer que esta cambiando mi vida –brindó.

–¿Cambiando tu...? No lo creo. En cuanto a besos largos y apasionados... ya has explorado ese terreno.

–No como pienso hacerlo ahora –murmuró él, quitándole la copa y poniéndola con la suya en la mesita de café. Se volvió hacia ella, la tomó en sus brazos y la besó.

Aferrándose a su cuello, con los ojos cerrados, Marissa se dijo que debía disfrutar del momento. Al menos esa noche. Él la sentó sobre su regazo y acarició su cuerpo con suavidad. Con destreza, bajó la cremallera y le quitó el vestido de los hombros.

Ella, absorta con sus besos, apenas sintió el frescor del aire en la piel ardiente.

–Rissa, eres bellísima –murmuró él tras quitarle el sujetador. Se inclinó para besar un seno, imponiéndole un delicioso tormento con la lengua. Ella forcejeó con los botones de su camisa, hasta que consiguió quitársela. Oyó un gruñido apagado cuando le acarició el pecho.

Estaba envuelta en un torbellino de emociones, ahogándose en sus besos, sumergiéndose en un lugar profundo que había pretendido evitar, deseándolo con desesperación. Sus barreras habían caído, se sentía vulnerable, como nunca antes.

–Esto no es justo –susurró.

–Es fabuloso –contestó él, besando un pezón y luego el otro–. Eres fantástica.

–Las palabras son fáciles, David –dijo ella, acariciando su pecho y deslizando la mano hasta el bulto que se marcaba en su pantalón. Él la sentó a un lado, se puso en pie y se desabrochó el cinturón. Dejó caer los pantalones y la puso en pie–. David, nosotros...

Lo que iba a decir quedó ahogado por un beso. Él la apretó contra su erección, sujetando su cintura. Con la mano libre le bajó las medias y se arrodilló para quitárselas, acariciando sus piernas y el interior de sus muslos, mientras ella se apoyaba en sus hombros.

Ella cerró los ojos y echó la cabeza hacia atrás cuando él se puso en pie de nuevo y deslizó una mano entre sus piernas, acariciándola a través del las finas braguitas de encaje. Gimió y se apretó contra él, perdida, llevada a un límite en el que todo lo demás se olvidaba.

Siguió acariciándola, volviéndola loca de deseo. Después le quitó la diminuta prenda. Ella se sentó en el sofá y le bajó el slip y admiró los contornos y planos de su cuerpo. Lamió su vientre y él gimió.

De repente, él la puso en pie y la miró con ojos ardientes como una hoguera. Lo abrazó y lo besó con ansia. Se había entregado a un anhelo que venía de su pasado y era más fuerte de lo que había creído. Se dijo que sólo sería esa vez. Sólo un vals en el paraíso con un hombre que siempre la había atraído.

La alzó en brazos y la llevó a la alfombra que había ante la chimenea. Después empezó a explorar todo su cuerpo con las manos.

Ella, disfrutando de cada caricia, deslizó la mano por su espalda hasta sus estrechas caderas, paseando por su trasero firme y sus musculosos muslos, que estaban salpicados de vello rizado.

David la tumbó boca abajo y se situó sobre ella. La luz del fuego iluminaba su cremosa piel con un tono rosa. Era preciosa, un sueño. Decía que llevaba media vida esperándolo, pero él empezaba a pensar que la había esperado toda la eternidad. A pesar de cuánto la deseaba, quería seducirla hasta

117

que sintiera al menos la mitad de ardor que él. Se inclinó para besar su nuca y siguió besando hacia abajo, presionando con su miembro ardiente. Su aliento era una caricia más sobre la piel desnuda, que sus manos también recorrían, seguidas por la lengua. Cuando llegó a la rodilla, ella gimió y se dio la vuelta para atraerlo y besarlo de nuevo.

Se situó sobre ella, sintiendo su calor. Tenía el cuerpo cubierto de sudor y tuvo que esforzarse para mantener el control. Ella movió las caderas, intensificando su deseo.

Marissa tenía la sensación de haberlo amado toda la vida. Quería disfrutar del momento, podría no haber uno igual durante el resto de su vida.

Mirarlo y sentirlo le quitaba el aliento. Él besó sus senos, siguió hasta el vientre y más abajo. Se situó entre sus piernas y dobló una de ellas. Cuando besó la parte interior de su muslo abrió los ojos y lo encontró observándola con una mirada hambrienta y devoradora.

Volvió a cerrar los ojos y sintió una explosión de luces tras los párpados. Era David quien la besaba, quien le hacía el amor de forma demoledora. Sus sueños se habían hecho realidad.

Acarició sus hombros, sintiendo los músculos duros y bien formados mientras él avanzaba con la boca hacia el lugar más íntimo y femenino de su cuerpo. Ella clavó los dedos en su espalda, estremeciéndose.

—Ah, Rissa, ¡cuánto te deseo! —exclamó él con voz ronca—. ¿Tomas anticonceptivos, Rissa?

—No.

—Entonces utilizaré protección —la dejó un segundo para sacar un paquetito del cajón. Regresó y se arrodilló entre sus piernas.

118

Ella tragó aire al verlo; era la propia perfección masculina. Su grueso miembro estaba duro y listo para ella. Tenía las caderas estrechas y la espalda ancha y ella se lo comió con los ojos.

—Eres bellísima —susurró él otra vez. Descendió sobre ella, que alzó las caderas para buscarlo, rodeando su cuerpo con las piernas.

Se introdujo en ella lentamente y todos sus músculos internos se tensaron. El golpeteo de su corazón apagó cualquier otro sonido.

—David, muévete, ahora, ¡ya! —le gritó, irremediablemente perdida.

Él siguió moviéndose despacio, saliendo y entrando lentamente; ella se aferraba a sus hombros y movía las caderas mientras él se controlaba para hacer que el momento durase lo más posible.

Tenía la sensación de haber anhelado el calor que lo envolvía durante demasiados años solitarios. La miró y vio que tenía los ojos cerrados y musitaba su nombre. Supo que no iba a poder controlarse mucho más. Ella le mordió el labio inferior con suavidad.

La pasión lo atenazó y sintió una espiral desbocada en su interior, que iba a romper su control.

—Ámame —gimió Marissa con desesperación, moviendo las caderas hacia él.

Por fin, él se dejó llevar y la embistió con fuerza, percibiendo cómo ella se acoplaba a cada movimiento.

Marissa sólo era consciente del electrizante deseo que sentía. Agarró su trasero como si pudiera acercarlo aún más a ella y se balanceó con él, tensándose internamente hasta que sintió una explosión de placer que le hizo gritar, consumiéndola.

—¡Rissa! ¡Oh, Rissa!

Vagamente, oyó a David susurrar su nombre y las estremecedoras convulsiones que doblegaron su cuerpo. Bajaron el ritmo y, tras recuperar el aliento, siguieron moviéndose.

No supo cuánto tiempo había pasado hasta que fue consciente de que él le murmuraba palabras de cariño. El tiempo había dejado de existir para ella.

—Mi amor —susurró—. Rissa, eres maravillosa.

Ella lo abrazó con fuerza, encantada con sus palabras, pero sabiendo que, demasiado pronto, volverían a la realidad y esos momentos quedarían en el pasado. Poco a poco, ambos se relajaron.

—Eres un jugador muy, pero que muy sucio —lo acusó ella, acariciando su espalda.

—Y tú eres una adorable y sexy hechicera que me vuelve loco y me ha llevado al paraíso. ¡Qué noche, Rissa! Cariño, ha sido fabuloso.

—Tengo que admitirlo —aceptó ella, preguntándose qué rumbo seguirían, pero sin preocuparse por ello.

Él besó su rostro, se colocó de costado, sin soltarla, y acarició su espalda.

—Eres la mujer más maravillosa que he conocido.

—En realidad no me conoces.

—Sí. Sé que tienes un lunar en el trasero.

—¿Qué te hizo esto, David? —preguntó ella, pasando un dedo por la cicatriz que tenía en el hombro.

—Un tiro —contestó él con voz tensa—. Trabajando.

—¿Y qué te ocurrió en los dedos? —alzó la cabeza, le besó el hombro y tocó el meñique y el anular de su mano izquierda, torcidos.

—Se rompieron... cumpliendo mi deber.

—Me alegro de no haberte conocido entonces —se estremeció—, y de que ya no trabajes en eso.

—No, se acabó la vida militar —afirmó él. Marissa percibió que se retraía un poco y se preguntó qué se estaba guardando para sí. Le apartó el pelo de la frente húmeda, fascinada con tocarlo y mirarlo.

—Cuando llegaste, me desconcertó descubrir que había contratado a una bella mujer para que viviese en mi casa.

—¡No estaba tan distinta! —sonrió ella—. Sólo faltaban las coletas y el vestido de volantes.

—Nada de eso. No entendía por qué todo el mundo te decía que el vestido era lindo.

—Era lindo. Sólo que tú no supiste apreciarlo.

—Puede que no, pero sí sé lo que es sexy. Si crees que ya he terminado contigo, te llevarás una gran sorpresa —farfulló—. Vamos a darnos un baño de burbujas relajante. Burbujas, agua caliente y una mujer sexy.

—Me sorprendes. ¡Tienes una vena romántica!

—Intento mantenerla oculta —dijo él, divertido. Se puso en pie y la llevó en brazos a su cuarto de baño. Había una bañera negra y dorada empotrada en el suelo.

Ambos bajaron los escalones y se sentaron. Él abrió los grifos y echó distintos ingredientes en la bañera, hasta que estuvieron cubiertos hasta los hombros de agua perfumada y burbujas. Después la sentó entre sus piernas y empezó a frotarle la espalda con una esponja.

—Podría ronronear de placer —dijo ella, disfrutando del suave masaje. Él se quedó en silencio un instante.

—Si no utilizáramos protección, no tendrías que ir al banco de esperma.

Las palabras tardaron unos segundos en penetrar en el cerebro aletargado de Marissa. Abrió los

121

ojos y giró la cabeza para mirarlo. Sus ojos verdes tenían una expresión inescrutable.

–¿Eso es una oferta?

–En cierto modo.

–¿Estarías dispuesto a darme un bebé y luego decirnos adiós a ambos?

–Es mejor que ir a un banco de esperma.

–¿Mejor para quién? ¿Cómo ibas a poder hacer eso? –inquirió ella, anonadada y algo molesta.

–Al menos sabrías quién es el padre de tu hijo.

–¿Traerías a un bebé al mundo para abandonarlo?

–¿Qué esperas conseguir de un banco de esperma? –le devolvió él–. ¿Crees que vienen con papá? –no estaba pensando en lo que decía. Ella estaba desnuda, mojada y entre sus piernas, y sentía su redondo y adorable trasero contra sus partes; no podía concentrarse en la conversación, por importante que fuera.

Dejó la esponja a un lado, rodeó su cintura con un brazo y se inclinó para besarla.

–¿Me estás escuchando, David Sor... –el beso acalló sus palabras y sintió sus manos en los pezones. Gimió y se dio la vuelta, para sentarse frente a él. Empezó a acariciar su duro miembro.

Él la alzó y la bajó lentamente. Ella gimió al sentir cómo la iba penetrando y otra espiral de deseo incontrolable la invadía.

–Rissa, amor –gimió él. Poco después sintió sus rápidas embestidas, que los llevaron a ambos a la cima del placer. Después, la besó con pasión.

Cuando volvió a la realidad, ella se preguntó si realmente le importaría tan poco su propio hijo, o si no era más que una tapadera. En cualquier caso, no estaba dispuesta a seguir por ese camino.

—Si hubiera sonado el intercomunicador de la habitación de la niña, no lo habría oído —dijo ella.

—Oh, sí, claro que sí. Autumn tiene un buen par de pulmones. La oirías desde el jardín.

Ella volvió a apoyar la cabeza en su hombro.

—Esto es como una noche en el paraíso —dijo él.

—Sí. Cambia de sitio conmigo y te daré un masaje en la espalda.

Cambiaron de posición. Ella lo rodeó con las piernas y él se inclinó hacia delante, ofreciéndole la espalda. Besó su hombro e inició el masaje.

—Así que dentro de unos meses te irás a Houston. ¿Volverás a Royal?

—No a menudo. Cuando estuve en el ejército, apenas pasé tiempo en casa.

—¿Consideras Royal tu casa?

—Sí. El rancho es mi hogar. La casa de la ciudad es más formal y nunca me gustó tanto como ésta.

—¿Tu padre viene con frecuencia?

—Creo que la última vez fue hace cuatro años. Tiene una casa en Houston y otra en La Jolla, California.

—¿Cuándo lo viste por última vez? —a Marissa empezaba a parecerle que David llevaba una vida fría y solitaria en ciertos aspectos.

—Nos vimos en París hace ocho meses —enunció David, muy despacio—. Tus manos son mágicas. Será mejor que volvamos a la cama. Empiezo a sentir un ataque de sueño.

—Autumn empezará a llorar de un momento a otro.

—¿Te encargarás tú de ella o tiramos una moneda al aire para decidirlo? —preguntó él, ayudándola a salir de la bañera.

—Lo haré yo. Para eso me pagas.

–Acabo de ofrecerme voluntario para cuidarla yo esta noche, si quieres.

–No –Marissa movió la cabeza–. Me apañaré.

–Vamos a secarnos el uno al otro –sugirió él, sacando dos enormes y suaves toallas. Empezó a secarle los senos con sutil sensualidad.

–Si sigues así, no te dejaré dormir –protestó ella, cerrando los ojos.

–Bueno, ya no tengo sueño –contestó él con voz grave. Terminaron de secarse y segundos después estaban en la cama, tapados y abrazados.

–¿Por qué no apago la luz y dormimos lo poco que podamos? –dijo él. Ella asintió y besó su mandíbula. Poco después oyó su respiración acompasada.

No habían pasado cinco minutos cuando Marissa oyó el llanto de Autumn. Fue al dormitorio, se puso su camiseta de dormir y sacó a la niña de la cuna. Pasó la siguiente media hora ocupada con ella, pero por fin se durmió y pudo centrarse en sus pensamientos.

Los recuerdos de las últimas horas eran como luces brillantes en una noche oscura: bailar en brazos de David, su risa, sus besos, su cuerpo desnudo, el sexo. Tenía que admitir que estaba enamorada de él.

Pero eso daría igual. Aunque pasara más noches en sus brazos, no iniciaría una relación a largo plazo con otro hombre como Reed. Esa noche David había demostrado que era igual al ofrecerse como sustituto del banco de esperma. Si podía abandonarla después de dejarla embarazada, era porque sólo le interesaba lo superficial.

Había visto a las mujeres que habían ido a saludarlo en el club. Bellezas sofisticadas. Antes o después, volvería a desear mujeres como ésas; y Marissa no lo era. Llegaría el momento en que David desapareciera de su vida porque se había aburrido de ella.

Le dolería decirle adiós, pero mucho menos que si iniciaran una relación seria; nunca sería como el dolor que sufrió con la ruptura de su matrimonio. Pero ningún hombre había provocado en ella la respuesta sexual que conseguía David. Eso la asustaba, porque le daba un papel demasiado importante en su vida.

Por fin, se levantó de la mecedora y llevó a Autumn a la cuna.

—Buenas noches, nenita preciosa —susurró.

—Marissa —una voz grave sonó a su espalda. Se dio la vuelta sobresaltada. David la observaba desde el umbral—. ¿Vienes de vuelta a la cama?

—Debería quedarme aquí, David.

—¿Puedo quedarme contigo? —pidió él.

—Sí —Marissa había decidido disfrutar del momento. Él no tardaría mucho en desaparecer de su vida.

David se metió entre las sábanas y en cuanto se tendió a su lado la apretó contra su cuerpo. Ella sintió un cosquilleo y anheló besarlo. En vez de hacerlo se quedó quieta, intentando acoplarse al ritmo de su respiración para relajarse y dormir.

—Me desperté y te habías ido. No quiero que te vayas —dijo él, acariciando su cadera—. ¿Te trasladarás a mi habitación?

—Como siempre, vas demasiado rápido. Me quedaré en este dormitorio de momento. No vamos a precipitarnos a una relación. Es temporal, ¿recuerdas?

—Lo que quieras —susurró él, besándole el cuello—. Sólo quiero estar contigo.

Sus palabras la tentaron a rendirse y aceptar lo

que le ofrecía, pero después tendría que pensar en el precio.

—No, David. Me quedo aquí y, a partir de mañana, tú te quedas en tu habitación... la mayor parte del tiempo.

—Como quieras, Rissa —aceptó él, capitulando con demasiada facilidad, acariciándola.

Antes de que acabara la noche la llevó de vuelta a su cama e hicieron el amor de nuevo. Cuando Autumn se despertó, Marissa fue a darle de comer y cambiarla.

Después se metió en su cama y pensó que se enfrentaba a una batalla mayor que hasta ese momento y debía salvaguardar su corazón lo más posible. Pero durante unos días amaría a David. No habría ataduras, nada permanente o duradero, no podía esperar eso de él. Pero durante un tiempo disfrutaría de lo que tenían juntos.

—Sólo disfruta del momento —susurró en la oscuridad, sabiendo que no podía pedir más. El sonido de la voz de David la sobresaltó. Con el ceño fruncido, se levantó y fue a su dormitorio.

Se revolvía en la cama, diciendo palabras sin sentido y comprendió que tenía una pesadilla, pero pensó que sería mejor no despertarlo.

Volvió a la cama preguntándose por ese pasado y esas cicatrices de las que era obvio que no quería hablar. Se preguntó si era eso lo que había provocado su pesadilla. Cuando dejó de oírlo, se durmió.

Al día siguiente, Marissa comprendió hasta qué punto se había complicado la vida la noche anterior.

Capítulo Nueve

Al día siguiente, David fue a trabajar y cuando regresó a primera hora de la tarde, a Marissa se le aceleró el corazón. Estaba en la cocina, preparando un biberón. Vestido con una zamarra, un sombrero negro de ala ancha, vaqueros y botas, cruzó la habitación hacia ella.

–Hola –lo saludó.

–No podía esperar más para verte –dijo él, alzándola en brazos.

–David –sujetó en el aire una cuchara–. Vas a mancharte de leche.

–Me da igual –olía a cuero y a aire frío–. Rissa, sólo he pensado en ti –inclinó la cabeza para besarla. Ella sintió el leve roce de su sombrero y dejó caer la cuchara al suelo. Lo abrazó.

El beso la poseyó por completo, haciéndola su mujer, vinculándola a él más de lo que habría creído posible. Sus huesos se deshicieron en sus brazos.

–¿Dónde está Autumn?

–Durmiendo en la cuna.

Mientras la besaba, se quitó el chaquetón, la levantó en brazos y la llevó a su dormitorio.

La ropa que impedía su intimidad fue desapareciendo. David besaba su cuerpo, excitando cada terminación nerviosa. Ella lo deseaba más que nunca, quería cuanto le ofrecía, su fuerza, su masculinidad. Acarició sus firmes músculos, buscando un vínculo que iba más allá de lo físico.

David la tumbó en la cama y se situó entre sus piernas, proclamando su deseo con los ojos tanto como con su miembro erecto. A ella le pareció inevitable, como si hubiera sido creada para estar en sus brazos. Y él en los suyos. Era la culminación de sus sueños, un hombre hecho para ella, su amor eterno.

Susurró su nombre, llamándolo de corazón a corazón. Desnuda, abierta y entregada, porque en el fondo de su ser alojaba un amor sólido y permanente por él.

Él se situó sobre ella y sus cuerpos se fundieron. La penetró con fuerza y ella alzó las caderas, buscándolo.

—¡David! —gritó con éxtasis.

—Rissa, mi amor —suspiró él.

Embelesada, percibió cuando él alcanzaba el orgasmo. Eufórica, pensó que por mucho dolor que le deparase el futuro, en ese momento estaba con el amor de su vida.

—Sólo he pensado en ti. Deseo devorarte. Me gustaría pasar la semana que viene en la cama contigo —confesó él, besando todo su rostro.

—Pues no podrás hacerlo —dijo ella; aunque deseaba lo mismo no iba a admitirlo—. Tenemos que salir de la cama para cuidar de una bebé.

—Lo sé, pero lo deseo. Rissa, eres especial —se puso de lado y la miró.

El júbilo que le provocaron sus palabras fue como un relámpago que se apagó al pensar en el futuro.

—David, ¿siempre te lanzas en tromba a por lo que quieres? —le preguntó.

–Sólo cuando es realmente importante –respondió él con una sonrisa torcida. Se oyó el llanto de Autumn y Marissa lo apartó con una mano.

–Voy a por ella.

–Lo haré yo –dijo él, sentándose y bajando de la cama–. Llevas con ella todo el día y yo no la veo desde anoche. A no ser, claro, que quieras ocuparte de ella tal y como estás.

–¡No pienso andar por la casa desnuda!

–¿Quieres que lo haga yo? –sonrió David.

–¡No!

–¿No te gusta mi cuerpo? –preguntó él, desnudo, poniéndose las manos en las caderas.

–Esperas que diga que sí –exasperada con su flirteo, estiró el brazo y le acarició el muslo.

–Iré a por Autumn –dijo él, inhalando con fuerza y agarrando sus vaqueros.

–Cobarde –lo pinchó ella.

–Te demostraré cómo de cobarde esta noche –dijo él. Su mirada abrasadora creó una espiral de calor y excitación en el vientre de Marissa.

Esa noche fue tan mágica como la anterior. Cada minuto que pasaban juntos la ataba más a él y no tuvo duda de que estaba enamorándose profundamente de ese sexy vaquero que siempre la había atraído.

Al día siguiente, David fue a la ciudad a hacer compras y pasó por el hospital, aunque no había habido ningún cambio.

Ryan estaba de guardia y David charló con él un rato. Después, cuando cruzaba la ciudad, vio una joyería y aparcó. Entró y examinó las alianzas, comprendiendo que no quería enfrentarse a la idea de perder a Marissa.

Mientras regresaba al rancho con el coche cargado, pensó en ella. No era como ninguna otra mujer. Hacer el amor con ella, en vez de dejarlo saciado, lo llevaba a desearla aún más. ¿Era imposible el matrimonio para él?

No quería verla alejarse de su vida, ya era demasiado importante en ella. Se quedaba sin aliento al verla entrar en una habitación y haría cualquier cosa para complacerla. Se había creído enamorado muchas veces, pero no habían sido más que encaprichamientos. Era comprensible que nunca se hubiera planteado casarse.

La idea de que fuese a un banco de esperma, tuviera el hijo de otro o, peor aún, se enamorase de otro hombre, lo atormentaba. Él no sabía nada de matrimonios felices y familias unidas y Marissa se merecía a alguien que pudiera ofrecerle eso que siempre había tenido y deseaba.

Apretó la mandíbula, reconsiderando su vida. Aunque no sabía nada de vida familiar normal, le iba muy bien con Marissa y Autumn. Y su vida ya no era una aventura llena de peligros. Tal vez su amor pudiera compensar las lacras de su pasado y convertirlo en buen marido. Sólo sabía que no quería perder a Marissa.

Los dos días siguientes fueron un torbellino de pasión y horas deliciosas. Marissa se negó a pensar en el futuro; sabía que vivía un breve idilio que pronto se convertiría en recuerdo. Pero en vez de disminuir, el interés de David se iba incrementando, hasta que empezó a quejarse cuando no podía estar con ella.

El miércoles por la noche, dormía en brazos de

David cuando él se movió bruscamente, despertándola. Agitado, mascullaba palabras sin sentido. De golpe, se sentó, jadeando. Miró a su alrededor, desorientado.

—Ven aquí, David —le tendió los brazos.

Lo atrajo hacia sí y se abrazaron, de costado. David estaba empapado de sudor.

—Perdona —dijo—. Un mal sueño.

—No te disculpes. Todos tenemos pesadillas de vez en cuando —le apartó el pelo de la frente.

Él se quedó en silencio mientras besaba su rostro. Inspiró un par de veces y ella supo que no iba a volverse a dormir. Minutos después sintió su erección e hicieron el amor, olvidando la pesadilla.

Más de una hora después, seguían el uno en brazos del otro, conscientes de que Autumn despertaría pronto.

—Rissa, tengo esta misma pesadilla de vez en cuando —confesó él quedamente—. Es de cuando estaba en el ejército. Mi mejor amigo de infancia era Greg Renaldi. Vivía en Royal e íbamos juntos al colegio. Estábamos en el mismo equipo de fútbol y nos alistamos a la vez.

David hizo una pausa y ella esperó, dejando que le contara las cosas a su tiempo y a su manera.

—Hace unos años estábamos en el extranjero, en una operación secreta, y nos vimos envueltos en un tiroteo. Cuatro de nosotros quedamos atrapados en una casa abandonada. Charley Wakeman murió cuando lo alcanzó una granada que incendió la casa. Yo había recibido un disparo.

—Es la cicatriz del hombro, ¿no? —preguntó ella, tocándola con los dedos.

—Sí. Además tenía la clavícula y dos dedos rotos —aseveró él despacio, como si le costara un gran es-

131

fuerzo hablar–. Greg y Cal Hamilton también estaban heridos. Cal había recibido tiros en las dos piernas y Greg en el pecho y en un muslo. Quedarnos allí implicaba una muerte segura. Cal y Greg no podían salir sin ayuda y yo estaba en condiciones de sacar a los dos –la voz de David se convirtió en un soliloquio monótono y ella se preguntó si había olvidado que estaba allí–. Greg me dijo que sacara a Cal, que estaba perdiendo el conocimiento.

–¿Cómo ibas a sacar a nadie con una clavícula rota y un tiro en el hombro?

–Se puede hacer mucho, cuando hay necesidad. Pero no podía dejar a mi mejor amigo.

–Lo siento David –besó su mejilla suavemente. Él había regresado a casa, pero temía preguntarle por los demás, suponía algo terrible.

–No podía dejar a Greg –repitió David con voz angustiada–. Greg sacó su pistola, se la apoyó en la sien y me dijo que si no sacaba a Cal apretaría el gatillo.

–Tuviste que dejar atrás a tu mejor amigo –lo abrazó con fuerza, comprendiendo su dolor.

–Lo dejé, pero le dije que volvería a por él. Sabíamos que era imposible, pero iba a intentarlo.

Ella lo estrechó entre sus brazos, deseando poder hacer algo que paliara su dolor.

–Conseguí echarme a Cal al hombro. Cuando salimos de la casa, oí un tiro.

–¡Oh, David! Era tu amigo –exclamó, horrorizada.

–Lo hizo para que no intentase volver por él –se le cascó la voz.

Ella dejó pasar el tiempo hasta que recuperó el control de sus emociones. Comprendió que posiblemente nunca había contado lo ocurrido.

–La familia de tu amigo no sabe lo que ocurrió, ¿verdad?

–No. Murió luchando por su patria. Lo hizo por mí, y no les ayudaría saberlo. No había forma de llevarlo a lugar seguro. Incluso si Cal no hubiera estado allí, no sé si Greg habría sobrevivido. Tenía una herida terrible. Mi sentido común me dice que no podía hacer nada por él, pero siento que debería haberlo salvado –David apretó los puños y ella percibió lágrimas en sus mejillas–. Debería haberlo salvado o muerto con él –murmuró–. No debí dejarlo.

–No te dejó otra opción al ponerse una pistola en la sien. ¿Sobrevivió Cal?

–Sí. Tiene cicatrices, pero ahora está bien –contestó David, pasándose la mano por los ojos.

–No te atormentes. Hiciste lo que debías, y salvaste una vida. No debes sentirte culpable por haber sobrevivido.

–Supongo que no –se recostó en la almohada y ella le acarició la mandíbula, sintiéndose más unida a él que en los momentos de pasión más intensa.

–A eso se debe tu pesadilla. Olvida la culpabilidad, David. Hiciste lo que podías. ¿Qué habrías conseguido muriendo con él? ¿Habría querido él eso?

–Por supuesto que no. Sé lo que es lógico, pero eso no cambia lo que siente mi corazón.

–Nunca lo hace –replicó ella con solemnidad, deseando que hablar del tema le sirviera de catarsis–. Te quiero –susurró, pensando que no la oiría. Pero él la apretó entre sus brazos y se colocó sobre ella.

–Ay, Rissa, no pretendía cargarte con mis penas.

—Me alegra que me lo contaras —contestó ella. Lo besó y poco después la pasión borró el recuerdo del incidente.

Cuatro días después, David estaba cabalgando con sus hombres, separando a los terneros de las vacas para llevarlos al mercado. Pudo dejar de pensar en Rissa mientras se concentraba en su tarea, pero después, cuando regresaba a casa y vio un trozo de valla caída, se detuvo a repararla y ella volvió a su mente.

Trabajaba de forma automática, fantaseando, apresurándose para volver a casa y estar con ella. Lo esperaban en la empresa petrolera de Houston a mediados de noviembre, pero, sin decírselo a ella, había telefoneado para posponer su llegada hasta principios de año. Habló con su padre, pero no le mencionó a Autumn ni a Marissa, prefería contárselo en persona.

Lo preocupaba el lío en el que se encontraban Autumn y su madre. Ella debía estar mezclado en algo muy serio, si involucraba tanto dinero.

Pensó en su pesadilla y en cómo se la había contado a Rissa. Era la primera vez que lo hacía. No había habido razón para desvelar lo ocurrido en esa operación y le dolía demasiado hablar de ello. Seguía teniendo pesadillas y había sido un gran alivio compartir el incidente con ella, pero lo sorprendía haberlo hecho. Nunca antes había pensado en contárselo a una mujer.

Aceptó el hecho de que Rissa era importante para él. Era especial, una compañía fascinante y una amante increíble. Respondía a él con todo su ser. No lo había sorprendido su desinhibición, porque en muchos momentos decía la verdad, sin tener en cuenta las consecuencias.

Se preguntó si estaba enamorado. No había contado con llegar a sentir un amor que deseara mantener toda la vida y legalizar con el matrimonio.

Le era imposible concentrarse en el trabajo. Se puso de pie y miró la valla, viendo sólo a Rissa en su cama.

Matrimonio. Cuando pensaba que esa palabra implicaba que Rissa sería siempre parte de su vida, la palabra matrimonio empezaba a sonar muy bien. Noches de pasión, risas, amor y amistad. Pero ella se merecía más.

Daba vueltas y vueltas a la cabeza, sin llegar a ningún sitio. Ella se merecía un hombre que fuera un buen padre y hombre de familia, pero David no quería que se casara con ese alguien. La quería para él.

—Maldición —dijo en voz alta. Volvió a su furgoneta—. ¡Diablos! —exclamó. No se le daba mal cuidar de Autumn, tal vez Rissa pudiera enseñarlo a ser un hombre de familia.

Se sentó al volante y se miró en el espejo retrovisor.

—¿Quiero casarme? ¿Quiero que ella vaya a un banco de semen o se case con otro tipo? ¡Claro que no! —se enderezó en el asiento y arrancó el motor.

Rissa lo vio llegar. En vez de abrir la verja, saltó por encima de ella. Ella sonrió, pensando que irradiaba vitalidad y atractivo. Corrió a la puerta trasera y segundos después estaba en sus brazos. Él la besó.

Hacía frío, pero el cuerpo firme de David estaba caliente y ella llevaba todo el día esperándolo. Mientras la besaba, abrió la puerta y la condujo dentro de la casa, después cerró de una patada y alzó la cabeza.

—Cásate conmigo, Rissa —pidió, solemne—. Te quiero.

—Así, sin más, ¿quieres que me case contigo? —lo miró asombrada—. ¿Cuánto tiempo lo has pensado? ¿Una hora?

—Lo suficiente para saber lo que quiero.

Ella oyó el tronar de su corazón y deseó agarrarse a su cuello y gritar que sí. Pero ya había pasado por eso una vez y sabía lo que podía ocurrir.

—No lo dices en serio —dijo. Lo amaba y deseaba, pero eso ya le había ocurrido antes y sólo había conseguido que le partieran el corazón—. E incluso si hoy lo dices en serio: no.

—¿Por qué diablos no? —preguntó él, apoyando las manos en las caderas.

—Porque tú no sales con mujeres como yo.

—¿Qué quieres decir con mujeres como tú? —arqueó las cejas con curiosidad.

—He visto fotos de las mujeres con las que sales, y conozco a algunas. Son sofisticadas. Eres como Reed...

—No sigas —interrumpió David—. No soy como tu ex. En ningún sentido. Olvida esa tontería. Sólo sé que no quiero vivir sin ti. No quiero que vayas a un banco de esperma y tengas un hijo de otro hombre. Cásate conmigo, Rissa —su voz se convirtió en un susurró aterciopelado.

—David Sorrenson, ¡para! Deja el encanto y la seducción —se apartó de él—. Eres impulsivo y cabezota. Avasallas para conseguir lo que quieres, como el día que me contrataste y el sábado por la noche que me sedujiste.

—¿Seducirte fue un avasallamiento?

136

–David, no voy a casarme contigo. En serio. No estás prestando atención a lo que digo.

–No, porque te oí decir «te quiero» anoche, en la cama. Y te portas como una mujer enamorada.

–Puede que esté enamorada de ti, ¡pero no me casaré contigo! –gritó ella.

–Ésa es la respuesta más ilógica que he oído en mi vida. Si me quieres y yo te quiero, ¿por qué no vas a casarte conmigo?

–¡Escúchame! Te conozco lo bastante para saber que sólo oyes lo que quieres oír. No me casaré contigo. Esto es un encaprichamiento. No serías feliz conmigo. Soy práctica y fiable y sé cuidar de un bebé, pero no soy una mujer sofisticada, mundana y que desate pasiones en los hombres.

–Un cuerno. ¿Qué crees que has estado haciendo conmigo todas estas últimas noches?

–¡Escúchame! Eres igual que esa primera mañana. Estabas empeñado en contratarme, costara lo que costara. Esta vez, tu dura cabezota tendrá que aceptar que no me casaré con un hombre como tú –las lágrimas le quemaban los ojos y giró en redondo, huyendo de lo que más deseaba en el mundo.

–Bueno, eso no ha ido bien –dijo David entre dientes, observando su huida. Colgó el sombrero y el chaquetón en el perchero, preguntándose qué podía hacer.

Marissa estaba apoyada en la puerta del dormitorio, con los ojos apretados, llorando. Autumn se despertó y gimoteó. Marissa se limpió los ojos y, dejando de lado sus sentimientos, levantó a la niña para cambiarla. Tenía que ir a la cocina a por un biberón, pero aún no quería ver a David.

Cuando acabó, se miró en el espejo. Llevaba vaqueros y una blusa roja, con la que sus ojos conjuntaban en ese momento. Inhaló con fuerza, y fue con Autumn hacia la cocina. Por mucho que le doliera, sabía que tenía razón. David era como Reed y se cansaría de ella. Era Autumn quien los había unido, pero eso pasaría.

Llegó a la cocina con la esperanza de que David estuviera en otro sitio, pero seguía junto al fregadero, mirando por la ventana. Al oírla entrar, giró y fue a saludar a Autumn.

–Has estado llorando –afirmó. Antes de que pudiera contestarle, sonó su buscapersonas y miró el mensaje–. Tengo que hacer una llamada –dijo, sacando el teléfono móvil del bolsillo–. Soy David, –dijo. Hubo una pausa– Estoy en el rancho. Ahora mismo voy.

Marissa supo, por su expresión, que había ocurrido algo importante. Él cortó la comunicación y la miró.

–Era Clint Andover, desde el hospital. Han trasladado a la madre de Autumn a una habitación. Ha recuperado el conocimiento.

Capítulo Diez

¡Oh, David! –exclamó Marissa–. ¡Qué maravilla! –sintió un intenso alivio y, al mismo tiempo, se sintió triste y perdida–. Echaré de menos a Autumn, pero son muy buenas noticias –no dijo que también echaría de menos a David, hasta un nivel insospechable.

–Deberíamos llevarle a Autumn –dijo David.

–Tienes razón. Sé que querrá ver a la niña lo antes posible. Prepararé un bolso con algunas cosas, llevaremos también unos biberones preparados.

–Daré a Autumn de comer mientras lo haces.

Marissa corrió a guardar algunas ropitas en la bolsa, intentando no llorar. Iba a perder a Autumn y a David. Se alegraba de que la nenita se reuniera con su madre, pero le costaría mucho decirle adiós. Dejar a David le rompería el corazón.

Llegaron al hospital en tiempo récord y corrieron a la nueva habitación de la madre de Autumn. Clint estaba en el vestíbulo con Alex cuando llegaron.

–Hemos venido lo antes posible –dijo David–. Ésta es Marissa Wilder. Marissa, te presento a Clint Andover y a Alex Kent.

–Ryan viene de camino –dijo Clint, cuando se hubieron saludado. No parecía más contento que la primera noche, cuando la mujer se desvaneció.

–Algo va mal, ¿verdad? –preguntó David.

—Está despierta, y bien físicamente —contestó Clint—. Débil, pero bien. El problema es que tiene amnesia.

—¡Oh, diablos! —exclamó David, perdiendo la esperanza de que madre e hija se reunieran.

—Estamos tan lejos de obtener respuestas como antes —añadió Alex—. Ahí llega Ryan.

—¿Qué noticias hay? —preguntó él, en cuanto David le presentó a Marissa—. Pensé que estaríais con ella.

—El médico está dentro. Está consciente, pero tiene amnesia —le informó Clint.

—¡No! —miró a sus amigos—. Eso no soluciona nada.

—No. Pasará más tiempo aquí. No recuerda lo que sucedió, así que no distinguirá amigos de enemigos. Sigue siendo tan vulnerable como antes. Tendrás que seguir ocupándote de Autumn, David —dijo Clint.

—Desde luego —miró a Marissa y ella asintió—. ¿Sabe el médico cuánto puede durar la amnesia?

—No. Esperan que sea temporal, pero no pueden hacer un diagnóstico seguro. Seguimos igual.

—Yo tampoco tengo noticias —les informó Alex—. No puedo encontrar a los nombres de esa lista que tenía. No sé si son falsos o qué, pero no avanzo nada.

—Siento haberos hecho venir —dijo Clint—. Cuando supe que había recuperado el conocimiento, llamé. Los médicos tardaron un rato en descubrir su amnesia.

—No importa —lo tranquilizó Alex—. Si hubiera estado bien, todos habríamos querido estar aquí.

—¿Has hablado con el médico de la posibilidad de que vea a la nena?

–No. Le preguntaré a Tara cuando llegue. Seguro que les parecerá buena idea, podría hacerla recordar. Quizá mañana, David. ¿Qué te parece?

–Bien. Entonces nos iremos. En cuanto hables con Tara y sepas cuándo podemos venir, llámame.

Fueron a comer algo y pasaron un par de horas en casa de Marissa. Estando allí, David recibió la llamada de Clint, pidiéndole que regresaran a la mañana siguiente.

En cuanto llegaron al rancho, Marissa preparó un biberón, fue con Autumn al dormitorio y cerró la puerta, dejando a David fuera.

A la mañana siguiente volvieron al hospital con la niña en su cuna de viaje, despierta y de buen humor. Clint Andover y Tara Roberts los esperaban.

–Buenos días –saludó Tara. Se acercó a mirar a la niña–. ¿Cómo está la pequeña Autumn? –canturreó. Apartándose el pelo, se inclinó hacia la niña, que llevaba un vestido, patucos y un suetercito de color rosa. Se irguió con expresión preocupada–. La madre no recuerda nada, pero le hemos dicho que tiene una bebé y que estáis cuidando de ella. Iré a decirle que estáis aquí.

–¿Quieres llevarle a Autumn?

–Creo que será mejor que lo hagamos juntas, Marissa –contestó Tara, entrando en la habitación. Unos segundos después, la llamó desde la puerta.

Marissa entró en la soleada habitación con Autumn. La madre estaba sentada en la cama, con mejor aspecto que la última vez. Sus enormes ojos color violeta se clavaron en el bulto que Marissa llevaba en brazos.

–Aquí están Marissa Wilder y tu bebé –dijo Tara.

–Autumn –apuntó Marissa, acercándose a la cama–. Así la llamaste el día que llegaste a Royal.

–Autumn –murmuró la mujer. Sus ojos se llenaron de lágrimas y extendió los brazos hacia la niña. A Marissa se le encogió el corazón al ver a una madre que no reconocía a su hija pero, obviamente, la quería.

–Autumn. Mi Autumn –murmuró la mujer, con la niña en brazos–. Es preciosa.

–Es muy buena –afirmó Marissa–. Es un gusto cuidar de ella. He traído su biberón porque casi es hora de que coma y pensé que querrías dárselo tú.

–¡Oh, sí! Gracias –la miró y aceptó el biberón. Marissa sintió que Autumn era un vínculo que siempre las uniría como amigas.

–Te dejaré con ella a solas –dijo Marissa–. Tara puede sacarla después –le apretó la mano–. Puede que recuerdes pronto. Ya has mejorado mucho.

–Nunca podré agradeceros lo suficiente que hayáis cuidado de ella por mí –la mujer se limpió las lágrimas de los ojos y sonrió. Marissa asintió y salió en silencio.

Fue hacia David y él, al verla, la abrazó con fuerza.

–Puede que tarden un poco.

David asintió y Clint señaló unos bancos en los que podían sentarse sin perder de vista la puerta. Tara salió una hora después con Autumn en los brazos.

–Se ha dormido y su madre me pidió que te la trajera –dijo Tara, entregándole la niña a Marissa–. Gracias por traerla. Puede que haya ayudado, aunque de momento no hay cambios. Pero la ha hecho muy feliz, eso sí.

David colocó a Autumn en la cuna, se despidieron de Clint y Tara, y bajaron la escalera hacia el vestíbulo.

—¡Señor Sorrenson! —llamó una mujer. David giró y vio a una enfermera acercarse con prisa—. El señor Andover me pidió que lo buscara. Necesita verlo.

—Desde luego, volveré —aceptó él.

—Esperaré aquí con Autumn, David —dijo Marissa, indicando un banco. Marissa colocó la cuna de viaje a su lado. Segundos después un ordenanza fue hacia ella.

—¿Señorita Wilder? —la miró con fríos ojos azules y le ofreció la mano—. Nos gustaría que la madre de la niña la viera otra vez, ahora.

—Claro —Marissa, levantó la cuna de viaje.

—Puede esperar aquí —llevó la mano hacia la cuna.

—La llevaré yo —afirmó ella. El hombre sonrió y afirmó con la cabeza. Fueron hacia el ascensor, pero Marissa sintió un injustificable hormigueo en la piel. No le gustaba ese hombre.

—Llamaré a mi amigo para decirle que volvemos a la habitación, he quedado aquí con él —miró a su alrededor, el pasillo estaba desierto. Se colocó la cuna en el brazo para sacar el bolso. Pero el hombre la empujó e intentó quitarle la cuna.

Marissa dobló el brazo hacia arriba, gritó y lo golpeó con la bolsa de los pañales. El hombre le lanzó un puñetazo que le hizo ver las estrellas.

Cuando tiró de la cuna, Marissa siguió sujetándola contra sí. Chillando, le dio una patada.

Capítulo Once

¿Querías verme? –David se acercó a Clint, que hablaba con Tara.

–No –Clint arqueó las cejas.

–¿No enviaste a...? –David calló y giró en redondo–. Vigila la puerta, Clint, y llama a seguridad –gritó, corriendo hacia la escalera.

Bajó casi volando. En un descansillo oyó gritos y salvó de un salto el tramo de escalones que faltaba. Marissa no estaba donde la había dejado, pero la oyó gritar otra vez. Se dio la vuelta y vio a un hombre correr pasillo abajo.

–Estamos bien. ¡Atrápalo! –le gritó Marissa.

David corrió tras el hombre, que desapareció tras una puerta. Empezó a aparecer personal del hospital y un guarda de seguridad corrió hacia David. Sin hacer caso a nadie, David siguió tras el hombre. Había puertas en todos sitios, y una de ellas daba a las escaleras y otra afuera. Desesperado, abrió y cerró una tras otra, hasta darse por vencido.

Regresó junto a Marissa. Tara y el guarda de seguridad estaban con ella, y también la enfermera que le había dado el aviso a David.

–Lo he perdido –dijo David. Al acercarse soltó una maldición. Marissa se sujetaba una compresa fría contra la mejilla–. Ese bastardo te ha pegado.

–Me recuperaré –dijo ella, atónita por el cambio

que se había producido en David. Tenía aspecto airado y peligroso, con un brillo en los ojos que no había visto nunca–. Lo importante es que Autumn está a salvo.

–Sí, es importante –aceptó David–. Pero, maldito sea, odio que te haya golpeado.

Hablaron con el guarda de seguridad y con la enfermera, Carrie Dunn, que estaba perpleja. Les dijo que un hombre le había dicho que era Clint Andover y que encontrase a David Sorrenson antes de que saliera del hospital. Sabía que Clint era el guarda protector de la desconocida, así que hizo lo que le pedía. Les dio una vaga descripción, porque no se había fijado mucho.

David, Marissa y Tara, con Autumn, volvieron arriba a hablar con Clint. Poco después llegó Wayne Vicente a interrogarles respecto al hombre.

–Marissa tiene la mejor descripción –apuntó David.

–Tenía los ojos azules –dijo, mirando a Autumn para asegurarse de que estaba bien–. Es rubio e igual de alto que David. Y muy fuerte.

–El tipo con quien forcejeó Clint era fuerte, alto y delgado –añadió David.

–Gracias –dijo el jefe de policía–. Tengo hombres revisando la zona, pero esto es grande y está en un lugar concurrido. Podría estar en el hospital o haber salido hace tiempo.

Charlaron un momento más y después David y Marissa se quedaron a solas con Clint.

–Bueno, ahora sabemos que anda por aquí –afirmó Clint–. Conoce nuestros nombres y le interesan tanto la niña como su madre.

–Seguramente quiere el dinero que Alex guardó en la caja fuerte –apuntó David–. Clint, necesitamos reunirnos mañana. Llamaré a los demás y Autumn estará vigilada veinticuatro horas al día. Estará segura, te lo prometo.

–Bien. Debo volver a la habitación. Un policía se ha quedado vigilando en mi lugar. ¿Cómo impediste que se llevara a Autumn? –le preguntó a Marissa.

–Simplemente no la solté –contestó ella–. Además lo golpeé con la bolsa de pañales, dentro había un biberón y una lata de leche; y le di una patada. Pero creo que fueron mis gritos los que lo hicieron huir.

–Me alegro de que estuvieras aquí, pero lamento que recibieras un puñetazo –dijo Clint.

–Estaré muy guapa para la cena de Acción de Gracias –le dijo Marissa a David, tocándose la mejilla.

–Se curará, o puedes taparlo con maquillaje –David rodeó sus hombros con ademán protector–. Bien hecho, cariño. Te comportaste como una profesional.

–No estaba dispuesta a entregar a Autumn.

–La protegiste muy bien. Estoy impresionado.

–Fue desesperación o determinación, no lo sé muy bien. David, ¿tus amigos podrán proteger a su madre?

–Sí. Tendrán mucho cuidado y no tienen ningún miedo a ese tipo. Todos queremos atraparlo.

Mientras regresaban al rancho, Marissa escrutó a David. Había descubierto su lado duro. Cada día que pasara, se acercaría más el momento de la separación; iba a echarlo mucho en falta. Estar con él era lo natural. No quería decirle adiós, pero tampoco considerar la otra alternativa. Aunque quizá lo hiciera.

Ya en el rancho, Marissa fue a cambiar a Autumn. Cuando regresó a la cocina, David estaba junto a la ventana, bebiendo un bote de leche. Le dio un biberón que había preparado y la siguió hasta la mecedora.

–¿Quieres salir a cenar conmigo esta noche?

–No creo. Prefiero quedarme aquí –contestó ella, intentando evitar sus ojos.

Él colocó las manos en los brazos de la mecedora y se arrodilló ante ella, obligándola a mirarlo–. Por favor, Rissa, ven a cenar conmigo.

–Si salimos, discutiremos.

–No, cenaremos y lo pasaremos bien –la miró con aire solemne, pero a ella le pareció que contenía una sonrisa.

–Esta vez no te saldrás con la tuya –le dijo.

–¿Sobre ir a cenar o sobre casarnos? –preguntó él.

–Sobre casarnos –le contestó.

–¡Bien! Vendrás a cenar conmigo –dijo él, poniéndose en pie–. A las siete. Tengo que salir a hacer un recado. Pediré a uno de los hombres que venga a la casa para que no estés sola con Autumn.

–David, ¡no necesito niñera! Y no he dicho que...

–De acuerdo –interrumpió él–. Nada de niñera, le pediré que vigile la casa desde fuera. Cielo, te veré a las siete, pediré a los Windover que cuiden de Autumn –fue hacia la puerta, poniéndose el abrigo y el sombrero.

–David, no he dicho que iría a cenar...

–Lo pasarás bien, te lo prometo. Regresaré a tiempo –la puerta trasera se cerró con un clic.

–David Sorrenson, eres cabezota, arrogante y mandón –gritó ella–. Y maravilloso –musitó en voz baja.

147

Se había entregado a ella en todos los sentidos, y quizá estaba equivocada sobre el tipo de mujer que quería o necesitaba. Tal vez la estaba cegando el pasado.

«¡Cásate con él!», le gritó su corazón.

Pasó la tarde atormentada por emociones confusas. Por fin se bañó y sacó el vestido negro para su cita, preguntándose si volverían al Club de Ganaderos Texas. Después bañó a Autumn y le puso un pijama rosa. Mientras se vestía oyó a David entrar en la casa.

—Hola, cariño, estoy aquí –llamó él.

—Un minuto. Me estoy vistiendo –contestó ella, con las medias en la mano. Llevaba un sujetador y unas braguitas negras, de encaje.

La puerta se abrió y él metió la cabeza en la habitación. Soltó un silbido.

—Podemos ir a cenar, o quedarnos aquí. Tienes un aspecto muy atrayente.

—Cuando dije que me estaba vistiendo, no quería decir «Entra» –soltó ella, alzando el vestido para taparse.

—Estaré listo en diez minutos –sonrió él, cerrando la puerta.

Ella agarró un almohadón y lo lanzó contra la puerta, entre excitada y confusa. Por primera vez estaba considerando seriamente lo que sería vivir sin él, y replanteándose su proposición.

Salió diez minutos después y encontró a David esperándola en la cocina. Recién peinado y afeitado, estaba imponente, con un traje gris carbón y corbata roja. Sonriente, le quitó a Autumn y la colocó en la cuna.

Todo el camino a casa de los Windover, y después a Royal, David estuvo encantador, sin mencionar el tema del matrimonio. Ella, sin embargo, no podía dejar de pensar que tal vez cometía un error al asociar a David con Reed y su superficialidad.

Cenaron en una esquina del Claire, el elegante restaurante francés de Royal. Un pianista tocaba en la otra esquina de la sala. Comieron filetes a la luz de las velas, mientras David derrochaba encanto, hasta que ella empezó a anhelar regresar al rancho y a sus brazos.

—Podemos ir a bailar o a casa —dijo él, cuando terminaron de cenar y charlaron un rato.

—Prefiero ir a casa —dijo Marissa, viendo su deseo reflejado en los ojos verdes de él.

Él se puso en pie, le apartó la silla y la ayudó a ponerse el abrigo.

La noche era fría y oscura. Se había levantado viento y las hojas revoloteaban por el aire, pero se estaba bien en el coche. David habló del rancho, de Autumn, le contó anécdotas graciosas de su vida y le hizo preguntas sobre su familia. Ella no dejaba de preguntarse si estaría viendo a David tal y como era de verdad. ¿Estaría dejando que el dolor del pasado y el miedo le impidieran ver lo maravilloso que era?

La cuestión la atormentaba. La madre de Autumn se recuperaría pronto y Marissa perdería su empleo.

—David, tenemos que recoger a Autumn —exclamó al ver que estaban ante el rancho.

—Y lo haremos —contestó él—. Quería parar aquí para enseñarte algo —condujo la mitad del camino hacia la casa y luego giró por un sendero que llevaba a una pradera. El coche daba botes sobre el suelo.

—¿Qué diablos hacemos? Vas a destrozar el coche. No creo que un deportivo esté hecho para este terreno.

–Desde luego que no, pero es la única forma de llegar a donde quiero que vayamos esta noche –poco después empezaron a subir una colina, mientras el coche botaba y chirriaba.

–¡David! ¿No deberíamos ir andando?.

–Ya casi estamos –se detuvo en la cima de la colina, bajo un alto roble. Apagó el motor y salió a abrirle la puerta–. Ven aquí, Rissa.

Tomó su mano y cerró la puerta. Ella miró a su alrededor. Había arbustos a un lado y rocas al otro. Él la llevó hasta el otro lado del roble, donde la pendiente caía, ofreciendo una vista panorámica del rancho. Marissa se arrebujó en el abrigo.

–Quería que vieras esto porque cuando era niño, con nueve o diez años, solía subir aquí, mirar el rancho y pensar que cuando creciera me casaría, formaría una auténtica familia y viviríamos aquí. No tenía familia, Rissa, y deseaba una –se volvió hacia ella–. Aquí era donde soñaba con la familia que tendría un día.

–Oh, David –suspiró al imaginárselo sólo, sin madre, aunque sabía que estaba jugando con sus emociones para darle lástima y conseguir lo que quería.

–Nunca he traído a nadie aquí, Rissa, ni he contado lo que hacía –le besó la sien–. Es mi secreto más profundo. No me creía capaz de casarme porque no sabía ser un hombre de familia, pero creo que podría contigo. No puedo dejarte marchar.

–¡David! –ella se debatió entre sus viejos miedos y su nuevo amor. Deseaba creerlo, enterar el pasado y confiar en David.

–He llevado un vida peligrosa, pero eso acabó.

150

Rissa, eres muy importante para mí. Lo digo en serio. Más que nada en el mundo –rebuscó en el bolsillo y sacó algo. Después tomó su mano y le puso un anillo.

–Cásate conmigo, Rissa. Te quiero y te necesito.

–¡Oh, David! –exclamó ella, con el corazón acelerado. Sabía que lo amaba, quizás desde siempre.

–¿Quieres casarte conmigo? –la rodeó con los brazos–. Te necesito. Te amo. Haré todo lo posible para ser un buen esposo y padre. Cuando no sepa hacer algo, puedes enseñarme. Eres la mujer perfecta para mí –buena, apasionada y fiable. Cásate conmigo, Rissa.

Sus palabras eran promesas doradas y cálidas. Lo amaba y no quería un futuro sin él.

–Sí –contestó, sintiendo que era lo correcto y no cometía un error. Había soñado con ese momento sin ninguna esperanza de que se produjera.

–¡Rissa! –exclamó él con amor palpable en su voz.

La abrazó con tanta fuerza que se quedó sin respiración. Después la besó, volcando todas sus emociones en el beso, haciéndola temblar de deseo y olvidar todas sus dudas. Marissa sentía el corazón a punto de estallar.

–¡Estupendo! –gritó él, haciéndola girar por el aire–. Señora de David Sorrenson, ¡cuánto te quiero! Vamos a decírselo a tu familia y llamaremos a mi padre.

–David, déjame en el suelo –rió ella.

–Prometo no fallarte nunca –aseveró él, dejándola en el suelo y mirándola con seriedad–. No quiero vivir una vida sin ti. Te necesito.

–Te quiero, David –dijo ella, llena de júbilo.

Volvió a besarla, pero fue un beso lento y largo que prometía amor eterno.

–Vamos al coche para que pueda mirar mi anillo –pidió ella–. Quiero disfrutar del momento al máximo.

Riendo, la llevó al coche de la mano y abrió la puerta. Ella extendió la mano y miró el enorme diamante destellar con la luz.

–David, ¡es precioso! ¿Cuándo lo compraste?

–Para eso salí de casa esta tarde.

–¡Dios mío! Debes haber sobornado a un joyero para conseguirlo tan rápido –al ver su amplia sonrisa, supo que no se equivocaba. De pronto, se puso seria–. Esto significa que tendré que dejar Royal y vivir en Houston.

–No, cariño. He pensado lo que dijiste sobre quedarme en el rancho. Es lo que voy a hacer. Tendré que decírselo a mi padre.

–¡Eso es maravilloso! –se lanzó sobre él y lo besó. El beso, que pretendía ser breve, se convirtió en un encuentro abrasador. Cuando él le abrió el abrigo y la sentó, empujó su pecho con las manos.

–¡De eso nada! No vamos a hacer el amor aquí arriba en el coche, con este frío. Llévame a casa, ya volveremos en verano.

–¿Lo prometes?

–¡Sí! –gritó ella, riendo.

–Pues vámonos, futura señora Sorrenson.

Subieron al coche y emprendieron el regreso.

El día de Acción de Gracias, se reunieron todos alrededor de la mesa de los padres de Marissa, en Royal. Mientras su padre trinchaba el pavo, David le apretó la mano por debajo de la mesa.

Ella estaba demasiado burbujeante y excitada para comer. Al día siguiente era la boda; esa noche, el ensayo. Miró a sus hermanas, su abuela y sus padres, que habían volado a casa para Acción de Gracias y la boda. Miró a su apuesto prometido. A su lado estaba Jerome Sorrenson, su padre, un hombre distinguido con canas en las sienes. Al final de la mesa, Autumn dormía en un cuco balancín.

Marissa era feliz y rezaba porque David y ella disfrutaran de la misma felicidad que habían tenido sus padres. Apretó la mano de David y lo soltó para aceptar un plato que le pasaron.

—Bueno, ahora veo por qué no te tendré en Houston —dijo Jerome Sorrenson, sonriendo a David.

—Te visitaremos, papá —afirmó David.

—Y tú debes visitarnos también —apremió Marissa.

—Lo haré. Al menos, sé que el rancho está en buenas manos —miró alrededor de la mesa—. Has conseguido toda una familia, David. Es maravilloso.

—Y Louise Wilder juega al ajedrez tan bien como tú —dijo David. Eso inició una conversación sobre una futura partida entre su padre y la abuela Wilder.

Esa noche, tras el ensayo de la boda y una fiesta en casa de unos amigos de los Wilder, el padre de David se fue a su casa y los demás volvieron a casa de los padres de Marissa, donde David estuvo una hora antes de despedirse. Marissa lo acompañó a la puerta.

—Mañana —dijo él tras besarla con pasión—, serás mi esposa, Rissa. Te prometo que en cuanto Autumn se reúna con su madre, haremos un viaje de luna de miel de un mes, para compensar no hacerlo ahora..

—Mientras esté contigo, seré feliz.

—Te quiero, cariño —sonrió y acarició su mejilla—. Y también a tu familia; son todos fantásticos.

–Ellos también te quieren.

–Apenas me conocen.

–Te quieren porque yo te quiero.

–Mientras sea así, será maravilloso, Rissa.

–Será mejor que te vayas. Nos veremos en la iglesia mañana –lo observó marchar, aún anonadada por la idea de que al día siguiente se convertiría en su esposa.

Una hora antes del mediodía, Rissa estaba en el vestuario de la iglesia, rodeada de damas de honor que le daban los últimos retoques, mientras su madre sostenía a Autumn. Llevaba un vestido de seda blanca hasta la rodilla, y el pelo recogido sobre la cabeza. Feliz y nerviosa, tocó el colgante de diamantes que había sido el regalo de boda de David.

Habían intentando que fuera una boda sencilla, con sólo la familia y los amigos más íntimos, pero aún así la iglesia estaba llena. Casi en trance, Marissa vio a sus hermanas, cada una con una rosa en la mano, situarse en el pasillo que llevaba al altar.

Después, su padre la tomó del brazo. David, con un traje azul marino, esperaba en el altar, con sus amigos, Jasón Windover, Alex Kent y Chet Renaldi, el hermano menor de Greg. Empezó a sonar un violín e inició el camino hacia el hombre que había capturado su corazón hacía muchos años.

De la mano de David, mirando sus ojos verdes, repitió sus votos. El pastor los declaró marido y mujer, palabras mágicas que los unían para siempre.

–Te quiero –le dijo a su marido cuando iniciaron el primer baile en la fiesta de recepción que se celebraba en el Club de Ganaderos Texas–. Me cuesta creer que esto no sea un sueño.

–Te convenceré de que no lo es, señora Sorrenson. Eso suena bien... señora Sorrenson. ¿Cuándo podremos cortar esa tarta e irnos de aquí? Te quiero sólo para mí.

–¡Paciencia! –rió ella–. Algo que tú desconoces.

–Estoy siendo muy paciente, llevo horas deseando tenerte desnuda entre mis brazos.

–Pero sin dejar de quejarte un segundo –rió ella.

David sonrió, sintiéndose el hombre más afortunado del mundo. Al otro lado de la sala, vio a su padre hablando con Aaron Black.

–¿Tu familia está dispuesta a quedarse con Autumn esta noche, aunque pueda suponer un riesgo? –volvió a preguntar David.

–¿Te imaginas a alguien intentando enfrentarse a toda mi familia al mismo tiempo? La abuela dormirá en casa de mis padres esta noche, así que estarán todos allí. Autumn dormirá en la habitación de mis padres y mi padre está acostumbrado a tratar con animales difíciles. Puede ocuparse de un hombre, si hace falta.

–No estoy preocupado. Sólo intento idear cómo escapar de aquí.

David tardó dos horas más en conseguirlo. Fueron al aeropuerto y tomaron un avión privado a Nueva Orleans. Habían reservado una suite nupcial en un hotel del Barrio Francés.

El aire era cálido y se oía música callejera en la oscuridad. David dio la propina al botones y cerró la puerta. Después se volvió hacia Marissa y la abrazó.

–Ven aquí, cariño, señora Sorrenson. Tengo la impresión de llevar toda la vida esperando este momento.

–¡Tú crees que has esperado mucho! David Sorrenson, yo llevo esperando desde que tenía once años. Y por fin ha sucedido. Bésame para convencerme de que no es un sueño.

–Cualquier cosa para hacer feliz a mi esposa –dijo él. Se abrazaron, y Marissa, llena de júbilo, alzó el rostro para recibir un beso de su marido.

–Tengamos un bebé, David –susurró.

–Cualquier cosa para hacerte feliz, Rissa –dijo él, estrechándola con más fuerza.

Marissa, feliz, rezó para que su vida futura estuviera llena de amor, risas y bebés.

–Disfruta del momento, David –dijo, riendo. Él la besó de nuevo.

DESEO

LAURA WRIGHT

ENCERRADOS
CON EL DESEO

Capítulo Uno

Clint Andover se despertó de un sobresalto con el cuerpo empapado en sudor.

Se secó la cara con la mano y sacudió la cabeza para apartar las horribles imágenes de su cerebro.

Habían pasado tres años. Tiempo más que suficiente para olvidar.

Miró a su alrededor. En el dormitorio de acero y cristal no ardía ningún fuego ni había humo. Había sido una pesadilla, como de costumbre. Aunque la gran cicatriz que le cruzaba el pecho le recordaba que no siempre había sido un sueño.

Se pasó una mano por su pelo oscuro, escuchando los acelerados latidos de su corazón. Latidos de miedo… y tristeza.

Igual que cada noche, después de que la pesadilla lo despertara, no intentó volver a dormirse. Sabía que era inútil. En vez de eso, apartó las sábanas empapadas de sudor, se levantó de la cama y fue a su despacho en la segunda planta, donde lo aguardaba la promesa del consuelo.

El líquido ambarino de la licorera pareció hacerle un guiño.

La pálida luz de la aurora iluminaba la habitación, pero Clint no necesitaba ver para guiarse. Aquél era su ritual nocturno.

Tomó un trago de whisky y se dejó caer en una silla junto al escritorio. Echó un vistazo a su alrede-

3

dor y soltó un resoplido burlón. Era el director general de la mayor empresa de seguridad de Texas, tenía los más sofisticados sistemas de defensa al alcance de las manos, pero, irónicamente, no podía emplear ninguno contra las imágenes de aquella noche.

La noche que sobrevivió.

La noche que murió.

Apretó la mandíbula y apuró el líquido que quedaba en el vaso, contemplando la posibilidad de servirse otro.

¿No tenía lo que se merecía al ser acosado por esas pesadillas? ¿No era lo más justo?

Se hincó los dedos en el pecho y sintió el dolor mientras penetraban la carne.

Se acabó el whisky. Necesitaba un café.

Tenía trabajo que hacer. Trabajo que le permitía alejarse de sus divagaciones. El trabajo del Texas Cattleman's Club.

Había una mujer sin nombre y sin recuerdos y un loco intentando llegar hasta ella y su hija pequeña. Y Clint había jurado protegerlas a las dos.

Se levantó y miró los altos ventanales de su despacho. Fuera, el amanecer emergía tranquilamente por el horizonte. Igual que cada mañana.

Capítulo Dos

Había llegado al hospital.

Y más temprano de lo habitual, pensó Tara al ver entrar en el ascensor al nuevo ginecólogo con el ceño fruncido que solía reservar para cualquiera que no hubiese ido a la facultad de Medicina.

Pero aquella mañana no había nadie cerca para responder con una mirada aprensiva o una sonrisa forzada la seca valoración del doctor Belden.

El ascensor estaba vacío, y Tara sintió la irresistible necesidad de aprovecharse de la situación, dejar a un lado su informe matinal y acompañarlo en la subida a la cuarta planta. Fuera impropio o no, tenía unas cuantas preguntas que hacerle al nuevo médico. Dos preguntas que llevaban agitándose en su cerebro desde que le presentaron a aquel hombre.

Quería saber por qué sentía un escalofrío en la columna cada vez que lo veía. Y quería saber quién se creía que era al tratar a las enfermeras con tanta indiferencia. Después de todo, el personal de enfermería del Royal Hospital era la gente más atenta y trabajadora que Tara había conocido, y no podía soportar que alguien no les mostrara el respeto que se merecían.

Pero aquel día no iba a tener la oportunidad de enfrentarse al doctor Belden, porque las puertas del ascensor se cerraron con demasiada rapidez.

Tara soltó un suspiro y volvió al trabajo. Pero mientras tenía la vista fija en el informe, su mente volvió al doctor. Normalmente, ella no era una persona desconfiada, pero la actitud de aquel hombre la escamaba.

Tal vez sus dudas no tuvieran nada que ver con él y sí con todo lo que rodeaba a su paciente, Jane Doe. En realidad, Jane Doe no era el verdadero nombre de la mujer, pero después de haber despertado de un coma sin recordar nada, los hombres del Texas Cattleman's Club la habían bautizado así.

El Texas Cattleman's Club.

Un estremecimiento completamente distinto recorrió a Tara al pensar en ese grupo de hombres ricos, atractivos y altruistas. Adorados por las mujeres y respetados por los hombres, no había nada que el grupo no hiciera por la ciudad de Royal y por sus habitantes o recién llegados.

Y así lo habían demostrado con Jane Doe.

Pobre mujer, pensó Tara mientras sacaba otra ficha de la carpeta. Unas semanas antes, al entrar en un restaurante de Royal con un bebé en brazos y una bolsa al hombro, Jane se había desmayado. Por suerte, varios miembros del club estaban presentes y se habían hecho cargo de la situación, asumiendo la responsabilidad de Jane y el bebé.

Tara no podía evitar admirar a esos hombres y sus compromisos, pero eso era todo lo que se permitía sentir. No iba a perder la cabeza por ellos, como otras mujeres a las que conocía. De ningún modo. Su madre le había inculcado demasiado sentido común para hacer un ridículo semejante.

–La vida es para trabajar –le había estado repitiendo la vieja irlandesa hasta el día de su muerte.

La vida era para trabajar, no para divertirse, coquetear ni ninguna otra tontería…

–Hoy no vas a darme ningún problema, ¿verdad, Tara?

Tara dio un respingo. No era normal que algo la sobresaltara, pero aquella voz de barítono siempre tenía ese efecto en ella.

Y era algo que odiaba.

Obligándose a respirar con normalidad, se dio la vuelta para encararse al hombre que se dirigía hacia ella. El responsable de la seguridad de Royal y miembro del afamado Texas Cattleman's Club, y uno de los hombres más arrebatadoramente sexys que Tara había visto en su vida.

Y también el primero al que había besado.

Clint Andover había cambiado mucho desde el instituto. De joven había sido muy guapo, con unos ojos azules y una sonrisa letales. Pero de adulto era aún mejor. Alto, moreno y robusto. Un hombre temido y deseado, de recia mandíbula y músculos endurecidos. Clint Andover atraía a todas las mujeres, y sus ojos azules hacían que a cualquier mujer se le acelerara el corazón.

Pero había algo más que una poderosa sexualidad en aquellos ojos. Había también dolor; un dolor que reflejaba la culpa y la muerte que escondía su interior.

Lo cual no era extraño, pensó Tara tristemente mientras intentaba serenarse. Como casi todo Royal sabía, el pasado de Clint había sido difícil y traumático.

–¿Darle problemas a un hombre yo? –bromeó ella–. No parece muy propio de mí.

–¿Desde cuándo?

7

—Desde siempre.

—No lo creo –dijo él. Se detuvo rígidamente junto al puesto de las enfermeras y le asintió de un modo casi imperceptible a la mujer que atendía llamadas telefónicas tras el mostrador.

—No finjas que me conoces tanto, Andover –respondió ella despreocupadamente.

Igual que hacía con todas las demás, Clint le clavó la mirada de sus penetrantes ojos azules.

—Tengo una memoria excepcional, Tara. Y recuerdo que te conozco bastante bien.

Tara se quedó helada y sintió que le costaba respirar. Pero no había la menor sensualidad en las palabras de Clint. No, Clint se estaba limitando únicamente a corroborar un hecho incuestionable, sin ninguna emoción al respecto.

Respiró hondo e intentó que sus frenéticos latidos se calmaran. Le iría bien adoptar el tipo de control que exhibía Clint, pensó. El tipo de control del que ella siempre se había enorgullecido. Pero no era tarea fácil. En presencia de Clint, no era más que una mujer de carne y hueso.

Con muchos recuerdos.

Recuerdos de un joven Clint Andover abrazándola en el cenador del Royalty Park, haciéndole cosquillas en la nariz con la loción de su padre mientras su boca reclamaba la suya…

—Eso fue hace cien años –dijo con una risita forzada.

Él dio un paso hacia ella.

—Como ya te he dicho, tengo una memoria excepcional. Y ya por aquel entonces me dabas problemas.

Tara se separó del puesto de las enfermeras y bajó la voz.

8

–Un beso de adolescente no es ningún problema.

–Lo fue para mí –replicó él con rotundidad.

A Tara se le secó la garganta. No porque Clint hablara como si quisiera tener más problemas de ese tipo, sino porque, que Dios la ayudara, ella sí quería.

Estaban llevando sus bromas habituales a un terreno peligroso. Tenía que recuperar el control cuanto antes.

–Bueno, a mí me parece que hasta hoy nos ha ido bastante bien permanecer alejados el uno del otro –dijo con voz cortante–. ¿Cuál es el problema ahora?

–Ayer mencionaste algo de sacar a Jane del hospital.

Tara asintió.

–Odia estar aquí, Clint.

–Odia su situación en general.

–Sí, y su situación se agrava por estar en el hospital.

–Es el lugar más seguro para ella.

–¿El más seguro? –repitió Tara con el ceño fruncido–. ¿Qué quieres decir con…?

Él levantó una mano para interrumpirla.

–Nada. Sólo estoy sugiriendo que si necesita atención médica…

–Yo soy enfermera –le recordó ella.

–Sí, ya lo sé. Pero lo que importa es que Jane está bajo mi responsabilidad, y si yo creo que debe permanecer aquí…

–Mientras esté en mi planta, es responsabilidad mía –lo cortó Tara, con más dureza de la que pretendía.

–La obstinación no es ninguna virtud, enfermera Roberts.

–Ni tampoco la intimidación, señor Andover.

Clint respiró hondo y la miró con el ceño fruncido.

–Problemas –murmuró.

Tara no se movió de su sitio, a pesar de que el calor que irradiaba el musculoso cuerpo de Clint era casi insoportable. Aquella palabra que había pronunciado con demasiada severidad... Problemas. Nunca la habían acusado de crear problemas. Y menos tres veces seguidas.

Ella era una persona resuelta, pragmática y precavida. Unos rasgos en los que siempre había confiado. Pero, ¿problemática? Jamás.

A ninguna otra persona le hubiera tolerado un insulto semejante. Pero con Clint era distinto. Se negaba a pensar el porqué, pero así era. Cuando la miraba de aquella manera, tan cercano a ella, ninguna palabra que saliera de sus labios podía interpretarse como un insulto. Al contrario. Más bien la excitaba.

Frustrada por el rumbo que estaban tomando sus pensamientos y sensaciones, se volvió hacia el mostrador y agarró sus informes.

–Tengo trabajo que hacer.

–Yo también –dijo él.

–Entonces será mejor que lo hagamos. Que tenga un buen día, señor Andover.

Se dispuso a alejarse, pero él la agarró del brazo.

–Aún tenemos que resolver el asunto de Jane Doe.

–Voy a llevármela a mi casa mañana –declaró ella.

–Maldita sea, Tara…

–Su estado de salud es excelente. Lo que necesita es un lugar donde pueda descansar, recuperar la memoria y ver a Autumn. Y yo puedo llevársela.

Clint se cruzó de brazos y la miró severamente.

–David y Marissa pueden traer a la niña aquí.

Ella lo ignoró y pasó a su lado.

–Tengo pacientes que atender.

–No me estás escuchando –la acusó él.

–Por supuesto que no –dijo ella, alejándose por el pasillo.

–No te atrevas a llevártela, Tara.

Pero Tara no le hizo caso y siguió alejándose del hombre que durante demasiados años había sido dueño de su corazón.

Sus pacientes eran lo más importante en su vida y siempre hacía lo que fuera mejor para ellos, aunque eso significara incurrir en la cólera del peligroso, amedrentador… y deseable Clint Andover.

–¡Se la ha llevado a su casa! –exclamó Clint, mirando furioso a sus colegas del Texas Cattleman's Club antes de dejarse caer en uno de los sillones de cuero de la sala de reuniones–. Y después de que yo le diera instrucciones expresas de…

–¿Le diste a una mujer instrucciones? –le preguntó Ryan Evans, levantando la mirada de la mesa de billar, donde mantenía una partida con David Sorrenson.

–Sí.

–¿Y de verdad creíste que te obedecería? –le preguntó Alex Kent con una sonrisa, sirviéndose un brandy.

Clint frunció el ceño.

—No veo por qué no.

—Acepta este consejo de un hombre felizmente casado que quiere seguir como está —dijo David—. Nunca le des instrucciones a una mujer.

—«Felizmente» y «casado» en la misma frase —murmuró Ryan sacudiendo la cabeza—. ¿Qué te ha pasado?

—Paciencia, Evans —respondió David. Se volvió hacia la mesa y con un golpe certero envió una bola al agujero—. Tu hora se acerca.

—Imposible —dijo Ryan, errando en su jugada.

David se echó a reír.

—Parece que tu confianza está disminuyendo, amigo.

—Eres un cretino —masculló Ryan, con los ojos ardiendo de irritación.

—¿Podemos hablar con seriedad, caballeros? —pidió Clint, mirándolos a todos uno por uno—. Esto es un problema.

Alex se sentó en un sillón junto a él.

—¿Esta enfermera sabe lo de nuestro allanamiento de morada?

—¿Te refieres a la habitación de Jane en el hospital? —preguntó Clint. Alex asintió—. No.

—¿Y lo de Autumn? —preguntó David.

Clint negó con la cabeza.

—Sólo sabe lo que sabe todo el mundo. Que Jane se desmayó en el restaurante y que esa Autumn es su hija.

David se encogió de hombros.

—Tal vez deberías contarle el resto.

—No creo que sea buena idea.

—Cuanta menos gente en Royal conozca los peligros de la situación, mejor —corroboró Alex.

12

—Estoy de acuerdo –dijo Clint–. Pero sin revelar esa información, no podré conseguir que Tara devuelva a Jane al hospital.

—Bueno, en ese caso tendrás que vigilar a nuestra Jane Doe en la casa de la enfermera –sugirió Alex, removiendo el contenido de su vaso.

Una ola de calor se arremolinó en el pecho de Clint al pensar en compartir el mismo espacio con Tara Roberts, pero se apresuró a sofocarla. Sí, se había sentido atraído por la hermosa enfermera rubia desde el instituto, pero ahora se trataba de un asunto de trabajo. Y él nunca mezclaba el trabajo con el placer.

—¿Vigilar a Jane en casa de la enfermera Roberts? –sacudió la cabeza–. Es mucho más fácil decirlo que hacerlo.

—¿Por qué? –preguntó Alex.

—Tara es muy cabezota…

—¿Cabezota? –interrumpió David con una sonrisa irónica–. Suena interesante.

—No es lo que parece, Sorrenson –le espetó Clint–. Tara y yo somos… buenos, sólo somos viejos amigos.

—¿En serio? –preguntó Ryan alzando un ceja.

—Nos conocemos desde el instituto.

—¿El primer escarceo, quizá? –sugirió Ryan, y se echó a reír cuando Clint puso una mueca de desprecio–. Parece algo serio.

—¿Qué estás diciendo? –preguntó Clint fríamente–. ¿Cómo te puede parecer algo serio si yo no he dicho nada?

Ryan sostuvo el taco con la mano derecha y apuntó a su amigo con la tiza que tenía en la izquierda.

13

–Por eso mismo parece algo serio.

–¿Estamos hablando de amor, Andover? –preguntó David con una amplia sonrisa.

Clint sintió un nudo en el pecho, y por un momento las imágenes de aquella noche, de Emily, del fuego y la muerte amenazaron con ahogarlo. No quería que nadie volviera a relacionarlo nunca más con la palabra «amor».

–Sólo he amado a una mujer en mi vida –declaró en voz baja y amenazadora.

Los demás hombres se pusieron serios al instante. David y Ryan volvieron a su partida, y Alex apuró su brandy.

Clint se levantó y atravesó la alfombra oriental.

–Entre Tara y yo no hay nada y nunca lo habrá. Lo nuestro es únicamente una batalla de autoridad, nada más. Y ya es hora de que yo asuma el control de la situación.

Alex asintió seriamente.

–¿Qué piensas hacer?

–Jane Doe puede quedarse en mi casa. Maldita sea, las dos pueden quedarse ahí si eso es lo que quieren. Pero nuestra misteriosa mujer estará bajo mi supervisión las veinticuatro horas del día.

–Será un combate encarnizado –dijo Ryan.

–Puede ser –respondió Clint–. Pero es un combate que tengo intención de ganar.

–Gracias, Tara –dijo Jane con una sonrisa, acurrucada en el sofá y envuelta en un edredón mientras saboreaba el té de jazmín con miel–. No sabes cuánto lo aprecio.

–De nada –respondió Tara, devolviéndole la sonrisa.

–No sé por qué, pero en ese hospital me sentía como en una prisión.

–A veces yo me siento igual.

Jane miró el fuego que ardía en la chimenea y suspiró.

–Tu casa es muy cómoda y acogedora y…

–¿Y qué? –le preguntó Tara amablemente cuando Jane se interrumpió.

La pequeña y bonita mujer negó con la cabeza. Una expresión melancólica ensombreció sus ojos violetas.

–¿Y está cerca de Autumn? –se aventuró Tara.

–Sí.

Tara le dedicó una sonrisa compasiva. Ella no tenía hermanos ni hijos, pero cada día añoraba más a su madre, por lo que, en cierto modo, comprendía la nostalgia de Jane.

–Debes de echarla mucho de menos.

–Muchísimo. Es como si me faltara una parte de mí.

Sus ojos se llenaron de lágrimas.

Mientras cuidaba de ella en el hospital, Tara no había querido preguntarle por qué Autumn se quedaba en el rancho Sorrenson. No era asunto suyo, pero no podía evitar sentir curiosidad. Al fin y al cabo, aunque el hospital no era el mejor lugar para el bebé, estaba mucho más cerca para Jane que el rancho.

Tal vez a medida que se fuera ganando la confianza de Jane, ésta compartiera más información con ella. Pero de momento, Tara sólo sería una amiga que la escuchara y la consolara.

–Mañana tengo el día libre –dijo Tara, recostándose en el sillón–. ¿Qué te parece si vamos a ver a los Sorrenson?

Los ojos de Jane se iluminaron como dos estrellas y a punto estuvo de derramar el té.

–¿Sería posible?

–Por supuesto.

–Me encantaría.

Tara se levantó y miró a la joven con severidad… Una expresión que reservaba para las pacientes más testaduras y encantadoras.

–Muy bien, pero si quieres tener fuerzas para jugar con tu hija, necesitas descansar todo lo que puedas.

–Eso quiere decir que tengo que subir a tu habitación y dormir un poco, ¿verdad? –dijo Jane con una sonrisa.

–En efecto –respondió Tara, riendo.

El timbre de la puerta sonó mientras Tara ayudaba a su invitada a levantarse del sofá.

–¿Esperas a alguien? –preguntó Jane.

Casi todos los conocidos de Tara estaban trabajando esa noche en el hospital. Y tenía muy pocos amigos. Sin embargo, había una persona que tenía un motivo para visitarla…

–No estoy segura, pero creo que podría ser un hombre demasiado fisgón e irritante el que está ahí fuera –dijo con una mueca.

–Clint, ¿verdad? El que me estaba vigilando en el hospital.

–El mismo.

Jane esbozó una sonrisa.

–¿Ese guardaespaldas tan alto y atractivo?

Tara sintió que se ruborizaba.

–Bueno, no sé si es tan atractivo...

El timbre volvió a sonar.

–Estoy muy cansada –dijo Jane con un brillo malicioso en los ojos–. Me voy a dormir. No te preocupes, puedo subir sola.

–¿Estás segura? –le preguntó Tara, reprimiendo el impulso de pedirle que se quedara.

–Completamente –respondió Jane de muy buen humor.

Tara vio cómo subía las escaleras y entonces se dirigió hacia la puerta.

–No es tan atractivo –murmuró.

–Oh, vamos, no pretendas engañarte a ti misma –le dijo Jane riendo desde el rellano, antes de entrar en su dormitorio.

Tara puso una mueca y abrió la puerta justo cuando el timbre sonaba por tercera vez.

Clint Andover estaba esperando, con el ceño fruncido y los ojos tan oscuros como el jersey azul marino que llevaba.

–Así que estás en casa...

–Sí.

–No se puede confiar en ti –espetó él, entrando sin ser invitado.

–Hola a ti también –dijo ella. Se había quedado atónita por su descaro, y al mismo tiempo intrigada por el fuerte olor a bosque que desprendía.

–No me gusta que desafíen mis órdenes, Tara.

Ella lo siguió al salón, intentando no fijarse en su figura alta y fuerte y en su duro trasero. Pero no le resultó fácil.

–En ese caso, tal vez deberías dejar de darme órdenes.

–Tara...

—No acepto órdenes tuyas, Clint Andover.

—Sí, eso es exactamente lo que dijeron —murmuró él, de espaldas a ella.

—¿Quién lo dijo? —preguntó ella frunciendo el ceño.

—No importa —se dio la vuelta para encararla—. Tara, esto es algo muy serio.

—No entiendo dónde está el problema ni por qué te preocupas tanto —repuso ella, intentando descifrar la impenetrable expresión de sus ojos—. Jane está muy bien aquí.

—Me temo que tus cuidados de enfermera no bastan.

—¿De qué estás hablando? —preguntó ella, sintiéndose frustrada.

—Estoy hablando de protección.

—¿Protección de qué?

Clint apretó la mandíbula y soltó una exhalación, pero no dijo nada. Viéndolo tan alto e imponente en su pequeño salón, Tara supo que guardaba algo… algo importante. Pero también sabía que Clint era un libro cerrado. No conseguiría nada sondeándolo.

Clint miró la fotografía que había sobre la mesita, una vieja foto de Tara y su madre frente a la biblioteca pública de Royal, y volvió a mirar a Tara.

—He decidido que Jane va a quedarse conmigo. A Tara se le abrieron los ojos como platos.

—¡De eso nada!

—Tú también puedes venir.

Tara se quedó momentáneamente aturdida por la arrogancia de Clint al intentar organizarle su vida sin contar con ella para nada.

–Gracias por la oferta, pero nos quedamos aquí –apoyó las manos en las caderas y le clavó la mirada–. Y a menos que quieras llegar a las manos…

Las cejas de Clint se arquearon ligeramente y Tara vaciló unos segundos.

–Quiero decir, a menos que quieras agarrarme y llevarme en volandas a…

–¿Sí?

El calor que abrasaba el estómago de Tara descendió unos cuantos centímetros cuando la turbulenta mirada de Clint la recorrió de arriba abajo.

–Ya sabes a lo que me refiero, Clint.

–Sí –murmuró él. Avanzó unos pasos y se detuvo a escasos centímetros de ella–. Y, por suerte para ambos, no es mi estilo emplear la fuerza física.

–Me alegra saberlo –dijo ella secamente.

Él soltó un suspiro y sacudió la cabeza.

–Me vuelves loco, Tara.

«Lo mismo te digo, Andover».

–Lo siento.

–Bueno, si tu intención es mantenerla aquí…

–Ésa es mi intención.

–Entonces yo estaré… por aquí.

A Tara le dio un vuelco el corazón, a pesar de que Clint lo había dicho en un tono exageradamente suave.

–¿Por aquí?

–Tendrás que acostumbrarte a ver mi cara, Tara –diciendo eso, se marchó hacia la puerta–. Y la próxima vez –añadió, deteniéndose, me invitarás a entrar.

Tara permaneció inmóvil mientras lo veía alejarse, negándose a reconocer el deseo de que se quedara un momento más.

Afortunadamente, cuando la puerta se cerró, sintió que volvía a respirar.

Acostumbrarse a ver su cara... Se dejó caer en el sofá y se envolvió con el mismo edredón que le había prestado a Jane minutos antes. ¿Cómo podría evitarlo? Había visto, visualizado e imaginado el rostro de Clint Andover desde el instituto. Dios, incluso el chico con el que había salido en la universidad había sido comparado con Clint y había salido perdiendo.

Incluso el único hombre al que se había...

Cerró los ojos y se arrebujó en el edredón, intentando no imaginar el beso y el calor de Clint, que se habían desbordado por su interior todos esos años atrás...

No importaba lo que le costase; tenía que reprimir lo que sentía por Clint Andover. Él no era para ella.

A menos que pudiera soportar una breve aventura.

Un extraño dolor se le clavó en el pecho y reptó hacia abajo.

No estaba segura de que pudiera soportar ni siquiera eso.

Tenía que mantener ocultos sus pensamientos y sus deseos por un tiempo. Después de todo, Jane no se quedaría allí para siempre. En cuanto aquel misterio se hubiera resuelto, Jane volvería con su hija y Clint ya no estaría por allí.

Y ella podría volver a su vida de sentido común y trabajo duro.

Capítulo Tres

Madre e hija.

La preciosa imagen de Jane acunando a su pequeña, cantándole y haciéndole carantoñas en la alfombra del salón del rancho de los Sorrenson, estuvo a punto de hacer llorar a Tara.

Ser hija única le había alimentado la necesidad de cuidar a los demás, y por fortuna había encontrado la respuesta en su trabajo como enfermera. Pero hasta una profesional sensata como ella sabía que había mucho más. Familia, hijos, un marido…

Ella no era una persona interesada ni egoísta, pero no era eso lo que la echaba para atrás. Se aferraba a la idea de que el hombre de su vida pudiera ser como su padre y abandonara a su familia para siempre, dejando a su esposa y su hija con la eterna duda de qué habían hecho mal. La mera posibilidad la aterraba. Era un riesgo demasiado grande.

El futuro se le presentaba optimista y seguro del modo en que lo había planeado. Y el deseo por tener una familia propia permanecería encerrado en su corazón.

Demonios, pensó mientras le tendía un osito de peluche rosa a Jane, había estado albergando sueños y esperanzas desde el instituto. Desde que un muchacho con ojos de zafiro la tomó en sus brazos y la besó.

Se estremeció ligeramente al recordar cómo la había mirado Clint la noche anterior, cómo su cercanía y su fragancia masculina le habían derretido los huesos. Era un recuerdo más que añadir a las memorias de su corazón destrozado.

Los grititos del bebé interrumpieron sus divagaciones y le hicieron devolver la atención a la madre y a la hija.

—Autumn se está poniendo muy grande —dijo con una sonrisa.

—Y muy guapa —añadió Jane, sonriendo también.

—Es igual que su madre.

—Gracias, Tara —respondió Jane suavemente, bajando la mirada al suelo.

Tara le puso una mano en el hombro a su nueva amiga.

—¿Qué ocurre?

Jane levantó la mirada, con una expresión cargada de angustia y frustración.

—Me pregunto si será como su padre.

Tara sintió una punzada de dolor. No podía imaginarse lo que sería no tener pasado, sólo el presente y un futuro incierto.

—No te preocupes —le dijo a Jane, dándole un fuerte abrazo—. Acabarás recordándolo todo. Sólo es cuestión de tiempo.

—Eso espero —murmuró Jane con una triste sonrisa. Se puso a Autumn en su regazo y la apretó contra su pecho—. La memoria es algo muy extraño.

—Sí que lo es.

Tara pensó en sus propios recuerdos. Algunos eran borrosos, como los de las clases de gimnasia y geometría. Otros eran muy claros, como el perfume de agua de rosas de su madre y la sensación de los brazos de Clint Andover rodeándola.

–Mirad a quién he encontrado en la puerta –anunció Marissa Sorrenson, entrando en el salón con un brillo en sus ojos grises y una radiante sonrisa.

Tara no conocía muy bien a Marissa, pero había hablado varias veces con ella mientras Jane estaba en el hospital y sabía que aquella recién casada menuda y rubia era una persona muy sincera y generosa.

Una mujer sincera y generosa que en ese momento entraba acompañada de un hombre guapísimo.

Tara vio cómo Clint Andover entraba en el salón y observaba la escena con sus grandes ojos. Vestido con un jersey negro y vaqueros azules, ofrecía un aspecto irresistiblemente atractivo, y su enorme figura parecía comerse el espacio, igual que su mirada parecía devorar a Tara.

–Hola, Clint –lo saludó Jane efusivamente.

–Buenas tarde, Jane, Autumn –respondió él, y le asintió a Tara–. Enfermera Roberts.

El hoyuelo de la mejilla derecha de Marissa se hizo más profundo.

–¿Te gustaría quedarte a cenar, Clint? Tenemos comida de sobra.

–Me encantaría, pero esta noche no –respondió él–. ¿Puedo apuntarme para otra vez?

–Por supuesto –dijo Marissa–. ¿Has venido a ver a David?

La mirada de Clint se desvió hacia Tara.

–No exactamente.

–¿A Jane y Autumn?

–En parte.

La mirada que Marissa le lanzó a Tara hizo que ésta deseara arrastrarse bajo la alfombra. Pero esconderse no era su estilo, de modo que permaneció sentada y erguida, mirando orgullosamente a Clint.

–En realidad, he venido para llevar a Jane y Tara a casa –le dijo Clint a Marissa–, ya que fuiste tú quien las trajo.

–¿Cómo sabías que Marissa nos recogió hoy? –le preguntó Tara con el ceño fruncido.

–Bueno, la primera pista fue ver tu coche en el camino de entrada –Jane soltó una risita–. Y la segunda fue que David me dijo que Marissa había ido a verte esta mañana para enseñarte su coche nuevo –se acercó a Tara y la miró irónicamente–. ¿Qué te parecen mis deducciones?

–Muy listo –dijo Marissa con una sonrisa.

–Sí, muy listo –corroboró Tara, permitiéndose una sonrisa–. Pero no nos hace falta que nos lleves. Marissa se encargará de eso.

–No tiene por qué hacerlo.

–Pero…

–Dales un respiro a los recién casados, Tara –la interrumpió él con voz amable pero firme–. Necesitan pasar a solas todo el tiempo que puedan conseguir.

Tara se mordió el labio, aunque en el fondo no era una decisión tan dura. No quería robarles tiempo a David y Marissa, pero tampoco quería ceder ante Clint.

–¿Me permites que te ayude a levantarte? –le preguntó Clint, extendiendo la mano.

–Está bien.

Mientras Clint la ayudaba a ponerse en pie, Marissa y Jane devolvieron la atención al bebé. Tara no tenía duda de que las dos mujeres se estaban imaginando cosas, preguntándose qué clase de romance se cocía entre ella y Clint. Tendría que dejarles las cosas claras más tarde.

Una vez que la tuvo en pie, Clint se inclinó hacia ella para susurrarle al oído:

–Te dije que estaría por aquí.

–¿Pero todo el tiempo? –preguntó ella en voz baja.

–Mañana, tarde y noche –respondió él–. Lo que haga falta.

Tara sintió que la invadía una ola de calor, pero se obligó a mantener la compostura.

–Estás muy entregado a tu trabajo, Andover.

–No tienes ni idea de cuánto, Roberts –murmuró él con un malicioso brillo en los ojos, antes de apartarse de ella–. ¿Nos vamos, señoritas?

Había pasado mucho tiempo desde que llevó a una mujer a su casa.

Por las ventanas ahumadas de su coche, Clint observaba cómo la oscuridad invernal se cernía sobre los árboles y la tierra, tiñendo el paisaje de una fría gama grisácea.

En la parte de atrás, Jane Doe dormitaba apaciblemente en los asientos de cuero. Se había quedado dormida cinco minutos después de haber atravesado la verja del rancho, dándoles a Clint y a Tara plena libertad para hablar.

Pero Tara había permanecido en silencio, tarareando de vez en cuando la música que sonaba por la radio. Tenía un tono ronco y sentido, muy diferente a su voz normal, y escuchándola Clint no pudo evitar preguntarse qué otras contradicciones ofrecería.

La música country dejó paso a una suave balada, y Tara empezó otra vez a tararear. La creciente oscuridad y el sonido de su voz espolearon al rebelde solitario que había en Clint, y supo que si no tenía cuidado, acabaría cediendo al impulso de rodear a Tara con un brazo y apretarla contra su costado, como si estuvieran en un autocine y no en una misión para proteger a Jane.

Por esa noche, tendría que anteponer las palabras a la acción.

—Tienes una voz muy bonita, Tara.

Ella se volvió hacia él y sonrió.

—Gracias. Veinte lecciones con la señorita Ellis.

—¿Tomaste lecciones de voz? —preguntó él sin disimular su sorpresa.

—En décimo grado. Nadie lo sabía, ni siquiera mi madre —bajó la voz, como si su madre estuviera en el coche con ellos—. No habría aprobado algo tan…

—¿Tan?

—Trivial, supongo. Frívolo —suspiró y se recostó en el asiento—. Te parecerá ridículo, pero hubo un tiempo en el que pensé dedicarme profesionalmente al canto. Quería cantar baladas en un club de jazz.

—¿Blues?

—Sí.

—No me parece ridículo en absoluto.

Tara se encogió de hombros.

—Era joven.

–Todos tenemos sueños de jóvenes –dijo él–. Y así debe ser.

–¿Qué querías ser de niño? ¿Policía? ¿Jinete de rodeo?

La pregunta de Tara le despertó un aluvión de recuerdos, y por un breve instante volvió a tener doce años. Estaba en casa de su abuela, registrando una caja con cosas de sus padres, que habían muerto seis meses antes en un accidente de coche. Clint los echaba terriblemente de menos, y cuando veía o tocaba sus pertenencias, se sentía más cerca de ellos.

Leer sus obras seguía teniendo el mismo efecto en él. Ambos habían sido escritores; su padre, periodista, y su madre, novelista y poetisa.

–¿Tan atrás en el tiempo tienes que remontarte? –le preguntó ella burlonamente.

–¿Me ves viejo con treinta y cinco años?

Tara se echó a reír.

–Eso lo has dicho tú, no yo.

–No –dijo él, saliendo de la autopista–. Recuerdo que, cuando era niño, quería ser escritor. Relatos cortos, historias de suspense, ese tipo de cosas.

Tara se quedó callada, y Clint se preguntó si su respuesta la había sorprendido. Después de todo, ser director de una empresa de seguridad estaba muy lejos del romántico mundo de la escritura.

Finalmente, la oyó suspirar con melancolía.

–Parece que a ambos nos gustaría explorar nuestro lado creativo.

Clint se aventuró a mirarla. Su pelo rubio y rizado le caía sobre los hombros, y tenía los labios húmedos y ligeramente entreabiertos.

Sólo de verla a su lado, perfilada contra la luz de la luna, hizo que el corazón empezara a latirle con fuerza y que se le formara un nudo en el pecho. De repente lo asaltó el deseo de explorarla a fondo.

Pero estaba en una misión, no de caza.

—Te perdí la pista después del instituto –dijo ella súbitamente, devolviéndolo a la realidad–. ¿Adónde fuiste?

—A la universidad, y luego al ejército.

—¿Al ejército?

—Operaciones especiales

—Eso es algo confidencial, ¿no?

—En efecto.

—El ejército… Guau, eso explica muchas cosas.

—¿Como por ejemplo por qué soy tan serio y rígido?

—E implacable –añadió ella con una sonrisa fugaz.

—Bueno, cuando quiero conseguir algo que es importante para mí, nada puede detenerme.

Tara ahogó un gemido al escuchar su comentario. Las reacciones que tenía a aquel hombre, sus palabras, miradas y roces parecían intensificarse por momentos. Era como si ya no tuviese el control de sus respuestas y emociones. Había tenido que cambiar de tema cuando él le confesó su aspiración frustrada de convertirse en escritor. La idea de que un hombre tan imponente, atrevido y peligroso como Clint Andover diera rienda suelta a su creatividad la había sorprendido e intrigado tanto que a punto estuvo de desabrocharse el cinturón de seguridad y arrimarse a él como una adolescente prendada. Era absurdo.

—¿Y qué me dices de ti, Tara?

—¿De mí? –espetó ella, girándose para mirarlo. Lo que fue una equivocación.

Su perfil parecía esculpido en granito, y Tara se preguntó cómo sería el roce de esa recia mandíbula y esa piel contra su boca. ¿Sería la combinación perfecta de aspereza y suavidad?

Tragó saliva con dificultad. ¿El tacto de sus labios sería como ella lo recordaba? Ávido, crudo, casi agotador, incluso para un muchacho.

Se obligó a desviar la mirada hacia la ventanilla y se cruzó de piernas mientras respiraba hondo. ¿Estarían cerca de casa?

—¿Qué me dices de ti, Tara? —volvió a preguntar él—. ¿Qué hiciste al acabar el instituto?

—Me quedé en la ciudad. Iba a ir a la universidad, pero…

—¿Qué pasó?

El corazón se le encogió de dolor al recordarlo.

—Mi madre enfermó de cáncer.

—Lo siento.

—Gracias —murmuró Tara. Ella también lo sentía. Su madre había sido muy estricta e intransigente, pero había querido a su hija más que a nadie—. Mi madre quiso volver a Irlanda una vez más antes de… Bueno, así que la llevé —el dolor se le alivió un poco al recordar lo bien que se lo habían pasado—. Más tarde, después de que muriera, empecé los estudios en la universidad.

—Se sentiría muy orgullosa por lo que has conseguido.

—Eso creo. Y eso espero. Perder a un ser querido es… No hay nada peor.

El silencio se hizo en el interior del coche mientras ambos asimilaban las palabras de Tara. Trisha Yearwood cantaba en la radio, y el ruido de los coches que los adelantaban acompañaba la voz de la cantante. Mientras giraban a la izquierda para entrar en su calle, Tara deseó no haber dicho nada. Pero era demasiado tarde. No había pensado en la pérdida de Clint.

Lo miró de reojo. Clint tenía la vista fija al frente y apretaba la mandíbula con la misma fuerza que aferraba el volante. Una punzada de angustia traspasó a Tara. Clint seguía desgarrado por la muerte de su mujer. Y era comprensible. Tara sabía que había estado locamente enamorado de su esposa. La había conocido una noche en casa de Claire, y se habían casado a la semana siguiente. Pensar en aquel amor tan maravilloso hizo que Tara se sintiera invadida por el anhelo, la admiración... y la envidia.

Al aparcar en el camino de entrada de su casa, Tara se dispuso a despertar a Jane, pero Clint la detuvo.

–No la molestes. Yo la subiré.

–De acuerdo.

Tara vio cómo Clint levantaba dulcemente a la mujer dormida como si no pesara más que una niña y la llevaba a la casa. Una vez más, la envidia la recorrió por dentro, acompañada por un fuerte deseo de recibir una atención semejante de un hombre así.

Por un breve momento, se imaginó lo que debía de ser que Clint Andover la llevase en brazos a la cama. Pero rápidamente su lado práctico se encargó de recordarle cuál era su lugar y su papel en la vida.

Recogió el correo y el periódico y siguió a Clint al interior.

–Se aloja en el dormitorio de arriba –susurró mientras dejaba el bolso y examinaba lo que parecía su primera tarjeta navideña.

No tenía muchos amigos, pero los pocos que tenía siempre le enviaban tarjetas y felicitaciones. El detalle la hizo sentirme menos solitaria, como si aún perteneciera a una familia.

Pero rápidamente se dio cuenta de que no era una tarjeta navideña.

Al principio la asaltó la confusión, seguida por un escalofrío espeluznante.

Volvió a examinar la hoja de color crema y luego el sobre a juego. No había remitente, y había sido enviado aquella misma mañana desde Royal.

—¿Qué…? ¿Por qué…? —el pulso se le aceleró frenéticamente y sacudió la cabeza—. No lo entiendo…

—Listo —anunció Clint, que en ese momento bajaba sigilosamente las escaleras—. Le he quitado los zapatos y la he arropado con una manta… —se detuvo y la miró con ojos entornados—. ¿Tara?

Tara no podía culparlo de que se extrañara. Ella misma podía sentir la palidez de su piel y el pánico en sus propios ojos.

Clint se acercó a ella y le puso una mano en el hombro.

—¿Qué ocurre?

—Lo siento, Clint.

—¿Por qué?

Ella se apoyó contra su mano en busca de calor y consuelo.

—Tú hablabas de protegerla, pero yo no lo entendí… —la voz se le quebró.

—¿De qué demonios estás hablando? —le preguntó él con firmeza—. ¿Qué sucede, Tara?

Ella le mostró la carta.

—Esto. Dice que Jane es una mentirosa y una ladrona —el estómago se le revolvió al pronunciar esas palabras—. Dice que secuestró a la pequeña Autumn.

31

Capítulo Cuatro

—¿Puedo echarle un vistazo a eso?

La pregunta de Clint sonó más como una orden que como una petición, pero Tara no se ofendió. Estaba demasiado asustada.

Señor... ¿Cuánto tiempo hacía que las manos no le temblaban tanto?, se preguntó mientras le tendía la carta a Clint. Seguramente desde sus primeras semanas en la facultad de Enfermería, cuando la aterraba cometer un fallo. Aquello había sido la reacción natural de una estudiante novata y ansiosa por aprender, pero la carta que acababa de recibir le infundía un terror irreconocible.

Miró a Clint, que con la cabeza gacha y los ojos entornados leía y releía la carta en busca de alguna clave oculta.

—¿Qué crees que significa? —le preguntó ella—. Quiero decir, ¿por qué alguien enviaría algo así...?

—Todavía no lo sé. Pero voy a averiguarlo.

—Tiene que ser una mentira, Clint.

Él no respondió. Levantó el sobre de color crema y lo sostuvo al trasluz.

—Esa niña es de Jane —le aseguró Tara—. Lo sé. Cualquier mujer puede ver que es hija suya. Especialmente una mujer que...

Clint desvió la mirada hacia ella.

—¿Una mujer que qué?

A Tara se le encogió el corazón y cambió el peso de un pie a otro. Últimamente no tenía control alguno en lo que decía. Clint no necesitaba saber nada de su deseo interno por tener una familia y una niña tan maravillosa como Autumn.

–Lo único que digo es que puedo ver la verdad a la legua –corrigió enseguida–. No hay ninguna duda de que Jane es la madre de Autumn.

Por un momento Tara pensó que Clint iba a presionarla para que le diera una respuesta directa, pero no fue así.

–Estoy de acuerdo –dijo él, volviendo a sostener la carta a contraluz–. No creo que nada de lo que diga aquí sea cierto.

–Tú te dedicas a esto. ¿Qué piensas? ¿Te parece que Jane está en peligro?

–Creo que es una amenaza bastante ambigua –respondió él, mirándola otra vez.

Amenazas…

El miedo se propagó lenta e imparablemente por las venas de Tara. Era extraño. No sentía el menor temor hacia la sangre, las agujas ni el caos. Podía pasarse días sin dormir y noches enteras oyendo los gritos de agonía de sus pacientes. Pero cuando se enfrentaba a lo desconocido, a cualquier cosa que escapara a su control, se sentía irremediablemente perdida.

Y aquella situación no tenía sentido. ¿Por qué alguien iba a querer amenazar a Jane? ¿Por qué lanzaba unas acusaciones tan horribles?

Clint frunció el entrecejo con preocupación y se inclinó hacia ella.

–Te has puesto pálida, Tara.

Ella negó con la cabeza.

—Estoy bien —mintió.

Él la hizo girarse y le puso las manos en los hombros.

—No estás bien. Estás temblando.

—No es nada.

—Es normal tener miedo en una situación como ésta.

—No tengo miedo —objetó ella, intentando separarse mientras sus temblores iban en aumento.

Clint la sujetó con firmeza.

—Conmigo no tienes que interpretar el papel de enfermera dura e invulnerable. Yo no soy uno de tus pacientes.

—No estoy interpre…

No pudo seguir hablando, porque él la estrechó entre sus brazos.

La vergüenza la invadió. ¿Por qué Clint se negaba a entenderlo? Ella era la que siempre ofrecía ayuda y apoyo, y no al revés. Y mucho menos por Clint Andover.

Pero su voluntad no fue lo bastante fuerte para resistirse al consuelo que encontró en sus brazos. En vez de intentar apartarse, se apretó contra él, buscando el calor y la seguridad de su cuerpo. No quería moverse, sólo respirar su olor, fingir que sólo existían ellos dos y que aquello era un sueño.

—Todo saldrá bien —le susurró él contra su pelo.

A Tara se le formó un nudo en la garganta. Había pasado mucho tiempo desde que alguien le dijo algo así. Y quería creerlo de verdad.

—Clint…

—Te lo juro, Tara. Nadie va a hacerte daño.

—No sólo estoy preocupada por mí.

—Lo sé.

Por un breve instante, Tara se abandonó a la seguridad que le ofrecía su musculoso pecho y lo miró a los ojos.

—¿Qué vamos a…?

—Sss —la hizo callar él, poniéndole un dedo en los labios—. Las dos estaréis a salvo. Te doy mi palabra.

La simple caricia la calmó, pero al mismo tiempo la excitó. ¿Cómo era posible que tuviera un efecto semejante en ella?

La mirada de Clint bajó hasta su boca y le pasó el pulgar por los labios. ¿Cómo podía una mujer desear tanto a un hombre?, se preguntó ella, mientras el miedo que había estado dominándola dejaba paso a la duda de lo que sería sentir aquel tacto en otra parte: su mejilla, su cuello, la curva de sus pechos…

Aspiró hondo y, olvidándose de sí misma, se presionó más contra su torso.

Clint también aspiró.

—Tara —susurró en tono ronco y ansioso.

—Necesito… necesito… —balbuceó ella, pero no pudo acabar la frase. No podía expresarlo en voz alta. Ni siquiera podía pensarlo.

El deseo ardió en los ojos de Clint mientras la contemplaba. Con la mano libre subió por su espalda, hasta la nuca. Iba a besarla, pensó ella con agitación desbocada. Iba a besarla, a dejarla sin respiración, a hacerle perder la cabeza…

Pero él no se inclinó ni se acercó a su boca, sino que se limitó a sujetarle la nuca.

Era obvio que estaba luchando contra el deseo. Por qué, Tara no tenía ni idea.

—Tenemos que ir con cuidado, Tara.

Se miraron mutuamente. A Tara no se le pasó por alto el doble significado de su advertencia. Se liberó de su agarre y retrocedió a una distancia segura, dejando que la humillación la dominase y la devolviera al presente, al impacto que aquella carta había provocado.

Clint suspiró y se apoyó contra la encimera de la cocina.

—Lo siento, Tara —dijo, pasándose una mano por el pelo—. Supongo que debería haberte advertido del peligro existente, pero pensé que era mejor…

—¿Decírmelo? —lo interrumpió ella, de nuevo alerta y completamente consciente de la situación—. ¿Decirme qué?

—Hace unas semanas, alguien intentó entrar en la habitación de Jane en el hospital.

A Tara le dio un vuelco el corazón.

—¿Qué?

Clint sacudió la cabeza.

—Lo detuve a tiempo, pero el bastardo consiguió huir.

—Oh, Dios mío.

Los ojos de Clint la observaron fijamente, como un halcón.

—Además… alguien intentó llevarse a Autumn del hospital.

—¿A la niña? —exclamó Autumn con voz ahogada, sintiendo cómo el miedo le atenazaba la garganta.

—Tranquila; está a salvo con los Sorrenson.

—¿Jane?

Tara giró la cabeza al oír cómo Jane la llamaba desde la escalera. Se sentía incapaz de asimilarlo todo de golpe. La carta, la advertencia de Clint y aquella nueva revelación.

Todo amenazaba con abrumarla, pero no podía permitirse flaquear. Ahora no. Tenía que mantener la calma Jane seguía siendo su paciente y su responsabilidad.

—Enseguida subo –le respondió a Tara, antes de volverse hacia Clint–. Será mejor que vaya con ella.

Él se limitó a asentir.

—Tengo trabajo que hacer –murmuró, pero no se movió.

—Puedes irte. Estaremos bien –le aseguró ella–. Tengo el número de tu móvil. Te llamaré si ocurre algo.

La misma inquietud que sentía ella se mezclaba con el calor en los azules ojos de Clint.

—No quiero dejarte.

El pulso de Tara volvió a acelerarse, y también su respiración. Sabía lo que Clint quería decir, pero el tono tan íntimo que empleó la hizo temblar de nuevo.

—Jane y yo estaremos bien –insistió, pero él no parecía convencido.

—Mi ayudante está fuera de la ciudad. Voy a tener que investigar esta carta yo mismo.

—Lo entiendo. Necesitamos toda la información que podamos conseguir, ¿no es así?

—¿Necesitamos?

—No pensarás que voy a dejar que lo hagas sin mí, ¿verdad?

La expresión de Clint se oscureció, igual que su tono.

—Eso es exactamente lo que pienso. Además, ya cuento con ayuda suficiente.

—Desde luego –dijo ella. Después de todo, se trataba del Texas Cattleman's Club–. Pero Jane y Autumn son mi responsabilidad.

–Escucha, Tara...

–No, escúchame tú a mí. Si quieres que colabore en esto, tendrás que permitir que te ayude.

Se apartó de él y se dirigió hacia las escaleras, pero Clint la agarró del brazo y la hizo girarse.

–Podría teneros a las dos en mi casa dentro de una hora, si quisiera –le advirtió, endureciendo la voz y la expresión mientras tiraba de ella hacia él.

–Pero no lo harás –replicó ella. El calor volvía a arder entre ellos, debilitando las rodillas de Tara–. No quieres asustar a Jane. No quieres que sepa lo de esta carta y...

Él dudó un momento, antes de soltarla y retroceder.

–Está bien, está bien. Tú ganas. Por ahora –pasó junto a ella en dirección a la puerta–. Asegúrate de cerrar con llave. Dos de mis hombres están montando guardia, pero toda precaución es poca.

Tara se quedó boquiabierta.

–¿Dos hombres? ¿Cuándo has hecho eso?

–Llevan ahí fuera desde que trajiste a Jane –dijo él alzando una ceja–. Buenas noches, Tara.

–Buenas noches –murmuró ella, ligeramente perpleja. Clint no le había revelado detalles importantes, pero aun así se sentía segura sabiendo que dos hombres altamente cualificados cuidaban de Jane.

–Te veré por la mañana –dijo él antes de que ella cerrara la puerta.

–Por la mañana –repitió ella suavemente, apoyándose contra la fría madera y soltando un suspiro–. Me odio a mí misma por ello, pero me muero de impaciencia.

Se sentó junto a su escritorio, a oscuras, y contempló por la ventana la ciudad que empezaba a despreciar. La gente era demasiado simple, sin una pizca de inteligencia. Por suerte para él, los habitantes de Royal no tenían ni idea de nada.

Salvo aquel grupo de acaudalados vaqueros que habían frustrado sus primeras tentativas de éxito.

Bueno, esa vez no iba a enviar a sus lacayos a hacer el trabajo. Esa vez era el doctor quien estaba a cargo de la operación. Y si las cosas salían según lo planeado, tendría lo que andaba buscando en menos de dos semanas y podría largarse de allí.

Una sonrisa curvó sus labios. No había duda de que la enfermera había recibido su carta. Era una mujer con ganas de pelea que podría causar unos cuantos problemas, pero él mismo se ocuparía de ella si fuese necesario.

Y casi deseaba que lo fuera…

Para Clint Andover, las vacaciones no se diferenciaban en nada a cualquier otra época del año. Trabajo, deporte y más trabajo. Había perdido el gusto por celebrar la Navidad tres años antes, junto a cualquier atisbo de fe que una vez hubiera poseído.

Pero la ciudad texana de Royal no pensaba como él, pensó mientras conducía por sus calles al crepúsculo. Mientras el sol se ocultaba por el oeste, las luces y adornos navideños iban encendiéndose, la fragancia de los pinos flotaba en el aire y los alegres rostros de los vendedores ambulantes llenaban las aceras y las cafeterías.

Hubo un tiempo, cuando él era joven y sus padres vivían, que se sentía embargado por el espíritu navideño, las cenas en familia y los regalos de Santa Claus. Desde entonces había albergado la esperanza de que algún día volviera a sentir aquella magia a través de sus propios hijos.

Sin embargo, pensó mientras metía el coche en el camino de entrada de Tara y saludaba a su hombre con la mano, lo único que podía hacer para no perder la cabeza era ignorar la Navidad y todo lo que la rodeaba.

—Buenas noches, señor Andover —lo saludó Tara con una amplia sonrisa. Estaba muy guapa con su jersey rosa y sus vaqueros ceñidos—. Tres visitas en un mismo día. Eso sí que es dedicación.

—Hago lo que puedo —respondió él. Deseaba estrecharla entre sus brazos y sentirla contra él, pero ya había tenido bastantes problemas y distracciones en los últimos días.

—¿Quieres pasar? —le ofreció Tara—. Hace mucho frío aquí fuera.

—No, gracias —rechazó. Tenía otros planes, y éstos incluían que fuese Tara quien saliera y lo acompañara.

—Muy bien… ¿Alguna noticia sobre la carta?

—Aún no.

—¿Qué será lo siguiente, entonces?

—La paciencia es una virtud, enfermera Roberts.

Tara volvió a sonreír y se colocó un mechón tras la oreja.

—Jamás habría asociado esa virtud contigo, Andover.

—¿Ah, no? ¿Y con qué me habrías asociado?

—Mmm… ¿Con un tirano, tal vez?

40

Clint se apoyó contra el quicio de la puerta y soltó un resoplido.

–Lo he dicho antes y lo vuelvo a decir… Eres una mujer muy problemática.

–Tal vez sea ésa mi virtud –su risa cantarina resonó en el frío aire nocturno, pero a Clint lo calentó hasta el corazón–. Entonces, si no se trata de la carta y no vas a entrar, ¿debo pensar que es una… –arqueó una ceja– visita social?

–La verdad es que sí. Había pensado en invitarte a cenar.

–¿Es un modo de compensarme por no haberme contado toda la verdad?

–Algo así –respondió él, aunque tenía que admitir que Tara había dado en el clavo. Era la excusa que había estado barajando mientras conducía.

–¿Y qué pasa con Jane? –preguntó Tara inocentemente.

–Marissa se la llevó hace una hora.

Tara lo miró con ojos muy abiertos.

–¿Cómo lo sabes?

–Uno de mis hombres la siguió. No estamos haciendo el tonto, Tara.

Ella se ruborizó al instante. Fue una visión muy hermosa verla así, pero también llenó a Clint de interrogantes. ¿En qué otra situación se podría ruborizar? Sin mencionar los imágenes lujuriosas de aquel jersey rosa cayendo al suelo de su dormitorio…

–¿Estás lista? –le preguntó entre dientes.

–Esto parece una cita.

–¿Y?

–¿Queremos que todo Royal hable de nosotros?

–Me importa un bledo, Tara. Nunca me ha preocupado lo que piensen los demás –declaró. Y era

41

cierto. Lo único que le importaba era pasar una velada con Tara.

Una lenta y maliciosa sonrisa curvó los rasgos de Tara, recordándole a Clint el momento tan dulce que habían compartido la noche anterior: el tacto de sus labios contra los dedos, el deseo de reclamar su boca con la suya y ceder a lo que ambos querían...

Parecía que los dos tenían mucho en común. Los dos tenían miedo. Ella, de perder el control. Él, de necesitar algo o a alguien.

Pero ¿podrían dejar a un lado sus temores? ¿Tendrían que resolver sus respectivos dilemas para disfrutar de su mutua compañía?

Maldijo en silencio. No lo sabía.

—¿Y bien? —la animó, ofreciéndole la mano—. ¿Qué dices?

Ella aceptó la mano y sonrió.

—Una hamburguesa en cualquier restaurante suena bien.

Capítulo Cinco

—Buenas noches, señores —los saludó sonriente Sheila Foster, camarera del Royal Diner y la mayor cotilla de la ciudad—. ¿Una mesa para dos? —se había cambiado su habitual uniforme rosa y ceñido por un traje acorde a la temporada navideña, tan rojo como su pintalabios.

—Sí, gracias —respondió Tara, intentando que su voz sonara lo más ligera posible, como si no la afectara lo más mínimo que aquella alegre y acaramelada mujer los mirase a Clint y a ella como si fueran una pareja.

Pero a Clint no le importaban en absoluto las apariencias y llevó su mano a la espalda de Tara.

—¿Tienes alguna mesa junto a la ventana, preciosa?

La mujer, que debía de tener más de cuarenta años, le sonrió maliciosamente.

—Por ti lo que haga falta, Clint.

—Todo menos una cita, ¿eh?

¿Preciosa? ¿Una cita? Tara estaba demasiado atónita como para decir nada. ¿El estoico Clint Andover estaba coqueteando con la camarera? ¿Y añadiéndole un toque de humor?

Fuera lo que fuera lo que hubiese destapado esa faceta juguetona de Clint, Tara estaba encantada con el cambio, y deseó ser ella la única que pudiera animarlo de ese modo.

43

—Cariño, por mucho que me encantara enseñarte lo que sé sobre el amor, no puedo hacerlo —respondió Sheila, bajando la voz a un tono de complicidad—. Tengo demasiados peces en la pecera —le hizo un guiño y les indicó que la siguieran.

—¿Unos cuantos? A mí me parece que te interesa un solo pez en particular —dijo Clint, asintiendo en dirección a la cocina.

Sheila soltó un bufido.

—¡Feliz Navidad, caballeros! —dijo Manny Reno, el cocinero y dueño del restaurante, y el pez favorito de Sheila, asomando la cabeza por la puerta de la cocina.

Clint y Tara lo saludaron con la mano y se acomodaron en una de las mesas junto a la ventana. Era un buen sitio, junto a la máquina de discos, que en esos momentos emitía *A Christmas Song,* de Nat King Cole, una de las canciones favoritas de Tara.

—¿Qué va a ser? —preguntó Sheila, sacando un bloc y un bolígrafo—. Manny ha preparado hoy un chili de muerte.

Clint miró a Tara con las cejas arqueadas en un gesto interrogativo.

—Creo que ambos tomaremos una hamburguesa y patatas fritas.

Tara asintió.

—¿Y batidos de chocolate con menta?

La expresión que cruzó el rostro de Clint no fue exactamente de perplejidad, sino más bien de curiosidad.

—¿Cómo puedes acordarte de eso?

A Tara se le escapó una carcajada.

—No lo sé. Se me ha venido a la cabeza.

No habían compartido ningún batido de chocolate con menta, pero sí habían comentado que era la bebida favorita de ambos durante la única y maravillosa noche que pasaron juntos en el cenador del parque. Se habían besado y abrazado y habían hablado sobre los temas propios de los jóvenes: series de televisión, cine, comida, deporte, las clases... y por supuesto, el sabor favorito de los batidos.

—¿Queréis un batido con dos pajitas?

Tara levantó la mirada, sobresaltada. Sheila le estaba sonriendo y moviendo las cejas mientras mascaba su chicle.

—Que sean dos batidos —dijo Clint secamente—. Y dos pajitas.

La camarera volvió a hacer un guiño.

—Dos hamburguesas con patatas y dos batidos de chocolate con menta. Marchando.

Cuando Sheila se alejó hacia la cocina, Clint se recostó en el asiento y se echó a reír.

—Esa mujer es terrible.

—Desde luego que sí. Ya sabes que mañana toda la ciudad estará hablando de nuestros batidos de chocolate.

Clint se encogió de hombros.

—No me preocupan los cotilleos, y a ti tampoco deberían importarte.

—Sólo intento defender tu reputación, Andover —dijo ella en tono burlón, con la esperanza de seguir alimentando la faceta bromista de Clint.

—¿En serio? —preguntó él, inclinándose hacia delante—. ¿Y qué cosas dicen de mí por aquí?

—Vamos a ver... —murmuró ella, mirando al techo como si intentara recordar—. He oído que eres un hombre dulce y sensible que mira a ambos lados de la calle antes de cruzar y que saluda a todos los vecinos.

—Un auténtico boy scout, ¿eh?

—¿Ves por qué no quiero mancillar tu imagen?

Él la recorrió con su mirada azul cobalto.

—Creo que necesito mancillarla tanto como pueda.

El murmullo de las conversaciones, la música, el ruido de cacerolas y sartenes, el olor de la carne y las patatas friéndose… Todo quedó ahogado por el rugido de la sangre hirviendo de Tara.

—Conozco a alguien a quien no le importaría ayudarte —dijo, todo lo despreocupadamente que pudo.

—¿Quién?

—Sheila, naturalmente.

—No es mi tipo.

—¿Quién es tu tipo? —le preguntó ella sin poder contenerse.

Clint bajó la mirada y también su voz.

—Parece que tengo debilidad por las personas problemáticas.

A Tara se le aceleró frenéticamente el pulso y de repente fue consciente de lo que llevaba puesto bajo el jersey y los vaqueros, como si Clint pudiera ver su lencería blanca de encaje… y pudiera quitársela con sólo una mirada.

Tragó saliva y se obligó a respirar con calma.

—¿Quién iba a penar que un batido de chocolate con menta nos metería en unas aguas tan turbulentas?

—¿Aguas turbulentas?

—Bueno, hay algo excitante en torno a las… bromas. Y luego estuvo aquel beso en el cenador.

Clint esbozó una media sonrisa.

–Cierto. Pero ésa fue la clase de aguas turbulentas en las que a un hombre le gusta nadar.

¿Dónde demonios estaba su comida?, se preguntó Tara, mirando desesperadamente hacia la cocina. Si el batido no llegaba pronto, no sería responsable de sus actos.

Aunque la idea de pasar por encima de la mesa y besar a aquel hombre no parecía tan descabellada.

Oh, estaba yendo cuesta abajo a toda velocidad, eso era seguro.

Pero cuando desvió la mirada del atractivo rostro de Clint para pasarla por el restaurante, no vio a su rescatadora, Sheila, acercándose con los platos o los vasos. No, lo que vio le avivó aún más las llamas que le consumían el estómago.

Vestido con un impecable traje azul oscuro, una camisa blanca almidonada y una corbata de cachemira, un hombre alto y delgado estaba de pie junto a la barra, estudiando el menú con expresión despectiva.

–Más aguas turbulentas –murmuró para sí misma.

Pero Clint la oyó y se giró para ver qué le había llamado la atención.

–¿Quién es ése? –preguntó. Había pasado de hablar en tono bajo y sensual a estar completamente serio y alerta.

–El doctor Belden.

–¿Del hospital?

Ella asintió.

–Es nuevo.

Clint se volvió hacia ella.

–¿Detecto una nota de censura en tu voz?

–Sí.

–¿Cuál es el problema?

Tara se encogió tímidamente de hombros.

–Sólo lo he tratado unas cuantas veces, y siempre se ha mostrado frío y arrogante. No es ningún secreto que desprecia a las enfermeras del hospital, y he oído que no tiene mucho tacto con los pacientes. Pero no se trata sólo de eso.

–¿No? –preguntó Clint, entornando la mirada.

–Hay algo más… Algo que no logro imaginarme qué es.

En aquel momento, Belden la miró. Pareció reconocerla enseguida y asintió amablemente. Tara no pudo menos que devolverle el gesto, intentando ignorar el escalofrío que le recorría la columna.

–¿Qué decías? –la animó Clint.

Sin saber cómo expresar sus sospechas, Tara agradeció enormemente que Sheila llegara en ese momento con sus hamburguesas y batidos.

Decidida a mantener el buen humor en la conversación, agarró el ketchup y forzó una sonrisa.

–Seguro que no es nada importante.

–¿Tara? Hola, soy Jane. Autumn está muy nerviosa esta noche, así que he decidido quedarme en casa de David y Marissa. Ya sabes cuánto la echo de menos, y de verdad quiero estar aquí con ella y tomarla en brazos si empieza a llorar otra vez. Saluda a Clint de mi parte. Te llamaré por la mañana. Adiós.

Tara presionó el botón para borrar el mensaje del contestador automático y se volvió hacia

Clint, que estaba de pie junto a la encimera de la cocina.

—Jane te manda saludos.

Un destello de regocijo cruzó el rostro de Clint.

—Sí, ya lo he oído.

¿También había oído el vuelco que le había dado el corazón cuando se dio cuenta de que no había nadie en casa? ¿Y el modo en que se le había acelerado el pulso cuando supo que la casa permanecería vacía el resto de la noche? Sin interrupciones, sin nadie durmiendo en la habitación de al lado…

Clint rodeó la encimera hacia ella y le puso las manos en los hombros. Obviamente, había malinterpretado su expresión de incomodidad.

—Tranquila. Estará a salvo con David. Él también estuvo en el ejército. Y además tengo a un hombre vigilando el rancho.

Tara se estremeció al recibir el contacto de sus manos.

—Lo sé.

—Pero no estoy tan seguro de ti.

Ella levantó la mirada, confusa.

—¿Qué quieres decir?

—Aquí… sola…

—Oh —quiso soltar una carcajada, pero sólo le salió una risita tonta—. Estaré bien.

Él le apartó un mechón de la mejilla.

—Sí, lo estarás.

El roce fue tan íntimo que a Tara estuvieron a punto de cederle las rodillas, pero el tono empleado por Clint le provocó una reacción muy distinta.

—Gracias, pero…

—¿Pero qué?

—No pareces muy contento por haberme dado ese voto de confianza.

La frustración ardió en los ojos de Clint, que se dio la vuelta y se apartó, dispuesto a marcharse. Pero enseguida soltó un suspiro, volvió a girarse y la estrechó entre sus brazos.

—No lo estoy, maldita sea.

Tara apenas podía respirar debido a la fuerza con la que Clint la apretaba, pero aun así consiguió hablar.

—¿Por qué?

—¿No lo entiendes? —gruñó él—. No es esto lo que quiero.

Su proximidad, su cadera rozándole el vientre, la sensación de su pecho musculoso contra ella, el roce de su barba incipiente en la mejilla…

—¿Esto? —preguntó ella—. ¿A qué te refieres? ¿A abrazarme, a tocarme?

—A ti. No quiero desearte a ti —llevó las manos hasta su nuca y la obligó a mirarlo a los ojos.

Y con el corazón desbocado, Tara lo miró. Quería decirle que ella también estaba asustada, que lo que había entre ellos barría su mente cada vez que estaban juntos.

Quería decirle que él le había hecho abrir su alma romántica.

Quería decirle que estaba a punto de rendirse, de ceder el control, de no volver a negarse a sí misma.

Pero él no le dio oportunidad, porque se inclinó hacia ella y tomó posesión de su boca con un beso ardiente y apasionado que le provocó una descarga eléctrica por todo el cuerpo.

Tara quiso gritar de placer, pero se negó a malgastar ni un solo segundo y sólo se concentró en devolverle el beso con toda su fuerza. Sus lenguas se entrelazaron mientras ella buscaba a tientas un lugar donde agarrarse. Se sentía débil, descontrolada, e intentó aferrarse al borde de la encimera. Pero su mano resbaló y golpeó un montón de papeles y el correo que había sobre la formica gris.

El ruido interrumpió la pasión del momento y los dos se separaron. Ambos se miraron con ojos encendidos y llenos de culpa.

—Lo siento —murmuró ella estúpidamente. No tenía ninguna excusa que explicara su comportamiento.

Se sentía torpe e incómoda, y necesita librarse un momento de la intensa mirada azul de Clint, así que se inclinó para recoger los papeles.

—Déjame ayudarte —dijo él, arrodillándose a su lado.

—No es necesario. Yo… —de pronto soltó un gemido ahogado, al tiempo que una punzada glacial le traspasaba el corazón—. Oh, Dios mío.

—¿Qué?

Con manos temblorosas, Tara levantó un sobre color crema, idéntico al que había recibido el día anterior.

Clint masculló una maldición.

—Deja que lo abra yo —dijo, y ella se lo tendió.

—¿Crees que voy a recibir cartas como ésta todos los días?

Clint no dijo nada y se limitó a abrir el sobre.

—¿Vas a leerlo en voz alta? —le preguntó ella, levantándose.

—No.

—Clint, tengo derecho a saber lo que pone. Está dirigido a mí.

—De acuerdo —se puso en pie junto a ella y leyó la carta—. «Esa zorra a la que estás protegiendo es una mentirosa y una ladrona».

—Oh, Dios —gimió Tara.

Clint levantó la vista del papel.

—Quienquiera que lo haya enviado está muy enfadado.

—Pero Jane y Autumn… ¿por qué?

—Eso es lo que voy a averiguar.

—¿Crees que esa persona podría ponerse… violenta?

Clint apretó fuertemente los labios.

—Todo es posible.

Tara se estremeció. Se alegraba de que Jane estuviera aquella noche en casa de David y Marissa. Allí estaría a salvo y no se enteraría de nada.

—Hay que llevar esta carta al laboratorio y analizarla en busca de huellas —dijo Clint—. Quizá el pervertido que la ha escrito haya sido más descuidado esta vez y haya dejado algún indicio.

—Sí, por supuesto —dijo Tara. Por muy egoísta que le pareciera, no quería que Clint se fuera a ninguna parte. Había un hombre montando guardia fuera, pero ella quería a Clint. Quería refugiarse en su calor.

Al pensar en ello se encogió de vergüenza.

Por primera vez en lo que parecía una eternidad, quería recibir consuelo. No sólo quería una o dos noches de pasión hasta que el misterio fuera resuelto.

Casi se le escapó un gemido. Ella no era ninguna mujer frágil y asustadiza, por amor de Dios. Tenía que recuperar su autocontrol.

Levantó el mentón y caminó hacia la puerta para abrirla.

–Espero que encuentres algo esta vez.

Pero en vez de seguirla, Clint se sentó en el sofá.

–Como te he dicho, hay que llevar esta carta al laboratorio. Pero no voy a ser yo.

–¿Qué?

–No voy a ser yo quien la lleve.

–Pero tienes que hacerlo. Hay que… actuar con rapidez. Necesitamos esas pruebas lo antes posible.

–Y las tendremos –sacó su móvil y marcó un botón–. Doug, acude al 3351 de Duncan Hill Road lo más rápido que puedas.

Volvió a guardarse el móvil en el bolsillo y miró a Tara.

–Mi ayudante ha vuelto. Él se encargará de llevar la carta al laboratorio y analizarla esta misma noche.

Tara permaneció junto a la puerta, sin cerrarla. El aire fresco se colaba entre la tela metálica de la puerta exterior, como el azúcar por un tamiz.

–Si se trata de protegerme…

–¿Qué pasa si se trata de eso?

Valiéndose de toda la fuerza de voluntad que le quedaba, Tara le lanzó una mirada furiosa.

–Te he dicho que no necesito protección.

–Y yo te dije que te acostumbraras a verme por aquí.

–Eso era por Jane.

Él sostuvo el sobre en alto, mostrando su nombre escrito.

–Esto hace que ahora sea también por ti –declaró, echando fuego por los ojos.

–Soy perfectamente capaz de…

–¡Está todo dicho, Tara!

Ella se detuvo y lo miró, con el corazón latiéndole salvajemente contra las costillas. Clint era imposible. Y ella también. Eran como la mecha y el fuego. Una combinación peligrosa en las discusiones, los acuerdos y cualquier asunto relacionado con el corazón.

Lo fulminó con la mirada, pero acabó cerrando la puerta.

—Me voy a la cama y…

—Adelante.

—¿Qué vas a hacer? —le preguntó ella, caminando hacia él—. ¿Te marcharás cuando estés listo para irte?

—Esta noche no voy a ir a ninguna parte. Me quedaré en el sofá.

A Tara le ardieron las mejillas… y la parte inferior de su cuerpo. Clint iba a quedarse allí, a pocos metros de donde dormiría ella. Aquello tenía que ser una prueba que le ponía la vida.

—Si pudieras prestarme una manta y una almohada… —dijo él.

—Claro. ¿Algo más? —le preguntó neciamente.

—Creo que con eso bastará —se llevó las manos a la nuca y se recostó en el sofá mientras la miraba de arriba abajo—. A menos que te estés ofreciendo para arroparme.

Capítulo Seis

Tara seguía durmiendo en la misma cama que había usado de adolescente. La cama de columnas de pino que había visto en una revista cuando tenía doce años y por la que había ahorrado hasta el último centavo de su paga para comprarla.

Su madre había pensado que era una buena y práctica compra, pero para Tara sólo había sido un capricho. Quería un lugar donde poder evadirse por la noche, donde poder soñar, desear y ser cualquier cosa que anhelara.

El único lugar donde podía dejar a un lado su sentido del deber.

Pero aquella noche, tendida bajo las sábanas celestes, se sentía de todo menos cómoda.

Y no podía evadirse.

Había un hombre en su casa.

Clint Andover gobernaba en su cabeza tanto como en su cama, y eso que apenas la había tocado. Tal vez fuera la promesa de su tacto. Tal vez su olor limpio y varonil, que seguía alterándole los sentidos mucho después de haberlo dejado en el sofá con una manta y una almohada.

Tal vez fuera su imagen, con las manos en la nunca y el pecho desnudo.

A Tara le ardía la piel, por culpa del desesperado deseo que le recorría las venas. Frustrada, se dio la vuelta y miró el reloj de la mesilla.

La una y media.

Gimió en voz baja. Faltaban muchas horas para el amanecer. ¿Cómo iba a dormir con aquellos pensamientos y sensaciones acosándola?

¿Y Clint? ¿Estaría dormido? ¿O seguiría tumbado de espaldas, con un brazo detrás de la cabeza, sufriendo el mismo problema que ella?

Sacudió la cabeza y miró al techo. ¿De verdad iba a comprobarlo?

El demonio venció al ángel y la obligó a levantarse de la cama.

La casa olía a ella.

Una fragancia a vainilla y flores, destinada a volver loco al hombre que la inhalase durante demasiado tiempo.

Clint se removió en el sofá, que había resultado ser demasiado pequeño para un hombre de su estatura. No le importaba gran cosa, teniendo en cuenta que no tenía intención de dormir. Primero, porque estaba esperando que su ayudante lo llamara para comunicarle los resultados de los análisis; y segundo, porque no estaba dispuesto a despertarse de una pesadilla en casa de Tara Roberts, empapado en frío sudor.

Unas pisadas suaves interrumpieron su monólogo interior. Escuchó con atención cómo atravesaban el vestíbulo y se dirigían a la cocina.

Un estornudo muy femenino resonó en la casa.

Clint sonrió, pero no se movió del sofá.

–¿Algún antojo nocturno?

Se oyó un gemido ahogado procedente de la cocina.

—¿Perdón?

Clint alargó un brazo y encendió la lámpara. Un débil resplandor iluminó la habitación.

—Nunca habría imaginado que fueras el tipo de mujer que asalta la nevera por la noche.

Ella no respondió de inmediato, y Clint se preguntó si habría vuelto furtivamente a su habitación. Pero entonces su rostro apareció sobre el respaldo del sofá.

—Normalmente no lo hago.

Estaba tan guapa sin maquillar, con sus verdes ojos brillando y sus rizos color miel cayendo sueltos sobre los hombros…

Pero todo ese aspecto de inocencia y sencillez se desvaneció en cuanto Clint bajó la mirada.

El camisón blanco de algodón era tan diáfano que apenas podía ocultar la sugerente silueta que se escondía debajo. Clint estuvo a punto de ceder al impulso de agarrarla, levantarla por encima del respaldo y estrecharla entre sus brazos.

—¿Tienes un antojo esta noche, Tara? —le preguntó sin pensar. Enseguida se dio cuenta de lo que había dicho y deseó poder tragarse sus palabras. Pero era demasiado tarde.

La suave luz de la lámpara iluminó el atisbo de deseo que cruzó los ojos de Tara, pero no hubo más reacción que ésa a su descarada pregunta.

—Estaba pensando en prepararme un chocolate caliente —dijo ella, mirando hacia la cocina.

Él asintió.

—Suena bien.

—¿Te apetece a ti también?

A Clint no era precisamente chocolate caliente lo que más le apetecía en esos momentos.

–Claro. ¿Puedo ayudarte?

–No, lo tengo todo bajo control –respondió ella, alejándose hacia la cocina.

–El control es algo importante para ti, ¿eh?

–Sí… Aunque a veces puede ser agotador –admitió ella–. Me temo que el control fue un mal necesario que tuve que sufrir de niña. Toda mi vida dependía de ello.

De pie frente a la cocina, bajo la luz del techo, ofrecía una nueva y excitante visión de lo que escondía el camisón blanco.

–¿Y ahora? –preguntó él, sintiendo cómo se le endurecían los músculos bajo la camiseta y los vaqueros mientras contemplaba el contorno de su ropa interior y la curva de su pecho–. ¿Tu vida sigue dependiendo del control?

A Tara le tembló la mano mientras llenaba la tetera de agua.

–Si te soy sincera, me encantaría tomarme unos días libres.

–¿Y qué harías con esos días libres? –era la misma pregunta que él se había hecho a sí mismo demasiadas veces.

–Respirar, ser un poco más egoísta, olvidarme de mis responsabilidades… –se quedó un momento callada mientras vaciaba dos bolsitas de chocolate en sendas tazas–. No sé por qué estoy hablando de esto.

–He oído que después de medianoche se puede ser vulnerable sin que eso sea censurable –dijo él con el ceño fruncido. Aquel pequeño consejo también podía aplicarse a su caso particular.

—Ojalá fuera cierto —murmuró ella.

—Puede serlo.

—Sólo entre tú y yo, ¿de acuerdo?

Su expresión era juguetona, pero sus palabras se le clavaron a Clint en el pecho. No le gustaba que tuviera ese efecto sobre él. Sin embargo, estando con ella cara a cara, no podía guardarle el menor rencor.

Ella se acercó a él, fijando la mirada en el cajón que bloqueaba la cadera de Clint.

—Disculpa. Tengo que sacar una cuchara.

Pero él no se movió. La tomó de la mano y tiró suavemente de ella al tiempo que separaba las piernas. El cuerpo de Tara se amoldó a la perfección contra su ingle.

Clint quiso gemir al sentir aquella suavidad flexible contra la dureza de sus vaqueros. No era ningún santo con las mujeres. Le gustaba estar con ellas, disfrutar de su tacto y su fragancia. Naturalmente, las trataba con respeto y les dejaba muy claro antes de empezar que lo suyo sólo sería la aventura de una noche.

Pero con aquella mujer las cosas no eran tan simples…

El instinto le advertía que una noche no sería suficiente. Por eso había intentado mantenerse impasible en su presencia, y había fracasado miserablemente.

Se llevó la palma de Tara a los labios y la besó.

—Conmigo puedes ser lo que quieras y decir lo que quieras.

—¿Ésa es la regla, Andover? —preguntó ella con voz ronca.

—Es la promesa —corrigió él.

¿Qué demonios estaba diciendo? Él nunca hacía promesas.

—Bueno, en ese caso... —murmuró ella, haciéndolo estremecerse al calentarle el cuello con su aliento—. ¿Hay algo que quieras decir? ¿Algo que quieras expulsar?

La cicatriz de su pecho, pensó Clint. La cicatriz que no quería mostrar a nadie, ni siquiera a Tara. La cicatriz que le recordaba la necesidad de evitar situaciones tan íntimas como aquélla.

Pero el poder de la cicatriz no era ilimitado.

—No podemos impedir que esto ocurra, ¿verdad? —dijo ella, mirándolo con ojos brillantes como dos esmeraldas.

—Creo que no.

—Entonces quizá deberíamos dejar que siga su curso.

—Quizá —murmuró él. Por primera vez en su vida, no se sentía seguro de cómo actuar. Quería darle a Tara todo lo que ella deseaba, ofrecerle la oportunidad de respirar a fondo y ser libre.

Lo mismo que quería él.

Pero cuando ella le puso las manos en el pecho, se olvidó de todo por un momento y perdió la cabeza. Nunca permitía que las mujeres lo tocasen allí, ni siquiera a través de un tejido. Era la marca de su vergüenza, la cicatriz de un pasado que nunca se permitiría olvidar.

Reaccionó sin pensar en lo que hacía. Agarró las muñecas de Tara y le puso las manos detrás de la espalda.

Pero ella no se apartó como él pensaba, sino que se acercó más aún, quedando su boca a un suspiro de la suya y sacando los pechos mientras arqueaba la espalda.

–Sé lo de tu cicatriz –le susurró.

Él se estremeció de dolor y deseo a la vez. Aquella noche, el fuego… Todo Royal lo sabía. Pero su cicatriz…

–¿Cómo lo sabes?

La voz de Tara adquirió un tono dulce y amable.

–Unos meses después del… accidente estuve trabajando en la unidad de quemaduras.

–¿Y las enfermeras hablaban entre ellas? –preguntó él con dureza.

–No, no –lo miró fugazmente a los labios–. Sólo se habló en relación con otro caso.

Clint soltó una seca carcajada.

–Otro miembro desfigurado de la sociedad, ¿no?

Ella pareció horrorizada y se puso rígida contra él. Pero sólo por un momento. Sus verdes ojos centellearon bajo sus largas pestañas y su boca se curvó en una sonrisa.

–Si no recuerdo mal –dijo, recorriéndole el rostro con su cálido aliento–, de lo único que hablaban las enfermeras era de tu físico y de cómo deberían bañarte dos veces al día para contemplarlo.

Clint la sujetó con fuerza. ¿Cómo lo había hecho? ¿Cómo había conseguido desarmarlo y hacer que su furia se esfumara en cuestión de segundos, dejando en su lugar un rastro de admiración y deseo?

Sin molestarse en responderse a sí mismo, inclinó la cabeza y le atrapó el labio inferior entre los dientes.

Un gemido se escapó de la garganta de Tara.

–No la tocaré, Clint. No te tocaré la cicatriz. No hasta que tú me lo pidas.

–Nunca te lo pediré, Tara –respondió él, y la hizo callar con un beso ávido y feroz, desesperado por saborearla mientras pudiera.

En cualquier momento ella se daría cuenta de que estaban cometiendo un grave error y se apartaría de él. Pero hasta entonces él iba a deleitarse con aquel sabor a vainilla y esa fragancia floral.

Ella le devolvió el beso con un ardor semejante, sin juegos ni orgullo. Presionó las caderas contra su miembro endurecido y se retorció. Estaba loca de deseo por él.

–Clint…

–No pienses, Tara –su voz apenas era un murmullo ronco–. Por el bien de ambos, no pienses.

Le soltó las muñecas y llevó las manos hasta su nuca y sus cabellos. El beso se intensificó, cada vez más húmedo y ardiente El sabor de Tara era tan dulce, tan prohibido, que Clint sabía que nunca podría saciarse de ella.

Estaba perdido en la locura del momento. No le importaba lo que pudiera pasar al día siguiente, ni siquiera lo que pasara dentro de cinco minutos. Era el instinto el que lo guiaba. Y si lo llevaba hasta la perdición, que así fuera.

Con un gruñido, bajó las manos por el torso de Tara y tiró del camisón hacia arriba. Con cada centímetro de piel que descubría, más aumentaba su excitación y el deseo que le comprimía el pecho. El borde del camisón llegó a los muslos, hasta que sus manos entraron en contacto con las bragotas de algodón.

Tara se quedó momentáneamente inmóvil, conteniendo la respiración, pero enseguida empujó las caderas hacia delante y se presionó contra su mano.

Clint estuvo a punto de morir allí mismo. A través de la tela, podía sentir lo preparada que estaba Tara para él, para su mano y su boca...

Junto a ellos, el agua sonaba ruidosamente en la cocina.

Si ella hacía cualquier movimiento, un solo gesto hacia el dormitorio, el sofá o la alfombra junto a la chimenea apagada, él sería incapaz de reprimirse.

Pero ella no se movió. No tuvo que hacerlo. La irritante melodía de un móvil tomó la decisión por ellos.

Clint maldijo en voz baja.

—Tienes que responder, ¿verdad? —le preguntó ella en un áspero susurro, cargado de deseo insatisfecho.

Él volvió a maldecir y se apartó.

—Es mi ayudante. Le dije que me llamara tan pronto tuviera los resultados de los análisis.

—Necesitas esos resultados.

Él aspiró profundamente.

—Lo que necesito es...

—No —lo interrumpió ella—. No lo digas.

La melodía del móvil seguía resonando por toda la casa.

—Responde al teléfono, Clint.

En su interior se libraba una encarnizada lucha entre el deber y el deseo, pero finalmente cedió a lo que tan bien conocía... aquello que lo gobernaba.

Fue hacia el sofá, con la mandíbula tan apretada como el resto de su cuerpo, respondió al móvil con excesiva brusquedad...

63

Y recibió el mensaje que no quería oír.

–Lo siento, jefe. La carta estaba limpia de huellas.

Al día siguiente, Tara recogió a Jane en casa de los Sorrenson y se dirigieron a la ciudad para hacer las compras de Navidad. No soplaba viento y lucía un sol espléndido. Un día perfecto para dejar el coche y pasear por Main Street en busca de gangas, regalos y adornos para el árbol.

Tara había sugerido la excursión con la esperanza de que la ayudara a olvidar la noche anterior.

Si tal cosa era posible.

La boca de Clint, su beso, su tacto… y sus propias reacciones. Cómo había deseado recibir más, mucho más… Pero finalmente había tenido lo que se merecía: la fría soledad de sus sábanas de algodón.

Después de que Clint le contara la conversación con su ayudante, se había ido a acostarse. Su cama de columnas nunca le había parecido tan grande y vacía. Pero era su único refugio, el único lugar donde podía acallar la voz de su conciencia y sofocar el deseo que la abrasaba.

Clint no había llamado a su puerta en toda la noche. Tal vez se arrepentía de lo sucedido en la cocina o, al igual que ella, no sabía qué hacer al respecto.

En cualquier caso, ya se había ido de la casa cuando ella se levantó. Seguramente era lo mejor, ya que Tara no tenía más respuestas de las que podía tener la noche anterior. Sólo había llegado a una conclusión: nunca se había sentido mejor que en los brazos de Clint.

Él le había dejado una nota, diciéndole que aquel día iba a investigar algunas pistas y que dejaría a un hombre vigilando la casa. Tara la había leído tres veces, esperando como una estúpida que una postdata apareciera al final, añadiendo que la vería aquella noche... Pero nada.

—Qué día tan maravilloso.

La exclamación de Jane devolvió a Tara al presente.

—Sí, hace un día precioso. Muy navideño, ¿no crees?

Jane asintió y se detuvo frente a un escaparate.

—Es precioso —dijo, señalando un viejo tren de juguete.

—¿Cuántos regalos tienes que comprar?

—Me gustaría comprarles un regalo a David y Marissa. Y quizá alguna cosa para Harry...

—¿Harry? —preguntó Tara frunciendo el entrecejo.

Jane sonrió y se volvió para señalar al hombre que las estaba siguiendo.

—Mi guardaespaldas.

—Claro... ¿Cómo he podido olvidarme de Harry? —dijo Tara, sonriendo también.

—Y luego está mi Autumn, naturalmente.

—Naturalmente.

—A ella tengo que comprarle unas cuantas cosas.

—Más que unas cuantas —corroboró Tara mientras reanudaban la marcha.

Jane se echó a reír, expulsando densas bocanadas de vapor.

—¿Y tú? ¿Tienes muchos regalos que hacer?

—Sólo un par de detalles para las enfermeras del hospital.

–¿Nada más?

–Bueno, y también algo para Autumn y para ti.

Jane entrelazó un brazo con el de Tara mientras se abrían camino entre la multitud.

–Tu amistad es más que suficiente para mí.

–Pues es una lástima –dijo Tara, riendo–. Porque vas a tener un regalo te guste o no.

–Está bien, está bien.

Sin dejar de sonreír ni de apuntar a los adornos navideños que llenaban la ciudad, cruzaron la calle hacia una pequeña boutique.

–Entonces, las enfermeras, Autumn y yo somos las únicas en tu lista de Navidad –siguió Jane–. ¿Nadie más? ¿Ningún hombre interesante y atractivo, quizá?

Tara se detuvo en la puerta de la tienda y miró a su amiga.

–¿De qué estás hablando, Jane?

–¿Alguien que haya sido más amable de lo normal?

–¿Qué? –preguntó Tara con la voz ahogada.

–O quizá seas tú la que ha sido demasiado amable…

Tara se quedó con la boca abierta.

–¿Me estoy poniendo colorada o es el frío?

Las dos se echaron a reír. Era maravilloso tener una amiga, pensó Tara. Alguien con quien divertirse y compartir bromas. Habían pasado años desde que tuvo a una verdadera amiga, y estaba encantada con Jane.

–Bueno –le dijo ella, dándole un codazo en las costillas–. ¿Qué crees que le gustaría a Clint por Navidad?

–No tengo ni idea.

–Se me ocurren algunas cosas.

También a ella, pensó Tara honestamente. Pero no se permitía pensar en ello. Había conseguido apartar de su cabeza todas las imágenes eróticas de la noche anterior, pero no podía sofocar las sensaciones que seguían grabadas en su piel ni el calor que se arremolinaba en su estómago.

–¿Y bien?

Tara levantó la mirada y vio los inquisidores ojos violetas de Jane fijos en ella.

–¿Qué?

–¿Regalos? ¿Para Clint?

Tara volvió a reírse.

–Eres un caso, Jane.

Jane se limitó a ensanchar su sonrisa.

–Te imagino a ti de regalo, con un gran lazo rojo y nada más.

–No sabía que fueras tan mala, Jane.

–Ni yo tampoco –respondió ella con una tensa sonrisa–. Ojalá pudiera acordarme de cómo soy.

–Te acordarás. Te lo prometo –le aseguró Tara, asintiendo con énfasis, y tiró de Jane hacia la tienda–. Vamos adentro. Creo que me pensaré lo del lazo.

–De acuerdo.

–Recuerda que también tenemos que comprar un árbol.

–Oh, un árbol… –exclamó Jane alegremente–. ¿Con bolas, bastones de caramelo, campanillas y estrellas?

–Y un ángel en lo alto.

La expresión alegre de Jane se tornó en una mirada de afecto y confianza.

–Gracias por ayudarme, Tara. Tu amistad, tu apoyo y todo lo que haces significan mucho para mí.

A Tara se le encogió el corazón, emocionada.

–Tu amistad significa lo mismo para mí.

Se dieron un rápido abrazo y subieron los escalones de la entrada. Pero entonces Tara sintió algo, como si alguien estuviera observándola. Fue una sensación incómoda y extraña que hizo que las palmas de las manos empezaran a sudarle.

Dejó que Jane se adelantara y se detuvo en la puerta de la tienda para mirar a su alrededor. Al principio no vio nada fuera de lo común, y se preguntó si sus presentimientos se deberían al shock que le habían producido las cartas o a la cercana presencia de Harry, el guardaespaldas.

Pero entonces lo vio. Estaba fuera de la librería, con sus ojos oscuros fijos en ella.

El doctor Belden.

La mirada que se cruzaron sólo duró un momento, antes de que él se girara y se alejara por la calle. Pero el impacto de aquellos ojos aturdió a Tara.

Por qué, no podía saberlo.

–Tara, ¿vienes? –la llamó Jane desde el interior de la boutique.

La voz de su amiga cortó el lazo invisible que la unía a Belden y le permitió respirar de nuevo.

–Detrás de ti –respondió, forzando una despreocupación que no sentía.

Haciendo lo posible por ignorar el escalofrío que le subía por la columna, respiró hondo y siguió a Jane a la tienda.

Capítulo Siete

Las dos cartas parecían estar mirando a Clint, burlándose de él con los primeros rayos del alba que se filtraban por las ventanas del club. Había convocado una reunión de emergencia sólo media ahora antes, pero, a diferencia de la mayoría, aquellos hombres no se quedaban jamás por la hora. Todos se habían presentado allí de inmediato, con los sombreros Stetson cubriendo sus alborotados cabellos y los ojos ligeramente soñolientos, pero listos para la acción.

—Entonces, ¿no hay huellas dactilares? ¿Ni fibras de cabello? —preguntó Ryan, arqueando sus oscuras cejas mientras se apoyaba en la mesa de billar—. ¿Nada que pueda llevarnos al bastardo que está enviando las amenazas?

Clint se pasó una mano por el mentón sin afeitar.

—Nada.

—Ese desgraciado va a lamentar habernos desafiado —murmuró Alex.

David lo corroboró con un gruñido, al tiempo que se dejaba caer en un sillón de cuero.

Clint tomó un sorbo de café, intentando ahogar las maldiciones que borbotaban en su garganta. ¿Cómo demonios era posible que no tuviese ninguna pista, después de recibir dos cartas y de frustrar dos intentos de secuestro en el hospital? Llevaba años dedicándose por entero a ese tipo de trabajo, y nunca se había encontrado en una situación tan desconcertante.

Pero no era el único que sentía la presión y la frustración. Todos los hombres del club estaban acostumbrados a tenerlo todo bajo control en cualquier circunstancia, y estaban dispuestos a llegar a donde fuera con tal de conseguir respuestas.

—Tengo a mis mejores hombres trabajando en esto —les aseguró Clint—. Voy a llegar al fondo del asunto, sea como sea.

David asintió, recostándose en el respaldo de cuero.

—Lo sabemos.

—Demonios, aunque eso signifique vivir en casa de Tara hasta que todo quede resuelto —se murmuró a sí mismo.

Pero los demás lo oyeron, y Alex lo miró con una sonrisa.

—Eso sí que es comprometerse con la casa…

Ryan se echó a reír.

—Dedicación total.

Clint los fulminó con la mirada y se volvió hacia las ventanas. No quería que vieran las venas que le palpitaban en la sien y el cuello. Sólo de pensar en la enfermera de ojos esmeralda, en compartir el mismo techo con ella, la misma cama… hacía que el pulso se le acelerara frenéticamente.

Las líneas estaban siendo muy difusas. El deseo por protegerla y el deseo por poseerla se confundían peligrosamente.

Apuró su taza de café, sin apenas saborear la abundante dosis de cafeína. Fuera lo que fuese lo que estaba pasando entre Tara y él no podía hacerle perder la concentración. No podía permitir que otra mujer resultara herida, y mucho menos una a la que había jurado proteger. De modo que, aunque tuviera que quedarse en casa de Tara, debía hacer todo lo posible por mantener una relación estrictamente profesional.

Miró el reloj. Tara había tenido turno de noche en el hospital Tal vez se fuera a esperarla a su casa con Jane.

—Si nadie tiene nada más que decir —dijo, volviéndose hacia sus compañeros del club—, seguiremos con esto más tarde.

—Creo que hemos acabado por ahora —corroboró David, levantándose del sillón.

Ryan asintió, y lo mismo hizo Alex, cuya expresión era una máscara de aplomo.

—Saluda a tu enfermera de nuestra parte, ¿quieres?

—No —lo corrigió Ryan con vehemencia—. A esta hora es mucho mejor un «buenos días, señora».

—Sois los cretinos más indeseables de Royal, ¿lo sabíais? —masculló Clint entre dientes. Dejó la taza sobre la mesa y salió por la puerta.

—Annie, ¿has cambiado la botella del señor Young?

—Por supuesto —respondió con una sonrisa la enfermera morena y regordeta.

—Muy bien, gracias.

El hospital estaba muy tranquilo aquella mañana. Los siete pacientes de la planta estaban desayunando o descansando. Era la hora perfecta para escribir el informe, y a eso se estaba dedicando Tara con más rapidez de la habitual, algo que no se le pasó por alto a Annie.

—Parece que tienes mucha prisa esta mañana –le dijo, apoyándose en una de las paredes celestes del puesto de enfermeras, con un refresco dietético en la mano.

—Quiero llegar pronto a casa para comprobar cómo está Jane.

—¿Cómo es su evolución?

—Muy buena –respondió Tara, pero por un momento se preguntó cómo reaccionaría Jane si viera las cartas que habían recibido.

—Bueno… –empezó Annie con un destello malicioso en sus ojos azules, y bajando la voz para que la oyera el joven recepcionista que había al otro lado del mostrador–. ¿Sigue vigilándola ese tío tan atractivo?

—¿Quién? –preguntó despreocupadamente Tara, manteniendo la vista fija en el informe.

—Clint Andover.

—¿Quién? –volvió a preguntar Tara, sin poder evitar una sonrisa.

Annie se echó a reír.

—No te hagas la tonta.

—La está vigilando, sí –admitió Tara. «Nos está vigilando a las dos», quiso añadir, pero pensó que era mejor callarse ese dato.

—¿En tu casa?

Tara asintió.

—Vaya, qué íntimo resulta eso…

Donald, el recepcionista, levantó la mirada hacia ellas.

—Esto no te incumbe, Donald –le espetó Annie con el ceño fruncido.

El joven se ruborizó y volvió inmediatamente a su trabajo.

—En realidad, es bastante problemático –susurró Tara.

Annie casi se atragantó con un trago de refresco.

–Tienes a un hombre guapísimo en tu casa. Un hombre protector, atento y que duerme en ropa interior. Cariño, me encantaría tener esa clase de problemas.

Aunque se sentía ligeramente avergonzada, Tara no pudo evitar una carcajada. Annie podía ser muy fisgona, pero era muy buena amiga y no tenía la menor pizca de maldad.

Las enfermeras del hospital eran lo más parecido que Tara tenía a una familia, y quizá lo mejor que tendría en su vida. La lealtad que mantenían entre ellas, por no mencionar el cariño que les demostraban a sus pacientes, las diferenciaba radicalmente de los otros miembros del personal, así como de la gente en general.

Tara se sentía orgullosa de estar con ellas.

–Parece que a nuestro guapo guardaespaldas le ha salido un competidor –susurró Annie. Se acabó el refresco y arrojó la lata a la papelera de reciclaje.

–¿Competidor? –preguntó Tara, confusa.

–Sí –afirmó Annie, asintiendo–. El doctor misterioso. Está ahí.

Tara miró por encima del hombro esperando que fuera una broma más de Annie. Tal vez se refiriera al doctor Berg, que tenía casi setenta y cinco años y un problema crónico de respiración.

Pero el comentario de Annie no era ninguna broma.

De pie y muy rígido junto al ascensor estaba el doctor Belden. Y tenía la mirada fija en Tara, observándola con aquellos ojos oscuros y severos.

–Ese hombre me pone nerviosa –susurró Annie.

–Ayer y ahora hoy –murmuró Tara para sí misma.

Annie se inclinó hacia ella, ya que Donald volvía a estar interesado en su conversación.

—¿Qué pasó ayer?

—Lo vi en la ciudad. La verdad es que últimamente me lo he encontrado varias veces en la calle.

Annie se encogió de hombros.

—Bueno, Royal no es tan grande. No es raro toparse con caras conocidas.

—Sí, eso es cierto...

No estaba del todo convencida con la aseveración de su amiga, pero sí estaba segura de una cosa: Belden estaba interesado en ella, por la razón que fuera. Y eso la hacía sentirme muy incómoda.

—Tal vez le gustes, Tara —le murmuró Annie cuando Belden entró en el ascensor y las puertas se cerraron tras él.

—Cielos, espero que no.

—No está tan mal.

—No, pero no es... —se calló de repente, con ganas de morderse la lengua y rezando porque Annie no concluyera la frase.

Pero eso era esperar demasiado.

—Pero no es Clint Andover —dijo su amiga con una amplia sonrisa—. ¿Es eso lo que ibas a decir, cariño?

Tara respiró hondo y negó con la cabeza.

—Tengo mucho trabajo.

—Siempre estás muy ocupada, Tara. Tienes que sacar tiempo para divertirte, ¿de acuerdo?

El consejo de la enfermera pareció repetir la cantinela que llevaba sonando últimamente en el corazón de Tara... desde que el director de una empresa de seguridad, alto, moreno y arrebatadoramente atractivo, había reaparecido en su vida y había hecho tambalear sus cimientos.

Pero ¿qué clase de placer absurdo le había traído?

Una satisfacción instantánea, sí. Una sensación maravillosa finalmente revelada, sí. La boca, las manos y la piel de Clint sobre ella por una noche, quizá dos… sí.

¿Por todo ello merecía la pena acabar con el corazón roto si cedía a la tentación? Porque eso sería lo que con toda probabilidad ocurriera. Clint era un hombre destrozado que luchaba aún más que ella por mantener las distancias. Ni siquiera le permitiría tocar su cicatriz.

No había futuro en común para ambos.

Sólo el presente.

Pero ¿podía conformarse ella con el momento, sabiendo que cuando el misterio de Jane quedara resuelto su aventura pasional acabaría para siempre?

El zumbido del interfono la sacó de sus pensamientos y le evitó tener que enfrentarse a una respuesta.

Annie sonrió y le puso una mano en el hombro.

—Yo me ocupo. Tú vete a casa.

—¿Estás segura?

—Claro, cariño.

Tara le sonrió a su amiga.

—Supongo que será el señor Carey, de la habitación 102. Ha llamado por lo menos diez veces desde las cinco. Paciencia con él.

—Vaya, gracias por la advertencia –dijo Annie secamente.

—Gracias a ti por el consejo. Lo digo en serio.

Annie asintió y salió del puesto de las enfermeras para dirigirse a la habitación 102.

Si ella supiera… pensó Tara mientras la veía alejarse. Si supiera lo de la otra noche en la cocina con

Clint, cuando, por unos momentos, ella se abandonó al placer que le ofrecían sus manos y sus labios.

Eran casi las diez de la mañana cuando Tara aparcó en el camino de entrada de su casa. Mientras estaba en el hospital, no había podido fijarse en cómo había cambiado el tiempo. El cielo estaba cubierto y hacía más frío. Y todo parecía indicar que las temperaturas bajarían aún más.

Un bonito cambio para la Navidad, pensó Tara mientras salía del coche y subía con dificultad los escalones. Estaba rendida; sólo quería darse una ducha caliente en cuanto viera cómo estaba Jane.

Cuando cruzó la puerta principal, esperó encontrarse a su amiga preparando el desayuno o tomando una ducha. Pero no fue el caso. No era Jane quien estaba haciendo tortillas y friendo beicon.

—Buenos días, enfermera Roberts.

Clint estaba en la cocina, vestido con una camiseta y unos vaqueros y con los pies descalzos. Su aspecto era endiabladamente sexy, y a pesar del cansancio, Tara pensó en lo maravilloso que sería abandonar toda precaución y correr hacia él para echarle los brazos al cuello.

—No he visto tu coche fuera —dijo ella, quitándose el abrigo y colgándolo en el armario del vestíbulo—. ¿Cómo has…?

—Mi ayudante me trajo. Su coche está en el taller.

—Oh.

—No pretendía sorprenderte.

—No lo has hecho… Quiero decir, no pasa nada —dejó el bolso en la mesa del vestíbulo y atravesó el salón hacia la cocina—. ¿Cocinando?

Él se encogió de hombros.

–Pensé que te vendría bien desayunar un poco.

–Es un detalle muy amable por tu parte. Pero no tenías que…

–Quería hacerlo, Tara –la interrumpió él, irguiéndose en toda su estatura frente a ella–. No es gran cosa. Sólo el desayuno.

Era mucho más que eso, pensó Tara. En todos sus años de adulta, nadie le había preparado la comida ni una sola vez, salvo cuando comía en un restaurante. Y mucho menos un hombre que la miraba como Clint… como si quisiera comérsela a ella de desayuno.

Aquella idea le provocó una ola de calor y un hormigueo en los pechos.

Haciendo lo posible por calmar los deseos que le hervían la sangre, Tara vio cómo Clint cortaba en dos la tortilla que chorreaba queso fundido y servía cada mitad en un plato, acompañada de lonchas de crujiente beicon.

–¿Zumo de naranja? –le ofreció.

–Sí, por favor.

Era una sensación extraña. A Tara le encantaba, pero al mismo tiempo la hacía sentirse… vulnerable, como si, aceptando todo lo que Clint le ofrecía, fuera a perder el control sobre sí misma y acabara suplicándole que volviera a hacerle sentir lo mismo que la otra noche.

Clint la había despojado de toda sensatez y la había dejado desnuda y expuesta al deseo más crudo y lujurioso.

–¿Por qué no te sientas? –le preguntó él, tendiéndole dos vasos de zumo de naranja–. Será más cómodo comer en la mesa que en la encimera.

–¿No debería despertar a Jane por si quiere compartir este festín? –preguntó ella, pensando que Jane le serviría de protección. Una especie de recordatorio de por qué aquel irresistible chef con sus pies descalzos estaba en su casa.

–Jane no está aquí.

–¿Qué? –los vasos se tambalearon peligrosamente cuando los dejó en la mesa.

–No pasa nada, Tara. Se levantó temprano y quiso ir a ver a Autumn, de modo que mi ayudante la llevó al rancho. Pensé en ir con ella, pero Sorrenson está hoy en casa y me dijo que no le quitaría ojo de encima. También pensamos que sería conveniente que me quedara aquí contigo, por si acaso llega otra carta.

–Por supuesto –respondió ella con voz vacilante.

–Así que sólo estamos tú y yo para compartir este festín –dijo él, dejando dos platos repletos de comida en la mesa.

–Muy bien –murmuró ella. Los dos solos. Otra vez. Bajo la apariencia de la protección y la investigación, naturalmente–. ¿Puedo hacer algo? ¿Necesitamos tenedores?

–No –dijo él, mostrándole los cubiertos–. Siéntate, por favor. Pareces agotada.

–Lo estoy –admitió ella. Por demasiadas razones. Se dejó caer en la silla y atacó su plato–. No tenía ni idea de que supieras cocinar.

–¿Te parece que hacer huevos con beicon es cocinar?

–Para un hombre, sí.

Él se detuvo, con el tenedor a medio camino de su boca, y alzó una ceja en una mueca de indignación.

–¿Qué? –preguntó ella inocentemente.

–Ese comentario ha sido increíblemente sexista.

Tara lo pensó por un momento. Entonces sacudió la cabeza y se echó a reír.

–Tienes razón. Lo siento.

Él hizo un gesto con el tenedor.

–No pasa nada.

–Supongo que lo he dicho porque no te veo como a alguien a quien le guste la cocina.

–No me gusta. Pero con la motivación adecuada... –le clavó la mirada en sus ojos–, un hombre puede hacer lo que sea.

Las alarmas sonaron en la cabeza y el corazón de Tara. Pero no impidieron que le hiciera la siguiente pregunta.

–¿La motivación adecuada?

–Una mujer hambrienta, cansada y muy hermosa que se haya pasado toda la noche, y tal vez toda la vida, cuidando a otros –alargó el brazo hacia el plato de Tara, cortó un pedazo de beicon y se lo sostuvo frente a los labios–. Tal vez se merezca recibir un poco de atención.

Como una niña obediente, Tara abrió la boca y se tragó el pedazo de beicon.

La mirada de Clint se tornó azul oscura, y su efecto fue tan hipnotizante que Tara estuvo a punto de apartar de un manotazo lo que había sobre la mesa y agarrarlo por la camiseta.

Aquello era una fantasía ridícula. Clint Andover, su amor platónico de la adolescencia, estaba sentado delante de ella vestido con unos vaqueros y una camiseta negra que dejaba al descubierto sus musculosos brazos, dándole de comer y hablándole como si ella fuera su mujer.

¿De verdad sería tan insensato agarrarlo, tirar de él hacia ella y besarlo hasta dejarlo ciego?

—¿Qué estás pensando, Tara? —le preguntó él, volviendo a su propio plato.

—Nada.

—Entonces come. Tienes que alimentarte.

Con una boca seca que sólo quería paladear la humedad del hombre que estaba sentado frente a ella, Tara obedeció la orden.

La tortilla estaba deliciosa. Ligera y esponjosa, rellena de queso. Y el beicon, crujiente y sabroso, aunque nada podía compararse al trozo que Clint le había puesto en la boca.

Intentando no pensar mucho, comió hasta saciarse y se recostó en la silla con una sonrisa.

—Gracias. Estaba delicioso —dijo, tocándose el estómago—. Estoy llena.

—¿Y cansada también?

—Sí.

—¿Qué te parece un baño antes de acostarte?

A Tara se le escapó un gemido ahogado.

—¿Cómo?

—Un baño. ¿A las mujeres no les encanta bañarse? —preguntó él, levantándose sin dejar de mirarla—. ¿Pasarse horas en el agua, rodeadas de burbujas y jabón…?

Tara lo miró y sintió las pulsaciones en la garganta.

—Sí, supongo que a algunas mujeres les gusta.

—¿Pero a ti no?

La última vez que Tara había tomado un baño fue cuando era niña. Nunca tenía tiempo para un capricho semejante.

—Siempre me ha parecido una pérdida de tiempo.

—¿No dijiste la otra noche que te gustaría tener tiempo para respirar y ser libre?

—No me acuer…

–Claro que sí –la interrumpió él, desafiándola con su mirada intensa y penetrante–. Voy a meterte en la bañera, Tara.

Tara se quedó boquiabierta. Clint sonrió y se dirigió hacia el cuarto de baño de la planta baja.

–Tal vez uno de los dos pueda perder el control –le dijo en voz alta mientras se alejaba.

–¿Ah, sí? ¿Y por qué tengo que ser yo? –exclamó ella, al tiempo que oía correr el agua del baño.

Clint estaba hablando en serio, pensó mientras se enderezaba en la silla. Estaba preparándole un baño.

Consiguió contener la risa histérica que amenazaba con explotar, pero no pudo reprimir el estremecimiento en la parte superior de los muslos, ni la ola de calor que lo acompañaba.

–Porque tú puedes hacerlo, Tara –respondió Clint.

Ella dio un respingo en la silla.

–¿Qué?

–Ven aquí –le ordenó él.

El corazón le dio un vuelco.

–¿Y los platos?

–Yo me ocuparé.

Tara se levantó sobre unas piernas demasiado temblorosas y caminó hacia el cuarto de baño. Se detuvo en la puerta e intentó no parecer nerviosa.

Pero le resultó poco menos que imposible.

El cuarto de baño estaba iluminado por un par de velas que ella guardaba en el armario para casos de emergencia. El olor a vainilla del jabón impregnaba el aire. Clint estaba de pie junto a la bañera, que estaba llena de espuma y burbujas.

Tara estuvo a punto de darse la vuelta y echar a correr.

El romanticismo nunca había entrado en aquella casa. Los baños de espuma eran innecesarios. Las velas y el jabón eran artículos prácticos. Y los hombres sexys no preparaban el desayuno ni llegaban la bañera para las enfermeras fatigadas.

Hasta aquel día.

La luz de las velas se reflejaba en los ojos de Clint.

—No intentes analizar esto, Tara.

—Yo no…

—Sí, lo estás haciendo. Limítate a aceptarlo.

Ella respiró hondo.

—¿Vas a… vas a quedarte?

—No.

Tara se puso rígida.

—Oh.

—Esto es para ti. Es todo lo que puedo ofrecerte por el momento —pronunció las palabras sin el menor tono de disculpa—. Y ahora, quítate esa ropa y métete en el agua.

Ella se humedeció los labios, pero no dijo nada ni se movió. No sabría decir de dónde salían sus pulsaciones. Parecía que todo el cuerpo le estaba palpitando.

Clint se acercó a ella.

—Puedo ayudarte, si quieres.

Tara volvió a aspirar hondo mientras sentía una intensa palpitación entre las piernas. Clint la desnudaría, la ayudaría a meterse en la bañera y se marcharía. Era una perspectiva horrorosa, pero ella no quería que se fuera. Que el Cielo la ayudara, quería que la desnudara lentamente, prenda por prenda. Quería verle el rostro y los ojos mientras lo hacía. Quería ver si él también estaba afectado.

—Me gustaría que me ayudaras —murmuró roncamente, como si acabara de hacer un pacto con el diablo.

Un brillo de deseo destelló en los ojos de Clint.

–Levanta los brazos.

Tara dudó un momento, insegura, pues nunca se había expuesto así antes. Pero, con los músculos tensos y apretados, hizo lo que él le ordenaba y levantó los brazos por encima de su cabeza.

Oyó cómo la respiración de Clint se entrecortaba mientras sentía sus manos en la cintura. Lentamente, le levantó el top azul sobre la cabeza, dejándola con la camiseta blanca interior.

–¿Debo continuar? –le preguntó con voz profunda, arqueando una ceja.

La locura amenazaba con poseerla por completo… ¿O acaso era la Tara real, que por primera vez salía a la superficie? No lo sabía, y tampoco le importaba. Quería que su piel respirara el olor de aquel hombre.

Volvió a levantar los brazos, y él volvió a despojarla de una prenda. La camiseta cayó al suelo.

–No voy a parar hasta que tú me lo digas –dijo él, llevando las manos a su espalda y posando los dedos sobre el cierre del sujetador.

Respirando con dificultad, ella asintió.

Con un clic, el sujetador quedó desabrochado. Entonces Clint subió las manos hasta sus hombros y le retiró suavemente los tirantes. Tara sólo pudo pensar en lo increíble que era el tacto de aquellas manos sobre su piel, mientras el sujetador de encaje caía a sus pies.

Sintiendo cómo el aire cálido le acariciaba los pechos, cerró los ojos y suspiró.

–Acaba –dijo, sabiendo que él tenía la mirada fija en ella, sabiendo que era él y no el aire lo que endurecía sus pezones.

Le oyó soltar un gruñido y volvió a sentir sus dedos en la cintura. La parte inferior del uniforme se deslizó lentamente por sus piernas, hasta que sólo quedaron las braguitas blancas de algodón.

–Tara… –murmuró él con voz ahogada.

Ella abrió los ojos y vio que se había apartado ligeramente y que la miraba con ojos amenazadores, como un animal hambriento que se negara a tomar su alimento.

–El agua se está enfriando –dijo ásperamente.

–Supongo que sí –respondió ella.

Allí estaba, desnuda y vulnerable.

Él se pasó ambas manos por el pelo.

–Tara…

–¿Qué?

Vio el tormento en su rostro. El mismo tormento que a ella le hervía la sangre. Los dos estaban perdiendo el control.

Pero ella estaba dispuesta a perderlo, aunque sólo fuera por un corto periodo de tiempo.

Obviamente, él no lo estaba.

–Te dejaré tranquila.

–Clint…

Pero él ya estaba pasando a su lado.

–Disfruta del baño.

Las velas seguían ardiendo y el olor a vainilla seguía impregnando la habitación. El romanticismo y el erotismo persistían en el ambiente. Pero la esperanza había cerrado la puerta del baño.

Clint se había probado a sí mismo, y había ganado.

«Disfruta del baño».

–Haré lo que pueda –murmuró en el silencio de la habitación, contemplando su ropa en el suelo.

84

Capítulo Ocho

Clint se sentó junto a la cama de Tara, viendo cómo la oscuridad de una noche invernal se deslizaba por aquel rostro con forma de corazón y proyectaba sombras misteriosas en sus exuberantes labios y pómulos marcados.

Vestida con un top verde pálido y lo que fuera que la sábana que le llegaba hasta la cintura cubría, ofrecía un aspecto precioso. Seguía siendo una niña en muchos aspectos, pero no se podía negar que era una mujer. Clint había visto las evidencias de su cuerpo femenino aquella mañana, a la luz de las velas.

Se permitió un momento para recordar su piel cremosa y rosada, su estrecha cintura y redondeadas caderas. Y sus pechos generosos y pezones endurecidos... Más de una vez aquel día se había imaginado lamiendo aquellas puntas erectas, oyendo sus gemidos y suspiros.

Sólo de pensarlo se ponía duro como una piedra.

Y sin embargo se había alejado de ella. ¿Por qué? ¿Para protegerla? ¿Para protegerse a sí mismo de un deseo tan fuerte que apenas podía contenerse, una necesidad impulsiva que ninguno de los dos había experimentado antes?

¿Una necesidad que podía arruinarlos a ambos, haciendo pedazos el debilitado escudo de control al que los dos se aferraban?

De pronto empezó a dolerle la cicatriz del pecho. Apartó esos pensamientos y volvió a concentrarse en la belleza que dormía ante él.

Resistiendo el impulso de inclinarse hacia ella, se echó para atrás y cruzó los brazos al pecho. Sentía una necesidad compulsiva de estar cerca de aquella mujer. No sólo por protegerla o por saciar su deseo; había algo más.

Todo era muy claro cuando Tara estaba cerca, cuando sus ojos lo miraban y su voz pronunciaba su nombre. Entonces se convertía en un hombre, en vez de ser el cuerpo andante que había sido durante los últimos tres años. Estaba vivo. Y no importaba lo alarmante que fuera sentirse así; la sensación era demasiado buena para intentar reprimirla.

Junto a él, el largo pelo rubio de Tara se derramaba sobre la almohada. Se removió en sueños, y de repente parpadeó y abrió los ojos. Sus brillantes gemas verdes lo miraron sin pánico, sólo ligeramente confundidas.

Clint se maldijo a sí mismo. Había querido estar fuera de la habitación antes de que ella despertara.

Tara permaneció sin moverse en la cama.

–Buenos días –lo saludó con voz suave.

–No, ya se ha hecho de noche –respondió él con una sonrisa.

–¿Qué hora es?

–Casi las cinco.

–He dormido demasiado –sobresaltada, empezó a erguirse, pero él la hizo recostarse con suavidad.

–No pasa nada.

–He perdido el día entero.

–Estás donde tienes que estar, Tara.

Ofrecía una imagen tan acogedora y sexy, que

Clint estaba desesperado por meterse en la cama con ella, bajo ella, sobre ella…

—Pero tú no estás donde deberías estar, ¿verdad? —le preguntó ella con una mueca divertida, estirando los brazos sobre su cabeza.

—Te has dado cuenta, ¿eh?

—Puede que no entienda mucho de esto, pero hasta ahí sé.

—Claro que entiendes, Tara. Simplemente, sigues un poco cansada, eso es todo.

—Fue el baño —dijo ella irónicamente—. Demasiado relajante.

Clint no pudo evitarlo. Se inclinó hacia ella y le susurró al oído:

—En mí tuvo el efecto contrario.

—Lo tienes bien merecido, Andover —lo reprendió ella.

Él levantó unos centímetros la cabeza y su boca quedó peligrosamente cerca de la de Tara.

—No me fui porque no te deseara, Tara.

—¿No?

—No. Me fui porque te deseaba demasiado.

Ella asintió y respiró hondo, pero Clint pudo ver en sus ojos verdes que la había herido al dejarla sola en el baño.

—Bueno —dijo ella despreocupadamente—, ¿ha habido algún problema? ¿Ha llamado Jane?

Clint volvió a echarse hacia atrás y negó con la cabeza.

—Ningún problema. Jane ha llamado. Supongo que Marissa y ella estarán adornando el árbol. No quería marcharse del rancho, así que he enviado allí a Harry. Entre Sorrenson y él, no me necesitan para nada.

—Entonces…

Él asintió.

—Voy a quedarme aquí.

—Muy bien —bajó la vista a la manta y volvió a mirarlo a él—. Pero, señor Andover, si Jane está bien, ¿por qué…?

—¿Por qué estoy sentado junto a tu cama?

Ella asintió.

—Supongo que no aceptarías la excusa de la protección, ¿verdad?

—La verdad es que no.

—Bueno, la verdad es que se me ha ocurrido una idea.

—¿Sobre el caso? —preguntó ella alzando las cejas—. ¿Ha habido alguna novedad?

—No.

—Entonces, ¿de qué se trata?

—Para saberlo tendrás que vestirte y aventurarse a salir.

Ella esperó unos segundos.

—¿Eso es todo lo que vas a decirme?

—Así es.

—Te encantan los misterios, ¿verdad?

—Es mi trabajo, cariño.

El dolor que se había instalado en su ingle mientras la observaba dormida se trasladó hasta su pecho. Su lengua desatada le iba a causar muchos problemas cada vez que estuviera cerca de Tara.

La miró atentamente, buscando algún signo de que la hubiera afectado ser llamada «cariño». Pero no encontró ninguno.

—Está bien —murmuró ella, haciéndole un gesto para que saliera de la habitación—. Dame cinco minutos.

Pero mientras salía del dormitorio, Clint no

supo decir si la falta de respuesta por parte de Tara lo había aliviado o decepcionado.

La nieve caía del cielo grisáceo sobre Royal Park, pero Tara no sentía la suavidad ni la humedad de los copos. Se sentó junto a Clint bajo el techo del cenador y contempló la belleza de una nevada invernal.

Era una fusión de sensaciones extrañas y a la vez maravillosas. El calor del hombre junto a ella, el olor de la nieve, la tierra y la carne masculina avivándole los sentidos, el deseo apremiante de colocar la mano en la suya y apretarla...

Años atrás aquel parque había acogido a dos jóvenes amantes que compartían su primer beso. Aquella noche habían vuelto.

Pero con qué propósito, aún estaba por ver.

Tara había decidido comportarse y actuar como quisiera, sin el menor reproche ni censura, independientemente de lo que eligiera Clint. Aquella vez no tendría que lamentarse de nada. Después de que el asunto de Jane quedara resuelto, podría volver a su vida real. Pero hasta entonces era libre. Y deseaba a Clint.

Ahora dependía de él aceptar o no lo que ella le estaba ofreciendo.

—La última vez que estuvimos aquí era verano —dijo él, recostándose contra una de las paredes del cenador.

—Lo recuerdo —murmuró ella con una sonrisa, apoyándose en él—. ¿No has venido aquí desde entonces?

—No. ¿Y tú?

89

Ella negó con la cabeza.

—Pensaba que algún día, cuando tuviera una familia, los traería aquí.

—Claro.

—¿Tú pensabas lo mismo?

Nada más formular la pregunta, Tara deseó tragarse las palabras. ¿Cómo podía decir algo así sin pensar?

—Lo siento, Clint, no…

—No pasa nada.

—He sido muy insensible.

—De verdad, no pasa nada.

Hasta la última fibra de su ser quería consolarlo, abrazarlo y escuchar cómo había sido la pérdida de su esposa y de la esperanza de formar una familia.

Desde el momento en que se habían reencontrado, aquel día en que los hombres del Texas Cattleman's Club habían llevado a Jane al hospital, Tara podía intuir la carga que Clint seguía soportando por haber perdido a su mujer en aquel incendio. Había conseguido ocultar el dolor bajo una actitud dura y casi mecánica, pero ella lo había visto. Podía ver más allá de la superficie.

Sin embargo, se había guardado las preguntas y consejos para sí misma. Opinaba que el pasado de Clint no era asunto suyo y que sin duda él tenía sus propias formas de superar el dolor. No le hacían falta los comentarios de nadie.

Pero ahora, después de todo lo que habían compartido en las últimas semanas, no estaba tan segura de lo que era y no era asunto suyo.

—¿Sabes? —dijo con un suspiro—. En realidad, sí vine aquí una vez más. Bueno, casi.

—¿En serio? —preguntó él, mirándola.

–Sí.

–¿Y?

–Fue con otro chico.

Clint le clavó una mirada maliciosa.

–Y yo que pensaba que este lugar era sagrado.

–Lo era –insistió ella dulcemente.

–Entonces ¿cómo pudiste profanarlo, enfermera Roberts?

Ella se echó a reír.

–He dicho que casi vine.

–Mmm... –frunció el ceño adustamente–. ¿Quién era él?

–Ronnie Pemberton –respondió, levantando el rostro–. Un compañero de la facultad.

–Parece algo serio.

Tara suspiró, recordando aquel joven ambicioso y desesperado por gustarle a las mujeres.

–Eso pensé yo.

–¿Y qué pensó Ronnie?

–Que sólo era un idilio primaveral o algo así.

–Idiota.

–Éramos unos críos.

–Hasta un crío sabe lo que merece la pena.

–¿Eso crees?

Él suspiró pesadamente y la hizo girarse para mirarlo.

–Sí, lo creo.

Tara intentó mantener un estado de ánimo despreocupado y jovial, pero cuando él estaba tan cerca se sentía débil y moldeable en sus manos.

–Ojalá hubieras estado aquí por aquel entonces.

–¿Por qué? –preguntó él, pasándole una mano por el hombro y otra por la clavícula mientras su expresión se ensombrecía. Ella se estremeció, pero

91

no por el frío, sino por el impacto de aquella turbulenta mirada.

—Podrías haberle echado una buena charla a Ronnie.

—No soy muy bueno dando charlas —admitió él, extendiendo la palma sobre el cuello de Tara y entrelazando los dedos en sus cabellos—. Creo que le habría dado una buena paliza, más bien.

—Era cinturón negro —murmuró ella, casi sin aliento, mientras él se acercaba cada vez más.

—Era un idiota.

Y entonces Clint inclinó la cabeza y le cubrió la boca con la suya. Tara cerró los ojos, pero su corazón se abrió como una presa que hubiera contenido el agua durante miles de años. El sabor de Clint era delicioso, y el modo en que la tocaba, el modo en que hundía los dedos en su pelo y tiraba de ella mientras profundizaba el beso, era magia pura.

El arrebato de placer que le provocó empezó en su boca, y de ahí bajó hacia sus pechos, hasta llegar finalmente a su sexo, donde se hizo más fuerte y ardiente.

Y cuando la boca de Clint se abrió y su lengua le lamió suavemente el labio inferior, Tara soltó un gemido de ansiedad, le sujetó el rostro con las manos y entrelazó la lengua con la suya.

—La historia se repite —susurró contra sus labios.

—No —gruñó él, apartándose lo justo para mirarla a los ojos—. Esto es distinto…

El sonido de unas risas irrumpió en su burbuja y los hizo separarse. Por el rabillo del ojo, Tara vio a una familia acercándose. Dos niños con sus padres se lo pasaban en grande en la nieve.

—¿Te apetece dar un paseo junto a lago? —sugirió ella.

Clint levantó una ceja.

–¿Estás buscando una escolta?

–Algo así –respondió ella con una sonrisa.

–Bueno, supongo que un hombre tiene que cumplir con su obligación –dijo él, levantándose.

Ella suspiró y puso los ojos en blanco.

–Propio de un caballero…

–Yo no me consideraría nunca un caballero.

Con una sonrisa irónica, la tomó de la mano y la ayudó a levantarse.

–Pues a mí me parece que es lo justo.

Clint tomó el último bocado de pasta de alcachofa y agarró la copa de vino.

–¿A qué se debe todo esto?

Al otro lado de la pequeña mesa del salón, Tara levantó la mirada y sonrió.

–Tú hiciste el desayuno, así que yo he hecho la cena.

–Sí, es lo justo.

Ella asintió y tomó su vaso de merlot.

–Una cena magnífica, por cierto –dijo él con una sonrisa.

–Gracias.

Eran más de las nueve, un poco tarde para cenar, pero a ninguno de los dos parecía importarle la hora. Para Clint, una comida casera compartida con una mujer a la que encontraba irresistible era algo extraordinario, y no estaba muy orgulloso de admitir que no quería que la velada acabase.

–Estás muy pensativo.

El comentario de Tara lo sacó de sus divagaciones.

–Sólo intentaba recordar cuándo fue la última vez que tomé una comida casera.

–¿Y te acuerdas de cuándo fue?

Él negó con la cabeza.

–Hace demasiado tiempo.

–Bueno, aquí siempre serás bienvenido.

–¿En serio?

–Sí, claro que sí –respondió ella rápidamente, y se aclaró la garganta antes de continuar–. Me encanta cocinar, y la comida debe compartirse.

–No podría estar más de acuerdo.

Ella ladeó la cabeza y lo observó con atención.

–¿Te estás burlando de mí, Andover? Porque aún me queda un poco de salsa de tomate en el plato –con la copa de vino apuntó hacia su camisa blanca–. El blanco y el rojo combinan muy bien juntos.

Él se echó a reír.

–No me estoy burlando. Te lo juro –tomó un largo trago de su copa–. Lo juro con el meñique.

Tara lo miró con los ojos muy abiertos y ahogó un gemido dramático.

–Hace quince años que no hago el juramento del meñique.

–Pues ya va siendo hora, ¿no te parece? –dijo él. Se inclinó sobre la mesa y le ofreció el dedo meñique.

Ella lo fulminó con la mirada, pero aun así sonrió e, inclinándose ella también, enganchó el meñique con el suyo.

Unos centímetros más y él podría saborear de nuevo aquellos dulces labios. O mejor aún, podría apartar la mesa y colocarse a Tara en su regazo.

Con la mirada le recorrió el rostro, los ojos y la boca.

–¿Cuál es tu especialidad en la cocina?

–Mmm… –murmuró ella, mordiéndose el labio inferior mientras pensaba–. Creo que la col rellena. La receta es de mi abuela.

94

—Suena bien.

—Está exquisita.

—Pero…

—¿Pero? —los dedos de Tara se endurecieron en torno a los de Clint.

—¿A cuántos otros hombres les has preparado la col rellena?

—¿Importa eso?

Clint se quedó momentáneamente confuso. Había empezado aquella ronda de preguntas en broma. ¿Qué demonios le había pasado? ¿De verdad importaba que Tara hubiese cocinado para otro hombre?

Sí, sí importaba.

—Sólo es una pregunta —dijo, maldiciendo en silencio—. ¿A cuántos?

Tara frunció el entrecejo y empezó a contar con los dedos. Parecía estar jugando, pero Clint se sentía más irritado por momentos.

Qué imbécil era, se reprendió a sí mismo.

Cuando Tara acabó de contar, lo miró con una amplia sonrisa.

—Cero.

A Clint le costó un momento asimilar la broma. Y cuando lo hizo, le soltó el meñique y se recostó en la silla para tomar un trago de vino.

—La farsa no te sienta bien, Roberts.

Tara se echó a reír y sacudió la cabeza.

—Ni a ti los celos, Andover.

—Esto no tiene nada que ver con los celos.

—¿Ah, no? ¿Entonces con qué?

—Bueno, ciertamente con los celos no —insistió él con un resoplido burlón—. Sólo estamos bromeando.

A Tara se le desencajó el rostro y el brillo de sus ojos se apagó al instante.

—Claro —murmuró. Se levantó y recogió los platos para llevárselos a la cocina—. Lo olvidé.

Clint quiso darse un puñetazo a sí mismo.

—Tara.

—Yo me encargo de los platos. Tú tendrás trabajo que hacer.

—Sabes muy bien que no voy a ir a ninguna parte.

Ella se detuvo y lo miró con curiosidad.

—¿Por qué? Aún tienes a uno de tus hombres vigilando mi casa, ¿verdad?

—Sí.

—Entonces no hace ninguna razón para que estés aquí.

—Tal vez quiera acabar lo que empezamos esta mañana —se levantó y le tomó la barbilla en la mano, pasándole el pulgar por la boca—. Lo que empezamos en el cenador.

Los ojos de Tara volvieron a echar chispas.

—Tal vez quieras, pero dudo de que lo hicieras.

—¿Qué demonios significa eso? —espetó él.

—Lo sabes muy bien.

A Clint se le hizo un nudo en el pecho.

—¿Qué quieres que diga, Tara? —gruñó y se pasó una mano por el pelo—. ¿Que lo que hay entre nosotros es real? ¿Que puedo darte más de lo que soy capaz? ¿O que me muero de celos por pensar que le des cualquier cosa, incluso esa maldita col rellena, a otro hombre?

—Sólo quiero que me lo digas si es verdad.

—Es verdad —afirmó él, y le cubrió la boca con un beso largo y embriagador—. Y esto también lo es —murmuró, atacando otra vez—. Y esto —la besó con más avidez y sintió cómo se estremecía en sus manos—. Y esto.

Se sentía invadido por la ira y el rencor. Contra sí mismo y contra ella por volverlo loco de aquella manera. Pero se valió de aquel fuego que lo consumía para devorarle apasionadamente la boca.

El sabor de Tara era exquisito. A vino y deseo ardiente. Y cuando ella subió las manos hasta sus hombros y le rodeó el cuello, Clint se deleitó con la sensación de poder que le daba tenerla entre sus brazos.

¿Cómo era posible que dos cuerpos se amoldaran tan bien?, se preguntó, fascinado por la presión de los pechos de Tara contra su torso y la curva de sus caderas contra la ingle. La perfección absoluta.

Sin perder más tiempo en pensamientos inútiles, le buscó el cuello y sintió sus aceleradas pulsaciones contra los labios, acuciándolo a reclamar aquello que hasta el momento sólo había fantaseado con tomar.

Siguiendo el rastro de la llamada, le dejó un reguero de besos húmedos y tórridos a lo largo del cuello.

Comprobó con satisfacción cómo Tara echaba la cabeza hacia atrás y dejaba escapar un jadeo. Su rendición y su evidente deseo lo excitaron aún más. Quería poseerla con frenética rapidez y sentir hasta el último palmo de su carne, pero se obligó a controlarse. Con ella, se tomaría el tiempo necesario.

Lentamente, desplazó los dientes sobre su clavícula, sonriendo cuando ella agitaba las caderas con cada mordisco.

–Tara… –la apartó suavemente y le tomó la cara entre las manos–. No sé lo que piensas de esto o de mí, pero lo que voy a decirte es verdad.

Ella abrió los ojos lentamente. Parecía aturdida.

–Habla.

–Ahora no estoy jugando.

El rubor cubrió las mejillas de Tara, y sus ojos despidieron una llamarada verde.

–Lo sé.

–No, no lo sabes –replicó él–. Esto no es un tonteo inocente ni tampoco la culminación de una broma pesada.

La perplejidad cubrió el acalorado rostro de Tara.

–Te deseo, Tara. Te deseo tanto que me da miedo. Y no puedo seguir controlándome.

–Clint…

–Necesito que me eches de aquí inmediatamente si no deseas lo mismo que yo. Si no me deseas a mí.

Tara sintió que el corazón le estallaba al oír esas palabras. ¿Si no lo deseaba, había dicho? ¿Estaba hablando en serio? ¿Acaso no se había dado cuenta de que ella se estaba enamorando desesperadamente de él? ¿Acaso no había visto cómo su cuerpo respondía a las caricias y los besos siempre que estaban juntos?

Durante veinte años había intentado hacer siempre lo correcto, lo que se esperaba de ella. Era hora de derribar algunos pilares, aunque tuviera que volver a levantarlos más tarde.

Señor… ¿que si lo deseaba, había dicho?

Con la mirada fija en la suya, le tomó las manos, se las llevó al dobladillo del jersey y levantó los brazos.

–Vamos a probarlo de nuevo.

Los ojos de Clint se hicieron aún más azules al contemplarla en silencio. Finalmente, se movió y le levantó el jersey sobre la cabeza de un tirón. Tan pronto como la hubo liberado de la prenda, volvió a besarla ardientemente mientras le quitaba el sujetador.

Ella quedó ante él desnuda de cintura para arriba, expuesta y vulnerable como una gatita indefensa, esperando que la tocara, necesitando que la tocara, rezando para que no volviera a dejarla sola.

Pero él no la dejó.

Llevó las manos hasta sus pechos y empezó a masajearlos posesivamente, acariciándole los pezones con los pulgares. Tara emitió un jadeo entrecortado y se presionó contra sus manos, grandes y fuertes. Tenía la piel tensa y ardiendo, y todo el cuerpo pedía más a gritos.

Y Clint le dio más. Le deslizó las manos por el torso, acariciándole suavemente el vientre y a continuación agarrándole fuertemente la cintura. La sensación de que la poseyeran fue tal que las piernas casi le fallaron. Con todo, consiguió mantenerse de pie.

Hasta que Clint agachó la cabeza y cerró su boca en torno a la carne.

Tara soltó un grito ahogado cuando la lengua de Clint se topó con la suavidad del pecho. La sensación era mágica, algo nunca experimentado hasta entonces. Un torrente de lava se vertió por sus venas, abrasándola por dentro mientras Clint succionaba el pezón endurecido.

Con la mente aturdida y los sentidos agudizados al máximo, deslizó una mano por la tela vaquera que cubría su muslo hasta encontrar lo que buscaba.

Clint gimió y echó la cabeza hacia atrás cuando ella extendió la palma sobre su sexo. Estaba duro y preparado, igual que ella.

—Te quiero dentro de mí —dijo con la voz jadeante.

—¿Ahora?

—¡Ahora! No puedo esperar más.

—Enseguida.

De un rápido movimiento, la levantó en sus brazos y la llevó hacia el dormitorio a oscuras, sin dejar de besarla por el camino.

Se chocaron un par de veces contra las paredes, pero no les importó. Estaban juntos, iban a hacer el amor. La sensación que los embargaba era pura delicia.

Tara se abandonó a las emociones que le provocaba aquel hombre del que se estaba enamorando. Clint la hacía sentirse viva, en contacto consigo misma y con los verdaderos deseos de su corazón.

Cuando llegaron al borde de la cama, se dejaron caer sobre el colchón sin despegar sus bocas y sus lenguas, que pedían ávidamente más placer.

Fuera, la nieve caía en silencio sepulcral. No como en el interior del dormitorio, donde los ruidos de la ropa al romperse, de los besos y succiones de la piel, del paquete de preservativos al rasgarse se mezclaban con los gemidos de deseo y desesperación que surgían de la garganta de Tara.

Había pasado años preguntándose cómo sería sentir a Clint sobre ella, cómo sería la fusión de sus respectivos olores, cómo sería tener el peso de su cuerpo presionándola contra la cama…

Y allí estaba él, haciéndola sentirse la mujer más afortunada de la tierra.

Pero ella quería verlo. Quería ver cómo sus ojos se oscurecían mientras ella lo acariciaba y cuando él entrara en su cuerpo.

Alargó un brazo hacia la lámpara, pero él la agarró de la muñeca.

–No.

–¿Por qué?

Clint maldijo en voz baja y áspera.

–No quiero que me veas.

–No me importa tu cicatriz, Clint.

–A mí sí.

Ignorando su tono adusto, Tara intentó tocarle la cicatriz, pero él la detuvo.

–Tara, por favor…

–Está bien –aceptó ella, sabiendo que nunca podría entender el dolor que tanto avergonzaba a Clint. Lo que sí sabía era que no quería infligirle más sufrimiento.

–Gracias.

Le soltó la mano y la besó con dulzura y sensualidad mientras ella lo rodeaba con los brazos. Tara no necesitaba ver. Podía sentirlo igualmente. Sentía la cicatriz de su pecho como sólo ella podía sentirla.

A medida que el beso se hizo más salvaje y frenético, las manos de Clint se movieron sobre su piel y él le susurró frases deliciosamente eróticas en el interior de la boca.

Aquellas palabras hicieron que la apremiante necesidad de Tara aumentara hasta alcanzar un nivel peligroso. Presionó las caderas hacia arriba, desesperada por sentir su erección, por sentir cuánto la necesitaba él.

–Rodéame con las piernas, Tara –le ordenó, deslizando las manos bajo ella y levantándole las caderas.

Ansiosa por pegarse lo más posible, Tara le rodeó la cintura con las piernas y presionó la pelvis contra él.

Manteniendo la mirada fija en ella, Clint se levantó ligeramente y se deslizó en su interior con un movimiento resbaladizo y prolongado.

Tara gritó. Fue como recibir una descarga eléctrica que casi la dejó sin respiración.

Pero no le hizo perder el instinto ni el deseo.

Se retorció contra él, que se retiró y volvió a penetrarla. Una y otra vez, empujando en su interior mientras ella se estiraba y lo recibía de lleno. Cada embestida era como una flecha certera a su corazón, al centro de su alma.

No podía aguantar. La ola del clímax se acercaba imparablemente, amenazando con anegar su fuente de calor.

El control no tenía cabida allí.

Y eso quedó rápidamente demostrado cuando, en una última arremetida, Clint agachó la cabeza y le atrapó el pezón con la boca.

La ola rompió en su interior. Tara gritó, gimió, jadeó, se retorció salvajemente y le clavó las uñas en la espalda, recibiendo los espasmos y convulsiones que recorrían su cuerpo.

–No es un juego –murmuró Clint con voz ronca, y empujó una vez más para dejarse arrastrar por su propio placer.

Capítulo Nueve

La pesadilla no lo había acosado.

Clint se frotó los ojos y miró el reloj de la mesilla. A la tenue luz del amanecer, vio que eran casi las siete.

Volvió a apoyar la cabeza en la almohada. Por primera vez en tres años, había dormido de un tirón durante toda la noche.

Las implicaciones de aquel hecho le atenazaron el corazón.

La noche anterior. Y Tara.

Inspiró profundamente. No quería necesitar a nadie, no quería apoyarse en nadie para pasar la noche. Ni siquiera en ella.

Giró la cabeza hacia la ventana y contempló la libertad del exterior. La nieve relucía en la tierra y las nubes cubrían el cielo. Aquél sería otro día de frío y nevadas.

Un día perfecto para hibernar,

Pero quedarse bajo las mantas era inconcebible para él. No podía hacerlo, por muy tentador que fuese. Tenía que levantarse, ir a casa de los Sorrenson para ver cómo estaba Jane y luego ir a su oficina. Tenía una investigación que atender, problemas que solucionar y un misterio que resolver.

Junto a él, Tara se removió y se arqueó ligeramente, rozándole el muslo con la piel sedosa de su trasero. Clint volvió a pensar en la noche anterior. Cómo había respondido Tara a sus caricias, y cómo había confiado en él lo bastante para ofrecerle la seguridad de las sombras.

Cómo había sentido la cara interna de sus muslos cuando los separó para deslizarse en su interior…

Se giró hacia ella y la abrazó por la cintura, presionando el cuerpo contra su espalda y trasero.

El calor que emanaba era casi adictivo, como también lo era el olor a vainilla de sus cabellos, que le hacían cosquillas en la nariz. No se había permitido intimar tanto con una mujer desde… Desde hacía mucho tiempo. No había sido un monje en los tres últimos años, pero sus relaciones se habían limitado a aventuras sexuales cortas y sin ningún compromiso.

Pero con Tara todo era distinto. Con ella quería algo más que un desahogo sexual, y se avergonzaba por tener semejante deseo.

¿Cuándo se había producido aquel arrebato, aquel encaprichamiento juvenil? ¿Y cómo había permitido que ocurriera?

Y mientras le pasaba la mano por la lisa superficie de su vientre, se preguntó también si volvería a abandonar el sentido común y la responsabilidad y permitiría que aquello sucediera otra vez.

—Mmm… —murmuró ella—. Qué gusto.

Desde luego que sí, pensó él.

—¿Qué hora es? —preguntó con voz somnolienta.

—Temprano. Casi las siete.

—¿Por qué estás despierto? ¿Ocurre algo?

—Nada —respondió él. Si mantenía su mente a raya, tal vez la respuesta fuera cierta.

—¿Te arrepientes de algo, Andover?

Se lo preguntó en tono burlón, pero a Clint no se le pasó por alto la inquietud que subyacía en sus palabras. Tal vez porque él también se estaba preguntando si ella se arrepentía de algo.

Pero él no se lo preguntaría. No quería saberlo.

–¿Estás de broma? –dijo, subiendo con las manos hasta sus pechos.

–Sólo quería asegurarme, eso es todo –murmuró ella con un débil gemido.

Él le rozó el cuello con los labios.

–Lo único de lo que me arrepiento es de tener que levantarme de la cama, subirme a mi frío coche e ir a mi fría oficina.

–Puedes esperar hasta que se caliente un poco.

–¿Y cuándo crees que será eso?

Ella le agarró la mano, se la bajó por el torso y la colocó sobre los rizos de la entrepierna.

–Ahora mismo.

Clint soltó un gemido ante aquel movimiento tan inesperado como sensual.

–Cierra los ojos –le ordenó–. Y mantenlos cerrados.

–¿Por qué?

–Es una sorpresa.

–¿Una sorpresa agradable? –preguntó ella, siendo evidente por su voz que estaba sonriendo.

En dos segundos Clint la tuvo tumbada de espaldas.

–Te prometo que no lo lamentarás.

Ella no le hizo más preguntas y se limitó a obedecer. Con los ojos cerrados y los labios entreabiertos en espera, parecía tan dispuesta a entregarse y tan confiada que Clint estuvo a punto de inclinarse hacia ella y susurrarle que lo mirara, a él y a su cicatriz.

Pero no. Jamás se permitiría verse expuesto de ese modo. En vez de eso, apartó las mantas y se colocó sobre ella. Por un momento se limitó a mirarla, a contemplar su belleza, tan dulce y llena de vida. Entonces bajó la mirada hacia la carne trémula de entre sus muslos y gimió.

Parecía tan húmeda...

Desde el momento en que la desnudó por primera vez, aquel día en el cuarto de baño y a luz de las velas, había deseado aquello. Quería enterrar su cara entre los muslos y saborear su esencia.

Oyó el débil gemido de Tara cuando bajó la cabeza hacia su estómago, y volvió a oírla gemir más fuerte cuando le tocó la piel con la boca. Respirando entrecortadamente, le colocó las manos en los muslos y le hizo apartar las piernas mientras la lengua se deslizaba por la suave piel de su vientre.

Gimiendo una y otra vez, Tara se estremeció y levantó las caderas en un intento por mostrarle lo que quería y dónde lo quería. Y Clint, con su mente absorbida por el más ferviente deseo y el cuerpo duro como una roca, sólo pudo hacer lo que ella pedía.

Pero lo haría lentamente, pensó mientras pasaba la punta de la lengua sobre el botón abultado e incandescente de su ardorosa feminidad.

El grito de placer extremo que surgió de la garganta de Tara casi lo desarmó, pero siguió en su empeño particular. Como un hombre muerto de hambre, la atacó con su lengua y sus labios, lamiendo, succionando, mordiendo y sorbiendo como si estuviera devorando un manjar celestial.

Intentó aminorar el ritmo a medida que la acercaba al clímax, pero el convulsivo cuerpo de Tara no admitía más demora. Sus muslos temblaban febrilmente, anticipándose a la inminente explosión.

Y cuando Clint sintió cómo se ponía rígida, llevó

una mano a su entrepierna y le introdujo dos dedos mientras con la boca seguía consumiéndola.

Los espasmos del clímax lo rodearon, y los gritos de Tara pronunciando su nombre lo enloquecieron de deseo, de modo que, cuando ella le tendió los brazos, él se irguió, se puso rápidamente un preservativo y la penetró sin perder un segundo.

Sus embestidas fueron tan frenéticas y fogosas como había sido su lengua. Tara se movía a su ritmo, agitando la cabeza de lado a lado mientras se deshacía en jadeos y gemidos, pero mantuvo los ojos cerrados en todo momento.

Aquel gesto lo tocó en lo más profundo de su ser y, por primera vez en mucho tiempo, lo hizo sentirse querido y apreciado.

Su deseo por aquella mujer era tan fuerte que llegaba a ser doloroso. Pero no tenía nada que ofrecerle; nada, salvo un pasado y la herida que seguía atormentándolo allá adonde fuera.

Tara se merecía mucho más. Merecía tener a un hombre íntegro, no a un hombre con el corazón calcinado.

Pero aquella mañana, mientras ella se retorcía y gemía enloquecidamente bajo su cuerpo, mientras él se envolvía con el deleitable calor de su sexo, mientras la sentía estremecerse con las últimas sacudidas de placer, cedió a ese ideal utópico y desmedido.

Y justo entonces cedió a su propio orgasmo.

—¡Oh, Dios mío!

La exclamación indudablemente femenina procedente del salón despertó a Tara con un sobresalto. Con los ojos nublados y el cuerpo rígido, se sentó en la cama y miró a su alrededor, intentando orientarse.

–¿Qué ha sido eso? –preguntó en un susurro, tanto a sí misma como a Clint.

–Creo que ha sido Jane.

Tara giró la cara hacia él y se aferró la sábana contra el pecho.

–Está en casa.

–Eso parece.

–¡Andover! –esa vez fue una voz masculina, profunda y resuelta, la que resonó por toda la casa–. ¿Estás aquí?

Clint se apoyó sobre un codo, quedando su pecho y la cicatriz ocultos tras la almohada.

–Parece que David Sorrenson la ha traído a casa.

–Pareces estar muy tranquilo al respecto.

–Y tú estás demasiado nerviosa –respondió él con una sonrisa seductora–. Vamos. Túmbate.

–Pero entonces pensarán que no estamos y se marcharán.

–Ojalá.

–¿Tara? –la llamó Jane con voz inquieta–. ¿Tara? Tara, por favor, ¿estás aquí?

–Voy enseguida, Jane –respondió ella, levantándose de la cama. Se puso la bata y miró a Clint–. Ha pasado algo malo, lo sé. ¿Vienes?

Él asintió. Su expresión también se había ensombrecido al oír el tono de preocupación de Jane.

–Ve tú primero. Enseguida voy.

Sin esperarlo, Tara salió corriendo del dormitorio y fue hacia el salón. Allí vio a Jane, sentada junto a la mesa donde habían cenado la noche anterior. Parecía muerta de miedo.

Tara fue hacia ella y le rodeó los hombros con un brazo.

–¿Qué ocurre? ¿Estás bien?

–No –dijo ella, sacudiendo la cabeza–. Es... esto –le mostró un pedazo de papel–. Esta carta...

Una punzada de pánico traspasó a Tara al contemplar el papel de color crema que Jane sostenía en su temblorosa mano. Otra carta. Y esa vez la había encontrado Jane.

–Estaba pegada a la puerta cuando hemos llegado –explicó David, que estaba junto a la entrada del salón–. Iba dirigida a Jane, así que...

–Pensé que era una nota que me habíais dejado vosotros –dijo Jane. Miró a Tara y luego desvió la mirada a su lado.

Tara miró por encima del hombro. Clint estaba a un metro y medio de distancia, enteramente vestido y con ojos fríos como el hielo.

Clint se apoyó contra la puerta y se cruzó de brazos.

–Siento haberos molestado, pero...

Clint hizo un gesto con la mano.

–No importa. ¿Has dicho que esta carta estaba pegada a la puerta? ¿No estaba en el buzón?

David asintió.

–No tiene sello, ni remite ni nada.

–Sólo mi nombre escrito en el sobre –añadió Jane.

–¿Cómo demonios habrá podido ese bastardo despistar a mi hombre?

–La carta dice que Autumn no es mía –dijo Jane, sacudiendo la cabeza–. No lo entiendo. Siento que debería entenderlo, pero no es así.

Tara le puso una mano sobre las suyas, intentando tranquilizar a su amiga.

–Está bien. No te presiones a ti misma por algo que no puedes controlar.

Clint masculló una maldición y extendió la mano hacia Jane.

–¿Puedo verla?

Jane asintió temblorosamente y le tendió la carta. Tara se irguió y leyó por encima del hombro de Clint. Las palabras, escritas a máquina, eran escalofriantes.

Has robado a la niña.
Eres una ladrona y una mentirosa.
Recibirás lo que mereces.
Nadie puede protegerte ahora.

Clint levantó la mirada y miró a David con una ceja arqueada.

–Demasiado atrevido, ¿no te parece?

–Quien lo ha escrito no tiene miedo a nada –observó David.

Tara suspiró.

–Quienquiera que lo haya hecho no siente la necesidad de esconderse tras la oficina de correos ni de preocuparse de tus vigilantes.

–El típico comportamiento de un psicópata –dijo Clint, sosteniendo la carta al trasluz–. Incrementar el envío de cartas y mostrar una descarada indiferencia por el espacio privado de la víctima.

David carraspeó.

–Creo que deberías pensar en cambiar a Jane de sitio.

Tara se acercó a Jane.

–¿No nos estará observando esta persona?

Quiero decir… ¿no deberíamos actuar como si estuviéramos asustados?

—Debemos actuar con frialdad e inteligencia, Tara —declaró Clint duramente.

—Claro que sí —corroboró ella—. No estoy diciendo que…

—Tienes que abandonar tu obstinación y pensar en el bienestar y la seguridad de Jane.

—Ya estamos otra vez con lo mismo, ¿no? —espetó ella, plantando las manos en las caderas y entornando la mirada—. Llámame lo que quieras, Andover, pero estoy pensando más que nadie en el bienestar de Jane, y por eso mismo opino que sacarla de aquí sería un error.

Clint arqueó las cejas.

—¿Se trata de que ella esté en mi casa? ¿O de que yo no esté aquí?

Tara aspiró hondo, sintiéndose como si acabara de recibir un puñetazo en la garganta.

—Te diría que te largaras de aquí, pero no creo que tu cabeza pasara por debajo de la puerta.

—¡Ya basta!

Tara y Clint se volvieron hacia Jane.

—Decidiremos dónde debo estar ahora mismo, pero antes tengo una pregunta que hacer —dijo, con un nuevo brillo de determinación en sus ojos violetas—. ¿Ha habido más cartas?

Tara miró a Clint, quien, con la mandíbula apretada, asintió.

—¿Cuántas? —preguntó Jane.

—Dos más.

—¿Y por qué no me lo habéis dicho? ¿Es que ninguno pensó que fuera de mi incumbencia?

—Creímos que era lo mejor, Jane —explicó Tara,

111

invadida por la culpa–. No queríamos asustarte. Pero fue un error. Tenías derecho a saber lo que estaba pasando. Lo sentimos mucho.

Su amiga asintió.

—Gracias —dijo, y soltó un pesado suspiro–. Bueno, ¿qué vamos a hacer ahora?

Cuando Clint habló, su voz carecía de toda furia o frustración. Al contrario. Su actitud era tranquila e impecablemente profesional.

—David, llévate a las mujeres a tu casa y…

Tara negó con la cabeza.

—Clint, no pienso irme de mi casa sólo porque algún chiflado…

—Tara —la interrumpió él, clavándole la mirada. Sus penetrantes ojos azules le recordaron que era el hombre con quien acababa de hacer el amor, el hombre que ahora le pedía que olvidara sus ridículas discusiones y confiara en él–. No discutas conmigo en esto, ¿de acuerdo?

A Tara se le encogió el corazón. Abandonó su furia y aceptó la sensata propuesta de Clint.

—De acuerdo. Pero iré en mi coche. Tengo que trabajar esta noche.

—Tal vez deberías pedir que alguien te…

—Clint.

Él asintió.

—De acuerdo —aceptó, y se volvió hacia David–. Tenemos que ponernos en marcha.

—Yo me ocuparé de todo —dijo David–. No te preocupes por nada.

Clint agarró su abrigo y las llaves y se dirigió hacia la puerta.

—Os veré después.

—¿Adónde vas? —le preguntó Tara sin poder evitarlo.

112

–Mientras David os lleva al rancho, yo voy a hacer unas cuantas llamadas.

–¿Nos vemos dentro de un par de horas? –le preguntó David.

Clint asintió y se giró hacia Tara.

–Prometí que me ocuparía de esto y eso haré.

–Lo sé –dijo ella, esbozando una tímida sonrisa.

–Ten cuidado.

Aunque la mirada de Clint seguía siendo dura y severa, Tara vio un atisbo de sonrisa en sus labios.

–Y tú también –dijo ella.

Los hombres del Texas Cattleman's Club se habían reunido en la sala de fumadores, y hablaban en voz baja mientras tomaban whisky escocés en gruesos vasos de cristal. Varios miembros estaban sentados junto a la barra ornamentada, intercambiando impresiones con los camareros.

–Es obvio que nos han dado falsas esperanzas –dijo Alex en tono forzado.

–Y parece que estamos siguiendo un rastro de migas de pan –añadió David secamente.

Ryan lo corroboró y desvió la mirada hacia Clint.

–¿Qué tiene que decir tu hombre al respecto?

Clint soltó un profundo suspiro.

–Me ha asegurado que no dejó de vigilar la casa en ningún momento.

–Entonces, ¿cómo explica que la carta llegara hasta la puerta?

–No se lo explica.

Alex frunció el entrecejo.

–¿Y adónde nos lleva esto?

—A un examen más riguroso de esta última carta –respondió Clint, sintiendo cómo lo invadía la frustración.

—Pero no crees que en el laboratorio encuentren nada, ¿verdad? –le preguntó Ryan con dureza, antes de tomar otro trago de whisky.

Clint negó con la cabeza.

—Quienquiera que sea el que está detrás de todo esto es ingenioso, rápido y difícil de atrapar.

Antes, en el laboratorio, Clint se había encerrado en una de las salas y había realizado él mismo los análisis de la carta en busca de cualquier cosa: huellas, fibras, fluidos corporales, incluso una muestra de ADN. Pero no había encontrado nada.

Apenas podía contener la frustración, y se negaba a reconocer su fracaso en la búsqueda de pistas e indicios.

—Bueno… –David acabó su bebida y se recostó en el respaldo del sillón con un suspiro–. Parece que vamos a tener pelea.

—Estoy preparado para una buena pelea –declaró Ryan, echando destellos por los ojos–. Será como echarle el lazo a un buey difícil.

Alex se echó a reír.

—Aún no has olvidado esa vida, ¿eh?

—Cierra la boca, Kent.

—Muy bien, chicos –los interrumpió David con una paciente sonrisa–. Volvamos a lo que nos ocupa.

—Tenemos que mover ficha –dijo Clint, observando uno por uno a los demás en busca de sugerencias.

—Creo que lo primero es sacar a las dos mujeres de esa casa –propuso David.

—Estoy de acuerdo –afirmó Clint.

114

La discusión que había tenido con Tara esa mañana le invadió la mente como un torrente de agua helada. Había dicho cosas absurdas y estúpidas, más propias de un niño que de un hombre. O, más bien, propias de un hombre que temía perder algo que le era demasiado preciado.

Aquella noche le pediría disculpas a Tara, y tal vez incluso admitiera su deseo de que ella permaneciera cerca de él.

–¿Quién está ahora de guardia? –preguntó Ryan.

–Mi amigo del departamento de policía esta con ellas –respondió Clint.

–¿Adónde deberían ir? –preguntó Alex alzando las cejas–. Podrían quedarse donde están, en el rancho de los Sorrenson.

David dejó el vaso en la mesa y asintió.

–Tenemos sitio de sobra.

No era una mala idea. En realidad, era la opción más sensata. Pero Clint no podía aceptarla sin más. Había jurado proteger a Jane y a Tara a toda cosa, y eso era lo que iba a hacer.

–Las llevaré a mi casa –informó, elevando la voz por encima de las conversaciones que llegaban desde la barra–. Puede ser más inexpugnable que una fortaleza, si hace falta.

–Tara podría meterte en problemas –se aventuró David.

Ya lo estaba metiendo en problemas, pensó Clint con una sonrisa irónica, pero no estaba dispuesto a admitirlo ante sus compañeros.

–Vamos –dijo, con más convicción de la que sentía–. Me la llevaré conmigo aunque tenga que sacarla a rastras de su casa.

David se echó a reír.

—Eso suena muy interesante.

—Suena peligroso –añadió Ryan, moviendo las cejas.

Alex le dio a Clint una palmada en la espalda.

—Suena a problemas.

—No os podéis imaginar cuánto –murmuró él–. Supongo que en estos momentos se sentirá tan frustrada y aburrida que intentará convencer a las chicas para deshacerse de mi colega policía y salir a alguna parte.

—No hará algo así –dijo Alex, sorprendido.

—Oh, sí, sí que lo hará –repuso Clint, sacudiendo la cabeza–. Y que me condenen si su comportamiento alocado no es una de las razones por las que estoy loco por ella.

Capítulo Diez

La zorra sería suya.

La impaciencia le recorría las venas mientras se inclinaba hacia delante en el sillón de su despacho y agarraba el vaso de whisky. Conseguir lo que deseaba, aquello que había ido a buscar, llevaría más tiempo.

No se le daba bien esperar, pero no tenía más remedio. No había contado con aquel grupo de vaqueros protegiendo a su presa.

Pero ellos tampoco habían contado con él.

La enfermera estaba cada vez más inquieta y asustada, y Andover no tenía ninguna pista. Había estado tan ocupado acostándose con ella que se había olvidado de sus hombres. El pobre tipo que estaba de guardia se había quedado dormido durante un par de minutos, y eso era todo el tiempo que el diablo necesitaba para hacer su trabajo. O para enviar a uno de sus demonios a que lo hiciera por él, pensó con una amplia sonrisa.

Apuró el vaso y agarró el teléfono. Guardaba otro as en la manga para la enfermera y su amante, y ya era hora de sacarlo.

–¿Estamos listos? –preguntó.

–Todo está preparado, jefe –respondió la nerviosa voz de Jason Stokes al otro lado de la línea.

–Eso espero, por tu propio bien.

—Pero como ya le dije antes, señor, si alguien está en casa… podría morir.

—Me importa un bledo —espetó él, gruñendo cansinamente—. Lo único que me interesa es conseguir mi dinero. Cómo se consiga no es asunto mío. ¿Está claro?

—Sí, señor —respondió Jason débilmente.

—Bien. Entonces ocúpate de ello.

Colgó sin esperar respuesta. No la necesitaba. Sabía que Stokes entendía lo que pasaría si no hacía bien el trabajo. ¿Cómo no entenderlo, si las heridas apenas habían cicatrizado desde la última vez que el muy imbécil desobedeció una orden?

Se levantó y se acercó a la ventana de su despacho para contemplar Royal a sus pies. Dios, tenía que salir de aquella maldita ciudad. Pero no sin antes haberse vengado de la mujer que le había robado… y de conseguir las dos cosas a por las que había ido

El bebé y el medio millón de dólares.

Capítulo Once

–¿Tenía o no tenía razón? –preguntó Tara, mirando con expectación a Jane y Marissa mientras señalaba un bonito árbol de Navidad.

–Sí, tenías razón –corroboró Marissa con una amplia sonrisa.

–Sólo su fragancia basta para subir el ánimo, ¿verdad? –dijo Tara.

Jane asintió, abrazando a Autumn contra su pecho.

–Es precioso.

–¿No crees que será demasiado alto para mi salón?

–En absoluto –negó Jane.

Marissa soltó un resoplido en el frío aire de la tarde.

–Deberíais ver el árbol que David trajo a casa el otro día. Dijo que era el primero de muchos regalos. Parece que había estado creciendo en algún bosque de Oregón durante treinta años.

–Pero te encanta –dijo Tara.

–Por supuesto.

–Ah, los mimos de los recién casados…

–Tú también podrías disfrutar de esos mimos, Tara –dijo Marissa pensativamente.

Jane se echó a reír.

–Bueno, primero tiene que admitir que está enamorada.

A Tara se le escapó un gemido. No por oír en voz alta lo que ella pensaba, sino por darse cuenta

119

de que sus amigas veían lo que había en su corazón. ¿Cómo podía ella, la sensata y reservada enfermera Roberts, ser tan transparente?

Se tocó el rostro, preguntándose por un momento si llevaría escrito con letras rojas «Amo a Clint Andover».

Mientras uno de los jóvenes dependientes pasaba junto a ellas con una vara de medir en la mano, Marissa se inclinó hacia ella para susurrarle algo.

—David me habló de ese invitado que pasó la noche en tu casa.

Tara sintió que se ponía colorada... y no tenía nada que ver con el frío.

—David es un bocazas.

—Una boca con la que besa de maravilla, querida —respondió Marissa moviendo las cejas.

Jane soltó una carcajada. También lo hizo Marissa, y Tara no tardó en imitarlas.

Había pasado mucho tiempo desde que se sintiera tan a gusto con la amistad. Quería mucho a las otras enfermeras del hospital, naturalmente, pero aquello era distinto. Con sus verdaderas amigas podía hablar de cualquier cosa y reírse como una tonta, y eso era algo que agradecía enormemente... aunque eso supusiera revelar sus más íntimas emociones.

—Eh, mirad —exclamó Marissa—. Ahí está Santa Claus —tocó la mano de Jane—. ¿Te importa si me llevo a Autumn a verlo?

—No, claro que no —respondió Jane y le tendió a la niña, que lo miraba todo con ojos muy abiertos.

Marissa se la llevó hacia la multitud que se congregaba en torno a Santa Claus, dejando solas a Tara y a Jane. Por primera vez aquel día, Tara se fijó en la expresión de inquietud de su amiga, la misma que había ensombrecido su rostro cuando vio la carta.

—No puedes dejar de pensar en la carta, ¿verdad?

Jane sacudió la cabeza.

—Ojalá me hubieras hablado de las otras.

—Lo siento mucho. Pensamos que lo último que necesitabas era otra cosa de la que preocuparte.

—Lo sé —murmuró Jane, sentándose en un banco con expresión afligida.

—Todo saldrá bien —le aseguró Tara, aunque ella no estaba tan segura.

—¿Crees que Autumn está a salvo?

—¿En casa de David y Marissa?

—En general. ¿O crees que este maníaco no se detendrá hasta conseguir lo que quiere?

—No lo sé —respondió sinceramente—. Pero sí sé que Clint, David y el resto del Texas Cattleman's Club no se rendirán hasta atraparlo.

Jane asintió con firmeza, pero era obvio que sus temores no se habían mitigado.

—El club lo forman un grupo de hombres increíbles —siguió Tara—. Te prometo que llegarán al fondo de todo esto.

—Si pudiera recordar algo… —dijo Jane—. Podría ayudar.

Tara le apartó un mechón de pelo oscuro de la cara, colocándoselo detrás de la oreja.

—Pronto recuperarás la memoria. Sólo es cuestión de tiempo.

—Pero ¿y si se me estuviera acabando el tiempo, Tara?

Las dos mujeres se miraron en silencio, buscando las respuestas en los ojos de cada una.

121

A varios metros de distancia, junto a Santa Claus, Marissa les hacía gestos con el brazo libre.

–Autumn es la siguiente. Va a sentarse en el regazo de Santa Claus. Vamos, venid.

Una repentina sonrisa iluminó el rostro de Jane.

–Esto tengo que verlo.

–Y yo –corroboró Tara, y las dos se dirigieron al grupo de niños entusiasmados y padres orgullosos.

–Voy a quedarme con Autumn esta noche también, si no te importa.

–Oh, Jane, claro que no me importa. Lo entiendo perfectamente.

–Ojalá no tuvieras que volver a casa después de tu guardia.

–Tengo que dejar este árbol en alguna parte, ¿no?

–Tara...

Se había pasado toda la tarde pensando en las cartas y en la seguridad de su hogar, y sentía que la cabeza le pesaba tanto como el corazón. ¿Qué sería lo más sensato?

–He trabajado muy duro para tener esa casa –dijo–. Y siento que debería permanecer en ella –soltó una pequeña carcajada–. Mi madre se pondría furiosa si me asustara por unas simples amenazas.

Jane suspiró.

–A Clint no va a gustarle, Tara.

–No puedo preocuparme por lo que a Clint le guste o le deje de gustar. Lo único que importa es que Autumn y tú estéis seguras.

–Estaré bien. Y no permitiré que nada ni nadie haga daño a mi hija. Haré lo que haga falta para que no le pase nada.

La férrea determinación de Jane hizo que a Tara se le encogiera el corazón.

–No puedo imaginarme el lazo tan fuerte que debe de haber entre una madre y su hija.

Jane la tomó de la mano y la condujo al principio de la cola, donde Autumn estaba siendo arrullada en los brazos de Santa Claus.

–Como ha dicho Marissa, tal vez lo descubras algún día.

–Tal vez.

Y, por primera vez en su vida, se preguntó si una idea tan maravillosa sería posible.

Eran casi las dos y media de la mañana cuando la luz de unos faros entró por la ventana.

Clint se sentó en el salón de Tara, a oscuras, y esperó a que los faros se apagaran con la vista fija en la puerta. A los pocos segundos oyó unas pisadas femeninas que se dirigían a la entrada y una llave girando en la cerradura.

La luz del vestíbulo se encendió y mostró a Tara con su uniforme de enfermera y los mechones rubios rodeándole el rostro… un rostro alarmado.

Enseguida reconoció a Clint y sacudió la cabeza.

–Cielos, Andover. Me has dado un susto de muerte.

–¿En serio?

–Sentado ahí a oscuras, como una especie de… –se interrumpió y respiró hondo.

–¿Una especie de qué?

Tara ignoró la pregunta. Cerró la puerta y entró en el salón.

–¿Qué estás haciendo aquí? ¿Guardando mi árbol de Navidad?

Clint ni siquiera se molestó en sonreír.

–No le tienes ningún respeto a la autoridad, ¿verdad?

–Claro que sí –replicó ella, dejando su bolso en la mesa–. Siempre que la autoridad sea razonable.

–¿Y te parece que mis exigencias no lo son?

Ella se sentó en el sofá, frente a él, y levantó las manos en el aire.

–Sólo fuimos a buscar un árbol a un lugar público. No es para tanto.

Lo estaba volviendo loco. No sólo afectaba a su cuerpo, sino también a su cabeza.

–No se trata del árbol, Tara. Se trata de tú aquí, sola. Por amor de Dios, acabas de llegar a una casa supuestamente vacía. Cualquiera podría haber estado esperándote.

–Tú estabas esperándome.

–Desisto –masculló él entre dientes–. Eres imposible.

–Clint, el tipo de las cartas no va detrás de mí.

–A esa gentuza no le importan los detalles. Se limitan a actuar y ya está, y casi siempre del modo más… absurdo.

–Las cartas iban dirigidas a Jane, no…

Clint se puso en pie de un salto.

–¿Por qué no puedes confiar en mí simplemente? ¿Tan difícil te resulta?

–Sí –respondió ella, en un tono desprovisto de toda emoción.

–¿Por qué?

Ella no apartó la mirada, pero tampoco dijo nada, y Clint sintió el deseo de agarrarla por los hombros y sacudirla. Su paciencia pendía de un hilo aquella noche. Después de haberse dejado la piel para descubrir al bastardo que iba tras Jane y Autumn, y no haber conseguido nada, no estaba dispuesto a consentir que Tara se salieran con la suya.

De una zancada se acercó al sofá, la agarró de la mano y tiró de ella para levantarla.

—¿Por qué, Tara? ¿Crees que es peligroso confiar en alguien? ¿Crees que si lo haces perderás el control?

Ella levantó ligeramente la barbilla.

—¿Lo dices por ti mismo, Andover?

—Tal vez… y tal vez por eso me resulta tan fácil comprenderte.

Ella sacudió la cabeza. Los ojos le ardían de frustración.

—Al igual que tú, el control es todo lo que tengo.

—Eso son tonterías.

—No, es supervivencia. Siempre lo ha sido.

Clint la comprendía demasiado bien. Ésas también habían sido sus palabras, el mantra que se había repetido incontables veces. Pero si aceptaba aquella actitud en sí mismo, ¿por qué no podía aceptarla en ella?

—No creo que tengas tanto control sobre ti misma como piensas, Tara —dijo, llevando una mano hasta su nuca, suave como la seda.

—¿Qué quieres decir?

—Esta noche has vuelto a venir sola. Has dejado que Jane se quede en casa de los Sorrenson.

—Estará a salvo con David y Marissa, ¿verdad?

—Sí, estará a salvo.

—¿Pero?

La palma de Clint se endureció contra su nuca.

—Pero tal vez tú no lo estés.

—Contigo aquí para protegerme…

—No es ésa la única razón por la que estoy aquí.

–¿No?

Él negó con la cabeza y deslizó una rodilla entre sus muslos.

Tara ahogó un gemido.

–¿Estás aquí porque quieres estar conmigo?

–Siempre quiero estar contigo –admitió él, apoyando la frente contra la suya–. Me estoy volviendo loco de deseo por ti.

A pesar del agotamiento tras haber culminado su guardia en el hospital, Tara sintió un arrebato de calor en el estómago. No la sorprendió su reacción. No podía esperar otra cosa, viéndolo allí frente a ella, vestido de negro, con la camisa abierta por el cuello. Su proximidad, su olor, su tacto…

–Si algo te pasara, no sé lo que… –empezó él.

–No va a pasarme nada –insistió ella con la vista fija en sus labios. Necesitaba volver a sentirlos–. Tú estás aquí.

Levantó el rostro y lo besó en la boca. Un gemido escapó de los labios de Clint, que la rodeó con un brazo por la cintura y la apretó contra él, aplastando los pechos contra su recio torso. Tomó posesión de su boca y le devolvió el beso con un fervor frenético.

Tara sintió que algo explotaba en su interior mientras le lamía el labio inferior. Se imaginó llegando todas las noches a casa y encontrándoselo allí, esperándola, saludándola con besos como aquél y llevándola a la cama.

La cama de ambos.

Se estaba volviendo loca. ¿La cama de ambos?

No podía pensar en algo semejante. Algo que inevitablemente acabaría tras unas pocas noches de pasión, cuando todo se hubiera dicho.

Se apartó un poco, lo justo para ver las cosas en perspectiva. Necesitaba un momento para enfriar sus pensamientos y ciertas zonas de su cuerpo.

—¿Qué te parece el árbol?

—Muy bonito.

—No te importa lo más mínimo, ¿verdad?

—La verdad es que no.

Tara se echó a reír.

—Tú y este lugar necesitáis un poco de espíritu navideño, Andover.

—¿Qué tienes pensado? —preguntó él, rozándole más íntimamente el muslo con la pierna.

A Tara le palpitaron las sienes de un modo ensordecedor, y apenas pudo encontrar el aliento para hablar.

—En luces, adornos, tal vez un par de villancicos…

—Yo no canto —dijo él, moviendo las manos sobre su cuerpo.

—¿No?

—No —se detuvo en la cintura de los pantalones. Un estremecimiento de expectación la recorrió.

—¿Sabes hacer música de otras maneras?

Con una amplia sonrisa, Clint le desabrochó los pantalones y se los deslizó por las caderas.

—Enfermera Roberts, ¿te estás insinuando?

—Sí, creo que sí —admitió ella, echándole los brazos al cuello y tomando posesión de su boca… igual que él había tomado posesión de su corazón una vez, tantos años atrás.

Con la barbilla apoyada en la palma de Clint y la pierna sobre su muslo, Tara sacudió la cabeza y sonrió al ver el estado de la habitación. El sofá estaba sin cojines, la mesa estaba volcada y los objetos, desperdigados por el suelo. Y Clint y ella sólo estaban desnudos de cintura para abajo.

El deseo mutuo había sido tan frenético y apremiante que no se habían molestado con tonterías como llegar hasta el dormitorio o desnudarse por completo.

Eso lo dejarían para más tarde.

–Dime algo que nadie sepa –le susurró ella al oído.

–Mmm, algo que nadie sepa… –repitió él, estirándose y acariciándole el trasero–. Tienes una marca de nacimiento con forma de fresa detrás de tu oreja derecha.

Tara le dio un cachete juguetón.

–No me refiero a esa clase de cosas. Algo sobre ti que nadie sepa. Y por cierto, hay otros que conocen esa marca de nacimiento.

La expresión de Clint se tornó ligeramente irritada.

–¿Quiénes?

Ella se echó a reír por aquel repentino ataque de celos.

–Te lo diré, pero tienes que prometerme que no te lo tomarás a mal.

–No me lo tomaré a mal –murmuró él con un gruñido–. ¿Quién ha visto esa marca?

–Mi madre y mi médico.

Fue el turno de Clint de darle un cachete en el trasero.

–Bueno, supongo que entonces no hay problema.

–Hablas como un amante posesivo, ¿lo sabías?

–No me importaría poseerte de nuevo –susurró él contra su cuello.

–¿Por una noche?

Lo preguntó sin pensar, pero era una pregunta tan simple como parecía. Tal vez se lo estuviera preguntando a ella misma tanto como a él.

–Tara –la apretó con fuerza y la besó tiernamente en la boca–. Ojalá pudiera ofrecerte más…

–Lo sé.

–Quiero ofrecerte más –aclaró él en tono arrepentido–. Pero no puedo.

–¿Por culpa del pasado? –lo presionó ella, preguntándose por qué tenía que saberlo. ¿Por qué no podía limitarse a disfrutar del tiempo que tuvieran, sin preguntas ni vanas esperanzas?

–La única verdad es que no tengo nada más que dar. Se deba o no al pasado… –inspiró bruscamente–. Lo que importa es que tú te mereces más.

Una garra invisible atenazó el corazón de Tara. No estaba de acuerdo con sus palabras. Ella lo merecía, y él se la merecía. Pero era obvio que él no estaba preparado para reconocerlo. Así que, de momento, ella le daría únicamente aquello para lo que estaba preparado. Movió la cabeza y lo besó lenta y embriagadoramente.

–Cuéntame algo que nadie sepa, Tara –le pidió él.

–Que no eres tan gruñón como pareces –dijo ella, mordiéndole el labio inferior–. Que en el fondo eres como un osito de peluche.

–No –le puso un dedo bajo la barbilla y le hizo levantar la mirada–. Algo sobre ti. Algo verdadero.

La necesidad de que se abriera a él desgarró a Tara por dentro. El dolor que encerraban aquellos ojos era tal que nadie, ni siquiera ella, podía imaginárselo.

¿Podría ayudarlo a borrar ese dolor si él le daba tiempo?

Lo miró fijamente y sin pestañear y se dispuso a abrir las puertas de su corazón.

—Hay algo que ni siquiera yo sabía hasta hace poco.

—¿Qué es, Tara?

—Deseo amar y ser amada —confesó ella, sintiéndose henchida por la emoción.

Clint no pareció asustarse. Al contrario. Se la colocó sobre el regazo y la besó con dulzura.

—Y yo te deseo a ti.

Se dispuso a quitarle la parte de arriba del uniforme, pero ella lo detuvo.

—¿Me dejas verte? —le preguntó suavemente—. ¿Me dejas ver todo tu cuerpo?

Sintió que Clint se ponía rígido y vio cómo sus ojos se oscurecían peligrosamente.

—Tara…

—Por favor, Clint. Yo me he desnudado ante ti muchas veces. Por favor.

Vio cómo luchaba consigo mismo por darle una respuesta y se compadeció de él. Pero sabía que aquella vez Clint necesitaba ceder.

Y cuando finalmente lo hizo, cuando respiró profundamente y asintió, ella sonrió.

Sentada a horcajadas en su regazo, empezó a desabrocharle lentamente la camisa, preparándose para ver lo que escondía la tela negra, para lo que Clint tanto temía mostrar.

Y cuando le abrió la camisa y contempló la marca de su dolor, de ese dolor que llevaba tres años soportando, lo único que pudo pensar fue lo hermoso que era el hombre que tenía delante.

Clint la estaba mirando con los ojos entornados y la mandíbula tensa. Tara sabía que estaba esperando un gemido ahogado por su parte, tal vez un escalofrío o incluso un chillido al ver la larga y roja cicatriz que le cruzaba el pectoral izquierdo.

Pero lo que ella hizo fue acariciarlo con la mayor suavidad posible. Y al hacerlo, sintió cómo todos los músculos de Clint se endurecían como el granito.

–Una cosa más… –dijo, al tiempo que se quitaba la parte de arriba y se desabrochaba el cinturón–. Tengo que sentirte contra mí.

¿Cuándo se había convertido en aquella mujer salvaje y hedonista?, se preguntó mientras rozaba sus pezones contra el pecho de Clint. Éste soltó un gruñido y llevó la boca hasta sus senos, sorbiendo una punta y luego la otra.

Tara se olvidó de todo lo demás. Se aupó lo suficiente para encontrar el miembro erguido de Clint y descendió sobre el mismo. Una sensación intensa y febril se propagó por su interior y la hizo gritar de placer.

Aquel hombre, el hombre al que había llegado a amar, la hacía sentirse incomparablemente feliz. Una felicidad profunda y verdadera que la acompañaría para siempre, sin importar cuál fuera el final de aquella aventura.

Clint la agarró por las caderas y ella lo montó desbocadamente, sin pensar siquiera en apaciguar el ritmo frenético. Quería hacerlo sentirse tan feliz como él la hacía sentirse a ella.

Pero entonces Clint profundizó en sus embestidas, al tiempo que la hacía mecerse hacia delante y atrás, obligándola a que su mente y su cuerpo cabalgaran al compás.

Un calor cegador prendió en lo más hondo de Tara y emergió a la superficie. Quería retener aquel placer y al mismo tiempo quería recibir más de Clint... Era una sensación completamente nueva, una emoción íntima y mágica.

Intentando contener los restos de cordura y los deseos de su cuerpo desatado, hundió los dedos en el pecho de Clint, en la cicatriz ardiente.

—Sí —exclamó él con un gemido gutural. Le agarró las manos y le hizo ahondar más en su carne.

Y entonces ella perdió por completo el control. Ella, que se había jurado no perderlo jamás. Y cuando el orgasmo la sacudió, Clint la siguió y durante unos segundos gloriosos los dos movieron simultáneamente, hasta que ella se desplomó sobre él.

Permanecieron aferrados el uno al otro, empapados de sudor. Tara pensó entonces en decirle que lo amaba, pero rápidamente cambió de idea. Se estaría dejando llevar por las emociones, no por el sentido común. Y además, sabía que no podría soportar la reacción de Clint si él no sentía lo mismo.

Y lo más probable era que no sintiese lo mismo.

—Creo que debería llevarte a la cama —le susurró él, acariciándole la espalda.

—¿Aún quieres más? —preguntó ella con una sonrisa.

—Me refiero a dormir —se irguió hasta sentarse y la abrazó por la cintura—. Debes de estar rendida.

—La verdad es que estoy sorprendentemente despejada —replicó ella, mordiéndole juguetonamente el labio inferior.

—Vaya... ¿Y qué podemos hacer al respecto?

Tara no tuvo oportunidad de descubrirlo, porque en aquel momento empezó a sonar el móvil de Clint.

Él maldijo en voz alta.

–No pasa nada –dijo ella, levantándose de su regazo.

Una expresión de enojo y remordimiento cubrió el rostro de Clint.

–Lo siento. Mi ayudante está analizando la carta, y le dije que me llamara en cuanto descubriera algo.

–Nos vendrá bien un pequeño descanso –dijo ella con una sonrisa–. Voy a buscar un poco de zumo. ¿Te apetece?

–Gracias –le devolvió la sonrisa y sacó el móvil de su chaqueta–. ¿Diga?

Tara se envolvió en una manta y se dirigió hacia la cocina mientras intentaba seguir el hilo de la conversación.

–Hola, Ted… Éste no es un buen momento… ¿Se refería a las cartas?

A Tara se le aceleró el pulso mientras servía dos vasos de zumo. Clint no estaba hablando con su ayudante. ¿Y quién era Ted?

–¿Dónde está ahora? –preguntó él con voz grave–. De acuerdo. Estaré ahí en diez minutos.

Tara dejó los vasos en la encimera y volvió al salón.

–¿Qué ocurre?

–Era mi amigo de la comisaría. Tienen a un hombre bajo custodia –explicó él mientras se vestía–. Podría ser el bastardo que ha estado enviando las cartas. Tengo que interrogarlo.

–Voy contigo.

–No.

–Clint…

–Quiero que te quedes aquí. Si es nuestro hombre, no quiero que te acerques a él. Ted ha enviado

133

un coche patrulla para vigilar la casa, y yo estaré de vuelta antes del amanecer.

Tara vio cómo se ponía la chaqueta, deseando con todas sus fuerzas que se quedara. Pero no era justo. Habían compartido muchas cosas esa noche. Él había confiado en ella, y ahora ella confiaría en él.

—De acuerdo —aceptó con una sonrisa fugaz.

—¿De acuerdo? ¿Nada más? ¿No vas a discutir?

—Voy a confiar en ti.

Él se acerco a ella, la estrechó entre sus brazos y la besó con pasión. Ella le devolvió el beso con la misma intensidad.

—Volveré en unas horas —susurró él. La soltó y se dirigió hacia la puerta—. En cuanto salga, cierra con llave, ¿entendido?

Ella asintió y, cuando él salió, hizo lo que le había ordenado.

Capítulo Doce

La niña le dio un beso a Tara en la mejilla y luego echó a correr por el césped. Sus grandes ojos azules brillaban con entusiasmo y llamaba a alguien.

Era el hombre que estaba sentado junto a Tara. Un dios alto, moreno y de ojos acerados que volvía loca de amor y deseo a la madre de la niña.

–Papá, empújame –ordenó la pequeña mientras se subía a un columpio. Sus rizos rubios se agitaban sobre sus hombros.

El hombre sonrió, se levantó y fue hacia su hija.

–A tus órdenes, cariño.

Parecían tan cariñosamente unidos… Y cuando el hombre empujó el columpio hacia un cielo azul y despejado, Tara se preguntó qué había hecho para merecerlos.

–¿Mami quiere subirse al columpio? –preguntó la niña.

–No lo sé –respondió el hombre, y se giró para mirar a Tara con sus penetrantes ojos azules–. ¿Quiere?

Tara sonrió.

Estaba soñando y lo sabía, pero dejó que el sueño siguiera su curso, porque en los ojos de Clint Andover brillaba el amor. Un amor que había esperado toda su vida.

En el sueño, se tenían el uno y al otro y tenían a su hija.

Pero como todos los sueños, era perecedero.

Tara luchó con todas sus fuerzas por tener la imagen, pero ésta empezó a desvanecerse lentamente. El radiante cielo azul de su mundo onírico se tornó rosado, luego anaranjado y de repente adquirió un llameante color rojo.

El corazón de Tara empezó a latir con fuerza.

Su familia de ensueño empezó a moverse, como si estuviera en una acera mecánica. El pánico la invadió y luchó por despertar. Pero parecía que no tenía el poder ni la fuerza.

Tampoco tenía voz; no había manera de llamar a su marido y su hija. Intentó alcanzarlos, pero éstos se alejaban flotando hacia atrás, con el ceño fruncido en sus hermosos rostros.

Tara se despertó gritando. Pero nada más sentarse en la cama el grito murió en sus labios y dejó paso a una tos estertórea.

Una densa nube de humo gris la rodeaba.

Le costó cinco segundos darse cuenta de lo que estaba pasando. La casa estaba ardiendo, la alarma no había saltado y si ella no se levantaba enseguida, no volvería a despertarse jamás.

Saltó de la cama y se arrojó al suelo. Tenía que permanecer agachada, reptar hacia la puerta y dirigirse al exterior.

–Por favor, Dios mío… –suplicó en silencio mientras se arrastraba hacia la puerta abierta del dormitorio.

Pero era inútil. El pasillo estaba bloqueado por las llamas.

¿Dónde estaría Clint?, se preguntó frenéticamente. ¿Qué hora sería? ¿Cuánto tiempo llevaba fuera?

Se giró y se dirigió hacia la ventana del dormitorio, gateando sobre brazos y rodillas temblorosas.

Sabía que la ventana estaba asegurada, pero era su única oportunidad.

Una fatiga inmensa se apoderó de ella.

Quería dormir.

Pero sólo estaba a medio metro de la ventana.

«Ya casi estoy. Ya casi estoy».

Apenas podía ver nada a través del humo, y la tos era cada vez más agónica y dolorosa. Finalmente alcanzó la ventana. Pero cuando intentó abrirla le resultó imposible. Sus músculos no parecían responder. Tenía la piel demasiado tensa y ardiente.

Y la mente se le cerraba inevitablemente.

–Clint…

Soltó un último gemido ahogado y se desplomó en el suelo. Todo a su alrededor se oscureció.

–¿Se puede saber dónde has encontrado a este borracho? –le preguntó Clint a su amigo cuando salieron de la comisaría.

Ted Mackay se encogió de hombros. Una expresión de cansancio cubría su rostro.

–En la parada del autobús junto al hospital. A mi compañero le pareció sospechosa su actitud, y más teniendo en cuenta que andaba cerca del hospital.

Clint llegó a su coche y se detuvo antes de abrir la puerta.

–¿Dijo algo revelador?

Ted negó con la cabeza.

–No. Lo siento. Sólo murmuró algo sobre unas cartas que les escribía a las enfermeras.

–¿Y tu compañero lo detuvo sin preguntarle nada más?

–Supuso que…

–Suposición errónea.

–Sí… Bueno, el chico es un novato, y además, ya sabes que tenemos que comprobar cualquier sospecha.

–Lo sé –dijo Clint–. Y te agradezco que me hayas avisado.

–Espero no haber interrumpido nada importante –dijo Ted con una amplia sonrisa.

Una imagen de Tara, desnuda y envuelta con una sábana, cruzó la mente de Clint. Era una verdadera tortura. Y Ted había interrumpido algo ciertamente importante. Lo había sacado de una fantasía.

Respiró hondo. En aquellos momentos, Tara estaría durmiendo plácidamente en su cama, abrazada a la almohada y con las sábanas enredadas en los muslos.

Y él, en cambio, estaba pasando frío en la calle… alejado de ella por culpa de una falsa sospecha infundada.

Le sonrió irónicamente a Ted y subió al coche.

–Buenas noches, amigo.

–Hasta la vista, Andover.

–Avísame si aparece otra pista.

–Descuida.

Clint arrancó el amor, sintiéndose frustrado e impaciente a la vez. Hacía años que no se sentía así, tan desesperado por querer ver a una mujer, por echarla tanto de menos.

Las calles estaban desiertas y oscuras, como era normal a las cuatro y media de la mañana. Pero el silencio lo hizo pensar en aquel caso que seguía sin resolverse… y en las pistas falsas.

El idiota que había detenido Ted se había desmayado a los veinte minutos de que lo encerraran en una celda. Apestaba a alcohol y no se despertó ni

138

cuando Clint lo zarandeó violentamente. Por supuesto, estaban su declaración y la carta que habían encontrado en el bolsillo de su chaqueta, pero nada de eso tenía la menor relevancia. Las cartas que había afirmado enviar no eran más que cartas de amor a media docena de enfermeras del hospital.

Patético.

Sin embargo, a Clint lo complacía saber que su amigo Ted tenía los ojos bien abiertos. Lástima que su compañero novato se precipitara en sacar conclusiones equivocadas, pero todo el mundo se equivocaba alguna vez.

Estaba seguro de que acabaría encontrando al bastardo que acechaba a Jane y Autumn.

Mientras atravesaba la ciudad, vio luz en la panadería y aspiró profundamente el olor a pan recién hecho, rosquillas y canela. Pensó en llevarse unos bollos para desayunar y darle una sorpresa a Tara en la cama.

Estaba a punto de dar media vuelta cuando su móvil empezó a sonar.

–¿Diga?

–He oído que has estado en la comisaría –dijo Ryan Evans yendo directo al grano.

–Las noticias vuelan, por lo que veo. Sí, acabo de salir de allí.

–¿Una pista falsa?

–Así es.

–Lástima.

Clint no estaba de humor para hablar del reciente fracaso, así que cambió de tema.

–¿Qué haces levantado tan temprano? –le preguntó a Ryan.

–Querrás decir qué hago levantado hasta tan tarde –dijo su amigo en tono irónico.

139

—Olvídalo –respondió Clint secamente.

Ryan se echó a reír.

—¿Adónde te diriges ahora? ¿A la oficina?

—No, iba a pararme en la panadería justo cuando me has llamado.

—La panadería… –repitió Ryan con regocijo–. ¿Comprando algo para desayunar con esa guapa enfermera?

Clint aferró con fuerza el volante.

—¿Puedo hacer algo por ti, Evans?

—Guau.

—Sé que voy a arrepentirme por preguntarlo, pero ¿«guau» qué?

—Jamás pensé que llegaría a verlo.

—¿A ver qué, maldita sea?

—A Clint Andover mandando a paseo su soltería –respondió Ryan en tono reprobatorio.

—No sabes de lo que estás hablando –espetó Clint.

—Primero Sorrenson y ahora tú. Estamos cayendo como las hojas en otoño. Qué lástima.

Clint soltó un gruñido mientras entraba en el barrio de Tara.

—Te la estás buscando.

Ryan volvió a reírse.

—Cuando quieras y donde quieras, Andover.

La réplica absurda e infantil que Clint iba a darle murió en sus labios antes de ser pronunciada.

—¿Qué demonios…? –murmuró, escudriñando en la distancia con el ceño fruncido.

—¿Qué ocurre? –preguntó Ryan, poniéndose serio al instante.

Clint apenas pudo pronunciar las palabras. Lo sacudieron con tanta fuerza que casi detuvo el coche.

—Hay un incendio en alguna parte.

—¿Dónde estás?

—Cerca de casa de Tara. Demasiado cerca —la voz se le quebró, como si empezara a asimilar algo que su cerebro aún tuviera que reconocer.

Pero su cerebro lo reconoció nada más doblar la esquina.

El corazón se le detuvo durante un segundo, y la maldición que salió de su garganta resonó en el silencio de la noche.

—¿Clint? —exclamó Ryan al teléfono—. Clint, ¿qué ocurre?

Sintiendo cómo la sangre se le helaba en las venas, Clint soltó el móvil y pisó el acelerador. El fuego no era en casa de Tara. No podía ser en su casa. Dios no volvería a hacerle algo así.

Vio un coche patrulla a pocos metros. El agente que Ted había enviado se habría encargado de protegerla, pensó Clint con un atisbo de esperanza.

Pero cuando frenó en seco junto al coche, vio que el policía que estaba en su interior estaba inconsciente... con la frente manchada de sangre.

En cuestión de segundos, Clint salió de su coche y se acercó al agente. Tras comprobar que aún respiraba, salió corriendo hacia la casa de Tara.

La casa de Tara, que estaba ardiendo en llamas.

La había abandonado. Él la había abandonado.

Y ahora iba a perderla.

Mientras corría hacia la casa, sintiendo cómo la cicatriz le palpitaba de dolor, oyó la sirena de un camión de bomberos.

Capítulo Trece

Tara apenas podía respirar.

Cuando recobró el conocimiento, lo primero que pensó fue que había muerto y que Dios se la había llevado antes que las llamas. Pero entonces sintió el calor abrasante en la piel, el humo que le empañaba los ojos y el miedo que le recorría las venas, y supo que seguía viva y en la tierra.

Viva… y viviendo la peor pesadilla imaginable.

Mientras yacía hecha un ovillo junto a la ventana, oyó unas sirenas en la distancia. Pero estaban demasiado lejos como para darle alguna esperanza.

Sabía que tenía que moverse, que levantarse, que alcanzar el alféizar de la ventana y abrirla si quería seguir viviendo. Pero aunque su cerebro seguía dándole ideas y soluciones, su cuerpo se negaba a responder.

El pánico le desgarraba las entrañas. No quería morir. No estaba preparada.

Pero a medida que las llamas devoraban su hogar, aumentaba la certeza de que su momento había llegado.

Había oído que la vida de una persona pasaba ante sus ojos cuanto se estaba al borde de la muerte, y se preguntó qué vería ella. ¿Una vida de dedicación exclusiva a los demás? ¿Una vida de oportunidades perdidas? ¿Una vida de arrepentimientos?

¿Vería a Clint?

Un arrebato de fuerza la sacudió por dentro y la impulsó a levantar la mano y clavar las uñas en la pared. El tacto abrasador le hizo retirar la mano.

Señor… si conseguía salir viva de allí, cambiaría su vida por completo. Siempre se había dedicado a los demás, sin darse nada a sí misma. Había vivido en una constante espera. Pero ¿en espera de qué?

El rostro de Clint volvió a aparecer en su mente.

Si conseguía salir viva, haría lo posible para que ambos aceptaran el amor.

—Andover, ¿adónde demonios vas?

Al principio Tara pensó que el grito procedía del exterior. Pero no. Venía del vestíbulo.

—¡Sal enseguida de aquí! —gritó la misma voz.

Eran los bomberos. Habían entrado en la casa e intentaban llegar hasta ella sin que el techo se desplomara sobre ellos.

Pero a alguien no parecía importarle el peligro.

—Apartaos de mi camino —gritó Clint.

—Nosotros la sacaremos.

—Yo lo haré más rápido.

—El techo puede ceder en cualquier momento.

—Me da igual.

—Si no tienes cuidado, Andover, conseguirás que se te queme la otra mitad de tu cuerpo…

Clint lanzó una maldición. Su voz sonaba mucho más cerca ahora.

—¡Clint! —gritó Tara con todas sus fuerzas, aunque dudaba de que su voz pudiera oírse por encima del caos y del fragor de las llamas.

—¡Tara, cariño! ¿Dónde estás?

—¡Aquí! —consiguió gritar, con la voz cada vez más débil y ronca—. Aquí.

Lo oyó aproximarse sobre las tablas del suelo.

–Oh, Dios mío, Tara…

Entonces lo sintió junto a ella y su brazo rodeándole la cintura. Intentó abrir los ojos, pero los párpados no le respondieron.

–Dios mío, Tara… Aguanta.

A Tara le dolían horriblemente los pulmones y se sentía cansada, demasiado cansada para quedarse con él.

–¡No te duermas!

Muy cansada…

–¡No me dejes, maldita sea! ¡Tara! ¿Puedes oírme?

Mientras sentía cómo la levantaban, intentó separar los labios, abrir la boca, decir algo, hacer lo que fuera con tal de aliviar la desesperación y el pánico que oía en la voz de Clint, cuyo corazón volvía a romperse en pedazos.

Una voz interior le gritó que permaneciera despierta. Que se quedara con él. Clint la necesitaba. Necesitaba salvarla. No podía perder a otra persona a la que quería. Y ella sabía que la quería.

Pero el esfuerzo era demasiado grande. Los pensamientos la abandonaban. Y también sus últimas fuerzas.

Hasta que todo fue oscuridad.

Su pasado siempre lo había atormentado.

Pero durante los tres últimos días le había mostrado sus afilados colmillos.

Clint estaba en la puerta de la habitación del hospital, contemplando a la mujer que yacía en la cama. Parecía tan joven, tan frágil, tan hermosa…

Y sin conocimiento.

Tara no había despertado desde que él la sacara de su casa, tres días atrás, y la depositara en una camilla. No había esperado que se sentara y pidiera un vaso de agua, pero mientras iba a su lado en la ambulancia, había albergado la tímida esperanza de que moviera los párpados o emitiera algún sonido. Cualquier cosa que le dijera que iba a sobrevivir.

Los médicos no se atrevían a decir gran cosa. Algunos lo conocían de tres años atrás y no querían darle falsas esperanzas. Pero habían hecho todo lo que estaba en sus manos. Ahora sólo era cuestión de esperar.

Se acercó a los pies de la cama con expresión adusta. En contraste, la luz del amanecer hacía que el rostro de Tara pareciera radiante y relajado, con sus rizos rubios desparramados sobre la almohada. Gracias a Dios no había sufrido quemaduras, pero el humo le había afectado la garganta y los pulmones.

Sacudido por el miedo y la ansiedad, se aferró a la barra metálica de la cama. Si Tara moría, él nunca podría perdonarse a sí mismo.

Pero aunque sobreviviera, ¿podría perdonarse?

—¿Señor Andover?

—¿Sí? —preguntó él sin volverse hacia la enfermera que acababa de entrar.

—Tengo que ocuparme de Tara —dijo ella amablemente—. ¿Le importa esperar fuera unos minutos?

La idea de dejarla un solo segundo lo volvía loco, pero no discutió ni protestó. Aquellas personas querían a Tara y harían lo mejor para ella. Había que confiar en su buen juicio.

Salió de la habitación y fue hacia la sala de espera. David Sorrenson estaba en el rancho, cuidando a Jane y a Autumn, pero Ryan y Alex estaban

145

allí, en silencio, fingiendo que leían el periódico. Los dos se pusieron en pie al ver a Clint.

—¿Se sabe algo? —le preguntó Ryan.

—No.

—Si hay algo que podamos hacer…

—Podéis traerme la cabeza de ese canalla en una bandeja —espetó Clint, apretando los puños.

—Lo haremos —dijeron sus dos amigos a la vez.

Tal vez fuera una promesa vana, ya que no tenían la menor idea de quién podía ser el culpable, pero a Clint lo ayudó, igual que su compañía.

Algo había cambiado en él desde que conoció a Tara. Ahora estaba mucho más dispuesto a aceptar la ayuda de sus amigos en vez de empeñarse en hacerlo todo él.

A través de Tara, había descubierto que necesitar a las personas no era un signo de debilidad. La debilidad era fingir que no se necesitaba a nadie.

—¿Sabéis algo de la policía o de los bomberos? —les preguntó.

—Están convencidos de que el incendio fue provocado.

—Menuda novedad —murmuró Clint con sarcasmo—. Si Tara… si ella… Bueno, por el bien de ese bastardo que no sea yo quien le ponga las manos encima.

Ryan le puso una mano en el hombro.

—Deberías irte a casa y dormir un poco.

—No voy a ir a ninguna parte. Aún no.

Alex miró a Ryan con el ceño fruncido.

—¿Acaso tú dejarías a la mujer a la que amas, estúpido?

—¿Acabas de llamarme estúpido?

—Sí, eso te he llamado.

–Tienes suerte de que estemos en un hospital –le dijo Ryan, entornando la mirada–. Así no tendrán que mandar una ambulancia a buscarte cuando haya acabado contigo.

Clint apenas oyó la ridícula discusión, porque su mente se había detenido en la pregunta que había formulado Alex.

«La mujer a la que amas».

Aquellas palabras se le clavaron en el corazón, igual que había hecho Tara un centenar de veces sin darse cuenta, cuando intentaba romper su férrea voluntad siendo la mujer tan sorprendente que era.

Amor…

¿Sería posible? ¿Acaso un sentimiento semejante había traspasado su pecho marcado y se había abierto camino hasta el alma de un hombre que no creía que jamás podría volver a amar a una mujer?

–Míralo –dijo Ryan, cansado de intercambiar insultos con Alex–. Parece que está en otro mundo. Necesita dormir un poco.

–A quien necesito es a ella –declaró Clint con dureza.

Ryan asintió, y Alex le dio una palmada en la espalda.

–Aquí estaremos para lo que haga falta.

Clint se lo agradeció con un breve asentimiento de cabeza y salió de la sala de espera. Tenía que volver junto a Tara. Aunque no pudiera oírlo, tenía que decirle cómo había cambiado gracias a ella, cómo lo había ayudado a ahuyentar sus pesadillas. Tenía que sostenerla en sus brazos y decirle que le había hecho olvidar el pasado.

Y que le había hecho querer vivir de nuevo.

147

El confuso mundo que la rodeaba fue poco a poco adquiriendo forma. Como una niña recién nacida que abriera sus ojos a la vida, lo primero que Tara vio fue una luz cegadora, para después empezar a distinguir objetos, movimiento…

Y finalmente al hombre que estaba sentado junto a la cama.

–¿Clint? –lo llamó con voz ronca y débil.

Él asintió, mirándola con ternura.

–Gracias a Dios. Sólo podía rezar para que volvieras conmigo.

Su voz sonaba distante, pero Tara sabía que no estaba soñando. Sabía que no estaba en el Cielo.

¿O sí lo estaba?

Luchó por mantener la mirada fija en él, pero los párpados le pesaban terriblemente y tuvo que parpadear unas cuantas veces. Vestido con unos vaqueros y un jersey negro, Clint Andover, el hombre de sus sueños, le sonreía.

–Feliz Navidad, cariño.

Tara estaba un poco confusa. ¿Había permanecido inconsciente durante tanto tiempo?

–¿Es Navidad?

–Lo será mañana. Pero quiero empezar a celebrarla hoy –le dijo con una ceja arqueada–. No te importa, ¿verdad?

–En absoluto –respondió ella, consiguiendo esbozar una pequeña sonrisa–. ¿Cuánto tiempo he estado inconsciente? Si hoy es Nochebuena…

Una sombra de arrepentimiento oscureció los ojos de Clint.

–Unos cuantos días.

Al oírlo, Tara dejó caer la cabeza en la almohada y cerró los ojos. Unos cuantos días, pensó, recordando las llamas, el humo y el miedo que la ahogaban como un océano embravecido. Había sido una experiencia terrible que recordaría el resto de su vida.

Pero todo había pasado, se dijo a sí misma, y consiguió abrir los ojos de nuevo para mirar otra vez a Clint… y la expresión que brillaba en su rostro.

Si no lo conociera tanto, pensaría que era una expresión de…

Apartó rápidamente ese pensamiento.

—Fue él, ¿verdad?

—Eso creemos.

—¿Por qué? Ojalá pudiera entenderlo.

—Ninguna persona cuerda puede entender a un psicópata, Tara.

Un escalofrío le recorrió la columna, debilitándola aún más.

—¿Jane y la niña…?

—Están bien —le aseguró él.

—Mi casa…

—No pienses en ello.

—¿Qué le ha pasado a mi casa? —preguntó con más fuerza de la que creía tener. Sospechaba cuál era la respuesta, pero tenía que oírsela a Clint.

Él respiró hondo y sacudió la cabeza.

—Lo siento.

Tara apartó la mirada, sintiendo cómo el corazón se le encogía de dolor. Su casa. El lugar donde había crecido, donde su madre la había querido y educado. Y más tarde, su refugio del mundo exterior y de la mujer que tenía que ser para los demás.

Y por fin, el lugar donde se había liberado de

149

sus restricciones y había sacado de su interior a la mujer que siempre había deseado ser.

La casa donde había desafiado sus propias limitaciones y se había enamorado.

Clint le tomó la mano y se la llevó a los labios.

—Pero estás aquí, y estás viva.

—Sí.

Él se inclinó hacia ella.

—Y lo quieras aceptar o no, tienes un hogar. Conmigo.

—¿Qué?

—Siempre que puedas perdonarme —dijo él con la voz un poco tensa.

—¿Perdonarte por qué?

—Por haberte dejado la otra noche.

—El incendio no fue culpa tuya —replicó ella con toda la vehemencia que pudo—. Ningún incendio fue culpa tuya. Tienes que aceptar eso, Clint. Eres un hombre maravilloso. Y un gran protector.

Clint apretó la mandíbula y sus ojos se llenaron de lágrimas.

—Te amo, Tara.

Por un momento ella se quedó atónita. ¿Lo había oído bien?

—¿De verdad?

—Te amo desesperadamente —susurró él, y le dio un suave beso en los labios.

—Clint…

—Pensaba que nunca podría volver a amar a nadie —dijo él con la voz cargada de emoción, apoyando la frente contra la suya—. Creía que estaba muerto por dentro —le agarró la mano y se la llevó al pecho—. Esta cicatriz era yo, cariño. Herido, abrasado, destrozado… Y sin permitirme sanar.

Tara no podía creer lo que estaba oyendo. Era como estar en un sueño. En aquel hermoso sueño en el que Clint y su hija iban a despertarla a la cama.

Pero aquello era real.

Clint la miró finamente con los llenos de amor y pasión.

—Estas últimas semanas han sido las semanas más increíbles de mi vida. ¿Quién hubiera pensado que…? Quiero decir, nos hemos reencontrado en las circunstancias más extrañas posibles.

—En las más espantosas.

—Sí, pero…

—¿Pero? —lo apremió ella, sintiendo cómo el pulso se le aceleraba aún más.

—Nunca pensé que diría esto, pero después de la adversidad viene el amor. Un amor maravilloso.

—¿De verdad me amas? —volvió a preguntar ella. Necesitaba que se lo repitiera una y otra vez.

—No puedes imaginarte cuánto.

—Oh, Clint, yo…

«Yo también te amo».

¿Qué demonios le pasaba?, se preguntó, abrumada por el momento. Había estado enamorada de aquel hombre desde siempre, según parecía, y se lo había admitido a sí misma semanas antes. Pero ahora… ¿por qué no podía pronunciar las palabras?

Clint se rió.

—No tengas miedo de decirlo, cariño. No es tan doloroso como temía.

—¿Doloroso?

—Renunciar al autocontrol y al instinto de supervivencia puede resultar aterrador.

Tara se limitó a mirarlo, sorprendida del cambio que había experimentado Clint.

—Pero expresar lo que sientes y pedir lo que quieres… es algo insuperable.

Ella quería decirlo. Necesitaba hacerlo. Durante demasiados años había embotellado sus sentimientos, como un vino añejo en una bodega oscura y polvorienta, sacrificándose por los demás y por su propia supervivencia.

Levantó la mirada hacia Clint y vio la verdad en sus ojos. El futuro. Lo que podría tener si era lo bastante valiente para aceptarlo.

—Yo también te amo —declaró, aupándose unos centímetros para estar a su misma altura—. Te amo con todo mi corazón.

Él se acercó, calentándola con el calor que irradiaba su cuerpo.

—¿Podemos empezar una nueva vida, Tara?

—¿Juntos?

—Sí.

—¿Con promesas, con una casa y… niños?

—Muchos niños —afirmó él con una amplia sonrisa.

A Tara le temblaron los labios y tuvo que tragar saliva para deshacer el nudo que se le había formado en la garganta.

—Oh, sí.

—¿Te casarás conmigo?

—¿Cuándo? —preguntó ella, creyendo que el corazón se le había detenido.

Clint volvió a reírse.

—Lo antes posible.

Tara también se rió, pero tuvo que parar cuando empezó a toser.

–Bueno, quizá deberíamos esperar unos días. Hasta que salga del hospital.

Él la besó con una ternura exquisita y rodeó la cama para tumbarse a su lado.

–Me parece el plan perfecto –dijo, y la rodeó con los brazos para apretarla contra él.

Tara cerró los ojos y recitó en silencio una oración de gratitud.

–Gracias –le susurró a Clint.

–¿Por qué, cariño?

–Por haberme rescatado.

–¿Del fuego?

Tara sonrió y apretó la cabeza contra su pecho.

–Del fuego, sí. Pero también de algo más importante: de una vida sin ti.

Epílogo

Cinco días después...

La boda se celebró bajo la blanca arcada del cenador donde habían compartido su primer y segundo y beso, siendo el beso de aquella noche el que los convertía en marido y mujer.

Clint Andover tomó la mano de su hermosa mujer y la condujo por la alfombra roja de terciopelo que separaba a los dos centenares de invitados, quienes se pusieron todos en pie y rompieron a aplaudir.

Clint lucía una sonrisa de oreja a oreja. Aquél era un día que jamás creyó que volvería a ver. Pero Tara lo había cambiado, a él y a su vida, y sabía que con ella a su lado el pasado podría finalmente descansar en paz.

La celebración discurría con música, jolgorio, comida y bebida. Clint llevó a Tara a la zona del banquete, engalanada como ella había encargado. Bajo el cielo estrellado de Texas, y rodeados por árboles y estufas estratégicamente repartidas, los camareros se paseaban con bandejas de champán y caviar. Era una ceremonia elegante y sencilla al mismo tiempo.

Clint le sonrió a su mujer. Elegante y sencilla como ella.

—¿Te importa si te robo a tu mujer por un minuto? —le preguntó Marissa Sorrenson, que iba acompañada de una Jane Doe ligeramente apesadumbrada.

—Sólo por un minuto —accedió Clint con burlona severidad—. Luego será toda mía.

Marissa sonrió y ella y Jane se llevaron a Tara, dejando a Clint con sus compañeros del Texas Cattleman's Club.

—No puedo creer que Sorrenson y tú hayáis dado el paso decisivo –dijo Ryan, sacudiendo la cabeza con pesar–. ¿Qué demonios está pasando aquí?

David se echó a reír y le dio una palmada en la espalda.

—Tú puedes ser el siguiente, Evans.

—No digas tonterías.

—¿Y tú, Kent?

Alex soltó un resoplido.

—Hará falta algo más que una cara bonita para que yo vuelva a ponerme uno de estos trajes ridículos, os lo aseguro.

—Cuando aparece la mujer adecuada… –insinuó Clint.

—Ése es el problema –dijo Ryan, sonriendo–. Demasiadas mujeres adecuadas y muy poco tiempo.

—Lo mismo digo –corroboró Alex, tomando una copa de champán.

—Bueno, chicos, os deseo una feliz cacería. Yo tengo que sacar a bailar a mi mujer adecuada –dijo David, riendo, y se alejó hacia Marissa.

Clint le puso su copa de champán intacta a Alex en la mano.

—Y yo también.

Los otros dos hombres se echaron a reír, pero los felicitaron efusivamente mientras Clint se dirigía hacia Tara, que estaba junto a la pista de baile, hablando con Marissa y Jane.

Por un momento se dedicó a contemplarla. Parecía un ángel con su vestido blanco de novia, sus rizos rubios cayéndole sueltos por los hombros, sus

155

ojos brillantes y sus mejillas sonrosadas por el frío... o tal vez porque ardían de amor.

–¿Me concede este baile, señora Andover? –le preguntó con una reverencia.

Ella se echó a reír y le devolvió la reverencia.

–Será un placer, señor Andover.

Bajo la atenta mirada de Marissa, David y Jane, y tal vez la de cientos de invitados, Clint condujo a Tara a la improvisada pista de baile.

–¿Te he dicho lo guapa que estás esta noche? –le preguntó, tomándola en sus brazos.

–Sí, me lo has dicho –respondió ella con voz suave–. Pero me encanta oírtelo decir.

–Entonces te lo seguiré diciendo.

–Oh, eso espero... –sonrió–. Oh, no hemos hecho un brindis para nuestros invitados.

–¿Qué te parece mejor un brindis privado?

–Perfecto.

–Por el Año Nuevo –dijo él, besándola suavemente.

–Por el Año Nuevo –repitió ella.

–Y por la vida –añadió él, volviendo a besarla.

–Y el amor –susurró ella.

A Clint se le hizo un nudo de emoción en el pecho. Se detuvo en mitad de la fiesta, en mitad de la canción, y tomó el rostro de Tara entre las manos.

–Por ti, mi dulce Tara.

DESEO

KATHIE DeNOSKY

EL RECUERDO
DE UNA NOCHE

Capítulo Uno

Cuando Travis Whelam bajó del Learjet en la pista privada que se hallaba a las afueras de Royal con Sheik Darin, miembro del Texas Cattleman's Club, quería tres cosas: una ducha caliente, una cerveza fría y pasar una semana seguida durmiendo. ¿Pero iba a conseguirlas?

No. Darin y él habían sido invitados al rancho de Davis Sorrenson para la fiesta de fin de año. Pero no se habían dejado engañar por la educada invitación que los aguardaba en el aeródromo al llegar. La fiesta de Davis no era el motivo por el que había sido solicitada su presencia. Tray y Darin sabían que el Texas Cattleman's Club tenía otro caso importante entre manos.

—¿Sugería el mensaje de qué se trata? —preguntó Trav a la estoica figura que ocupaba el asiento de pasajeros de su todoterreno oscuro plateado.

—No decía nada al respecto —respondió Darin sin dejar de mirar de frente.

—Tiene que ser algo realmente importante si

no puede esperar hasta pasado mañana, cuando nos reunamos para dar el informe sobre el caso Obersbourg –dijo Trav mientras entraba con el vehículo en la carretera que conducía al rancho TX S.

Darin asintió brevemente.

–Debe serlo.

Trav lo miró de reojo, sorprendido. Darin estaba especialmente hablador, lo que no era decir mucho, teniendo en cuenta que normalmente se limitaba a contestar con monosílabos. Era un hombre solitario cuya actitud era tan oscura como la ropa negra que siempre vestía.

En los dos meses que llevaban trabajando juntos para encontrar al asesino que trataba de matar a los miembros de la familia real de Obesbourg, Trav había llegado a conocer al misterioso e introvertido jeque tan bien, si no mejor, que cualquiera de los otros miembros de TCC. Y eso no era decir mucho. Lo único que sabía con certeza sobre Darin era que bebía suficiente café como sangrar negro si se cortaba afeitándose, que no quería tener nada que ver con el boato de su herencia real y que prefería ocuparse de los casos a solas.

Trav bostezó y miró la hora en el reloj del salpicadero. Con un poco de suerte, se informaría sobre la siguiente misión del club, conseguiría que alguien se ocupara de llevar a Darin a casa y se metería en la cama una hora antes de que comenzara el nuevo año.

Y aquél no era precisamente el modo en que la mayoría de los habitantes de Royal esperaría que su fiscal «playboy» diera la bienvenida al año nuevo. Pero sólo se estarían fijando en la cuidadosa fachada que Travis había elaborado como tapadera para su trabajo con TCC, no en el hombre auténtico que había bajo la superficie.

Estuvo a punto de reír al pensar en lo distinto que era realmente a la imagen que proyectaba. Sólo su hermana pequeña, Carrie, y su mejor amigo, Ryan Evans, conocían la verdadera extensión de la estratagema. Trav era esencialmente un buen tipo que se sentía más cómodo en vaqueros y con una camisa de franela que con traje y corbata. Normalmente solía pasar las noches del sábado en el sofá de su cuarto de estar, con una bolsa de palomitas en una mano y una cerveza en la otra mientras veía una vieja película en la tele.

Al pensar en las películas antiguas surgió en su mente la imagen de la mujer que había hecho que se aficionara a ellas. ¿Cómo iría a pasar la Nochevieja? ¿Estaría viendo alguna de sus películas favoritas en brazos de otro hombre?

Aquel pensamiento lo incomodó y tuvo que recordarse que era agua pasada. Las cosas no habían funcionado entre ellos y pensar en el asunto no iba a cambiar nada. Natalie Perez había dejado perfectamente claro que se alegraría de no volver a verlo nunca.

Aparcó el todo terreno junto a los elegantes deportivos que había ante la casa y se encaminó hacia ésta con Darin.

Bostezó de nuevo mientras pulsaba el timbre. Tenía intención de irse en cuanto alguien les informara de lo que estaba pasando. Tal vez incluso pasaría de la cerveza, pero nada iba a privarlo de una buena ducha y de su enorme cama. Fuera cual fuese la misión, tendría que esperar al día siguiente.

La puerta se abrió y David Sorrenson dedicó una sonrisa a Trav y a Darin.

—Estábamos haciendo apuestas sobre cuándo apareceríais.

—Hola a ti también, Sorrenson —dijo Trav, riendo mientras Darin y él entraban en la estilosa y moderna casa del rancho—. ¿Y quién ha ganado?

—Creo que Kent —David sacó un papel del bolsillo de su camisa y le echó un vistazo—. Sí. Alex había dicho que llegaríais entre las nueve y las diez.

—¿Quién es, David? —preguntó una atractiva y pequeña rubia que se situó junto a éste.

Sorrenson deslizó un brazo en torno a su cintura y luego inclinó la cabeza para besarla como si fuera un soldado que acabara de regresar del campo de batalla.

6

Trav miró a Darin. Las comisuras de los labios de éste se curvaron levemente en un amago de sonrisa, lo que sorprendió aún más a Trav.

¿Qué diablos estaba pasando?

Darin estaba más hablador que nunca y nunca había visto a Davis mostrarse tan afectuoso por una mujer delante de los demás. ¡Y para rematarlo todo el jeque había sonreído!

–Cariño, te presento a Travis Whelan y al jeque Darin ibn Shakir –dijo David, sonriendo como el gato que se había comido al canario–. Travis, Darin, quiero presentaros a mi esposa, Marissa.

–¿Tu esposa? –repitió Trav, incrédulo.

David asintió.

–Y, con un poco de suerte, la madre del hijo que tendremos por estas fechas el año que viene.

Trav se sintió como si lo hubieran abducido. David Sorrenson siempre había insistido en que no estaba hecho para el matrimonio, y menos aún para ser padre.

–Felicidades –logró decir finalmente–. ¿Qué más ha cambiado mientras hemos estado fuera.

–Andover se ha casado hace un par de días –contestó David, que estaba disfrutando sin ningún disimulo con el asombro de Trav–. Está de luna de miel en Europa.

Trav movió la cabeza, riendo.

–¿Algún otro conocido se ha unido al club de los atrapados felices?

–Aún no. Pero quién sabe; es posible que Darin o tu seáis el próximo miembro del TCC en avanzar por el pasillo de la iglesia.

Trav alzó ambas manos a la defensiva.

–Yo no. No soy de los que se casa.

–¿Y tú, Darin? –preguntó David, sonriente.

–No –la respuesta del jeque fue escueta pero contundente.

Antes de que los demás pudieran recuperarse de la vehemencia de su respuesta, Ryan Evans se acercó al grupo.

–Ya era hora de que aparecieras por aquí. Esta noche me has costado veinticinco dólares, Trav. Si hubieras llegado un poco antes habría ganado la porra.

–Hola, Ry –Trav palmeó la espalda de su mejor amigo–. Aparte de haber perdido la apuesta, ¿cómo te va? No te habrán atrapado también a ti mientras hemos estado fuera, ¿no?

–Antes echarían a volar los asnos.

David rió.

–Voy a dejar que Evans os ponga al tanto. Tengo que decirle a Alex que ha ganado la apuesta.

Mientras David se alejaba con su esposa, Ry hizo una seña para que los recién llegados lo acompañaran a la barra que se había instalado en el salón.

8

–Vamos a beber algo mientras os pongo al tanto.

En cuanto tuvo la cerveza en la mano, Trav bebió un largo trago. Ya había conseguido una de las cosas que quería; sólo le faltaba la ducha y una buena noche de sueño.

–Antes de que empieces a hablarnos del nuevo caso, quiero saber si Carrie está bien –Trav miró a su alrededor–. ¿Está por aquí?

–¿Tu hermana? –preguntó Darin tras tomar un sorbo del café que le había servido el camarero.

Trav asintió.

–Seguir sus pasos es todo un trabajo.

Ry resopló y se volvió hacia Darin.

–Sí, y mientras vosotros habéis estado en Obersbourg yo he tenido que hacer de canguro –sonrió y se balanceó sobre sus talones–. Pero esta noche he librado. Carrie y su amiga Stephanie Firth están haciendo de acompañantes en un baile del instituto o algo así.

Trav asintió, riendo.

–Pero veo que has sobrevivido a la dura prueba.

–A Carrie no le ha hecho ninguna gracia que la haya estado vigilando, pero puedo afirmar con absoluta certeza que sigue tan pura como el día que te fuiste a Obersbourg –Ry tomó un trago de su cerveza–. Pero me alegra que hayas vuelto. Así podrás ocuparte de vigilarla personalmente. Ha puesto sus miras en el nuevo doctor y está empeñada en averiguar todo lo posible sobre él.

–¿Cómo se llama? ¿Qué sabes de él? ¿Ha salido ya con Carrie? –Trav lanzó aquellas preguntas con el ceño fruncido.

–Se llama Nathan Beldon, pero eso es todo lo que sabemos de él. Es muy reservado y no asiste a fiestas ni acepta invitaciones, algo que está desquiciando a Carrie. Aún no lo ha conocido personalmente, pero no porque no lo haya intentado.

–Me da lo mismo lo amistoso o antisocial que sea ese tipo mientras se mantenga alejado de ella –murmuró Trav.

–¿Cuántos años tiene tu hermana? –preguntó Darin.

–Veinticuatro años –Trav movió la cabeza–. Pero es demasiado cándida como para andar saliendo con un médico listillo del que no sé nada.

El jeque asintió como si comprendiera a la perfección la actitud de Trav respecto a su única hermana y luego se volvió hacia Ry.

–¿Qué es tan importante sobre nuestro siguiente caso?

Ry se puso serio de inmediato.

–Se trata de algo muy extraño. A comienzos de noviembre, durante nuestra comida mensual de chile, se presentó en el Royal Diner una mujer con las ropas desgarradas y emba-

rradas, sangrando de la cabeza y con un bebé
en brazos.

Trav frunció el ceño.

—¿Un caso de violencia doméstica?

Ry se encogió de hombros.

—Justo antes de desmayarse rogó a David que
no dejara que «ellos» se llevaran a su bebé. Aún no
sabemos a quiénes se refería porque sufre de
amnesia. No hay duda de que quien fuera el
que la golpeó en la cabeza hizo un buen trabajo. Estuvo en coma una semana y cuando despertó ni siquiera sabía que había tenido un
bebé.

—¿Y qué dicen los doctores? —quiso saber Trav
mientras se preguntaba qué podía hacer el club
por aquella mujer.

—El neurólogo dice que podría recuperar la
memoria por completo de golpe, o en fragmen-
tos. También existe la posibilidad de que nunca
llegue a recordar nada —Ry se volvió a mirar a su
alrededor—. Está aquí, por algún sitio.

Darin hizo una seña al camarero para que re-
llenara su taza de café.

—¿Dónde está el bebé?

—David y Marissa se hicieron cargo de él
mientras Jane estuvo en el hospital. Cuando le
dieron el alta insistió en que el bebé siguiera
aquí con ellos. Le pareció que era más seguro y
todos estuvimos de acuerdo en ello.

Trav alzó una ceja.

—¿Jane?

11

–Jane Doe. Así es como la llamamos. Estaba alojada con Tara Roberts hasta que alguien empezó a enviar cartas amenazadoras y acabó incendiando la casa. De momento, Jane y el bebé se alojan con David y Marissa.

–Es obvio que la persona de la que huía sigue tras ella.

Ry asintió.

–Alguien trató de secuestrar al bebé cuando Marissa fue a visitar a Jane al hospital. Afortunadamente, Marissa pudo huir y nos dio una descripción del tipo –tras una pausa, añadió–: Además está el pequeño asunto de los quinientos mil dólares que Jane llevaba guardados en la bolsa de pañales del niño la noche que se presentó aquí. No recuerda por qué llevaba esa cantidad de dinero encima ni de dónde lo sacó.

Trav soltó un prolongado silbido.

–¿Y cómo llegó a ponerse en contacto con nosotros?

–Encontraron una de las tarjetas del Texas Cattleman's Club arrugada en su mano justo antes de que llegara la ambulancia a recogerla, pero no recuerda de dónde la sacó –Ry hizo un gesto para que Trav y Darin lo siguieran–. Vamos. Os la presentaré.

Trav se preguntó cómo podía ayudar el club a aquella mujer. Si no recordaba quién era, quien la seguía ni por qué, poco iban a poder hacer hasta que su perseguidor diera señales de vida. Pero de eso se trataba precisamente el Texas Cattleman's Club. Liderazgo, Justicia y Paz era el lema por el que se regían sus miembros.

Y si alguien necesitaba paz y justicia, parecía que era aquella mujer.

Cuando Jane oyó el timbre de la puerta, miró ansiosamente a su alrededor. Aquélla podía ser la oportunidad que estaba esperando. Todo el mundo parecía estar prestando su atención a los dos hombres recién llegados a la fiesta de Nochevieja de David y Marissa Sorrenson.

Se puso en pie y se alejó sin prisas por el pasillo. No esperó a ver quiénes eran los recién llegados. Habría dado igual porque no los habría reconocido.

Suspiró. Ni siquiera sabía quién era ella misma, y empezaba a temer que nunca lo sabría.

Pero, fuera quien fuese, era obvio que estaba poniendo en peligro a los que la rodeaban. Alguno ya había recibido cartas amenazadoras y Tara había perdido su casa en un incendio provocado por haberla tenido alojada.

Siempre agradecería la amabilidad y la generosidad de aquellas personas, pero se negaba a seguir poniendo en peligro su seguridad. Por eso había tomado la decisión de irse con su hija Autumm de Royal, Tejas.

Tras entrar en la habitación que había compartido con su bebé desde que la casa de Tara había sido incendiada, escribió rápidamente una nota de agradecimiento. Luego recogió las cosas de su hija, las metió en la bolsa y se puso la chaqueta. A continuación tomó a la niña en brazos cuidando de no despertarla, salió al pasillo y se encaminó hacia la cocina.

Saldría por la puerta de atrás para evitar ser vista. Con un poco de suerte ya estaría lejos cuando notaran su ausencia.

Estaba a punto de abrir cuando una voz masculina le hizo detenerse.

—Jane, quiero presentarte a otros dos miembros del TCC que me gustaría que conocieras —dijo Ryan Evans tras ella—. ¿Adónde vas?

Mientras se volvía, Jane trató de pensar en alguna excusa para explicar por qué iba a salir con el bebé a aquellas horas de la noche.

—Pensaba dar un...

Al fijarse en el hombre que estaba junto a Ryan se interrumpió en seco. Había algo muy familiar en él. Un poco más bajo que Ryan, tenía el pelo castaño, ojos color avellana...

—Natalie —dijo el hombre a la vez que daba un paso hacia ella con expresión incrédula.

Ella abrió la boca para preguntarle por qué la había llamado así pero, de pronto, lo supo con una claridad cegadora. Se llamaba Natalie, Natalie Perez. Tenía veinticinco años y vivía en Chicago.

Parpadeando, vio que el hombre daba otro paso hacia ella. Se llamaba Travis Whelan. Tenía treinta y dos años, era millonario y...

Sintió que la cabeza iba a estallarle debido a la repentina revelación. Aquel hombre no era tan sólo alguien que había conocido en otra época.

Travis Whelam era el padre de su hija... y el hombre al que se había prometido no volver a ver nunca.

Capítulo Dos

Natalie sintió que la cocina empezaba a dar vueltas a su alrededor. Dejó caer la bolsa de los pañales y trató de sujetarse a algo mientras retenía al bebé contra su pecho.

—¡Se va a desmayar! —oyó que gritaba Ryan.

Natalie sintió que alguien le quitaba a Autumn antes de que unos poderosos brazos la alzaran en vilo. Un momento después estaba acurrucada contra un poderoso pecho masculino.

—Ya te tengo, Natalie —dijo Travis, y ella sintió la resonancia de su profunda voz de barítono en su interior—. No te preocupes. Todo irá bien.

Natalie oyó que Autumn empezaba a llorar.

—Mi... bebé...

—La niña está bien. Ry y Darin se ocuparán de ella, cariño.

Natalie se recuperó poco a poco de la conmoción de haber vuelto a ver a Travis y de comprender que había recordado parte de su pasado.

—Déjame en el suelo... por favor —dijo con voz temblorosa.

—Todavía no —dijo Travis con delicadeza.

16

–Puedo... puedo tenerme en pie.

–Será mejor que tengas los pies en alto un rato.

–¿Qué sucede? –preguntó Davis en cuanto entró en la cocina–. Me ha parecido oír gritar a Ry que alguien iba a desmayarse.

–Ha sido Natalie –dijo Trav–. Creo que le vendría bien tumbarse un rato. ¿Dónde está su dormitorio?

–¿Natalie? –repitió Davis, confundido.

–Al final del pasillo –dijo Marissa tras su marido.

Avergonzada como no lo había estado nunca en su vida, Natalie rogó para que todos se fueran y se olvidaran de su existencia.

–Estoy... bien. En serio. Sólo me duele un poco la cabeza...

Travis ignoró sus protestas y siguió a Marissa hasta el dormitorio.

–¿Recuerdas quién soy, Natalie? –dijo tras dejarla en la cama.

La mente de Natalie se llenó de imágenes de ellos juntos cuando lo miró. Travis encontrándose con ella en la cafetería en que trabajaba como camarera. Travis riendo con ella mientras comían palomitas y veían un vídeo en su modesto apartamento. Y Travis abrazándola, amándola con una ternura que aún hacía que se quedara sin aliento cada vez que lo recordaba.

Pero también recordó con toda claridad su engaño, y el dolor y la rabia que sintió cuando averiguó que Travis no era quien decía ser.

Le dijo que era un vaquero de Texas que había acudido a Chicago en busca de algo distinto de hacer que tragar polvo y cuidar ganado, y que compartían los mismos orígenes humildes. Pero nada de aquello era cierto. Cuando Travis se dejó inadvertidamente la identificación en su apartamento, averiguó que no había nada en él que pudiera considerarse ni remotamente humilde. No sólo era un abogado fiscal de éxito, sino que además era multimillonario.

—¿Sabes quién soy, querida? —repitió Travis a la vez que apartaba con delicadeza un mechón de pelo de la frente de Natalie.

—Sí... te recuerdo...

—¿Y sabes quién eres tú?

—Sí. Soy Natalie Perez.

—¿Puedes recordar lo que pasó? ¿O por qué viniste a Texas?

—Yo... —Natalie se interrumpió para tratar de pensar—. No puedo recordarlo. Sólo sabía que... que tenía que venir aquí.

—¿Podemos hablar un momento, Travis? —preguntó David tras él.

Al volverse, Trav vio a David, Darin, Alex Kent y un nervioso Ry, que aún sostenía a la niña en brazos, en el umbral de la puerta. Se volvió de nuevo hacia Natalie.

—Enseguida vuelvo, cariño.

Cuando Marissa se acercó para atender a Natalie, Trav se reunió con los demás hombres en el pasillo.

–Ryan nos ha dicho que conoces a Jane –dijo Alex Kent, otro miembro de TCC–. Por lo visto se llama Natalie.

Trav asintió.

–La conocí mientras estaba resolviendo aquel caso en Chicago el año pasado.

–Eso explica quién le dio nuestra tarjeta –dijo David, que tuvo que alzar la voz por encima de los llantos del bebé.

–Antes de que sigamos con esto, ¿qué tal si pedimos a alguna de las mujeres que se haga cargo de la niña? –dijo Ry, que parecía cada vez más incómodo–. No sé que hacer para que deje de llorar.

–Pero se supone que eres un don juan, Ry –Alex sonrió–. Siempre nos has hecho creer que sabes lo que quieren las mujeres y cómo hacerlas felices.

–Sí, pero eso es con mujeres de más de veintiún años –dijo Ry, ligeramente ruborizado–. No sé nada sobre las mujeres que tienen menos de esa edad... y no tengo ningún intención de aprenderlo.

–Dame a Autumn –dijo Marissa, que había salido de la habitación. La niña se calló en cuanto la tomó en brazos.

Trav miró a la niña. Como bebé parecía muy bonita. Tenía el pelo castaño y un remolino de pelo en el lado izquierdo de su frente. Sintió un escalofrío cuando Marissa le dio un chupete y se fijó en los hoyuelos que aparecieron al instante en las mejillas de la niña.

–¿Quién es y cómo llegaste a conocerla, Travis? –preguntó Davis.

Trav volvió la mirada hacia la puerta abierta del dormitorio. Once meses atrás, Natalie había sido el único punto de luz en su por otro lado sombría estancia de dos meses en la Ciudad del Viento.

Tras un día especialmente difícil en el caso en que estaba trabajando para TCC, fue a dar un paseo para despejarse y acabó entrando en una cafetería cercana al apartamento que tenía alquilado. Natalie trabajaba de camarera en la cafetería y se quedó inmediatamente prendado de su dulce sonrisa, del tono ligeramente ronco de su aterciopelada voz, de la agilidad y elegancia con que movía su esbelto cuerpo mientras deambulaba entre las mesas. Acabó acompañándola a su casa aquella tarde cuando terminó su turno, y aquél fue el comienzo de una relación que duró un mes.

Desafortunadamente, debido a que estaba trabajando con una tapadera y a la delicada naturaleza de su misión en Chicago, apenas pudo compartir con ella nada importante sobre sí mismo. Cuando Natalie descubrió que no era el hombre que le había hecho creer, se sintió profundamente dolida por su engaño y terminó de inmediato con la relación.

Pero antes de irse por última vez de su apartamento, Trav le dio una tarjeta de TCC y le dijo que si alguna vez necesitaba ponerse en contacto con él que utilizara las señas que aparecían en ella. Poco después concluyó su misión en Chicago y volvió a Royal. Pero no había sido capaz de olvidarla, ni los sentimientos que había despertado en él.

–Se llama Natalie Perez. Fuimos... amigos durante un mes cuando estuve en Chicago el año pasado. Cuando me fui le di una tarjeta y le dije que si alguna vez quería ponerse en contacto conmigo podía hacerlo a través de TCC.

–Ha pasado casi un año desde entonces, ¿no? –dijo David.

–Once meses –Trav volvió de nuevo la mirada hacia la habitación y sintió que se le erizaba el vello de la nuca–. ¿Cuánto tiempo habíais dicho que tiene la niña?

–Jane... Natalie no recuerda qué día nació –Alex Kent también miró hacia el dormitorio–. Pero cuando le pedimos a Justin Webb que la examinara la noche que Natalie se presentó con ella, dijo que no podía tener más de uno o dos días.

Trav miró a Ry.

–¿Me habías dicho que eso sucedió hace dos meses?

–Sí. ¿Por qué?

Trav calculó el tiempo transcurrido. Sin contestar a Ry, entró de nuevo en el dormitorio.

–¿Te importa dejarme un momento a solas con Natalie, Marissa?

–Por supuesto –Marissa se levantó del borde

21

de la cama y entregó el bebé a Natalie antes de salir.

—¿Puedo verla? —preguntó Trav.

La mirada que le dirigió Natalie fue muy cautelosa, pero le entregó a la niña sin decir nada.

Trav la apoyó contra su pecho y la miró. El remolino del lado izquierdo de su frente era idéntico al de los Whelan, y los hoyuelos, aunque pequeños, se parecían a los suyos. El corazón comenzó a latirle con tal fuerza en el pecho que no le habría sorprendido que le rompiera un par de costillas.

—Es hija mía, ¿verdad? —preguntó, aunque ya sabía la respuesta.

Natalie lo miró unos segundos antes de alzar levemente la barbilla y contestar:

—Sí.

Aunque Trav esperaba que confirmara sus sospechas, aún se sentía como si acabara de pasar sobre él toda la línea defensiva de los Dallas Cowboys. Tenía una hija y alguien estaba amenazándola a ella y a su madre.

El imparable instinto de protección que afloró en su interior, junto con otro cúmulo de indescriptibles emociones, hizo que se le debilitaran las rodillas. Quien quiera que quisiera dar problemas a la pequeña y a su madre tendría que pasar por encima de su cadáver para conseguirlo.

Cuando devolvió la niña a Natalie sintió que su conmoción inicial se estaba transformando en enfado. Tenía mil preguntas que hacerle, y la primera era por qué no se había puesto en contacto con él en cuanto se había enterado de que estaba embarazada.

Pero aquél no era el momento adecuado para interrogarla. Ella no estaba en condiciones y él debía calmarse antes de hacer nada.

—Voy a pedir a la mujer de Davis que te ayude a hacer el equipaje —dijo tras tomar una decisión automática.

—¿Por... qué? —preguntó Natalie con evidente aprensión.

Trav se encaminó hacia la puerta pero se volvió antes de salir.

—Autumn y tú vais a alojaros en mi casa de ahora en adelante.

La larga melena castaña de Natalie se balanceó de un lado a otro cuando negó enfáticamente con la cabeza.

—No vamos a ir a tu casa.

Trav ignoró el pánico que apreció en su mirada y se cruzó de brazos.

—Sí vais a venir conmigo.

—Pero...

—Nada de peros, Natalie. Tú y mi hija vais a venir a casa conmigo —Trav sonrió, pero dudó de que su expresión resultara especialmente amistosa—. Necesitamos tiempo para averiguar todo lo que te ha pasado, y también debemos llegar a alguna especie de acuerdo sobre Autumn.

23

Antes de que Natalie pudiera protestar, Trav salió de nuevo al pasillo, donde seguían los demás hombres y la esposa de Sorrenson.

–¿Podrías ayudar a Natalie a hacer el equipaje, Marissa? –preguntó–. Ella y mi hija van a alojarse conmigo.

Un conmocionado silencio siguió a sus palabras. Ry fue el primero en recuperarse.

–¿Tu qué?

–Mi hija –repitió Travis con calma, sorprendido por la naturalidad con que lo había dicho.

–¿Eres el padre de la niña? –preguntó Alex, incrédulo.

Trav asintió.

–Aún no estoy al tanto de los detalles, pero es evidente que Natalie trataba de buscarme cuando vino a Royal.

–Tiene sentido que se queden en tu rancho –dijo David, pensativo–. Es sólo cuestión de tiempo que quien sea que va tras ellas descubra que está aquí.

Ry asintió.

–Has estado fuera del país desde que Natalie llegó con la niña a Royal, y a nadie se le ocurriría mirar en el Flying W.

–Estoy de acuerdo –dijo Alex.

–Y lo mejor será que te las lleves esta noche, con la protección de la oscuridad –añadió Darin.

–Eso había pensado –Trav se volvió hacia Ry–. ¿Puedes ocuparte de Carrie unos días más, mientras trato de aclarar las cosas?

–Por supuesto. ¿Qué quieres que le cuente de todo esto?

–De momento no le digas nada.

Trav sabía que antes o después tendría que contárselo a su hermana, pero debía ser cauto.

–De manera que está decidido –dijo David–. Mientras tú mantienes a salvo a Natalie y a la niña en el Flying W, el resto de nosotros continuaremos con la investigación y trataremos de averiguar quién las amenaza.

Trav asintió.

–Veré lo que puedo hacer para que Natalie recupere la memoria y os tendré al tanto de cualquier detalle que pueda ayudar a resolver el caso.

Natalie miró de reojo al hombre que conducía el gran SUV plateado. Al reconocer a Travis aquella noche en casa de David y Marissa se había preguntado por qué no se puso en contacto con él cuando supo que estaba embarazada. Pero poco a poco había ido recordando con claridad por qué eligió mantener su embarazo en secreto.

Cuando se conocieron se enamoró perdidamente de él, pero no tardó en descubrir que Travis no era de fiar. Aparte de el hecho de que le hubiera mentido, era millonario. Y ella había aprendido por el camino duro que la gente rica normalmente utilizaba a los demás en su beneficio para luego arrojarlos a un lado como si fueran desechables.

Un escalofrío recorrió su cuerpo. Podía criarse a un bebé sin su madre. ¿La consideraría Travis desechable ahora que sabía que tenían una hija? ¿Trataría de quitársela?

A diferencia de ella, Travis contaba con el dinero necesario para entablar una batalla legal por la custodia. Y, siendo fiscal del condado, probablemente tendría contactos suficientes como para conseguir que algún juez amigo suyo hiciera lo que le pidiera.

Empezó a sentirse desesperada. ¿En qué habría estado pensando cuando había decidido ir a Royal? ¿No se había planteado lo que podría hacer Travis cuando descubriera que Autumn era hija suya?

Contempló nerviosamente su atractivo perfil. Antes de permitir que Travis le quitara a la niña tendría que encontrarla. Y tenía intención de marcharse de allí en cuanto surgiera la primera oportunidad.

–No quiero que te preocupes por tu seguridad o la de la niña mientras estás en el Flying W –dijo Travis entrando con el todoterreno en un estrecho sendero–. Mi rancho está bastante aislado, y si eso no sirve de disuasión, siempre está Fluffy.

Natalie frunció el ceño. No le gustaba la idea de que el rancho estuviera tan lejos de la ciudad. Eso dificultaría su marcha.

–¿Fluffy es tu perro? –preguntó con cautela.

Travis asintió.

–Cuando está cerca nadie entra en el rancho ni baja del vehículo a menos que lo conozca.

–Su nombre no inspira precisamente miedo.

El sonido de la grave risa de Travis hizo que un agradable cosquilleo recorriera la espalda de Natalie.

–Confía en mí. Cuando veas a Fluffy desaparecerá cualquier duda que tengas sobre su habilidad para intimidar a cualquiera.

Al cabo de un rato Natalie se fijó en unas luces en la distancia.

–¿Aquél es tu rancho?

–Sí.

No se veían otras luces a varias millas a la redonda, y las esperanzas de Natalie de encontrar una forma de marcharse sin que Travis se enterara se desintegraron. Al parecer no le iba a quedar más remedio que quedarse y esperar que las cosas salieran bien. Además era evidente que, aunque no recordaba de quién estaba huyendo, había tratado de localizar a Travis. Pero le habría gustado poder recordar por qué.

Cuando Travis aparcó su vehículo en la avenida circular que había ante la casa, Natalie se encontró mirando una hacienda de dos plantas. No se distinguía demasiado en la oscuridad reinante, pero era grande y tenía un patio delantero con unas verjas metálicas.

Travis bajó rápidamente del coche y fue a abrir la puerta de Natalie.

–Hola, Fluffy –dijo a la vez que se volvía hacia el perro más grande que había visto Natalie en su vida–. ¿Has mantenido ocupado a Mose mientras he estado fuera?

–¡Cielo santo! Eso no es un perro. ¡Es un caballo! –dijo Natalie, a la que de pronto no parecía apetecerle demasiado bajar del coche.

–No te preocupes –dijo Travis mientras abría la puerta trasera para soltar la silla de la niña–. Estás conmigo y Fluffy no te molestará.

Natalie miró al perro con cautela.

–¿Estás seguro?

Travis asintió, riendo.

–Está bien entrenado, y además, los mastines no son violentos por naturaleza. No necesitan serlo. Su tamaño y su ladrido bastan para asustar a la mayoría de la gente.

–Tendré que creerte. Pero lo que creo sin ninguna duda es que cualquier desconocido tendría que estar loco para acercarse por aquí sin permiso cuando Fluffy anda cerca.

Travis tomó la sillita de la niña en una mano y apoyó la otra en la parte baja de la espalda de Natalie.

–Te acostumbrarás a él. Es un gigante bonachón. Además, se pasa casi todo el día con Mose.

–¿Mose? –repitió Natalie mientras Travis se detenía para pulsar en una pequeña consola que había junto a la puerta el código de seguridad de la casa.

–Mose Barringer –Travis empujó la puerta cuando la luz de la consola se puso verde–. Se supone que se ocupa de mantener la casa limpia y en orden y de cocinar, pero no se te ocurra decírselo.

–¿Por qué?

–Porque Mose piensa que él es quien dirige las cosas por aquí. Entenderás a qué me refiero cuando lo conozcas.

Natalie se sorprendió al ver que dejaba entrar a Fluffy en la casa.

–¿No es un perro demasiado grande para estar en el interior de la casa?

Travis se encogió de hombros.

–Un animal de su tamaño puede ir donde quiera. Por eso hice que instalaran un portón de su tamaño en la puerta de la cocina. Es libre para entrar y salir cuando quiere.

Natalie miró a su alrededor mientras Travis cerraba la puerta y volvía a poner en funcionamiento el sistema de seguridad. Su casa estaba decorada en el tradicional estilo sureño, con paredes blancas de estuco, vigas de madera y coloridos adornos mexicanos e indios.

Un antiguo reloj de pared que se hallaba en el vestíbulo hizo sonar once veces sus campanas, algo que sorprendió a Natalie.

–No me había dado cuenta de que era tan tarde –dijo, nerviosa–. Si me dices cuál es el cuarto que voy a compartir con Autumn, voy a instalarla antes de acostarme.

Travis la miró unos segundos antes de asentir. Luego volvió a apoyar una mano en la espalda de Natalie y la empujó con delicadeza hacia las escaleras.

–En cuanto te enseñe el dormitorio volveré al coche a por la cuna portátil.

El calor de su mano atravesó la ropa de Natalie hasta su piel. En cuanto llegaron a lo alto de las escaleras se apartó de él.

–Tu casa es muy bonita –dijo por decir algo.

–Tuve muy poco que ver con su aspecto. Lo único que hice fue mencionar el estilo de casa que quería cuando la construyeron. Carrie se ocupó de la decoración.

Natalie se preguntó si Carrie sería la actual novia de Travis, pero enseguida se reprendió por su curiosidad. Ella no estaba interesada en Travis Whelan ni en quién pudiera ser su novia.

–Carrie es mi hermana –añadió Travis como si le hubiera leído la mente. A continuación abrió una puerta de roble y se apartó para dejar pasar a Natalie–. Ésta es la habitación que suele usar cuando viene por aquí.

–¿Estás seguro de que no le importará que me aloje en ella?

–No le importará –Travis dejó la sillita con la niña en medio de la cama–. Sólo suele utilizarla un par de veces al año, cuando nos reunimos en navidades o para la barbacoa del cuatro de julio.

Natalie miró en torno a la acogedora habitación, también decorada en el antiguo estilo colonial español.

–Tiene talento para la decoración –dijo con nostalgia.

Cuando era pequeña siempre quiso decorar el apartamento en que vivía con su padre, pero no podían permitírselo. Después, tras su muerte, apenas pudo comprar lo imprescindible para el diminuto piso en que tuvo que alojarse.

–¿Te encuentras bien, Natalie? –dijo Travis a la vez que apoyaba una mano en su hombro.

El contacto fue como una descarga eléctrica y Natalie se apartó.

–Estoy bien.

Travis volvió a mirarla unos segundos antes de volverse.

–Voy a por la cuna.

Unos minutos después regresó y montó rápidamente la cuna que David Sorrenson compró después de que Natalie y su hija se presentaran en Royal.

–¿Necesitas algo más para pasar la noche? –preguntó cuando terminó.

–No, gracias –Natalie estaba deseando que se fuera para poder estar a solas y tratar de calmarse. La presencia de Travis le hacía sentirse tensa, sobre todo porque los recuerdos de la época que pasaron juntos estaban regresando fragmentariamente a su memoria.

Travis se volvió a mirarla y Natalie se sintió atrapada por su mirada mientras veía cómo se inclinaba hacia ella. Hipnotizada, permaneció donde estaba mientras sentía los fuertes latidos de su corazón. Contuvo el aliento cuando Travis inclinó la cabeza y, justo cuando creyó que iba a besarla, él susurró junto a su oído: –Feliz año nuevo, Natalie. Hablaremos por la mañana. Buenas noches.

Después, sin mirar atrás, salió del dormitorio.

Capítulo Tres

Despierto en su cama, Trav comprobó que le dolía la cabeza a causa de la tensión y la falta de sueño. Cuando había aterrizado con Darin quería tres cosas: una cerveza, una ducha caliente y una buena noche de sueño. Había conseguido que se hicieran realidad dos de sus deseos, la cerveza y la ducha, lo que no estaba mal, pero, a pesar de que estaba agotado y del desfase horario, no lograba dormirse.

Miró el reloj. Estaba a punto de amanecer y aún no había pegado ojo. ¿Pero cómo iba a dormir en aquellas circunstancias? Tenía demasiadas cosas en qué pensar. Sobre todo en por qué Natalie no se puso en contacto con él cuando supo que estaba embarazada. ¿Acaso habría creído que no quería saber que había sido padre? ¿Por qué no quería que formara parte de la vida de Autumn?

Sabía que las cosas no habían acabado bien entre ellos, pero eso no significaba que no fuera a querer a su propia hija y a ocuparse de ella.

Se enfadó al pensar que probablemente no habría llegado a conocer a su hija si Natalie no se hubiera encontrado en un lío.

Y aquel pensamiento le llevó a la pregunta más importante de todas. ¿Por qué estaban siendo amenazadas Natalie y Autumn? ¿Y quién las amenazaba?

Para averiguarlo iba a necesitar tiempo, pero prolongar unas semanas más el permiso de dos meses que se había tomado para la misión en Obersburg no supondría ningún problema. Afortunadamente, en Royal apenas se cometían crímenes, lo que le permitía dedicar gran parte de su tiempo a las misiones de TCC a pesar de ser el fiscal del condado. Y en aquellos momentos lo más importante era cuidar de Natalie y de Autumn.

El lunes por la mañana llamaría para avisar a su ayudante de que debía seguir ocupándose del despacho hasta que Natalie y la niña estuviera fuera de peligro.

Más relajado tras tomar aquella decisión, trató de pensar en algún modo para ayudar a Natalie a recuperar la memoria. Estaba seguro de que cuando lo lograra le resultaría más fácil identificar al miserable que las amenazaba.

Estaba pensando en todo aquello cuando oyó el sonido del bebé llorando. Unos segundos después se abrió la puerta de Natalie, que pasó junto a la de Trav murmurando palabras de consuelo a la niña.

Trav salió de la cama, se puso rápidamente unos vaqueros y salió descalzo al pasillo. No quería que Natalie se llevara un susto si se encontraba con Fluffy.

Un grito femenino, seguido de otro del bebé, le hizo acelerar el paso. Al entrar en la cocina vio a Natalie de espaldas contra la nevera, abrazando protectoramente a Autumn contra su pecho.

Fluffy estaba ante ellas, mirándolas con expresión desconcertada. Cuando oyó entrar a Trav se volvió a mirarlo como para preguntar, ¿qué diablos le pasa?

—Ven aquí, Fluffy.

El perro obedeció de inmediato y fue a sentarse junto a él. Trav le ordenó quedarse donde estaba y luego fue a abrazar a las damas en peligro. Autumn dejó de llorar de inmediato.

—Tranquila, cariño. Fluffy no os haría daño a ti ni a la niña. Sólo trata de ser amistoso.

—¿A qué diablos viene todo este jaleo? —gruñó Mose mientras entraba en la cocina. Vestido tan sólo con una camiseta y sus calzoncillos largos, se detuvo en seco al ver a Natalie y al bebé que sostenía Trav en brazos—. ¿Eso es un bebé? —preguntó, asombrado.

Trav asintió.

—Natalie, te presento a Mose Barringer, el vaquero con más malas pulgas del oeste—. Mose, te presento a Natalie Perez y a mi hija Autumn.

El viejo vaquero se quedó boquiabierto.

—¿Qué has dicho?

–Mi hija –repitió Trav–. ¿Quieres verla más de cerca después de ponerte algo de ropa?

Al recordar lo que llevaba puesto, o, más bien, lo que no llevaba puesto, Mose se puso rojo hasta la raíz de su canoso pelo. Sin otra palabra, giró sobre sí mismo y salió cojeando de la cocina con tanta velocidad como le permitieron su artritis y sus setenta y muchos años.

Trav sonrió.

–Me va a dar mucho la lata por esto.

–¿Qué quieres decir? –preguntó Natalie, menos aprensiva al ver que Fluffy había seguido a Mose fuera de la cocina.

–Que va a estar enfadado conmigo todo el día por haber dejado en evidencia que sólo llevaba sus calzoncillos largos.

–Estaba tan asustada con Fluffy que ni me he fijado en lo que llevaba puesto –dijo Natalie.

Autumn eligió aquel momento para empezar a llorar de nuevo con renovado vigor.

–Deja que la sostenga mientras tú preparas el biberón –dijo Trav a la vez que alargaba los brazos. No estaba acostumbrado a sostener bebés, pero, le gustara o no a Natalie, pensaba familiarizarse con su hija.

Natalie lo miró un momento antes de asentir y entregarle a la niña. Después se volvió hacia la nevera, pero enseguida miró a Trav por encima del hombro como si no se fiara de él.

Trav frunció el ceño. Se comportaba como si

36

pensara que Autumn y él pudieran desaparecer si les quitaba la vista de encima.

Entonces fue cuando comprendió. Natalie temía que fuera a tratar de quedarse con la custodia de su hija.

–Yo puedo dar de comer a Autumn mientras tú subes a cambiarte –dijo, para probarla.

Natalie se puso pálida como un fantasma.

–No hace falta. Le daré el biberón y luego subiré con ella a cambiarme.

A pesar de lo enfadado que estaba con ella, Trav quería que se sintiera relajada. Ya tenía bastantes preocupaciones.

–Creo que conviene que te aclare algo, Natalie. Estoy enfadado contigo por haberme ocultado tu embarazo, y no voy a mentirte. Quiero la custodia compartida de nuestra hija, pero no voy a hacer nada para tratar de quitártela. Ya encontraremos algún modo de resolverlo.

Al ver que ella se ponía aún más pálida, alzó una mano y apoyó la palma en su mejilla.

–A diferencia de lo que puedas creer, soy un hombre de palabra. Puedes creer lo que te estoy diciendo.

Natalie lo miró unos segundos con expresión cautelosa, pero finalmente asintió.

–Sólo me llevará unos minutos cambiarme.

–Muy bien –Trav ocupó una silla junto a la mesa con la niña en brazos–. Pero tendrás que enseñarme qué hacer –añadió, más emocionado de lo que jamás habría creído posible por tener a su propia hija en brazos.

—En realidad es muy sencillo.

—Nunca he convivido con un bebé, excepto con mi hermana, aunque eso fue hace veinticuatro años y por entonces estaba más interesado en pescar en el arroyo y en hacer competiciones con mi mejor amigo para ver quién escupía más lejos. Pero pienso aprender a cuidar de Autumn.

Natalie se volvió hacia él tras meter el biberón en el microondas.

—Yo tampoco he estado con muchos bebés. Soy hija única... —de pronto abrió los ojos de par en par—. ¡Oh! ¿Por qué no habría recordado eso antes?

Trav trató de reconfortarla con una sonrisa.

—Dale tiempo. Los recuerdos irán volviendo poco a poco.

—Eso espero —Natalie se mordió un momento el labio inferior, como tratando de recordar algo más mientras esperaba a que se calentara el biberón—. A veces resulta muy frustrante no recordar ni el más mínimo detalle.

—Supongo que querréis una taza de café y algo de comer para desayunar —gruñó Mose cuando regresó con Fluffy a la cocina. En aquella ocasión entró vestido con una camisa de franela roja, unos gastados vaqueros y unas botas que debían ser más viejas que él.

—Cuando me cambie bajaré a ayudarlo, señor Barringer —dijo Natalie mientras sacaba el biberón del microondas.

—No hay ningún «señor» en mi nombre —gruñó Mose—. Puedes llamarme Mose, como todo el mundo.

—De acuerdo... Mose —Natalie inclinó el biberón y dejó que cayeran un par de gotas sobre su muñeca.

Trav contuvo el aliento cuando vio que avanzaba hacia él. Tenía la luz del sol a su espalda y pudo distinguir el contorno de su esbelto cuerpo a través de la tela de su fino albornoz y su camisón. Los recuerdos de las noches que pasaron juntos en Chicago se amontonaron en su mente, provocando una reveladora tensión por debajo de su cintura.

¿Cómo podía sentir deseo por aquella mujer después de lo que le había hecho? ¿No debería haber bastado que hubiera tratado de ocultarle la existencia de su hija para apagar cualquier sentimiento en su interior?

Tragó con esfuerzo y apartó la mirada.

—¿Qué tengo que hacer? —preguntó cuando Natalie le entregó el biberón.

—Asegúrate de mantenerlo en este ángulo para impedir que la tetina se llene de aire —dijo ella mientras le enseñaba la forma de sostenerlo.

Su dulce y femenino aroma y la calidez de su aliento hicieron que Trav sintiera que había aumentado la temperatura en la habitación.

–¿Es eso todo lo que tengo que hacer? –preguntó, tenso.

Natalie asintió a la vez que dejaba una gasa limpia sobre el hombro de Trav.

–No creo que vayáis a tener problemas mientras subo a cambiarme. Cuando vuelva habrá que hacerle eructar.

–¿Y eso cómo se hace?

–Te enseñaré cuando llegue el momento.

Mientras Natalie se alejaba, Trav fue incapaz de mantener la vista apartada del balanceo de sus caderas, balanceo que le hizo recordar que hacía mucho tiempo que no disfrutaba de la calidez de una mujer. De hecho, reconoció mientras los latidos de su corazón aumentaban, Natalie era la última mujer con la que había hecho el amor.

Autumn hizo un ruidito que llamó su atención. Mientras la miraba se preguntó qué tal habría sido el embarazo de Natalie y lamentó no haber estado a su lado para ayudarla. Pero mientras daba el biberón a su hija se recordó que tampoco había tenido ninguna opción al respecto.

–¿Cuánto tiempo tiene la pequeña? –preguntó Mose.

–Dos meses.

–¿Por qué no te casaste con su madre antes de que viniera aquí? –añadió Mose con gesto de desaprobación.

–No había vuelto a saber nada de ella hasta

ayer –contestó Trav, que apenas pudo evitar la amargura de su tono.

Conocía a Mose lo suficientemente bien como para saber que no podía decirle que se metiera en sus asuntos. Por lo que a él se refería, Carrie y él sí eran asunto suyo, y era bastante aficionado a someterlos a un tercer grado y a expresar su opinión cada vez que le parecía bien hacerlo... algo que sucedía a menudo.

–En mis tiempos, cuando un joven metía en un lío a una chica, hacía lo correcto y le ponía un anillo en el dedo. Aunque fuera después –Mose cerró con más energía de la necesaria una puerta de la alacena–. Sabía que tus andanzas por ahí te iban a meter algún día en un lío.

Trav suspiró. No iba a molestarse en explicarle a Mose que sus «andanzas» se debían a asuntos relacionados con TCC. Estaba lanzado y no le escucharía hasta que terminara de decir lo que quería.

–Así que, ¿cuándo piensas llevar a esa jovencita al altar?

–No voy a hacerlo.

–¿Y puede saberse por qué no? –replicó Mose–. Lo único que tienes que hacer para aclarar las cosas es casarte.

–Natalie ha sufrido un accidente –Trav sabía que tenía que elegir bien sus palabras. Aunque la gente de Royal sabía que TCC se ocupaba de ayudar a la gente con problemas, la mayoría, incluyendo a Mose, no sabían hasta dónde eran capaces de llegar sus miembros en su afán por reparar los males del mundo–. Hace dos meses que sufre amnesia y no puede recordar muchas cosas.

–Pero sí ha recordado que tú eres el padre de la niña, ¿no?

–Sí.

–Eso es todo lo que necesitas para convertirla en tu esposa –Mose frunció el ceño–. Por su acento no parece de por aquí. ¿De dónde es? ¿Y por qué ha esperado a que naciera la niña para buscarte?

–Es de Chicago –contestó Trav, consciente de que sería inútil tratar de cortar el interrogatorio–. Y no sé por qué no me comunicó que estaba esperando un hijo mío.

–¿De Chicago? ¿Y cómo diablos llegó hasta aquí? ¿Condujo todo el camino con el bebé?

–No lo recuerda.

–¿Cuándo llegó aquí?

Trav suspiró y decidió que más le valía informar de todo a Mose si no quería que el interrogatorio se prolongara toda la eternidad. Tras contarle rápidamente lo que sabía, añadió:

–Por eso van a quedarse con nosotros una temporada.

Mose pareció reflexionar un momento sobre lo que había escuchado.

–Si llegó aquí en noviembre, mientras tu estabas fuera, es evidente que vino en tu busca.

–Yo he pensado lo mismo –Trav miró a la niña, que parecía tener buen apetito. Ya había consumido casi la mitad del biberón.

–En ese caso, haz lo correcto y cásate con ella –insistió Mose mientras sacaba de la nevera una caja de huevos y un paquete de beicon–. ¿Cómo te sentirías si alguien hiciera lo mismo con tu hermana y luego la dejara sola?

El estómago de Trav se encogió al pensar en aquella posibilidad.

–No es lo mismo.

Mose bufó.

–¿Y por qué no? La jovencita que está cambiándose arriba debe tener la misma edad que Carrie.

–Natalie es un año mayor –dijo Trav a la defensiva.

–Una gran diferencia –dijo Mose irónicamente. Luego se acercó cojeando para mirar a la niña–. Es muy bonita. Cuando sea mayor va a necesitar un padre dedicado y con un palo a mano para alejar a los jovencitos que la asedien.

Aquello era lo más parecido a un cumplido que Mose había dicho nunca, incluso a Carrie, que era su ojito derecho.

–No te preocupes. Aunque sólo sea para dedicarle una sonrisa tendrán que pedirme antes permiso –dijo Trav, totalmente en serio.

Natalie regresó en aquel momento a la cocina.

–¿Cuánto biberón a tomado?

Trav la miró y no pudo evitar volver a pensar en lo bonita que era. La primera vez que la vio en la cafetería de Chicago apenas pudo apartar la mirada de ella. Sus ojos color violeta le fascinaban, lo mismo que su larga y sedosa melena.

—Más o menos la mitad —contestó.

—En ese caso, ha llegado el momento de hacerle eructar —Natalie alargó los brazos hacia la niña.

—¿Te importa si lo hago yo? —preguntó Trav, ansioso por aprender.

Natalie lo miró unos segundos. ¿Por qué estaba tan interesado en aprender a ocuparse de la niña si, como había dicho, no pretendía quedársela?

Sintió un escalofrío. Aún no se fiaba totalmente de Travis. ¿Habría escapado de un peligro para caer en brazos de algo aún peor?

—¿Te encuentras bien? —preguntó Trav, preocupado por la expresión de Natalie.

—Estoy... bien —balbuceó finalmente ella—. ¿Estás seguro de que quieres ocuparte de hacerle eructar? Hay veces en que puede resultar un poco... complicado.

Travis rió.

—Creo que podré superarlo.

—No digas que no te he advertido. La gasa que te he puesto en el hombro te protegerá si regurgita.

Trav pareció perder parte de la confianza en sí mismo.

–¿Te refieres a que podría vomitar?

Si no le hubiera preocupado la posibilidad de que quisiera quitarle a la niña, Natalie habría reído al ver su expresión.

–Regurgitar no es exactamente vomitar, pero se parece un poco. Es algo que hacen los bebés.

–¿Lo hace cada vez que come? –preguntó Travis, repentinamente preocupado–. ¿La has llevado al médico para ver qué opina?

–No –Natalie se sorprendió por la vehemencia de su propia respuesta. Pero, por algún motivo, no quería saber nada de que un médico se acercara a Autumn–. Es normal que los bebés regurgiten. Autumn no necesita un médico –al ver que Travis seguía mirándola con expresión interrogante, añadió–: No me gustan los médicos. No recuerdo por qué, pero sé que la idea de ver a uno hace que me ponga muy nerviosa.

Mose le palmeó amistosamente un hombro.

–No te culpo. A mí tampoco me hacen mucha gracia los matasanos.

Trav siguió mirando a Natalie mientras Mose iba a ocuparse del desayuno.

–¿Crees que tu aversión a los médicos pueda tener algo que ver con lo que sucedió hace dos meses?

–No estoy segura –Natalie se mordió el labio inferior mientras trataba de pensar en por qué sentía aquello–. Sólo sé que no quiero tener nada que ver con ningún médico.

Autumn empezó a retorcerse en brazos de Trav, indicando que necesitaba que la ayudaran a eructar.

Travis se ocupó de hacerlo siguiendo sus instrucciones.

—¿Cómo sabré si lo he hecho bien? —acababa de formular la pregunta cuando Autumn dejó escapar un sonoro eructo.

—Ahí tienes la respuesta —dijo Natalie mientras secaba con la gasa la boca de la niña.

Trav hizo una mueca.

—Resulta bastante grosero.

Natalie no pudo evitar reír.

—He tratado de advertirte.

—Sí, supongo que sí.

Trav rió y Natalie sintió que su corazón latía más deprisa al mirar sus ojos color avellana. Se había enamorado de él once meses antes, pero eso fue antes de averiguar que la había engañado. Y más le valía no olvidarlo.

—Será mejor que eche una mano a Mose —dijo, sintiendo la repentina necesidad de apartarse de él.

—¿Y qué hago yo ahora? —preguntó Travis, desconcertado—. ¿Querrá terminarse el resto de biberón?

Natalie asintió.

—Dáselo y luego hazle eructar de nuevo —evitando cuidadosamente a Fluffy, que estaba tumbado a unos metros de la mesa de la cocina, Natalie se dispuso a ayudar a Mose—. Después de que eche la siesta te enseñaré a bañarla y a cambiarle el pañal.

–No sé si estoy preparado para eso –dijo Trav, inseguro.

–Has dicho que querías aprender a cuidarla, y el cambio de pañales y los baños forman parte esencial de los cuidados de un bebé.

Trav asintió tras un momento de duda.

–Tienes razón –dijo mientras volvía a acercar la tetilla del biberón a la boquita de Autumn–. Todo este asunto de los bebés es mucho más complicado de lo que parece.

Natalie sonrió. Tal vez no iba a tener que preocuparse de que Travis tratara de quitarle a la niña. Sobre todo después de unos cuantos cambios de pañales y una vez que hubiera pasado por la estimulante experiencia de escuchar los gritos de su hija cuando le diera un baño.

Capítulo Cuatro

—¿Y ahora qué hago?

Trav miró a su hija, que estaba tumbada en su cambiador en el baño. Se las había arreglado para quitarle el pijama, pero no tenía idea de qué hacer a continuación.

—Quítale el pañal —contestó Natalie desde el dormitorio contiguo—. Enseguida te llevo uno nuevo y un pijama limpio.

Autumn se había quedado dormida de inmediato después de comer, pero justo cuando Travis empezaba a sentirse más confiado en sus habilidades como padre Natalie le había dicho durante el desayuno que para que fuera aprendiendo iba a dejarle ocuparse de la niña cuando se despertara.

Y Trav ya no estaba tan seguro de estar preparado para ello.

—¿Cómo sabes lo que hacer? —preguntó, maravillado ante la eficiencia de Natalie, que estaba sacando todo lo que iba a necesitar para bañar a la niña.

—Supongo que en gran parte es el instinto —dijo Natalie mientras se detenía junto a él—. Pero también se aprende a base de errores.

Su aroma floral y la calidez de su cuerpo, cuando se inclinó para soltar los cierres del pañal de Autumn, hicieron que Trav tuviera que tragar saliva mientras se preguntaba cómo iba a arreglárselas para mantener las manos quietas con ella cerca. A pesar de todo, seguía deseando con todas sus fuerzas a aquella mujer. Y eso no le gustaba.

—¿Me has oído, Travis?

—Disculpa —dijo él, sobresaltado.

—Te he pedido que prestes atención para que la próxima vez sepas qué hacer —dijo Natalie pacientemente.

—Sí. Tengo que retirar las tiras adhesivas antes de quitarle el pañal.

Cuando Natalie lo instruyó sobre el modo adecuado de sostener al bebé mientras él lo metía en el cubo de plástico, Trav sintió que su presión arterial subía diez puntos. El sonido de la voz de Natalie y el roce de sus manos mientras lo guiaba durante el baño estaba volviendo loca a su libido. Ni siquiera los gritos de Autumn sirvieron para aplacar el efecto que Natalie ejercía sobre él.

—¿Y qué viene a continuación? —preguntó, con la esperanza de que Natalie se ofreciera a seguir por su cuenta.

Natalie señaló una toalla de felpa que había sobre el mostrador de mármol.

—Túmbala ahí y sécala.

Cuando Trav terminó de secarla, Natalie le alcanzó un bote de talco y le dijo cuánto debía aplicar sobre la piel de la niña, que aún seguía gritando.

–¿Llora así cada vez que la bañas?

Natalie asintió, sonriente.

–Te acostumbrarás. Y ahora, ¿estás listo para tu primera lección de cambio de pañal?

–No estoy seguro. Creo que esto no se me da especialmente bien.

La risa de Natalie se deslizó sobre los sentidos de Travis como una cálida brisa de verano.

–Eres tú el que ha querido aprender cómo cuidar de Autumn.

Trav suspiró.

–No sé por qué tengo la sensación de haber caído en una trampa.

Natalie se limitó a sonreír y procedió a darle las instrucciones para poner el pañal a la niña. Cuando, tras conseguir ponerle el pañal, terminó de cerrar los innumerables corchetes del pijama, Trav se sentía como si acabara de regresar del campo de batalla.

–¿Lo ves? –dijo Natalie–. No ha sido tan difícil.

Trav asintió con la frente perlada de sudor.

–Sí que ha sido difícil –miró a la niña–. Ojalá dejara de llorar. Me hace sentir que lo hago todo mal o que le he hecho daño de algún modo.

–Los bebés lloran por una variedad de razones, Travis –dijo Natalie con suavidad–. Es el único medio que tienen para expresarse a esa edad. No le has hecho daño ni protesta por cómo la has cambiado; sólo quiere hacerte saber que está enfadada.

Mientras miraba a Natalie, Trav sintió que su cuerpo empezaba a reaccionar al sonido de su aterciopelada voz. Se volvió y tomó a la niña en brazos para tener las manos ocupadas.

–No me gusta oírle llorar.

–Tienes que aprender a captar las diferencias en su llanto –dijo Natalie mientras empezaba a recoger el baño–. No tardarás en saber qué trata de decirte con cada tipo de llanto.

Travis acunó a la niña en uno de sus brazos y se quedó maravillado al ver la rapidez con que dejó de llorar y se durmió.

–¿Debería acostarla? –susurró.

Natalie asintió y salieron al dormitorio, donde se hallaba la cuna portátil que Trav había instalado el día anterior. Tras arropar a la niña, Natalie tomó un aparato que parecía una radio e hizo una seña para indicar a Trav que debían salir.

–¿Estás segura de que la niña estará bien? –preguntó él cuando estuvieron en el descansillo–. Parece demasiado pequeña para quedarse sola.

–Estará bien, Travis –Natalie apoyó una mano en su brazo para reconfortarlo y alzó el aparato que sostenía en la otra–. Tengo el monitor para escucharla.

La calidez de su tacto a través de la camisa hizo que Trav sintiera una descarga. Antes de

51

poder contenerse, la tomó entre sus brazos. Mientras acercaba sus labios a los de ella supo que debería acudir a que le examinaran la cabeza por haber cedido a la tentación de besarla. Pero ni los once meses transcurridos, ni el hecho de que hubiera mantenido en secreto su embarazo, bastaron para disminuir el efecto que aquella mujer ejercía sobre él.

Mientras saboreaba su dulzura, Natalie entreabrió los labios en un suave suspiro y se apoyó contra él. Aquella señal de aceptación hizo que Travis profundizara su beso.

Al primer contacto de sus lenguas sintió que su bragueta apenas podía contener el empuje de su deseo y su corazón se desbocó. Deslizó las manos por sus costados hasta detenerlas sobre la curva de sus pechos para acariciarle los pezones con los pulgares. El gemido de placer de Natalie lo impulsó a presionar instintivamente la poderosa evidencia de su excitación contra ella.

Un segundo después, Natalie apoyó las manos sobre su pecho y se apartó de él.

—Para... por favor.

Consciente de que el beso se les estaba yendo de las manos, Trav dejó caer los brazos y dio un paso atrás.

—Esto no debería haber pasado –dijo, sintiéndose como una adolescente con más hormonas que sentido común.

—No... –replicó ella, sin aliento–. Aunque no recuerdo por qué vine a Texas, sé que no lo hice para retomar lo que compartimos en Chicago.

Trav podría haber comentado que ella parecía haber disfrutado del beso tanto como él, pero, mientras Natalie bajaba las escaleras, decidió que no tenía sentido comentar lo obvio. Sin embargo, Natalie tenía razón en una cosa; lo que compartieron en Chicago había acabado y ella no habría acudido a Texas de no ser por los problemas que tenía. Una lenta sonrisa distendió su expresión. Era posible que Natalie pensara que no podía fiarse de él, pero no habría acudido a buscarlo si no hubiera sabido que sería capaz de remover cielo y tierra para protegerla tanto a ella como a su hija.

Miró su reloj. Aún no era mediodía y ya había tenido todo un día de año nuevo. En menos de veinticuatro horas había descubierto que la misteriosa mujer que estaba protegiendo el TCC era la misma que había perseguido sus sueños durante meses tras su regreso de Chicago, que tenía una hija de dos años y que, les gustara o no, la pasión que Natalie y él habían compartido hacía unos meses seguía siendo tan intensa como al principio.

Movió la cabeza. Si tan sólo en unas horas había sucedido todo aquello, ¿qué sorpresas tendría preparadas para él el nuevo año?

Natalie se frotó las lágrimas de los ojos con el antebrazo para comprobar qué estaba haciendo

Fluffy. En los cinco días que llevaba en el rancho de Travis había empezado a relajarse ante la presencia del enorme perro, pero seguía gustándole saber dónde estaba y qué se traía entre manos. Afortunadamente, Fluffy sólo parecía interesado en comer, echar siestas y seguir a Mose de una habitación a otra.

Mientras volvía a centrarse en las cebollas que estaba picando, pensó que era realmente peculiar que Mose fuera la única ayuda doméstica con que contaba Travis. Siempre había creído que alguien tan rico tendría sirvientes para todo.

Pero aquél no parecía ser el caso. Además de Mose, Travis sólo contaba con otros dos vaqueros que se ocupaban del ganado y los caballos.

–¿Dónde está ese liante que tengo por hermano, Mose? –preguntó una voz femenina un segundo antes de que una preciosa pelirroja con unos deslumbrantes ojos color avellana entrara en la cocina. Al ver a Natalie sentada a la mesa con los ojos llenos de lágrimas, se detuvo en seco con expresión preocupada–. ¿Te encuentras bien? ¿Qué sucede?

Natalie asintió.

–Estoy... bien. Son las cebollas.

–Con lo que me han costado no deberían ser tan fuertes –protestó Mose mientras se acercaba cojeando a Natalie para palmearle el hombro–. ¿Por qué no te has quejado cuando han empezado a picarte los ojos?

–Te he dicho que quería ayudar... y no quería quejarme.

–Pobrecita mía –dijo la recién llegada mientras se encaminaba al fregadero, donde humedeció un par de servilletas de papel. Cuando regresó junto a Natalie le entregó una–. Colócatelas sobre los ojos un momento y verás cómo te alivia –se volvió hacia Mose, y añadió–: Llévate la tabla de cortar a la encimera mientras yo limpio la mesa.

–Parece que hoy estás muy mandona, osita –gruñó Mose, pero Natalie notó que obedeció de inmediato.

La mujer a la que había llamado «osita» besó su arrugada mejilla.

–Seguiré siendo mandona mientras insistas en llamarme osita en lugar de por mi nombre –dijo ella mientras limpiaba la mesa con un trapo. Cuando terminó se volvió hacia Natalie–. ¿Estás mejor?

Natalie asintió.

–Sí, gracias... –su voz se apagó cuando recordó que había olvidado el nombre de la hermana de Travis, y era evidente que no le gustaba que la llamaran osita.

–Lo siento. Soy Carrie, la hermana de Travis –dijo Carrie con una sonrisa.

–Gracias, Carrie –a Natalie le gustó de inmediato la otra mujer. Se levantó y fue al fregadero para lavarse las manos–. Yo soy Natalie Perez, una... amiga de tu hermano.

Antes de que ninguna pudiera decir nada más, el sonido de Autumn despertándose de su siesta llegó a ellas a través del monitor.

–¿Tienes un bebé? –preguntó Carrie, evidentemente encantada–. Me encantan los bebés.

Natalie asintió y empezó a frotarse rápidamente las manos antes de ir a atender a la niña.

–Sólo espero que no se irrite demasiado antes de que pueda subir a ocuparme de ella.

–Ya voy yo –Carrie se volvió de inmediato para salir.

Natalie siguió frotándose las manos.

–Enseguida te sigo.

–¿En qué habitación está?

–Creo que Travis dijo que es el dormitorio que sueles utilizar cuando vienes por aquí.

Unos segundos después se escuchó la voz de Carrie a través del monitor.

–¡Pero qué preciosa eres, pequeña!

Tras secarse rápidamente las manos, Natalie subió al dormitorio. Sonrió al ver que Carrie estaba terminando de cambiar de pañal a la niña.

–Gracias –dijo sinceramente–. Se enfada mucho cuando no le cambian el pañal de inmediato.

Carrie tomó a la niña en brazos y se volvió hacia Natalie con una sonrisa.

–¿Cómo se llama?

–Autumn.

–Un bonito nombre para una bonita niña. Me gusta, aunque es un poco inusual. ¿Hay alguna historia tras la elección de su nombre?

–Siempre me ha gustado especialmente esa estación –dijo Natalie, y de pronto se dio cuenta de que acababa de recordar algo sobre sí misma. Era cierto. Aquella estación le gustaba más que ninguna otra, y sabía exactamente por qué había llamado Autumn a su hija–. Me encantan los tonos que adquieren los árboles durante esa estación, y el aire limpio que se respira. Cuando supe que iba a nacer a finales de octubre o a primeros de noviembre supe que ése era el nombre que quería ponerle.

Carrie besó a la niña en la mejilla y sonrió.

–Me encantaría tener un bebé. Son tan dulces... Pero antes tengo que encontrar al padre adecuado.

–Eso es importante –dijo Natalie, sin saber muy bien qué más decir. ¿Debería informarle de que Autumn era su sobrina?

–Hola, osita. Mose me ha dicho que me estabas buscando –dijo Travis desde el umbral del dormitorio–. Veo que ya has conocido a Natalie y a nuestra hija.

Carrie se quedó boquiabierta.

–¿Vuestra hija? –miró a la niña un momento, y luego a Natalie y a Travis–. ¿Quieres decir que esta monada es mi sobrina?

Travis asintió, sonriente.

–¿Crees que te apetecerá hacer de canguro alguna vez?

—Si alguna vez se te ocurre llamar a alguna otra persona para cuidar a este ángel, me temo que tendré que hacerte daño, hermanito —Carrie sonrió mientras volvía a mirar a la niña, pero cuando volvió a alzar el rostro su expresión era de desaprobación—: ¿Por qué no me dijiste que ibas a ser padre, Trav?

Travis miró a Natalie.

—Yo...

—Es hora del biberón de Autumn —dijo Natalie, repentinamente incómoda con el giro que estaba tomando la conversación. Dio un paso adelante para tomar a la niña de brazos de Carrie—. Travis puede explicártelo todo mientras yo le doy el biberón.

Colocó una gasa sobre su hombro y, sin decir nada más, abandonó la habitación.

—De acuerdo, hermanito. Es hora de que me des algunas explicaciones —dijo Carrie en cuanto la puerta se cerró—. Sea lo que sea lo que tengas que decirme, es evidente que incomoda a Natalie.

—Vamos a mi despacho y allí te pondré al tanto.

Mientras bajaban trató de decidir cuánto debía contar a Carrie. Conociendo a su hermana, sabía que querría ir a por quien quiera que estuviera amenazando a Natalie y a la niña. Y que Dios ayudara a los delincuentes si los encontrara.

—¿Qué está pasando, Trav? —preguntó Carrie

en cuanto estuvieron en el despacho–. ¿No sabías que ibas a tener un hijo?

–No.

–¿Natalie no te dijo que estaba embarazada? –Carrie no ocultó su indignación al decir aquello.

–Averigüé que tenía una hija el día de Nochevieja, cuando volví de viaje.

Trav contó a su hermana todo lo que sabía hasta el momento sobre Natalie y la niña, omitiendo a propósito el papel que TCC estaba teniendo en la investigación del asunto. Aunque los habitantes de Royal hacían especulaciones de todo tipo sobre las actividades del club, cuanto menos se dijera sobre las desapariciones periódicas de algunos de sus miembros y la prevención de peligrosos crímenes en torno al globo, mejor. Ni siquiera los parientes más cercanos de los miembros del club sabían hasta qué punto estaba dedicado éste a la búsqueda de la justicia.

–Pobre Natalie –dijo Carrie cuando su hermano terminó de informarla–. Debe asustarle mucho la posibilidad de que la encuentren.

Trav asintió.

–Por eso te agradecería que no contaras a nadie que están aquí.

–Mis labios están sellados. ¿Lo sabe Ry?

–Sí. Y algunos de mis otros amigos.

–Te refieres a los demás miembros del Cattleman Club, ¿no?

Travis suspiró. A veces, su hermana era demasiado perspicaz para su propio bien.

—Estaban en la fiesta cuando Natalie me reconoció y finalmente recordó quién era.

—Eso explica por qué se presentó en Royal —dijo Carrie—. ¿Pero por qué no te dijo que estaba embarazada?

—Digamos que todo ha sido un gran malentendido y dejémoslo en eso —Trav sonrió cuando su hermana le hizo una mueca—. Natalie y yo necesitamos tiempo para aclarar las cosas entre nosotros y para averiguar quién la amenaza a ella y a la niña y por qué.

—No hay duda de que eso es prioritario —dijo Carrie, que dedicó a su hermano una comprensiva sonrisa—. Y sé que removerás cielo y tierra para mantenerlas a salvo y para encontrar las respuestas que buscas.

Trav asintió.

—Quien quiera que las esté persiguiendo se arrepentirá cuando lo encuentre.

—Y cuando termines con él llegará mi turno.

Trav decidió cambiar de tema antes de que Carrie saliera corriendo en busca del miserable que perseguía a Natalie.

—¿Qué son esos rumores que corren sobre tu afán por salir con el nuevo médico?

—Veo que has estado hablando con Ry —dijo Carrie con el ceño fruncido—. No sé quién es el más metomentodo, si tú o él.

—Sólo nos preocupa tu bienestar, osita.

Carrie soltó un bufido muy poco femenino.

—Hay una diferencia sustancial entre preocuparse y entrometerse, hermanito —dijo mientras se ponía a caminar de un lado a otro del despacho como una leona enjaulada—. ¡Por Dios santo, Trav! Tengo veinticuatro años, no dieciséis. Soy perfectamente capaz de decidir con quién salgo. Y no necesito que Ry se dedique a intimidar a cada hombre al que miro más de dos segundos. Puedes decirle que sus servicios de perro guardián ya no son necesarios.

—Eres mi hermana y debo cuidar de ti —dijo Trav con firmeza—. ¿Y se te ha ocurrido pensar alguna vez que Ry está tan preocupado por tu bienestar como yo?

—¡Sí, claro! —Carrie volvió a dejarse caer en el asiento—. Ni siquiera sabría que estoy viva si no dejaras de pedirle que te ayudara en tus esfuerzos por arruinar mi vida amorosa —miró a su hermano con expresión iracunda—. Algo con lo que Ry parece disfrutar.

—No tratamos de arruinar nada. ¿Pero has conocido ya a ese tipo? Cuéntame lo que sepas de él. ¿Cuántos años tiene? ¿De dónde es?

—Es el doctor Nathan Beldon, no sé de dónde es y aún no lo he conocido. ¡Pero seguro que es más excitante que cualquiera de los hombres de Royal!

Trav estuvo a punto de reír en alto. Si Carrie estuviera al tanto de las ocupaciones de los miembros del club TCC no las habría considerado precisamente aburridas.

—Sólo hazme un favor, osita.

—¿Qué favor?

—No olvides que no todo el mundo es tan directo y franco como pretenden hacerte creer —advirtió Trav.

—De manera que ahora te has vuelto un experto en naturaleza humana, ¿no? —preguntó Carrie con una ceja alzada.

—No —Trav se encogió de hombros—. Pero soy un hombre y sé mucho más sobre cómo son los de mi género que tú.

Carrie rió mientras se levantaba para irse.

—¿Quieres decir que sabéis hacer algo más que rascaros, escupir y deambular durante horas con el coche porque preferís morir a preguntar una dirección?

Trav sonrió mientras seguía a su hermana fuera del despacho.

—Cuídate, ¿de acuerdo, pequeña?

Carrie se volvió y rodeó el cuello de su hermano con sus brazos.

—No te preocupes tanto por mí, Trav. Ocúpate de resolver las cosas con Natalie. Estoy deseando convertirme en su cuñada. Así podré dedicarme a mimar a Autumn todo lo que quiera —se apartó y miró a Trav con expresión interrogante—. ¿Natalie tiene hermanos o hermanas?

—No. ¿Por qué?

Carrie sonrió de oreja a oreja.

–Así seré la tía favorita de Autumn y la cuñada favorita de Natalie.

Trav frunció el ceño mientras su hermana salía. ¿Por qué parecían Mose y ella empeñados en casarlo?

Miró hacia la cocina, donde sabía que Natalie estaba dando un biberón a Autumn. En los once meses transcurridos desde su regreso de Chicago no había sido capaz de olvidar el tiempo que pasaron juntos. Pero eso no era una base suficiente para pensar en un compromiso para toda la vida.

De hecho, ni siquiera debería estar pensando en aquella posibilidad. Nunca había reflexionado demasiado al respecto, pero sabía que él no estaba hecho para el matrimonio.

–Estás perdiendo el norte, Whelan –murmuró mientras se encaminaba hacia la cocina.

Sería el mejor padre del mundo para Autumn, pero el matrimonio no entraba en sus planes.

Capítulo Cinco

–¿Travis? –Natalie se detuvo en el umbral de la puerta del despacho–. ¿Puedes ocuparte de Autumn un rato mientras echo una siesta?

–Por supuesto, cariño –Trav se levantó de su sillón tras el escritorio–. ¿Te encuentras bien?

–Tengo otro dolor de cabeza que no parece querer irse. He pensado que si dormía un poco tal vez se me pasaría.

Trav rodeó el escritorio y se acercó a ella con expresión preocupada.

–¿Has estado teniendo muchos dolores de cabeza?

–Creo que nunca he tenido tendencia a sufrirlos, pero durante la pasada semana los he tenido a diario.

Trav pasó un brazo por sus hombros y la condujo hacia las escaleras.

–Creo que sería buena idea que vieras a tu neurólogo si persisten.

–¡No! –Natalie sintió un escalofrío y empezó a temblar–. No quiero que el doctor Mc-Dougal ni ningún otro se acerquen a Autumn o a mí.

Trav se quedó momentáneamente sorprendido ante la aspereza de su tono.

—Sólo era una sugerencia. No tienes por qué ver al doctor McDougal si no quieres.

Natalie sabía que estaba reaccionando de forma exagerada, pero el mero hecho de pensar en doctores la aterrorizaba.

—Lo siento... No puedo explicar por qué, pero siento aversión a los médicos. Y cada vez más.

—¿Recuerdas si siempre te han dado miedo?

—No estoy segura, pero no creo —Natalie trató de recordar su infancia—. Sé que me gustaba el pediatra al que me llevaban mis padres cuando era pequeña. Pero era más una especie de abuelo para sus pacientes que un médico...

Se interrumpió cuando un vago recuerdo afloró a su mente. Recordaba a un hombre atractivo con una bata blanca. Su sonrisa era cálida y amistosa, pero sus ojos eran fríos y calculadores, como si careciera de conciencia, de alma. Pero el recuerdo se esfumó con la misma velocidad a que había llegado.

Natalie se acurrucó instintivamente contra Trav.

—Creo que mi aprensión se debe a algo más reciente.

—¿Crees que podría tener algo que ver con el motivo por el que viniste a Royal en mi busca? —dijo Trav, y a continuación la besó con ternura en la frente.

—Tal vez —la sensación del beso y la calidez que emanaba de su cuerpo hicieron que Natalie tuviera dificultades para concentrarse en algo que no fuera él. Sabía que debía apartarse, pero en aquellos momentos necesitaba su apoyo—. Pero no puedo estar segura. Es muy frustrante sentir que estoy a punto de recordar algo y que al instante siguiente se esfume de mi cabeza.

—Lo entiendo, cariño —Trav la estrechó contra su costado—. Ahora vamos arriba para que puedas descansar un rato. Yo bajaré a Autumn a mi despacho en su cochecito para que me haga compañía mientras trabajo.

—Si me necesitas...

—Sé dónde encontrarte —la encantadora sonrisa de Trav hizo que Natalie sintiera que las rodillas se le debilitaban mientras subían las escaleras—. Si no me siento capaz de manejarla, tú serás la primera en saberlo.

Natalie sonrió a pesar de su dolor de cabeza.

—Te refieres a si hay que cambiarla de pañal, ¿no?

Trav rió.

—Sí. No me importa darle de comer, ni que grite cuando la baño, pero preferiría correr desnudo por un campo de cactus a cambiarle los pañales.

—Creía que los marines eran capaces de enfrentarse a cualquier cosa —Natalie contuvo el aliento—. ¡Oh! ¡Acabo de recordar que estuviste en los marines. Te alistaste al terminar tus estu-

dios en el instituto... y tu trabajo cuando te conocí consistía en conseguir alguna clase de información... ¿no?

–Así es, cariño. Pertenecí al cuerpo de inteligencia de los marines. ¿Recuerdas algo más?

–Creo que me dijiste que también hiciste
unos cursos en la universidad mientras estabas
con los militares y que cuando te licenciaste
utilizaste el dinero que habías ahorrado en el
ejército para terminar tus estudios –Natalie se
mordió el labio inferior–. Pero debo estar equivocada...

–¿Por qué dices eso?

–Porque la gente rica no tiene que recurrir a
alistarse en el ejército para poder estudiar una
carrera.

–No siempre he sido rico –dijo Trav, extra-
ñado por el tono condenatorio de Natalie–.
¿Por qué te desagrada la gente que tiene dinero?

–Porque, normalmente, los ricos son perfectamente capaces de utilizar a las personas para
descartarlas en cuanto dejan de serles útiles
–Natalie permaneció un momento en silencio
mientras los recuerdos se amontonaban en su
mente–. Mi padre pasó años trabajando en una
empresa privada. Ayudó a poner en pie el negocio y estaba a punto de retirarse con su bien mere-
cida jubilación cuando el dueño decidió despe-
dirlo porque le resultaba más barato contratar a
alguien nuevo que mantenerlo en su puesto y

tener que pagarle los beneficios a los que tendría derecho si llegaba a jubilarse en la empresa. Eso fue lo que el dueño le dijo a mi padre en privado, aunque públicamente alegó que había cometido un grave error en la compra de un sofisticado equipo para la empresa, algo totalmente falso.

–¿Y tu padre no exigió una investigación para limpiar su nombre?

–Cuando perdió el trabajo estaba tan dolido y desilusionado que renunció a luchar –Natalie frotó con gesto impaciente una lágrima de su mejilla de porcelana–. Murió a los pocos meses. Creo que perdió el interés por vivir porque se había entregado de lleno al trabajo tras la muerte de mi madre. Cuando el señor Murphy lo despidió debió sentir que ya no le quedaba nada y tuvo que enfrentarse finalmente a la pérdida de su esposa, además de a la de su trabajo.

–Debió ser muy duro para él –dijo Travis con suavidad, deseando poder hacer algo para cambiar las cosas. Pero ya era demasiado tarde.

Era lógico que Natalie tuviera prejuicios en relación a los ricos, pero tenía que hacerle comprender.

–No todo el mundo que tiene dinero se comporta con la falta de ética que demostró el jefe de tu padre.

Natalie se apartó de él. Las lágrimas que Travis vio en sus ojos cuando lo miró desgarraron su corazón.

–Tú no eres distinto –Natalie se frotó las sienes y movió la cabeza y Travis supo que estaba recordando cada detalle de la noche que descubrió que él no era quien decía ser–. Confié en ti, pero fuiste capaz de mentirme incluso cuando nuestra relación ya se había vuelto íntima. Ni siquiera me dijiste tu verdadero nombre.

Trav se acercó de nuevo a ella y apoyó las manos en sus hombros.

–¿Recuerdas algo de lo que te dije aquella noche?

–No... no estoy segura.

–No puedes condenarme sin tener todos los datos. Te expliqué que estaba trabajando en una investigación y que no podía decirte quién era porque no podía correr el riesgo de volar mi tapadera.

–¿Y cómo puedo estar segura de que eso no era otra mentira?

–Quiero que escuches lo que tengo que decirte. ¿Vas a hacerlo?

Natalie bajó un momento la mirada, pero finalmente asintió.

–Estoy dispuesta a escucharte, ¿pero cómo puedo saber que lo que me cuentes es cierto?

–Porque todo lo que voy a decirte puede ser verificado por Mose, Carrie, o cualquiera de los miembros del TCC –Travis le dedicó una sonrisa de ánimo–. Y si eso no basta, te llevaré a la oficina de archivos del condado.

Natalie lo miró un momento antes de volver a asentir.

—De acuerdo.

Trav respiró profundamente antes de empezar.

—Tenías razón en cuanto a lo de los marines, y es cierto que terminé mi carrera al licenciarme. Pero sólo hacía tres meses que había acabado el periodo de entrenamiento cuando mis padres murieron en un accidente de coche.

—Oh, Travis, lo siento mucho —Natalie alzó una mano para acariciarle la mejilla—. Debió ser terrible para Carrie y para ti.

Trav asintió y tuvo que tragar para deshacer el nudo que tenía en la garganta. Aunque ya habían pasado catorce años, aún resultaba difícil hablar de aquello.

—Fue uno de los peores periodos de nuestras vidas.

—¿Fue Carrie a vivir con algunos parientes hasta que te licenciaste?

—No teníamos familiares directos a los que recurrir, pero, afortunadamente, los padres de Ryan Evans la acogieron en su casa. Nuestro padre era el capataz de su rancho y la trataron como si fuera su propia hija. No sé qué habría hecho sin su generosidad. Con mi sueldo en los marines me habría sido imposible contratar a alguien que cuidara de ella. Pero tenía un plan para asegurar su futuro y el mío.

–¿De qué plan se trataba? –preguntó Natalie, fascinada por la determinación que vio en la mirada de Travis.

Él sonrió.

–Invertí mis escasos ahorros y el dinero del seguro que cobramos tras la muerte de mis padres en el mercado de la ganadería y gané mucho dinero. Tuve suerte y además parece que poseo un talento especial para evaluar el mercado –Trav se encogió de hombros–. Después de licenciarme invertí en bienes inmuebles. Para cuando me gradué en la universidad había asegurado el futuro financiero de Carrie además del mío –acarició una mejilla de Natalie–. Como verás, no tuve que aprovecharme de nadie para conseguir lo que tengo.

–¿Por qué no me explicaste todo eso la noche que averigüé que no eras quien decías ser? –preguntó ella con suavidad.

–Tuve que adoptar una identidad falsa para conseguir la información que necesitaba –Travis rodeó a Natalie con sus brazos por la cintura y la miró a los ojos–. Pero traté de ser lo más sincero que pude contigo sin llegar a revelar mi tapadera –sonrió–. ¿Sabes por qué?

Natalie negó con la cabeza. La cercanía de Travis y la sensación de sus protectores brazos en torno a ella le impidieron hablar.

–Además de que odio mentir respecto a nada, quería que me conocieras de verdad. Nunca dije que no tuviera mucho dinero. Simplemente no te dije que lo tenía. Y en lo único que no fui totalmente sincero fue en lo referente a mi nombre y al motivo por el que estaba en Chicago –antes de que Natalie pudiera decir nada, la besó en la punta de la nariz y se apartó de ella. Y ahora, métete en la cama y duerme un rato.

–Pero...

–Seguiremos hablando de esto cuando te encuentres mejor –interrumpió Trav.

Natalie estuvo a punto de decirle que ya no le dolía la cabeza, pero mientras él sentaba a la niña en la sillita decidió que necesitaba tiempo para asimilar lo que acababa de contarle. ¿Se habría equivocado respecto a él? ¿Habría sacado conclusiones demasiado precipitadas.

–Que duermas bien, cariño –dijo Travis antes de besarla en la mejilla–. Vendré a despertarte antes de la cena.

Natalie permaneció despierta largo rato después de que Travis se fuera, pensando en lo que le había contado. Era cierto que el tema del dinero de Travis no había surgido hasta la noche en que se dejó la cartera en su apartamento. Y, por todo lo que le habían contado Tara Andover y Marissa Sorrenson sobre el TTC, parecía que los miembros del club eran una especie de caballeros andantes que utilizaban su dinero y poder para hacer del mundo un lugar más seguro. ¿Habría acudido Travis a Chicago en una misión del TCC? Cuanto más pensaba en ello, más sentido tenía. Le había dicho que estaba utilizando un nombre falso para investigar una operación fraudulenta. Y no se le ocurría otro motivo por el que un fiscal de Texas estuviera trabajando de incógnito en Chicago.

Bostezó y se giró en la cama hasta quedar de costado. Iba a llevarle tiempo acostumbrarse a ver a Travis bajo aquella nueva perspectiva.

Cuando se quedó dormida soñó con un caballero andante dedicado a resolver los problemas y las injusticias del mundo. Y se parecía sospechosamente a Travis Whelan.

—Billy, ve al pasto norte y ayuda a Juan a recoger a las dos últimas yeguas —dijo Travis mientras se echaba atrás el sombrero—. Mose no va a tardar mucho en llamarnos para comer.

—De acuerdo, jefe —el desgarbado joven de diecinueve años se frotó las manos en los pantalones—. Espero que haga sándwiches de sobra, porque tengo tanta hambre que me comería un elefante.

Travis rió mientras se apoyaba en la horquilla que estaba utilizando.

—¿Logras llenarte alguna vez?

El joven sonrió de oreja a oreja.

—Casi nunca. Mamá dice que soy un pozo sin fondo.

—Creo que tiene razón —dijo Travis mientras seguía echando paja en la casilla del establo ante la que se encontraban.

—¿Travis?

Al oír la voz de Natalie, Travis se volvió con el ceño fruncido. Hacía diez días que Natalie se alojaba en el Flying B y aún no había salido ni una sola vez de la casa.

—¿Sucede algo, cariño?

—No. Mose me ha pedido que saliera para avisaros de que la comida está lista.

—Buenas tardes, señora —dijo Billy mientras salía rápidamente del establo—. Voy a por Juan y enseguida regreso, jefe.

—Parece que tiene prisa —Natalie sonrió mientras contemplaba la espalda del apresurado joven.

Trav se encogió de hombros.

—Billy siempre tiene prisa cuando se trata de comer.

Miró disimuladamente en dirección al teléfono que se hallaba colgado en la pared del fondo del establo. ¿Qué se traería Mose entre manos? ¿Por qué no se había limitado a darle un toque por teléfono para avisar de que la comida estaba lista?

Se quitó los guantes de trabajo y los metió en el bolsillo trasero de sus vaqueros.

—¿Quién está con Autumn?

—Carrie.

—Debería haberlo imaginado.

Travis ya había supuesto que iba a ver más a menudo a su hermana ahora que Natalie y Autumn estaban con él, algo que le parecía muy bien, porque así resultaría más fácil tenerla vigilada.

–Ha venido a traerme un par de libros que cree que me gustarán –dijo Natalie mientras se acercaba a la casilla de Shady Lady–. Pero creo que sólo ha sido una excusa para ver al bebé –cuando la amistosa yegua asomó la cabeza, sonrió–. Eres una yegua muy guapa.

–¿Te gustan los caballos? –Trav se acercó a acariciar la amplia frente de Lady.

–Sí, creo que sí–Natalie frunció el ceño–. Resulta extraño que me intimiden los perros grandes pero no los caballos... –de pronto contuvo el aliento–. Acabo de recordar por qué me asustan los perros.

–¿Por qué, cariño?

–Cuando tenía trece años, el perro pastor de nuestro vecino German se coló por nuestra valla y me mordió –mientras hablaba, Natalie se frotó distraídamente el brazo.

–¿Te hizo una herida?

–Llevaba puesto un abrigo grueso que me protegió, pero recuerdo que me quedó un moretón muy feo donde clavó sus colmillos –Natalie movió la cabeza–. Resulta muy frustrante recordar tonterías como ésa pero no saber qué pasó hace dos meses y medio.

Trav la besó en la frente.

–Date un poco más de tiempo. Estás recordando algo nuevo cada día.

–Supongo que tienes razón –Natalie acarició de nuevo a la yegua–. ¿Cuántos caballos tienes?

–Veinte, pero en un par de semanas tendré cinco más –Trav sonrió y señaló la casilla que había estado preparando–. A finales de mes Billy y Juan van a pensar que están trabajando en una maternidad.

Natalie abrió los ojos de par en par al escuchar aquello y se llevó una mano a la boca.

–¿Natalie?

–Creo que trabajaba en una clínica de maternidad –dijo ella, incrédula.

–Cuando nos conocimos trabajabas en una cafetería.

–Pero el señor Craddock... –Natalie se interrumpió como pensando en lo que estaba diciendo–. Sí, estoy segura de que se llamaba así. El caso es que me despidió cuando supo que estaba embarazada. Me dijo que la mayoría de los clientes sabían que no estaba casada y que no les agradaría que una madre soltera se dedicara a servir las mesas.

–Esté casada o no, es ilegal despedir a una mujer por estar embarazada –Trav no podía creer que algunos empresarios se saltaran las leyes de aquel modo–. ¿Cómo conseguiste el trabajo en la clínica?

–No... estoy segura, pero creo que era una clínica de partos –Natalie movió la cabeza, confundida–. ¿Pero por qué me pondría a trabajar entre médicos si no los soporto?

–No sé, cariño.

Trav sospechaba que había una conexión entre el hecho de que hubiera trabajado en una clínica y su miedo a los médicos. También se reprendió a sí mismo por no haberse puesto en contacto con ella una vez que concluyó su misión en Chicago.

Pero la noche que Natalie descubrió su identidad y lo echó del apartamento se dijo que era un alivio que su relación hubiera acabado. La atracción que los había reunido se había convertido en una relación demasiado intensa para su gusto.

Sin embargo, después de haber conocido a Natalie mejor y haber descubierto que habían tenido un hijo juntos, lamentaba haber renunciado tan fácilmente. La desconfianza de Natalie hacia cualquiera dinero estaba plenamente justificada, y él había reforzado sus creencias al marcharse sin mirar atrás.

Pero lo que más le dolía era pensar en las dificultades que había pasado para ganarse la vida después de quedarse embarazada.

–¿Recuerdas el nombre de la clínica?

Natalie permaneció un momento pensativa y luego negó con la cabeza.

–Me temo que no recuerdo nada más.

Trav la estrechó contra su costado.

–Ya has recordado muchas cosas, y estoy seguro de que pronto recordarás el resto.

–Eso espero –dijo Natalie a la vez que apoyaba la cabeza contra su pecho.

Permanecieron en silencio largo rato. Finalmente, Trav hizo la pregunta que rondaba su cabeza desde que había sabido que Autumn era hija suya.

—¿Me ocultaste el embarazo debido a mi dinero?

Natalie lo miró un momento y luego asintió.

—Sí.

Trav se esforzó por contener su enfado.

—¿Y por qué? La mayoría de las mujeres habría tratado de sacarme todo el dinero posible para mantener al niño.

—Temía que si te enterabas... —Natalie cerró los ojos como si no pudiera soportar la idea de lo que iba a decir—... tratarías de quitarme a Autumn.

—¿Y por qué pensaste algo así? Me conocías lo suficiente como para saber que no sería capaz de hacer eso.

—Pero descubrí que no eras el hombre que decías ser —replicó Natalie a la defensiva.

—Pero ya te he explicado que...

—Ahora entiendo por qué no podías revelarme tu verdadera identidad en Chicago —interrumpió Natalie—, pero entonces lo único que sabía era que no habías sido sincero conmigo. El hombre que creía que eras no habría tratado de quitarme a mi hija, pero resultaste ser otro. ¿Y qué oportunidades habría tenido en un juicio contra alguien como tú?

Trav asintió. Empezaba a comprender qué

había empujado a Natalie a tomar las decisiones que había tomado al descubrir que era un abogado rico en lugar de un vaquero del sur de Texas. Y el hecho de que no hubiera hecho el más mínimo esfuerzo por volver a ponerse en contacto con ella tampoco debía haberla animado precisamente a confiar en él.

–¿Sigues creyendo que tengo intención de conseguir la custodia de Autumn?

Natalie bajó la mirada.

–No, no lo creo –alzó de nuevo la mirada y acarició delicadamente la mejilla de Trav–. Y ahora sé con certeza que nunca permitirías que alguien me quitara a la niña.

Su fe en él despertó un profundo anhelo en Trav, que juró allí mismo no volver a defraudarla jamás. Y un buen comienzo sería poner al tanto a los demás miembros de TCC de lo que había recordado. Sus compañeros debían estar al tanto de que Natalie había trabajado en una clínica y de que sentía pánico cada vez que alguien mencionaba que ella o su hija tenían que ver a un médico.

–Será mejor que volvamos a casa –murmuró finalmente–. Mose me despellejaría vivo si no llegamos a tiempo a comer.

–Tienes una relación muy especial con él, ¿no?

–En realidad no –Trav besó a Natalie en la frente–. Le pago cada mes y a cambio él cocina, limpia y trata de dirigir mi vida.

–Por lo que he visto, hace bastante bien su trabajo –dijo Natalie, riendo con suavidad.

Trav asintió mientras la guiaba hacia la salida.

–Si mejorara, temo que yo tendría muy poco que decir respecto a cómo llevar las cosas.

Natalie sonrió. A lo largo de los días que llevaba allí había visto a Trav en una variedad de situaciones y su actitud no tenía nada que ver con la que habría cabido esperar de un millonario. En lugar de dar órdenes a sus empleados y de tratarlos como si estuvieran por debajo de él, lo habitual era que les preguntara si no les importaba hacer lo que quisiera que hicieran. Y luego trabajaba junto a ellos como el que más.

Pero aún era más asombrosa su actitud hacia Mose. Se notaba que sentía un gran cariño por el viejo vaquero, y era bastante habitual que éste le dijera lo que pensaba y que Travis lo escuchara y, más a menudo, que aceptara su consejo.

Desafortunadamente, las circunstancias para ellos dos eran diferentes allí que en Chicago. Aparte de que habían estado separados casi todo el año, Travis se encontraba allí en su elemento y ya no necesitaba compañía para llenar las largas horas de soledad que solían pasarse cuando uno estaba solo en una ciudad desconocida. Y alguien la estaba amenazando a ella y a su bebé por un motivo que no podía recordar.

Una extraña tristeza se apoderó de Natalie mientras cruzaban el patio hacia la casa. Volvían a estar juntos pero, en ciertos aspectos, estaban más separados que nunca.

Capítulo Seis

Trav detuvo el coche en el aparcamiento del Texas Cattleman Club y miró su reloj. Llegaba unos minutos tarde a la reunión que había convocado, pero no había podido evitarlo. Natalie estaba pasando otro dolor de cabeza y él había tenido que ocuparse de Autumn. Y, a pesar de lo comprometido que se sentía con el club y su lema, Liderazgo, Justicia y Paz, Natalie y Autumn estaban primero.

Cuando entró en la sala reservada para la reunión, David Sorrenson, Ry, Alex Kent, el jeque y Clint Andove se volvieron a mirarlo con gesto expectante.

–¿Qué sucede, Trav? –preguntó Ry.

–Siento llegar tarde, pero he tenido que ocuparme de bañar a la niña –al notar las sonrisas apenas disimuladas de sus amigos, frunció el ceño–. ¿Qué pasa?

–Veo que cada vez estás más metido en tu papel de padre, ¿no? –dijo Alex, sonriendo abiertamente.

Trav se encogió de hombros mientras se sentaba.

–No hables hasta que lo hayas probado, Kent.

Alex alzó ambas manos.

–Yo no. No estoy hecho para esa clase de cosas.

–¿Ha recordado Natalie algo relevante para el caso? –preguntó Clint Andover. Acababa de regresar de su luna de miel en Europa y Trav no recordaba haberlo visto nunca con aspecto más relajado y feliz.

–Ha recordado que estuvo trabajando en una clínica de maternidad poco antes de tener al bebé. Pero le aterrorizan los médicos y no soporta la idea de que se le acerque uno.

–¿Recuerda el nombre de la clínica o del médico para el que trabajaba?

–Todavía no. Y tampoco recuerda de dónde salieron los quinientos mil dólares que encontrasteis en la bolsa de pañales de Autumn.

–No tardará en recordarlo –predijo Darin por encima del borde de su taza de café.

–Eso espero.

Tras hablar de los detalles que había recordado Natalie y sobre cómo proseguir con la investigación, Clint se puso en pie.

–Creo que lo mejor que podemos hacer es estar atentos a cualquier posible actividad por parte de los tipos que incendiaron la casa de Tara y esperar a que Natalie recuerde el nombre de la clínica.

—Estoy de acuerdo —dijo David, que también se levantó para seguir a Clint—. Cuando tengamos esos datos podremos investigar al dueño de la clínica.

—¿Se puede saber adónde vais? —preguntó Ry con expresión divertida.

—Soy un recién casado, amigo —dijo Clint con una sugerente sonrisa—. ¿Adónde crees que voy?

David rió.

—Yo también me voy a casa con mi esposa. Es mucho más agradable mirarla a ella que a vosotros, amigos.

—Yo voy a ver si alguien está echando una partida en el salón —dijo Alex, uniéndose a los otros dos.

Darin también se levantó.

—Si necesitas mi ayuda, estaré en el rancho de mi primo —dijo antes de salir.

Ry también fue a levantarse, pero Trav lo detuvo apoyando una mano en su brazo.

—¿Tienes un minuto?

—Por supuesto —dijo Ry, aunque parecía un poco aprensivo—. Vas a pedirme que siga haciendo de canguro de Carrie, ¿no?

—No le diré que consideras que estás haciendo de canguro —dijo Trav, sonriente—. Podría resultar peligroso para tu salud.

—Empiezo a desarrollar una úlcera sólo por tratar de mantener su ritmo.

—¿Sabes si ha conocido ya al tal Beldon?

Ry negó con la cabeza.

–No que yo sepa. Cuando no está en el hospital se queda en casa –Ry sonrió irónicamente–. Y está volviendo loca a nuestra osita, aunque lo único que sabe de él en realidad es que es alto, moreno, y que está soltero –rió–. Pero incluso yo cumplo con esos requisitos, si es que eso es lo que está buscando.

Trav detectó un matiz de resentimiento en el tono de Ry, y no pudo evitar preguntarse por qué. ¿Vería Ry a Carrie como algo más que la hermana pequeña de su mejor amigo?

–Si pudieras mantenerla vigilada hasta que resuelva el asunto de Natalie y Autumn te lo agradecería mucho –dijo, sabiendo que su amigo protestaría pero que acabaría cediendo.

Ry movió la cabeza.

–Carrie nos va a despellejar vivos antes de que acabe esto.

–Sabes que no te pediría este favor si no estuviera ya ocupado con la amenaza que pende sobre Natalie y Autumn –dijo Trav, que decidió jugar su última carta–. Además, ese tal Beldon al que Carrie ha echado el ojo no me da buena espina.

Era cierto. El rechazo de Beldon a relacionarse socialmente resultaba extraño. Muy extraño. No era normal que un médico que pretendía poner su consulta en una población como Royal no saliera a relacionarse con los residentes. Daba la impresión de que se sentía superior a las personas a las que iba a tratar, o de que tenía algo que ocultar.

—Diablos, Trav, ya sabes que puedes contar conmigo —dijo Ry finalmente—. Pero pienso mandarte la factura del médico que tendrá que ocuparse de tratarme la úlcera.

Trav rió mientras salían de la sala.

—Pasa por la farmacia camino de casa y cómprate unas pastillas para la acidez.

—¿Sabes dónde está Travis, Mose? —preguntó Natalie, que miró aprensivamente a Fluffy al ver que el enorme animal se ponía en pie.

—Cuando ha vuelto de la reunión ha ido al establo a ver a Shady Lady —contestó Mose a la vez que señalaba la puerta con un pulgar—. Ha comentado que parece a punto de parir.

Era difícil concentrarse en la conversación y a la vez mantener vigilado a Fluffy. Cuando el animal la miró con una expresión parecida a la ternura y volvió a tumbarse, Natalie suspiró, aliviada.

—Que me aspen —dijo Mose, que sustituyó su habitual ceño fruncido por una sonrisa—. Parece que Fluffy por fin ha tomado una decisión respecto a ti.

—¿Qué quieres decir?

—No se tumba así como así con cualquiera cerca. Sólo la familia tiene derecho a tropezar con él.

Natalie tuvo que carraspear para deshacer el nudo que se le hizo en la garganta. Era completamente ridículo reaccionar de un modo tan emocional, pero hacía mucho tiempo que nadie la consideraba parte de su familia, ni siquiera un perro.

Palmeó con cautela la cabeza de Fluffy. El corazón se le subió a la boca cuando el animal se puso en pie y le lamió la mano. Luego volvió a tumbarse junto a ella y empezó a mover la cola.

—¿Lo ves? —dijo Mose—. Acaba de sellar el acuerdo con un beso. Te has convertido en una de los suyos.

—¿Una de los suyos? —repitió Natalie, riendo.

—En el caso de los mastines es así. Es como si ellos fueran tus dueños, no al revés.

Natalie acarició de nuevo la cabeza del perro y fue compensada con otro lametón.

—O le gusto, o me está saboreando para ver si puedo interesarle de aperitivo.

Aún insegura respecto a las intenciones de Fluffy, Natalie se sobresaltó cuando dos fuertes brazos la rodearon por la cintura para atraerla contra un sólido pecho masculino.

—¡Cielo santo, Trav! ¡Me has dado un susto de muerte!

—Lo siento, cariño.

La profunda voz de barítono de Travis hizo que un estremecimiento la recorriera de arriba abajo.

—Te... estaba buscando —Natalie se preguntó

si la ronca voz femenina con que acababa de hablar era suya.

—Y ahora que me has encontrado, ¿qué piensas hacerme? —bromeó Trav

Natalie se ruborizó hasta la raíz del pelo.

—Quería decirte que he recordado algo más sobre la clínica en que trabajaba.

—¿De qué se trata? —preguntó Trav a la vez que la hacía girar entre sus brazos para mirarla al rostro.

—Puede que no signifique nada, pero cada vez que pienso en la clínica no sólo me asusto, sino que me entristezco mucho. No sé por qué, pero sé que no era un lugar feliz, como cabría esperar de una clínica de maternidad.

Natalie no sabía si la tristeza que sentía al pensar en la clínica podía tener que ver con el peligro que corrían Autumn y ella, o si estaba recordando algo específico que sucedió mientras trabajaba en ella. Pero su temor, su ansiedad y su tristeza parecían girar en torno a los médicos y a aquella clínica. Tenía que haber algún tipo de conexión, pero no lograba recordar de qué se trataba.

—¿Algo más? —preguntó Trav con delicadeza.

Natalie movió la cabeza.

—Tengo la sensación de que mi próximo pensamiento va a aclararlo todo, pero por mucho que me esfuerzo no llega.

—Parece que te estás esforzando demasiado por recordar, cariño —Trav la besó en la punta de la nariz–. ¿Qué te parece si esta tarde nos relajamos, nos olvidamos de todo y hacemos algo divertido.

–¿En... qué estás pensando? –preguntó Natalie, que sintió que la cálida sonrisa de Trav penetraba hasta su alma.

–¿Recuerdas que solíamos comer palomitas tumbados en el sofá de tu apartamento mientras veíamos viejas películas?

Natalie asintió. Aquél era uno de los primeros recuerdos que había recuperado cuando había visto a Trav en la fiesta de David y Marissa. Travis y ella habían pasado casi cada tarde en su apartamento viendo películas, lo que casi siempre los había llevado a hacer el amor y a que él pasara allí la noche.

–Sí, lo recuerdo todo hasta el momento en que fui despedida de la cafetería –dijo, sin aliento–. Pero no logro recordar para quién trabajé después, el nombre de la clínica ni lo que pasó entre acudir al trabajo y despertar aquí en el hospital.

–Olvídate de todo por esta noche –Trav sonrió–. ¿Qué te parece si nos atiborramos de palomitas y vemos tu película favorita después de que Autumn se haya ido a dormir?

Natalie sonrió.

–¿Recuerdas cuál es?

Trav sonrió y se inclinó para susurrar junto a su oído.

–Tengo *Sucedió una Noche,* con Claudette Colbert y Clark Gable, en DVD.

El corazón de Natalie latió más deprisa. Trav recordaba que le encantaban las comedias románticas clásicas, y aquélla fue la que vieron la primera noche que hicieron el amor.

–Yo... no estoy segura de que sea una buena elección.

–Claro que lo es. Es una película optimista y perfecta para una primera cita.

–¿Y si decido que prefiero quedarme en mi cuarto a leer? –Natalie no estaba segura de que le gustara que Trav considerara aquello una primera cita.

Trav le dedicó una sonrisa que hizo que se derritiera por dentro.

–Tendré que subir a por ti, querida.

Sentado junto a Natalie en el sofá del cuarto de estar, Trav apagó la lámpara, tomó el mando a distancia y apoyó los pies en la mesa.

–¿Lista, querida?

–¿Por qué has apagado la luz? –preguntó Natalie, sorprendida.

–Siempre decías que te gustaba apagar la luz porque así parecía que estábamos en el cine –Trav pulsó el botón del mando–. También le he dicho a Mose que no pusiera mantequilla a las palomitas porque no te gusta.

Natalie lo miró un momento antes de hablar.

–¿Recuerdas todas esas cosas sobre mí?

–Recuerdo todo sobre los días que pasamos juntos en Chicago –Trav apoyó un brazo en el respaldo del sofá y deslizó los dedos entre el pelo de Natalie–. No te gusta el café, pero te encanta el té caliente con limón y miel. Tu color favorito es el rosa. Tuviste un pez de colores llamado Romeo cuando estabas en el colegio –se inclinó hacia ella para susurrar–: También recuerdo que te gusta dormir en el lado derecho de la cama y que te encantaba acurrucarte después de hacer el amor.

–Travis, no creo que...

–Shh, cariño –Trav apoyó un dedo sobre los perfectos labios de Natalie–. La película está empezando.

Durante la siguiente hora y media permanecieron sentados en silencio mientras Claudette Colbert y Clark Gable no paraban de meterse en un lío tras otro. Después, cuando ponían los créditos, Trav encendió la lámpara.

–¿Quieres ver otra película antigua? –dijo Trav mientras pulsaba el mando a distancia para sacar el DVD–. Tengo varias de tus favoritas.

Natalie se volvió hacia él.

–Creía que no te gustaban las películas antiguas. Recuerdo que me dijiste que preferías las de acción y aventuras.

Trav pasó un brazo por sus hombros y la atrajo hacia sí para besarla en la frente.

–Eso era antes de conocer a una bonita camarera de Chicago que me aficionó a los clásicos de los treinta y los cuarenta.

Natalie se mordió el labio un momento antes de mirarlo a los ojos.

–¿Puedo hacerte una pregunta, Travis?

–Pregunta lo que quieras.

–¿Por qué recordaste todas esas cosas sobre mí y empezaste a ver películas antiguas?

–Porque no podía olvidar –dijo Trav sinceramente. Dejó el mando a distancia y atrajo a Natalie hasta su regazo–. Y empecé a ver películas antiguas porque me recordaban a ti.

–No... no sé qué decir –Natalie parecía más que un poco conmocionada por la revelación.

Travis apartó un mechón de pelo de su frente y la besó tras la oreja.

–¿Había cosas sobre mí que no has podido olvidar, Natalie? ¿Había momentos en que algo te recordaba a mí y las cosas que hacíamos juntos?

Natalie asintió.

–Pensaba en ti a diario. Recuerdo que te gustaba el té frío y dulce y los filetes hechos a medias. Tu color favorito es el azul y cantas canciones de George Strait por las mañanas cuando te duchas.

Por motivos que no quiso entrar a analizar, Trav se sintió intensamente conmovido. Estrechó a Natalie con fuerza entre sus brazos.

–¿Recuerdas la primera película que vimos juntos?

–*Arsénico por compasión*, con Gary Grant –dijo Natalie con una sonrisa–. Es otra de mis favoritas.

–La segunda noche vimos *Casablanca* y la siguiente...

–¿Recuerdas cada película que vimos y la noche que la vimos? –preguntó Natalie, incrédula.

Trav rió roncamente.

–No exactamente. Pero recuerdo muchas. –mientras inclinaba la cabeza, añadió–: Por ejemplo, que la película de hoy fue la que vimos la primera noche que hicimos el amor.

Natalie contuvo el aliento al sentir el roce de sus labios.

–No creo que esto sea buena idea, Travis.

–Probablemente no –dijo él mientras dejaba un rastro de besos desde la comisura de sus labios hasta su oreja–. ¿Pero quieres que pare?

–No... sí –Natalie tuvo que esforzarse para respirar. ¿Cómo iba a pensar si el roce de los labios de Trav en su piel hacían que su corazón latiera como loco?–. No estoy segura.

–¿Quieres saber lo que pienso? –preguntó Trav en voz baja e íntima.

Natalie apenas pudo asentir mientras todo su cuerpo se acaloraba.

–Creo que te gusta cómo te hago sentir, pero no sabes si dejarte llevar, ¿verdad, querida?

–Sí...

–En ese caso, déjame la decisión a mí.

Antes de que Natalie pudiera protestar, la boca de Travis cubrió la suya y lo que estaba a punto de decir se desvaneció como niebla al viento. La sensación de sus firmes labios y saber que se encontraba entre los brazos del hombre al que una vez amó con todo su corazón, hicieron que su sentido común y su voluntad salieran volando por la ventana.

Alzándola como si no pesara más que su hija, Travis la dejó en el sofá y se tumbó junto a ella.

–Esto es algo que tampoco he podido olvidar –dijo antes de besarla en los párpados, las mejillas y la punta de la nariz–. Tienes una piel muy delicada y tus besos son los más dulces del mundo.

Cuando le acarició los labios con la punta de un dedo, Natalie sintió que cada célula de su cuerpo revivía.

–Por favor...

–¿Qué quieres, cariño?

–Bésame... por favor, Travis. Bésame de verdad.

Apenas había terminado de hablar cuando sus bocas se fundieron. Los labios de Travis moviéndose sobre los suyos y la deliciosa sensación de su lengua presionando para que se abriera a él hicieron que la sangre corriera ardiendo por sus venas.

Natalie respondió sin vacilar, y cuando Trav deslizó la lengua en el interior de su boca para acariciarla, su cuerpo prácticamente crepitó. Cuando él deslizó una mano bajo su trasero y la atrajo hacia sí, la sensación de su poderosa erección acunada íntimamente entre la unión de sus muslos hizo que un incontenible y sensual gemido escapara de su garganta. Cuando aquel sonido penetró la sensual bruma que la envolvía, Natalie se preguntó qué diablos estaba haciendo.

Aunque Travis y ella habían llegado a un entendimiento respecto a su separación en Chicago, no creía que fuera prudente retomar la relación donde la dejaron como si nada hubiera pasado. Tenían una hija en que pensar, y el bienestar de Autumn era lo primero. Hacer el amor con Travis podía complicar las cosas.

Como si hubiera sentido su agitación, Travis apartó sus labios de ella y respiró profundamente.

—No voy a decirte que no te deseo, querida —rió mientras presionaba la parte baja de su abdomen contra ella—. Ambos sabríamos que estaría mintiendo si lo hiciera —tomó en una mano uno de los pechos de Natalie y deslizó delicadamente el pulgar por su cima—. Pero puedo esperar. No va a pasar nada hasta que no estés lista para ello.

—No... no es que no quiera... —Natalie se interrumpió. Si no tenía cuidado, acabaría admitiendo cosas que aún no tenía nada claras.

—Lo sé, cariño. Pero antes de nada debemos concentrarnos en que recuperes la memoria y en neutralizar el peligro que corréis Autumn y tú —Travis se puso en pie, sonriente, y ofreció su mano a Natalie para que hiciera lo mismo—. ¿Qué te parece si nos retiramos? Nuestra hija se despertará dentro de unas seis horas para exigir su desayuno, y si he aprendido algo en estas dos semanas es que no tiene mucha paciencia.

—No, no la tiene —reconoció Natalie mientras recogía el monitor de la mesa.

Cuando llegaron a su dormitorio, Travis le quitó el monitor.

—Yo me ocuparé del desayuno de Autumn por la mañana, cariño. Que sueñes en tus viejas películas... y en mí —murmuró antes de besarla.

Cuando Natalie entró en su cuarto sentía que las rodillas se le habían vuelto de goma.

Capítulo Siete

Una hora más tarde, Travis aún estaba dando vueltas en la cama. A pesar de haber tomado una larga ducha de agua fría, su deseo por la mujer que se hallaba al otro lado del pasillo apenas había remitido. Deseaba a Natalie con una intensidad que casi lo desbordaba, y sospechaba que a ella le sucedía lo mismo.

Pero comprendía totalmente su indecisión. Además de estar tratando de recuperar la memoria, aún se estaba adaptando a su papel recién estrenado de madre. Y para colmo se enfrentaba al peligro desconocido que la había llevado hasta Royal. Hacer el amor con él en aquellas circunstancias sólo habría servido para añadir otra pieza al rompecabezas que era su vida en aquellos momentos.

Empezaba a sentir que su cuerpo se iba relajando cuando escuchó un grito aterrorizado de Natalie a través del monitor.

—¡No! ¡No puedes llevarte a mi bebé!

Trav se puso en pie de un salto y, sin pararse a pensar que tan sólo llevaba puestos unos calzoncillos cortos, corrió a la habitación de Nata-

lie, abrió la puerta y fue a sentarse en el borde
de su cama.

–Tranquila, tranquila –murmuró mientras
abrazaba su tembloroso cuerpo–. Sólo era una
pesadilla...

–Mira... mira si Autumn sigue... en la cuna
–la voz de Natalie sonó como si estuviera a
punto de sufrir un ataque de histeria.

Trav se acercó a la cuna un momento y luego
volvió a sentarse junto a ella.

–La niña está bien, querida. Te aseguro que
sólo ha sido un sueño. Las dos estáis perfectamente.

–¡Oh, Travis! –susurró ella, aferrándose a él
como si fuera un salvavidas–. Era tan real...

Trav sintió que se le hacía un nudo en la garganta. Odiaba ver tan asustada a Natalie, y no
soportaba saber que apenas podía hacer nada
por aliviar su temor.

–Lo sé, cariño –dijo mientras deslizaba arriba
y abajo las manos por los brazos de Natalie en
un intento por reconfortarla–. ¿Quieres con-
tarme de qué trataba el sueño? A veces ayuda...

–No recuerdo quién me perseguía, pero... sé
que eran dos. Estaba en la estación de autobuses
de Amarillo y... –de pronto, Natalie abrió los
ojos de par en par y se cubrió la boca con ambas
manos en un esfuerzo por no gritar.

–¿Qué sucede? –preguntó Travis, asustado al
ver que se ponía a temblar violentamente–. Háblame, Natalie –dijo a la vez que apoyaba una

mano bajo su barbilla para obligarlo a mirarla–. Dime qué sucede.

La mirada de Natalie pareció centrarse finalmente, pero el terror que reflejaron sus ojos hizo que el corazón de Travis se encogiera.

–Cielo santo, Travis. No era... un sueño. Sucedió en realidad.

Travis respiró profundamente para controlar la furia que empezó a crecer en su interior. Pero necesitaba mantener la calma por el bien de Natalie.

–Empieza desde el principio, cariño –dijo mientras tomaba sus temblorosas manos–. ¿Qué es lo primero que has recordado?

–Estaba con Autumn en brazos y sabía que alguien trataba de quitármela. Estaba tratando por todos los medios de acceder al autobús que quería tomar cuando fui golpeada por detrás. Entonces alguien trató de quitarme a Autumn. No sé quiénes eran, pero había dos –con voz temblorosa, Natalie añadió–: Creo que quien trataba de quitarme a la niña era una mujer.

–¿Recuerdas algo más, querida? –preguntó Travis con la esperanza de obtener alguna información más específica.

Natalie negó con la cabeza.

–No. Lo único que sé con certeza es que me golpearon por detrás en la cabeza mientras la mujer trataba de quitarme a Autumn

Trav frunció el ceño.

–Pero David, Clint y Alex dijeron que estabas

sangrando de la frente cuando te presentaste en la cena.

Natalie asintió.

—Recuerdo que cuando me golpearon por detrás mi frente chocó contra el lateral de un autobús.

—¿Recuerdas cómo te libraste de ellos?

—No.

—¿Recuerdas a algún otro pasajero? ¿Alguien que fuera testigo del asalto? Puede que el conductor viera algo.

—No estoy segura. Recuerdo que el autobús con el que me golpeé estaba vacío y que había otro par de autobuses entre ése y el que yo quería alcanzar —los ojos de Natalie se llenaron de lágrimas—. ¡Oh, Travis! ¿Por qué trataron de hacer algo así? ¿Por qué querían quitarme a mi niña?

Trav la estrechó entre sus brazos.

—No lo sé, pero Autumn y tú estáis a salvo ahora. Y te prometo que mientras me quede un solo aliento en el cuerpo nadie os hará daño.

Cuando empezó a soltarla, Natalie se aferró a sus brazos.

—No quiero... estar sola. Abrázame un rato más, por favor.

Si en aquel momento le hubiera pedido la luna, Travis habría encontrado un modo de conseguírsela.

—No me voy a ningún sitio, cariño —dijo, y se tumbó junto a ella en la cama. Cuando pasó un brazo tras ella, Natalie apoyó la cabeza en su hombro.

–Sé que estoy siendo tonta, pero... no puedo librarme de la horrible sensación de que alguien trata de quitarme a Autumn.

Trav cerró los ojos y procuró concentrarse en las palabras de Natalie en lugar de lo que le hacía sentir tenerla acurrucada contra su costado.

–No pienses en lo que estuvo a punto de suceder, sino en que lograste librarte –logró murmurar finalmente.

–Lo intentaré –dijo Natalie, adormecida.

Trav apretó los dientes para luchar contra la calidez que emanaba su cuerpo, tan sólo cubierto por el camisón. La deseaba como nunca había deseado a otra mujer, pero el momento no podía ser menos oportuno. Natalie contaba con que le ofreciera su fuerza, no su deseo.

Cuando notó que se había dormido exhaló el aire que estaba conteniendo sin darse cuenta. Debía concentrarse en ayudarla a recuperar el resto de su memoria y en llevar ante la justicia a los que iban tras ella.

Ya que le había sido concedida una segunda oportunidad con Natalie, estaba dispuesto a caminar sobre fuego antes de permitir que alguien le hiciera daño a ella o a su hija.

Natalie se quedó muy quieta al sentir el brazo de un hombre en torno a ella. Pero al recordar la pesadilla y que le había pedido a Travis que se quedara con ella, experimentó una intensa emoción. Travis había mantenido su palabra y la había abrazado durante el resto de la noche.

Se volvió con cuidado para observar su atractivo rostro. Era un hombre tan amable y considerado... y desde que estaba en el Flying W había descubierto que poseía una fuerza de carácter de la que carecían la mayoría de los hombres. Y mientras aprendía cosas sobre él también había descubierto cosas sobre sí misma.

Respiró profundamente. Ya era hora de que admitiera que se había comportado como una tonta testaruda cargada de prejuicios. Durante años había creído que todo el mundo con dinero era tan implacable e indiferente como el jefe de su padre. Pero Travis no paraba de demostrarle una y otra vez que estaba equivocada.

Sabía que cuando se había enterado de que era el padre de Autumn se había enfadado y se había sentido dolido por el hecho de que le hubiera ocultado su embarazo. Pero en lugar de condenarla, como habría tenido derecho a hacer, había dejado a un lado sus sentimientos para asegurarle que las mantendría a salvo. Y estaba haciendo todo lo posible por ayudarla a recuperar la memoria.

Instintivamente, alzó una mano y le acarició la mejilla.

—Buenos días, cariño –dijo Travis con una sonrisa–. ¿Te gusta lo que ves?

Natalie contuvo el aliento.

—¿Cuánto tiempo llevas despierto?

—Desde que te has vuelto a mirarme –Travis se inclinó y besó a Natalie en el hombro.

—No sabía si despertarte –dijo ella a modo de excusa–. Había pensado dejarte dormir cuando Autumn despertara para su biberón.

La sonrisa de Travis hizo que Natalie sintiera una oleada de calor.

—Ya le he dado el biberón, le he cambiado el pañal... y lleva dormida la última media hora.

Natalie frunció el ceño.

—¿Y cómo me las he arreglado para seguir dormida?

Travis la atrajo hacia sí y le rozó delicadamente los labios con los suyos.

—Quería que descansaras después de tu pesadilla de anoche. En cuanto he oído que Autumn se quejaba me he levantado.

Travis iba a ser un padre fantástico y Natalie se sintió culpable por no haberle puesto al tanto desde el principio de que era padre.

—Lo... lo siento.

Él pareció sorprendido.

—¿Por qué lo sientes, cariño?

—Debí avisarte cuando me enteré de que estaba embarazada.

Travis la miró unos segundos antes de asentir.

103

—Habría acudido a tu lado al instante.

—Eso lo sé ahora, pero entonces aún pensaba...

—Lo peor de mí —la sonrisa de Travis suavizó sus palabras, pero enseguida se puso serio—. ¿Qué tal fue el embarazo? ¿Marchó todo bien o tuviste problemas?

—Durante los dos primeros meses tuve náuseas a diario —Natalie hizo una mueca—. No fue agradable, pero después empecé a sentirme bien.

Travis movió la cabeza mientras apoyaba una mano sobre su vientre.

—Podría darme de patadas por no haberme puesto en contacto contigo cuando concluyó el caso en que estaba trabajando.

El contacto de la mano de Travis hizo que Natalie experimentara una repentina nostalgia.

—Dudo que hubiera servido de algo. Aún me sentía dolida y desilusionada por tu engaño.

—¿Pensabas decirme alguna vez que teníamos un hijo?

—Me gustaría pensar que habría acabado por hacerlo.

—A mí también me gustaría pensar que habrías acabado por hacerlo —dijo Travis mientras le alzaba el borde del camisón y deslizaba la mano por su abdomen hasta el costado de uno de sus pechos—. ¿Te disgustaste cuando descubriste que te había dejado embarazada?

104

–Después de la conmoción inicial empecé a desearlo –el corazón de Natalie latió más deprisa cuando la mano de Travis cubrió su pecho. Sabía que debería detenerlo, pero lo cierto era que quería que la tocara, quería sentir sus manos acariciándole el cuerpo–. Así tendría alguien a quien amar de nuevo... y que me amara...

Mientras se inclinaba hacia ella, Travis dijo:

–No sabes lo que significa para mí saber que deseabas nuestro bebé.

Cuando cubrió con su boca la de Natalie, los ojos de ésta se llenaron de lágrimas debido a la delicadeza con que lo hizo. Una deliciosa sensación de cosquilleo recorrió su cuerpo cuando él la instó con su lengua a entreabrir los labios. Y cuando lo hizo cerró los ojos y se entregó de lleno al exquisito calor que recorrió sus venas.

Mientras continuaba con el sensual asalto de su boca, Travis le acarició la punta del pezón con el pulgar. Natalie gimió debido a los intensos impulsos que parecían alcanzar directamente su útero.

–¿Te gusta lo que te hago sentir? –murmuró él contra su boca.

Natalie asintió con los ojos aún cerrados.

–Sí...

–Mírame, Natalie –cuando ella hizo lo que Travis le decía, se quedó sin aliento al ver el evidente deseo que reflejaba en su mirada–.

Quiero hacerte el amor, cariño, pero si no es eso lo que tú deseas, dímelo ahora.

Mientras miraba su rostro, Natalie supo que hacer el amor con él era la última complicación que necesitaba añadir a su enigmática vida. Pero no tenía voluntad suficiente para resistirse. Quería volver a experimentar la ternura de su amor, sentir su cuerpo unido al de ella en el abrazo más íntimo que podían darse hombre y mujer.

—Yo también quiero —dijo finalmente—. Hazme el amor, Travis.

Los latidos de su corazón se redoblaron cuando él le dedicó una lenta sonrisa cargada de promesas a la vez que se arrimaba a ella. La sensación de su poderosa erección contra el muslo y su mirada de hambriento deseo hicieron que Natalie se estremeciera de anticipación.

—Voy a hacer lo posible para que esto dure, cariño —murmuró Travis—, pero ha pasado mucho tiempo y te deseo más de lo que he deseado nada en mi vida...

Su mirada mantuvo cautiva a Natalie mientras le sacaba el camisón por encima de la cabeza. Después se inclinó para besarle los pechos.

—Eres tan preciosa, tan perfecta...

Cuando Travis tomó uno de sus pezones en su boca y lo acarició delicadamente con la punta de la lengua, Natalie tuvo que morderse el labio para no gemir.

–¿Te gusta eso? –preguntó él mientras trasladaba su atención al otro pecho.

–Mmm...

Sucesivas oleadas de placer recorrieron el cuerpo de Natalie mientras Travis deslizaba las manos por sus costados hasta detenerlas en el elástico de sus braguitas. Cuando él la miró y le pidió en silencio permiso para quitárselas, ella alzó las caderas sin pensárselo dos veces y él se las quitó.

–¿Te han hecho ya la revisión posparto? –preguntó mientras la besaba en el cuello.

–Yo... sí... –contestó finalmente Natalie, que cada vez encontraba más dificultades para hablar.

–¿No te importó tener que ver a un médico para la revisión?

–Era una ginecóloga.

–Así que sólo te molestan los médicos varones, ¿no?

–Sí...

–¿Y te recomendó algún método de control para después? –preguntó Travis mientras deslizaba una seductora mano entre sus muslos.

–No... No pensé que lo necesitaría... –contestó Natalie sin aliento.

–No te preocupes, cariño. Yo me ocuparé de eso –tras besarla de un modo que hizo que Natalie sintiera que se había derretido por dentro, murmuró–: Enseguida vuelvo.

Natalie cerró los ojos y trató de no pensar mientras Travis se levantaba de la cama para ir a su cuarto. No quería ponerse a analizar los problemas que podían surgir si hacía el amor con él. Aún no habían hablado de cómo iban a compartir la custodia de Autumn, ni habían resuelto el misterio sobre la personalidad de sus perseguidores.

Pero Travis volvió enseguida y, cuando se quitó ante ella sus calzoncillos, Natalie sintió que su sangre se transformaba en lava líquida. Su cuerpo era tan magnífico como lo recordaba, y su poderosa erección seguía siendo igualmente impresionante. Y la estaba mirando como si fuera la mujer más deseable del mundo.

Sin una palabra, Travis se metió en la cama y la tomó entre sus brazos.

—Es tan agradable y excitante sentirte contra mí...

Su ronca y sensual voz hizo que a Natalie se le pusiera la carne de gallina. Amaba a Travis... nunca había dejado de amarlo. Y hacerle saber del modo primordial en que una mujer podía expresar sus sentimientos por un hombre resultaba tan natural para ella como respirar.

Los labios de Travis capturaron los suyos en un beso ardiente a la vez que le hacía separar las piernas para acariciarla íntimamente.

Sintiendo la necesidad de tocarlo como él la estaba tocando a ella, Natalie deslizó la mano hacia abajo hasta encontrarlo. El gemido de

Travis la llenó de orgullo y placer femeninos mientras movía arriba y abajo la mano en torno a su palpitante miembro.

Pero al cabo de un momento él le sujetó la mano.

–No me interpretes mal. Me encanta que me acaricies así –dijo, respirando como si acababa de correr un maratón–, pero si no paras, esto va a acabar muy pronto.

–En ese caso, hazme el amor, Travis –dijo Natalie, preguntándose si la ronca voz femenina con que acababa de hablar era realmente suya.

–Creía que no ibas a pedírmelo nunca –replicó él con una sensual sonrisa que hizo que Natalie se estremeciera de anticipación.

Travis se ocupó de ponerse rápidamente el preservativo y después volvió a tomarla entre sus brazos para besarla apasionadamente.

–Necesito sentirme dentro de ti –murmuró contra sus labios–. ¿Es eso lo que deseas tú también?

Natalie no tuvo que pensárselo dos veces.

–Sí...

Travis le hizo separar las piernas con uno de sus muslos y se colocó sobre ella. La mirada que dedicó a Natalie fue tan tierna que ésta sintió que se le llenaban los ojos de lágrimas.

–Ayúdame a que nos convirtamos en uno solo, cariño...

La intensa necesidad femenina de Natalie reaccionó ante el provocativo comentario de

Travis y lo tomó en la mano para guiarlo hacia sí. A la vez que la besaba e introducía la lengua en su boca, Travis la penetró de un solo movimiento. La sensación de unión y el placer se sentirse de nuevo entre los brazos del hombre al que amaba hicieron que Natalie se sintiera casi sobrepasada por lo que estaba sucediendo.

–¿Te encuentras bien? –preguntó Travis.

Ella asintió.

–Hazme el amor... por favor...

Cuando, con una ardiente mirada, Travis imprimió un ritmo lento pero intenso a sus movimientos, Natalie supo que nunca se había sentido más amada que en aquellos momentos. Él siguió mirándola, aumentando el ritmo de sus penetraciones y alimentando la deliciosa tensión que no hacía más que crecer en el interior de Natalie.

Muy pronto, ella sintió cómo se tensaban sus músculos en torno a la palpitante erección de Travis mientras se movía con él en la hipnótica danza del amor. Al sentir que ella estaba preparada, Travis intensificó sus movimientos y, de pronto, Natalie se sintió como si estuviera a punto de estallar.

Arrebatada por aquella tormenta de pasión, se aferró a él para no dejarse engullir por las resplandecientes sensaciones que recorrían su cuerpo. Una intensa luz pareció destellar tras sus ojos firmemente cerrados y cuando Travis murmuró su nombre y la penetró una última vez, Natalie sintió que se convertían en un solo corazón, en un solo cuerpo, en una sola alma.

Con el corazón desbocado, Trav se dejó caer sobre Natalie y apoyó la frente sobre su hombro.

—¿Estás... bien?

—Estoy maravillosamente —susurró ella mientras lo rodeaba con sus brazos—. Ha sido increíble.

—Tú sí que eres increíble —Travis se apoyó sobre los codos para mirarla—. Siempre has sido increíble, querida.

—Travis...

Por la expresión de Natalie, Travis supo que no estaba segura de la dirección que estaban tomando las cosas entre ellos. Y lo cierto era que él se estaba haciendo aquella misma pregunta. Pero en aquellos momentos no tenía respuestas y no pensaba especular sobre lo que fuera a depararles el destino. Lo único que sabía era que quería estar con ella en aquellos instantes y en el futuro.

Le besó, se tumbó junto a ella y la tomó entre sus brazos.

—Ya resolveremos la situación, cariño. Te lo prometo.

La confianza que vio en los ojos de Natalie le produjo una emoción inesperada y en aquel momento se juró a sí mismo no volver a hacer nada que pudiera hacerle dudar de él. Pero antes de avanzar necesitaban dejar resuelto el pasado.

–Hoy tengo que ir a la ciudad –dijo, decidiendo que los demás miembros del TCC tenían que estar al tanto de lo sucedido en la estación de autobuses de Amarillo–. No te importará quedarte aquí con Mose y Fluffy, ¿verdad?

–Claro que no –dijo Natalie, sonriente–. Me estoy acostumbrando a Fluffy y Mose es un encanto.

Aquello hizo tanta gracia a Trav que estuvo a punto de atragantarse de risa.

–He oído llamar muchas cosas a Mose, pero es la primera vez que alguien lo llama «encanto» –dijo mientras salía de la cama para recoger su ropa–. Tengo que hacer unas llamadas antes de salir y luego pasaré por mi despacho en el juzgado para ver si mi ayudante tiene algún caso problemático –se puso en pie y se volvió hacia Natalie–. Necesito que hagas algo mientras estoy fuera.

–¿Qué?

–Quiero que elijas una película para esta noche.

Natalie se cubrió con la sábana antes de levantarse para acercarse a él.

–¿Quieres ver otra película?

–Sí.

–¿Tienes alguna preferencia en particular?

–No... –Travis sintió que le subía la tensión arterial cuando Natalie apoyó la mano sobre su sensibilizada piel–. Simplemente asegúrate de que sea corta –dijo antes de besarla–. Creo que sería buena idea que esta noche nos retiráramos pronto.

Natalie asintió con expresión seria.

–Sí. Probablemente será buena idea tratar de recuperar el sueño perdido.

–Irnos a la cama y dormir son cosas distintas, cariño –murmuró Travis, que besó a Natalie en la punta de la nariz y la apartó de su lado para no dejarse llevar por la tentación–. Y tengo toda la intención de demostrarte en qué radica la diferencia.

Capítulo Ocho

Ya se acercaba el anochecer cuando Natalie salió de la cocina y se encaminó hacia la fuente del patio seguida de Fluffy. Sonrió cuando el enorme animal paró de pronto las orejas y trotó hacia el establo, en el que había un portón especialmente hecho para él. Probablemente quería comprobar qué tal les iba a Billy y a Juan, que estaban atendiendo a una de las yeguas embarazadas.

Natalie ocupó una de las sillas del patio, dejó el monitor del bebé en la mesa y luego miró los grandes tiestos que rodeaban la fuente. Aunque el invierno de aquella zona era muy suave, estaban vacíos. Pero en primavera la fuente manaría y los tiestos se llenarían de brillantes flores.

Se mordió el labio para evitar que temblara. ¿Seguiría entonces ella en el Flying W para poder verlo?

Aquella mañana Travis le había prometido que iban a resolver las cosas. ¿Se habría referido a una relación a corto plazo a un compromiso entre ellos que durara toda la vida?

Cuando ella dio por zanjada su relación en Chicago, Travis no pareció tener muchas dificultades para aceptar su decisión. Tras darle su tarjeta del Texas Cattleman Club se fue de su casa y no volvió a tener noticias de él hasta que volvió a verlo en casa de David y Marissa Sorrenson.

Pero desde que se alojaba con Autumn en su rancho Travis se había comportado como si fueran las personas más importantes de su vida. Había pedido una excedencia en su trabajo para poder estar con ellas y, a excepción de algún que otro viaje esporádico a Royal, pasaba prácticamente todo el tiempo con ellas. También estaba haciendo todo lo posible por ayudarle a recuperar la memoria.

Era evidente que quería a Autumn y que podría ser un buen padre, ¿pero podría amarla a ella también? ¿Qué sucedería una vez que desapareciera el peligro? ¿Querría que se quedara en el Flying B con él y formara parte de su vida?

Suspiró. Sabía que Trav le tenía cariño y la deseaba, pero ella quería más. Quería su amor, y no pensaba conformarse con menos.

Los repentinos ladridos de Fluffy interrumpieron sus pensamientos. Ya hacía casi tres semanas que lo conocía y nunca lo había oído ladrar.

–¿Acabo de escuchar a Fluffy ladrando? –preguntó Mose, que había salido de la cocina a toda la velocidad que le permitía de su artritis.

–Eso creo –la aprensión de Natalie aumentó cuando notó que Mose estaba inquieto por el comportamiento del perro.

–Fluffy no ladra a menos que algo o alguien ande husmeando por la zona sin haber sido invitado.

–Puede que sea un coyote.

Mose negó con la cabeza cuando Fluffy siguió ladrando.

–Merodean muchos por aquí y nunca les presta atención. Será mejor que entres mientras yo voy a por mi Winchester.

Natalie sintió que el corazón se le subía a la garganta.

–¿De verdad crees que es necesario?

–No lo sé, pequeña –dijo Mose mientras la seguía a la cocina–. Pero sin Trav en casa y después de los problemas que has tenido ya, no pienso correr riesgos –se volvió a echar el cerrojo de la puerta y luego apagó las luces–. Sube arriba y enciérrate en el baño con la pequeña. Y apaga las luces para que no puedan verte moviéndote.

Un instante después Mose iba a por su rifle y Natalie subía corriendo por las escaleras tan rápido como le permitían sus temblorosas piernas.

Un intenso miedo se apoderó de ella mientras entraba en el dormitorio. ¿Y si la gente que la estaba persiguiendo la había encontrado? ¿Y si Fluffy no lograba asustarlos?

Cerró la puerta a sus espaldas y corrió a la cuna. El teléfono de la mesilla de noche sonó una vez, pero lo ignoró. Tenía que evitar que se llevaran a su bebé.

Cuidando de no despertar a Autumn, la tomó en brazos, entró en el baño y echó el cerrojo de la puerta.

En cuanto apagó el motor de su vehículo Trav supo que sucedía algo fuera de lo normal. La casa estaba completamente a oscuras y escuchaba a Fluffy ladrando en la distancia. No podía saber dónde estaba el perro, pero era obvio que sucedía algo. Ya estaba lo suficientemente oscuro como para que hubiera luces en la casa, y Fluffy sólo ladraba cuando sentía su territorio amenazado.

Tomó su Glock de nueve milímetros de la guantera y luego marcó en su móvil el número de la casa. Suspiró de alivio cuando Mose contestó de inmediato.

—¿Qué diablos está pasando? ¿Por qué están las luces apagadas? ¿Y qué le pasa a Fluffy?

—No lo sé, muchacho. Hace un par de minutos que se ha puesto a ladrar como loco. Creo que está cerca del establo. Iba a llamarte para que vinieras pero antes he ido a por mi rifle.

Trav sintió que la sangre se le helaba en las venas.

—¿Dónde están Natalie y el bebé?

–En el baño, encerradas y con las luces apagadas. He supuesto que era el lugar más seguro.

Trav asintió.

–Bien hecho –al notar que Fluffy había dejado de ladrar, preguntó–: ¿Tienes la casa cerrada y el sistema de seguridad en marcha?

–Puede que sea viejo como el polvo, pero no soy estúpido –gruñó Mose.

–De acuerdo. Vigila la casa mientras yo voy al establo. Llama a Ry y dile que venga enseguida por si lo necesito.

–De acuerdo, Trav. Ten cuidado.

–Lo tendré –dijo Trav antes de colgar.

Guardó el móvil en su bolsillo y salió del coche. Afortunadamente, una gruesa nube ocultaba la luna, de manera que podía moverse sin ser visto. Mientras seguía la línea de árboles que bordeaba el sendero creyó oír el sonido de un coche arrancando en algún lugar de la carretera principal, pero no tenía tiempo para comprobar de qué se trataba. No le gustaba el hecho de que las luces del establo también estuvieran apagadas. Billy y Juan estaban vigilando a las yeguas embarazadas y nunca se perdonaría que les sucediera algo a sus jóvenes empleados.

Cuando llegó a la esquina del establo, Fluffy asomó la cabeza por la puerta abierta, gimió y volvió a entrar. No había duda de que algo iba mal. De lo contrario, el perro habría corrido a darle la bienvenida como de costumbre.

Trav entró en el establo y encendió las luces. La actitud de Fluffy indicaba que quien quiera que hubiera estado husmeando por allí ya se había ido.

–¿Juan? ¿Billy?

El quejumbroso aullido de Fluffy procedente al fondo del establo hizo que Trav encaminara sus pasos hacia allí. Al ver a Billy y a Juan tumbados en el suelo y con las manos atadas a las espalda y la boca cubierta con cinta de embalar corrió hacia ellos.

–¿Quién ha hecho esto? –preguntó tras quitarles la cinta de la boca y soltarlos.

Bill fue el primero en escupir el pañuelo que tenía metido en la boca.

–No lo sé, jefe –dijo con los ojos abiertos de par en par. Estaba tan pálido que incluso sus pecas parecían haber desaparecido–. Cuando se han ido las luces y he ido a darlas alguien me ha atrapado por detrás.

–Sí, jefe –dijo Juan mientras se frotaba las muñecas–. A mí me han tirado al suelo y alguien me ha atado las manos. Pero estaba demasiado oscuro como para ver de quién se trataba.

–Si Fluffy no hubiera llegado en ese momento como si fuera la caballería montada no sé qué habría pasado –dijo Billy, que empezaba a recuperar el color.

–¿Necesitáis un médico alguno de los dos? –Trav suspiró aliviado cuando ambos jóvenes negaron con la cabeza–. Si queréis iros a casa lo comprenderé.

Juan y Billy intercambiaron una mirada.

–Hemos dicho que vigilaríamos a las yeguas y vamos a hacerlo –dijo finalmente Juan.

–Gracias, muchachos. Os lo agradezco –Trav señaló la puerta del establo–. Cuando me vaya quiero que cerréis hasta que amanezca.

–De acuerdo, jefe.

Trav sacó su móvil y pulsó el botón de rellamada.

–Quienquiera que fuera ya se ha ido –dijo en cuanto contestó Mose–. Han atado a Billy y a Juan pero están bien. Llama a la policía y diles que envíen a alguien para tomar declaración a los chicos.

Acababa de colgar cuando Ry entró corriendo en el establo.

–¿Estáis bien? ¿Qué ha pasado?

Trav se reunió con su amigo en el centro del establo.

–Te lo explico todo mientras inspeccionamos fuera por si han dejado alguna pista.

Cuando Travis, Ryan y Fluffy entraron en la cocina una hora después, Natalie aún estaba temblorosa. Aunque tenía el monitor de la niña a mano y sabía que estaba a salvo en su cama, sentía la necesidad de ir a verla cada cinco minutos para cerciorarse de que estaba bien.

Travis debió notarlo, porque se acercó de inmediato a ella y la abrazó.

–Todo va bien, cariño. Quienquiera que fuera ha escapado cuando Fluffy ha ido al establo.

–¿Están bien Juan y Billy?

–Se encuentran un poco conmocionados, pero están bien. Wyne Vincent, el jefe de la policía local, les ha tomado declaración, pero apenas ha podido hacer nada más. El que los ha atado debe ser bastante listo, porque no ha dejado ningún rastro.

–Parece que la situación ya está bajo control –dijo Ryan, llamando la atención de Natalie, que se fijó por primera vez en que llevaba un rifle–. Creo que voy a acercarme al restaurante de Manny. De pronto se me han antojado sus costillas con chile.

Natalie se fijó en que los dos hombres intercambiaban una significativa mirada antes de que Travis asintiera imperceptiblemente.

–Di al resto que trataré de ir el mes que viene.

Ryan asintió y se llevó una mano al sombrero.

–Cuídate –dijo a Natalie, y luego miró a Travis–. Nos vemos pasado mañana en la reunión del club.

–Va a contar a los demás lo que ha pasado aquí esta noche, ¿verdad? –preguntó Natalie en cuanto Ryan salió.

121

—Creo que voy a acostarme —dijo Mose, que parecía especialmente cansado—. Estoy demasiado viejo para tanta agitación.

Natalie esperó a que Mose saliera antes de volverse hacia Travis.

—¿Qué creéis Ryan y tú que pueden hacer los demás respecto a lo sucedido que no pueda hacer la policía?

—Es nuestra cena mensual de costillas con chile —contestó Travis evasivamente—. Ry nunca se la pierde.

—No me trates con condescendencia. Sé que tú y los demás miembros del TCC habéis estado investigando sobre lo que me pasó la noche que llegué a Royal. Por lo que me han contado Marissa, Tara y Carrie, el TCC suele ayudar a las autoridades a resolver crímenes o a prevenir que sucedan.

Travis la miró un momento con expresión cautelosa.

—Estoy seguro de que les informará y los discutirán, pero...

—Da igual —Natalie movió la cabeza. Era evidente que Trav no quería hablar de ello, y ella no estaba segura de querer saber qué se traían entre manos—. Lo único que me preocupa es que nadie resulte perjudicado por mi culpa.

Travis la rodeó con los brazos por la cintura.

—No quiero que te preocupes por nada. Sólo tienes que ocuparte de Autumn y de recuperar la memoria –dijo con una sonrisa–. Y yo estaré aquí para protegeros –se inclinó para besarla delicadamente en los labios–. Y ahora vamos arriba para que pueda abrazarte y demostrarte cuánto te he echado de menos.

Natalie también sonrió.

–Eso suena muy... interesante.

–Te prometo que lo será –dijo Trav mientras se encaminaban hacia la escalera.

Acababan de entrar en el dormitorio cuando la niña empezó a llorar.

Natalie suspiró.

–Creo que Autumn está reclamando su biberón.

Travis apoyó su frente sobre la de ella.

–¿Por qué no tomas un baño mientras yo se lo doy?

–Pero ya te has levantado a darle el biberón de la mañana. No sería justo...

Travis la silenció apoyando un dedo sobre sus labios.

–No me importa. Recuerda que te dije que iba a ocuparme de cuidaros a las dos –la besó rápidamente y se apartó–. Y eso es lo que pienso hacer, cariño.

Natalie sonrió mientras Trav tomaba a la niña en brazos.

–Tengo la sensación de que Autumn va a lograr que su papá acabe babeando.

Trav se volvió a mirarla con una sonrisa en los labios.

—No sé por qué, pero sospecho que ya lo ha logrado.

Cuando Trav dejó a su hija en la cuna se quedó un rato mirándola, experimentando tal emoción que temió que fuera a estallarle el pecho. No podía creer cómo había cambiado su vida en aquellas últimas semanas.

Volvió la mirada hacia la cama y sonrió al ver a Natalie dormida sobre el edredón, profundamente dormida. Después de tomar el baño debía haberse tumbado a esperarlo y se había quedado dormida mientras él daba el biberón a Autumn abajo.

Se acercó a la cama. ¡Qué preciosa era! ¿Cómo se las había arreglado para permanecer alejado de ella los pasados once meses?

Al regresar de Chicago tras su misión no había dejado de pensar en ella, pero había sido demasiado testarudo como para descolgar el teléfono y llamarla. Se había convencido a sí mismo de que, a pesar de que lo habían pasado muy bien el mes que habían estado juntos, su aventura estaba destinada a terminar antes o después.

Pero lo cierto era que se había sentido herido en su orgullo cuando Natalie lo había echado. Hasta entonces siempre había sido él quien había dado por zanjadas sus relaciones cuando consideraba que la cosa se estaba poniendo demasiado seria.

Mientras seguía mirándola, Natalie sonrió y murmuró su nombre en sueños. Ahora que había vuelto a su vida, ¿qué sería de él cuando decidiera volver a Chicago con Autumn una vez que el peligro que se cernía sobre ellas hubiera desaparecido?

Su corazón pareció dejar de latir cuando la verdad lo golpeó de lleno con la fuerza de un toro embistiendo. Estaba enamorado de Natalie. Probablemente lo había estado desde el principio, pero no había sido capaz de verlo.

Sin embargo, en lugar del pánico que debería haber acompañado a la emoción que iba apoderándose rápidamente de cada fibra de su ser, experimentó una extraña sensación de paz. Nunca le había parecido nada más adecuado que saber que amaba a Natalie.

Lo único que tenía que hacer era encontrar la forma más adecuada de decirle lo que sentía. Declarar sus sentimientos y pedir a la mujer que amaba que se casara con él no era algo que pudiera hacerse a la ligera.

Sonrió mientras sacaba un preservativo del bolsillo trasero de su pantalón y lo dejaba a mano en la mesilla de noche. Hasta que tuviera un plan perfecto para decirle lo que sentía, tenía toda intención de demostrárselo.

Capítulo Nueve

Natalie parpadeó al sentir que un par de fuertes brazos la estrechaban contra un pecho desnudo. El sabor de unos firmes labios masculinos en los suyos y el sonido de una profunda voz de barítono susurrando su nombre le hicieron estremecerse de anhelo. Travis.

Sonrió y se acurrucó junto a él.

—¿Ya has acostado a Autumn?

—Sí, y ahora que me he ocupado de ella le toca el turno a la madre.

Natalie sintió que se le ponía la carne de gallina.

—¿Y en qué estabas pensando?

Cuando Trav se apartó para mirarla, la intensidad del deseo que había en sus ojos la dejó sin aliento.

—Voy a hacerte el amor hasta que ambos olvidemos dónde empieza uno y dónde acaba el otro. Luego voy a tenerte en mis brazos mientras duermes y al despertar volveré a hacerte el amor.

—Creo que el plan me gusta —dijo Natalie

mientras deslizaba la punta de un dedo por un hombro de Travis.

–Pienso asegurarme de que te guste aún más en la práctica –replicó él con una sonrisa cargada de promesas.

Cuando se inclinó para acariciarla, Natalie supo que ningún otro hombre podría entrar nunca en su corazón como lo había hecho aquél.

Travis deslizó un dedo por las solapas de su albornoz y las apartó a un lado cuando alcanzó el valle entre sus pechos. Ya debía haberle soltado el cinturón, porque la prenda se abrió por completo, dejando expuesto el cuerpo desnudo de Natalie a sus caricias. Pero a ella no le importó. Quería sentir cómo la tocaba, quería que la abrazara como si fuera el más frágil de los objetos.

–Tienes una piel tan suave... –dijo él mientras deslizaba un dedo por la ladera de uno de sus pechos.

Cuando alcanzó el pezón, Natalie sintió una sensual descarga de electricidad por todo el cuerpo. Su pezón se excitó de inmediato y tuvo que contenerse para no gemir.

–Déjame escucharte, Natalie –dijo Travis con voz ronca–. Quiero saber que estoy haciendo que te sientas bien –añadió antes de inclinarse para tomar el pezón entre sus labios.

Al primer roce de su lengua, Natalie sintió una oleada de calor seguida de un delicioso estremecimiento entre sus piernas. Y cuando Travis la mordisqueó delicadamente ya no trató de contener el sensual sonido de placer que escapó de su garganta.

—Así, cariño —murmuró él contra su pecho—. Dime lo que sientes.

Si hubiera podido hablar, Natalie tal vez le habría dicho lo que sentía, pero sólo pudo volver a gemir.

La profunda voz de barítono de Travis resonó en su cuerpo mientras iba dejando un rastro de besos desde sus pechos hasta su ombligo.

—Voy a amar cada centímetro cuadrado de tu piel.

Cuando Natalie se dio cuenta del lugar al que se dirigía con su sensual exploración, se puso tensa.

—Travis...

—Tranquila —cuando él alzó la cabeza para mirarla, el brillo de sus ojos color avellana dejó a Natalie sin aliento—. Quiero amarte de todas las maneras que un hombre puede amar a una mujer. ¿Me dejarás hacerlo?

¿Cómo podía negarse cuando la estaba mirando con tal pasión, con tal deseo?

—Sí...

La sonrisa de Travis hizo que la temperatura de Natalie subiera. Cuando él inclinó la cabeza para darle el beso más íntimo, su cuerpo empezó a temblar. Cerró los ojos y sintió que cada nervio de su cuerpo revivía cuando Travis encontró el pequeño centro de su placer y lo lamió tiernamente con su lengua.

Trav sintió que Natalie temblaba contra él, le oyó susurrar su nombre mientras continuaba acariciándola íntimamente. Por sus movimientos dedujo que estaba muy cerca del punto sin retorno.

Sin dejar de besarla por todo el cuerpo, ascendió lentamente, tomó en una mano uno de sus pechos y lo acarició sensualmente.

–¡Travis, por favor!

–Todavía no –dijo él, aunque tuvo que hacer esfuerzos por contenerse ante la pasión que coloreaba las mejillas de Natalie–. Eres maravillosa cuando estás excitada, cariño.

–No... puedo esperar más –jadeó ella–. Te... necesito...

Travis la besó en el cuello a la vez que presionaba la parte baja del cuerpo contra su muslo.

–¿Qué es lo que necesitas, cariño?

–A ti... dentro de mí... ¡Por favor!

Travis deslizó una mano entre sus muslos e introdujo lentamente un dedo en su sexo y empezó a moverlo.

–Quiero que no olvides nunca esta noche.

La mirada que le dirigió Natalie estuvo a punto de perderlo.

–Me estás volviendo loca...

Sonriendo, él estuvo a punto de decirle cuánto la amaba, que quería que estuvieran juntos de ese modo cada noche durante el resto de sus vidas, pero se contuvo. Si le declaraba su amor en aquellos momentos, Natalie podría pensar que no eran más que palabras dichas en el calor del momento. Cuando le dijera lo que sentía quería que no hubiera la más mínima duda sobre su sinceridad.

Pero todo pensamiento desapareció de su mente cuando ella alargó una mano para tocar su cuerpo con cariño. Mientras movía ésta arriba y abajo acariciándolo, Trav tuvo que hacer verdaderos esfuerzos por mantener la cordura.

–Me encantan tus caricias, cariño –dijo, tenso–, pero no me parece que sea el mejor momento...

–Entonces ámame...

Travis tomó el preservativo de la mesilla de noche, se lo puso rápidamente y se situó entre las piernas de Natalie.

Incapaz de encontrar las palabras que expresaran lo que significaba para él, dejó que su cuerpo le demostrara cómo la adoraba. Empujando lentamente, cerró los ojos y apretó los dientes para contenerse. Su cuerpo lo instaba a enterrarse en ella, pero aquélla era sólo la segunda vez que Natalie hacía el amor después de haber tenido a Autumn y no quería actuar con precipitación.

Pero, al parecer, ella tenía otras ideas. De pronto, lo rodeó con los brazos por los hombros a la vez que lo sujetaba con las piernas por las caderas, alentándola a penetrarla por completo.

Trav gimió y, cediendo a sus exigencias, se hundió en la dulzura de su calor.

—Mírame, cariño —murmuró mientras empezaba a moverse.

Fue aumentando gradualmente la intensidad de sus penetraciones, hasta que sintió que el sexo de Natalie se cerraba en torno al suyo, reteniéndolo cautivo mientras alcanzaba la cúspide de su liberación.

—Déjate llevar —murmuró.

Un instante después, los músculos internos de Natalie temblaron en torno a él mientras veía cómo se desataba la tormenta de su pasión. Murmurando suavemente su nombre, Natalie se aferró a él casi con ferocidad, arrastrándolo en su viaje hacia la cima.

Trav también murmuró su nombre y la penetró una última vez antes de liberar su esencia en una explosión de placer.

Unos momentos después, cuando por fin encontró las fuerzas necesarias para alzarse un poco, sonrió a la mujer que amaba con cada fibra de su ser.

—¿Estás bien?

La mirada de Natalie lo dejó sin aliento.

—Estoy maravillosamente —susurró ella.

–Eres la mujer más bella y asombrosa que he conocido, y tengo intención de pasar la noche demostrándote lo especial que eres para mí.

–¿Hablas en serio? –preguntó ella, aún jadeante.

Travis presionó su cuerpo contra ella para demostrarle que ya se estaba recuperando.

–Nunca hablo por hablar, cariño, pero será un placer convencerte de lo sincero que soy.

–Puede que necesite que te muestres muy convincente –dijo ella con una traviesa sonrisa.

–Cuento con ella –dijo Travis antes de besarla.

Y no paró de demostrarle durante el resto de la noche que había hablado en serio.

–Creo que será mejor que venga a echar un vistazo a esto, jefe –dijo Billy, que se había detenido en el umbral de la puerta del establo.

Trav apartó la mirada de Sugar Babe. La yegua llevaba varias horas de parto, pero no parecía progresar. Si no sucedía algo pronto iba a tener que llamar al veterinario.

–Enseguida vuelvo, pequeña –dijo antes de salir de la casilla para encaminarse hacia Billy–. ¿Qué has encontrado?

–Ha sido Juan el que lo ha encontrado. Los dos creemos que tiene algo que ver con lo que sucedió la otra noche.

Travis y Ry habían peinado la zona en busca de alguna pista y no habían encontrado nada. Si había aparecido algo significaba que alguien había regresado durante las dos noches que habían transcurrido desde lo sucedido.

–¿Qué piensa de esto, jefe? –preguntó Juan cuando Trav y Billy se reunieron con él a poca distancia del establo.

Una zona de la hierba que señalaba se hallaba obviamente pisoteada y a cierta distancia podía verse la colilla de un puro.

–¿Habéis tocado algo? –preguntó Travis a la vez que sacaba su móvil.

–No –contestó Juan–. Hemos supuesto que el señor Evans y usted querrían echar un vistazo antes.

–Bien pensado –Trav marcó el teléfono de la policía. Mientras esperaba a que contestaran señaló el establo con un pulgar–. Billy, ocúpate de Sugar Babe mientras Juan llama al veterinario. Va a necesitar ayuda para parir.

Los jóvenes se alejaron mientras Trav hablaba con el jefe de la policía. Éste le dijo que enviaría a un investigador para recoger la evidencia con la esperanza de encontrar en ella algún rastro de DNA, aunque Trav sabía que sólo serviría para descartar posibles culpables, no para deducir de quién se trataba. A menos que el tipo en cuestión estuviera fichado y tuviera su DNA catalogado, claro.

Tras colgar, Trav masculló una maldición. Ninguna de las opciones resultaba atractiva. Por un lado, si el tipo en cuestión no tenía su DNA catalogado, estaban tan lejos de descubrir su identidad como antes. Y si lo tenía, y por tanto estaba fichado, podía tratarse de un tipo realmente peligroso.

–Tenemos más problemas, jefe –dijo Billy desde la puerta del establo–. Parece que la línea de teléfono del establo ha sido cortada.

Trav siguió a Billy hasta la pared del granero en que se hallaba el teléfono y comprobó que el cable estaba cortado.

–¿Cuándo ha sido la última vez que Juan o tú lo habéis utilizado.

–Anoche, hacia las nueve –contestó Billy, que se había puesto rojo como la grana–. Sé que probablemente no debería haber usado este teléfono, pero Juan me retó a que llamara a Ali Hendricks para pedirle una cita para el sábado.

Trav asintió.

–De manera que cortaron la línea después.

–Sí, señor.

Consciente de que no podía hacer nada hasta que llegara el investigador, Trav volvió a sacar su móvil. Aún tenía que llamar al veterinario. Masculló una maldición al comprobar que se había quedado sin batería.

–Voy a tener que subir a casa para llamar al veterinario.

–Jefe...

–¿Sí, Billy?

–Siento mucho haber llamado a Ali durante mis horas de trabajo.

Trav sonrió.

–¿Qué dijo la chica?

Billy lo miró con cautela.

–Dijo que vendría, pero sólo si encontraba una cita para Megan, su mejor amiga.

–¿Y has encontrado a alguien?

Billy asintió, evidentemente aliviado.

–Resulta que a Juan le gusta Megan y que ella está colada por él hace tiempo.

Trav tomó a Billy por el brazo antes de que el joven volviera al establo.

–No te preocupes por lo de hacer llamadas mientras estás trabajando. Mientras cumplas con tus tareas, me da igual.

Billy sonrió de oreja a oreja.

–Gracias, jefe. Es el mejor.

Trav volvió a la casa pensando en el tipo que había estado merodeando por el rancho, que había atado a los chicos y había cortado la línea de teléfono. Fuera quien fuese, lamentaría haber nacido cuando le pusiera las manos encima.

Al entrar en la cocina, su humor mejoró considerablemente al ver a Natalie cocinando codo con codo con Mose.

–¿Qué vamos a comer hoy? –preguntó tras decidir que no iba a mencionarle los últimos acontecimientos.

La sonrisa que le dedicó Natalie hizo que sintiera que los vaqueros se le habían encogido repentinamente.

—No estoy segura de lo que está preparando Mose, pero me ha asegurado que está tan bueno como huele.

Trav tomó el teléfono inalámbrico de la encimera.

—Suele decir eso sea lo que sea.

—Llevo cinco años preparándote la comida y hasta ahora no te he visto rechazarla —dijo el viejo vaquero, ofendido.

—Eso se debe a que todo lo que cocinas está bueno —dijo Trav mientras marcaba el número del veterinario—. No he tenido oportunidad de protestar.

—Buena respuesta —dijo Natalie, sonriente.

Travis le guiñó un ojo. Estaba a punto de decir algo cuando el veterinario contestó:

—Mac, ¿puedes venir al Flying B? Tengo una yegua de parto y me temo que han surgido complicaciones. Si no hacemos algo pronto, perderemos al potrillo, y tal vez a ella...

Un repentino grito seguido del sonido de un recipiente al chocar contra el suelo sobresaltó a Travis. Al volverse vio que Natalie se había puesto intensamente pálida y que todo el cuerpo le temblaba.

—Tengo que dejarte, Mac —dijo rápidamente junto al teléfono antes de volver a dejarlo—. ¿Qué sucede, Natalie? —dijo a la vez que la tomaba por los hombros–. Háblame, cariño...

–No murieron... –murmuró ella, aferrándose a su camisa–. ¡Cielo santo, Travis! Los estaba robando para venderlos en el mercado negro.

Capítulo Diez

Trav tomó a Natalie en brazos y se encaminó hacia las escaleras. Sabía sin necesidad de preguntar que había recuperado la memoria, y los acontecimientos parecían más inquietantes de lo que ninguno de los dos podría haber imaginado.

—El teléfono del establo no funciona —dijo a Mose por encima del hombro—. Ve a decir a los muchachos que tendrán que ayudar al veterinario con Sugar. Y quédate allí a esperar al detective.

Mose parecía confuso.

—¿Va a venir la policía? ¿Para qué?

—Billy y Juan te lo explicarán.

Trav llevó a Natalie a su cuarto para no molestar a Autumn.

—Tranquila, cariño —dijo mientras se sentaba con ella en uno de los grandes sillones que tenía en la zona de estar del dormitorio—. Tú y el bebé estáis a salvo. Te prometo que no voy a permitir que nadie os haga daño.

Cuando los sollozos de Natalie remitieron se estremeció contra él.

–¡Oh, Travis! Ese hombre iba a vender a Autumn...

Travis sintió que la sangre se le helaba en las venas. Tomó el rostro de Natalie entre sus manos mientras se esforzaba por mantener la calma.

–Quiero que respires profundamente y comiences desde el principio. ¿Recuerdas el nombre del médico?

–Doctor Roman Birkenfeld –Natalie se estremeció de nuevo–. Cuando fui a hacerme una revisión poco después de perder mi trabajo, pregunté si la clínica permitía algún tipo de pago mensual para poder dar a luz allí –cerró los ojos un momento, como para prepararse para lo que iba a decir–. Cuando el médico se enteró de que estaba sin trabajo me ofreció un puesto como secretaria y recepcionista en la clínica. Pero no tardé mucho en darme cuenta de que algo iba mal.

–¿Qué descubriste?

Trav sabía que revivir los acontecimientos que la habían llevado hasta allí iba a ser una prueba realmente dura para Natalie, pero no le quedaba más remedio que pasar por ella. Y él necesitaba toda la información posible para el TCC.

–El número de bebés que morían en la clínica resultaba alarmante –dijo Natalie con voz temblorosa–. En una semana habían muerto tres debido a complicaciones durante el parto.

En todos los casos se trataba de madres solteras sin familia.

—¿Ninguna de las mujeres casadas perdía sus bebés?

—Por lo menos hacía un año que ninguna mujer casada perdía a su bebé en la clínica.

—Creía que sólo dejaban dar a luz en las clínicas de maternidad en caso de embarazos sin riesgo, y que si surgía algún contratiempo enviaban a las madres de inmediato al hospital —dijo Trav.

—Eso fue lo que sucedió con las pocas mujeres embarazadas que tuvieron problemas mientras yo estaba trabajando allí —Natalie permaneció un momento pensativa—. Incluso recuerdo un par de mujeres solteras que fueron trasladadas porque surgieron complicaciones. Pero, supuestamente, esos bebes murieron durante el parto debido a complicaciones de última hora.

Trav frunció el ceño.

—¿Supuestamente?

—Les decían a las madres que sus bebés habían muerto, pero en realidad estaban vivos y totalmente sanos.

—¿Estás segura? —preguntó Trav, sintiendo que se le encogía el estómago—. ¿Qué les pasaba a los bebés?

—El doctor Birkenfeld... los vendía —Natalie se estremeció violentamente.

—¿Cómo averiguaste todo eso, cariño?

Aparentemente incapaz de permanecer quieta, Natalie se levantó y comenzó a caminar de un lado a otro de la habitación.

–Después de notar cuántos bebés morían, descubrí que cada mujer que había perdido un bebé tenía un número asignado junto a su nombre en la base de datos. Investigué un poco y encontré unos archivos ocultos en los que se indicaba el sexo del niño de cada madre y el nombre de la pareja que había comprado el bebé.

Al darse cuenta de que Autumn podía haber sido uno de aquellos bebés, Trav se sintió como si acabaran de golpearlo con un mazo.

–¿Descubriste cómo organizaba Birkenfeld la operación?

Natalie asintió.

–Antes de que el bebé naciera comunicaba a la madre que habían surgido complicaciones y que iba a tener que suministrarle un sedante –sus ojos se llenaron de lágrimas–. Entonces, una vez que la mujer estaba inconsciente, él atendía el parto y luego le decía que el bebé había muerto.

Trav se puso en pie y la tomó entre sus brazos.

–Si sabías todo eso, ¿por qué no acudiste a la policía? ¿Y por qué no pudiste evitar que te pasara lo mismo?

–Lo intenté, pero me puse de parto –Natalie se aferró a la camisa de Travis–. Estaba traba-

141

jando cuando rompí aguas. Birkenfeld debía saber que yo había descubierto algo, porque cuando insistí en que quería acudir a un hospital me administró un sedante. Cuando desperté me di cuenta de que ya había dado a luz.

—¿Trató de decirte lo mismo que había dicho a las otras mujeres?

Natalie asintió mientras sus lágrimas humedecían la camisa de Travis.

—Cuando la enfermera le comunicó que estaba consciente y que quería ver a mi bebé, el doctor vino a verme y me dijo que habían surgido complicaciones y que no había podido salvar a mi niña.

—No entiendo cómo podía arreglárselas sin ayuda. ¿Sabes si alguna de las enfermeras era consciente de lo que estaba haciendo?

—Sólo tenía una enfermera. Se llamaba Mary Campbell y estoy convencida de que lo ayudaba —Natalie apartó el rostro del pecho de Travis para mirarlo—. Tenía que estar compinchada con Birkenfeld, porque estaba presente en cada parto y se ocupaba del bebé mientras el médico terminaba de atender a la madre.

—Puede que tengas razón —Trav apartó con ternura un mechón de pelo de la frente de Natalie—. ¿Recuerdas algo más, cariño? ¿Cómo lograste escapar de allí con Autumn?

—El doctor me dijo lo que supongo que decía a las demás madres, que ya que estaba tan disgustada por la pérdida de mi bebé, y teniendo en cuenta que carecía de medios para un entierro adecuado, él se ocuparía de que el cuerpo fuera enviado al crematorio. Cuando salía del dormitorio me dijo que iba a enviar a la enfermera para que me administrara otro sedante... Estuve a punto de perder a nuestro bebé... –dijo, y rompió a llorar de nuevo.

Al ver que volvía a temblar, Travis la condujo hasta la silla y se sentó con ella en su regazo. Una intensa furia se apoderó de él al pensar en la angustia que aquel miserable era capaz de hacer pasar a las mujeres.

–Pero no lo perdiste –dijo, y frotó una lágrima de la mejilla de Natalie–. Está aquí, con nosotros, y nadie va a quitárnosla.

–Pero no comprendes... Me las alegré para escabullirme antes de que la enfermera me pinchara, pero no pude encontrar a Autumn.

–¿Entonces cómo...?

–Sabía que si me encontraban me sedarían y perdería a mi bebé para siempre. Antes de que Mary regresara me cambié y me escondí en el cuarto trastero que se hallaba frente al despacho del doctor Birkenfeld. Me buscaron durante varios minutos y luego oí que el doctor le decía a Mary que no tenían tiempo que perder, que debía ir a por el bebé y por la bolsa de pañales mientras él llamaba a la pareja que iba a comprar a Autumn. Le dijo que iban a tomar un vuelo para entregársela a sus nuevos padres y cobrar el resto del dinero.

–Y los seguiste –dijo Travis. El corazón se le encogió al imaginar a Natalie teniendo que ir tras aquellos monstruos a solas.

Ella asintió.

–Cuando los alcancé en el aeropuerto esperé hasta que Mary se llevó a Autumn al servicio para cambiarla. La seguí y, cuando se inclinó para sacar el pañal de la bolsa le di un empujón, tome a la niña y la bolsa de pañales y salí corriendo.

–¿Birkenfeld no trató de detenerte?

–Estaba ocupado con los billetes en el mostrador. Logré desparecer entre un grupo de pasajeros que acababa de recoger su equipaje y se dirigían hacia la zona de taxis.

–¿Llevabas dinero encima?

–No –Natalie suspiró–. Me había dejado el bolso en la clínica, de manera que pedí a una pareja mayor que me permitieran compartir el viaje. No me gustó nada tener que hacer algo así, pero eran muy amables. Incluso pagaron al conductor para que me llevara a la estación después de que los llevara a su hotel.

–Si no tenías dinero, ¿cómo pagaste el billete del autobús?

Natalie sonrió por primera vez desde que había recuperado la memoria.

–Descubrí unos cientos de miles de dólares ocultos en la bolsa de pañales.

Trav también sonrió.

–Así que utilizaste el dinero de Birkenfeld para escapar, ¿no?

Natalie asintió.

—No me gusta llevarme nada que no sea mío, pero lo necesitaba para salvar a mi bebé.

—De todos modos, ese dinero no pertenecía a Birkenfeld. Seguro que era parte de lo que había obtenido vendiendo bebés.

El labio inferior de Natalie tembló.

—Lo siento tanto por las mujeres a las que ha engañado y que creen que sus bebés han muerto... Ojalá pudiera hacer algo para ayudarlas a recuperarlos.

Trav asintió, pero no comentó nada al respecto. El TCC ayudaría a investigar el caso a las autoridades y ayudaría a recuperar los bebés robados.

—¿Fueron Birkenfeld y la enfermera quienes te acosaron en la estación de Amarillo? —preguntó.

—Sí. Los vi, pero creía que ellos no me habían visto. Recuerdo que luché con Mary para evitar que me quitara a Autumn después de que me hubieran golpeado por detrás. No recuerdo cómo me metí en el autobús correcto, pero recuerdo que busqué en mi bolsillo la tarjeta que me habías dado y que no paraba de repetirme que debía permanecer consciente. Tenía que localizarte porque sabía que no dejarías que se llevaran a nuestro bebé.

El pecho de Travis se contrajo de emoción. Al parecer, Natalie no había perdido toda la fe en él cuando lo había echado de su casa.

–¿Qué aspecto tienen el tal Birkenfeld y su enfermera? –preguntó, consciente de que lo importante en aquellos momentos era detenerlos cuanto antes.

–Mary es de estatura media y tiene el pelo rubio. No recuerdo bien, pero creo que sus ojos son azules. El doctor Birkenfeld es alto, delgado y tiene el pelo castaño. Tendrá entre treinta y cinco y cuarenta años y es razonablemente atractivo. Pero... –Natalie se estremeció–... sus ojos marrones parecen vacíos.

–¿Qué quieres decir?

Natalie suspiró.

–Es difícil de explicar, pero es casi como si no tuviera alma...

–Te juro que ese tipo no volverá a acercarse a ti –dijo Travis con firmeza–. Ahora tengo que irme para hacer algunas cosas...

Natalie apoyó un dedo sobre sus labios y sonrió débilmente.

–Sé que necesitas decir a tus compañeros que he recuperado la memoria –la solitaria lágrima que se deslizó por su mejilla hizo que el pecho de Travis se contrajera–. Hay que detener al doctor Birkenfeld. No puede seguir robando bebés y destrozando la vida de sus madres...

Trav frotó con ternura sus mejillas.

–Te prometo que los días del doctor Birkenfeld están contados, cariño.

–¿Que hace qué? –preguntó Ry, incrédulo.

–Birkenfeld dice a las mujeres que sus bebés han muerto en el parto y luego los vende.

Trav contempló la expresión de sus compañeros mientras les contaba lo que Natalie había recordado. Sus reacciones variaron entre la conmoción y la indignación, pero ninguna fue más intensa que la del jeque. Aunque permaneció impasible, la furia que brilló en sus ojos de obsidiana fue formidable. Trav no sabía por qué, pero casi tuvo la sensación de que se había tomado personalmente la noticia de los bebés robados.

–Hay que atrapar a ese miserable –dijo David Sorrenson.

Clint Andover soltó un prolongado silbido.

–Sabía que lo que le había pasado a Natalie tenía que ser malo, pero es peor de lo que imaginaba.

Alex Kent asintió.

–No sólo hay que atrapar a Birkenfeld; también hay que ayudar a las madres a recuperar sus bebés.

–Lo primero es encontrar a Birkenfeld y a quien lo esté ayudando aquí, en Royal.

–Sí. Está claro que ha contratado a alguien para hacer el trabajo sucio –dijo David–. La descripción que ha hecho Natalie de él no encaja con la que me dio Marissa del tipo que trató de secuestrar a la niña hace dos meses en el hospital.

–Tú aún tienes contactos en el FBI, Alex –dijo Trav, pensando en alto–. ¿Por qué no te pones en contacto con ellos para averiguar si tienen algún dato sobre el doctor y su clínica?

–Si tenemos una pista, yo lo encontraré –anunció Darin. La determinación de su tono dejó claro que estaba dispuesto a mover cielo y tierra para lograrlo... y que el espectáculo no sería precisamente agradable cuando lo hiciera.

–Mientras Alex se pone en contacto con sus amigos, Clint y yo investigaremos por aquí –dijo David–. Alguien anda merodeando por el Flying W y Natalie y la niña siguen en peligro.

–Seguro que es el mismo que quemó la casa de Tara –dijo Clint con dureza–. Como lo atrape...

–Puedes quedártelo después de que yo acabe con él –interrumpió Trav–. Pero no esperes que quede demasiado cuando te lo entregue.

–¿Qué puedo hacer yo para ayudar? –preguntó Ry.

Trav tuvo que morderse el interior del carrillo para no sonreír. Ry acababa de darle el pie que necesitaba.

–Mantén el móvil encendido por si necesito llamarte como la otra noche –tras una pausa, añadió–: Y si pudieras seguir vigilando a Carrie, te lo agradecería.

–Empiezas a sonar como una grabadora, Trav –protestó Ry–. Sabes que estoy dispuesto a hacerlo, pero Carrie va a acabar odiándome.

Alex rió.

—¿Dónde está toda esa seguridad en ti mismo que dices poseer, Evans?

—Carrie es distinta —dijo Ry a la defensiva.

Trav vio que su amigo se ruborizaba. No se había equivocado. Por lo visto, Ry empezaba a notar que Carrie ya no era la mocosa llena de pecas que solía seguirlos a todas partes y que se había convertido en toda una mujer.

—Entonces, ¿vas a echarme una mano, o no?

Ry pareció ofendido.

—No tienes por qué hacer una pregunta tan tonta como ésa. Por supuesto que vigilaré a Carrie.

Antes de que los demás empezaran a burlarse de Ry por hacer de canguro, Trav se levantó. No quería dejar a Natalie y a Autumn solas más de lo estrictamente necesario. Además, tenía que poner sus planes en marcha. Para cuando se fueran a la cama tenía que haber quedado bien claro que iban a unirse a los Sorrenson y a los Andover en el sagrado estado del santo matrimonio.

—Tengo que volver al rancho para asegurarme de que no suceda nada —antes de salir, se volvió—: Si alguno averigua algo...

—Serás el primero en saberlo —dijeron los demás al unísono.

Trav asintió.

—Y no te preocupes por Carrie esta noche, Ry. Voy a llevármela a casa para que cuide de Autumn.

—¿Vas a llevar a Natalie a algún sitio? —preguntó Ry—. ¿No te parece que puede ser un poco peligroso, dadas las circunstancias?

—No he dicho que fuera a llevar a Natalie a ningún sitio —Trav fue incapaz de contener una amplia sonrisa antes de cerrar la puerta—. Pero vamos a estar bastante ocupados esta tarde.

En lugar de sentirse agotada debido a la dura experiencia de revivir lo que había sucedido tres meses atrás, Natalie se sentía como si acabaran de liberarla. A pesar de lo terribles que eran los recuerdos, ya sabía por qué había acudido a Royal en busca de Travis. En el fondo, siempre había sabido que podía fiarse de él... y que lo amaba con todo su corazón.

Miró a Autumn, que jugueteaba distraída en su regazo, y sonrió. Ya sabía sin sombra de duda que Travis quería a la niña... ¿pero qué sentía exactamente por ella?

Sabía que sentía afecto por ella, desde luego, pero ¿la amaba? Una vez que el peligro desapareciera por completo, ¿en qué quedaría su relación? ¿Querría Travis que volviera a Chicago?

Estaba pensando en todo aquello cuando oyó que alguien avanzaba por el pasillo. Al volverse vio a Carrie en el umbral de la puerta.

—Hola, Carrie —saludó, un poco confundida—. Creía que tenías planeado pasar la tarde con tu amiga Stephanie.

–Sólo íbamos a vernos para tomar una cerveza y charlar. Nada que no pudiera retrasarse –Carrie sonrió y se inclinó para abrazar a Natalie–. Trav me ha contado que has recordado lo sucedido.

–¿Te ha contado...?

–Todo –Carrie asintió–. Me alegra tanto que pudieras escapar antes de que ese hombre horrible... –se interrumpió y movió la cabeza antes de tomar a Autumn en brazos–. Ni siquiera soporto... decirlo.

Natalie se levantó.

–Lo sé. No puedo creer lo cerca que estuve de... perderla.

–No pienses en ello, Natalie –dijo Carrie mientras estrechaba a Autumn entre sus brazos–. Lo sucedido pertenece al pasado.

Natalie asintió y se acercó al tocador a doblar un montón de ropa de la niña.

–Ahora trato de centrarme en el futuro.

–Buena idea. ¿Y sabes lo que me parecería aún mejor idea?

La expresión encantada de Carrie resultó tan contagiosa que Natalie sonrió.

–¿Qué?

–Creo que deberías bajar a relajarte mientras yo paso un buen rato con mi sobrina.

El brillo de la mirada de Carrie hizo que Natalie se preguntara qué se traería entre manos.

–Pero...

151

–No pienso aceptar un no por respuesta –insistió Carrie–. Travis ya ha vuelto. ¿Por qué no veis una película o hacéis algo juntos?

–¿Y por qué no vienes tú con nosotros? –preguntó Carrie. Le encantaba estar con Carrie. Era muy ocurrente y tenía una gran vitalidad.

–Espero que no te ofendas, pero prefiero quedarme aquí a jugar con Autumn –Carrie tomó a Natalie del codo y la acompañó hasta la puerta–. Y no te preocupes por nada. Creo que pasaré aquí la noche para poder desayunar mañana con ella.

Antes de que Natalie pudiera decir nada, Carrie la empujó con firme delicadeza para que saliera del dormitorio y cerró la puerta. Cuando Natalie bajó encontró a Travis al pie de las escaleras, esperándola.

Su sonrisa hizo que el corazón le latiera con más fuerza.

–¿Estás lista para nuestra cita? –preguntó Travis a la vez que extendía sus brazos hacia ella.

Natalie corrió a refugiarse en ellos.

–¿Otra película?

Travis la besó tan apasionadamente que Natalie tuvo que apoyarse contra él para no caer.

–Tenemos una canguro, la película está en el DVD y las palomitas están listas.

–Y tú has organizado las cosas para que viniera Carrie –cuando Travis asintió con expresión traviesa, Natalie añadió–: ¿Qué película vamos a ver?

–Ya lo verás –dijo él evasivamente. Una vez sentados en el sofá pasó un brazo por los hombros de Natalie–. Es una versión moderna de un clásico, pero creo que te gustará.

Natalie sonrió cuando comprobó que se trataba de *El padre de la novia*.

–Me encanta esta película. Es una de las pocas versiones modernas de un clásico que se tiene en pie.

Trav la besó en la frente.

–Me alegra oír eso.

Durante las dos horas siguientes no pararon de reír mientras Steve Martín se esforzaba por adaptarse a ser sustituido como hombre número uno en la vida de su hija. Para cuando acabó la película, Natalie estaba lloriqueando.

–Es tan conmovedor ver cuánto lo quiere su mujer a pesar del ridículo que hace...

–A mí ya se me está haciendo una úlcera sólo de pensar en el día que tenga que llevar a Autumn al altar para dejarla en manos de algún tipejo que no se la merecerá –dijo Travis.

Natalie sonrió.

–Estoy segura de que todo padre pasa por eso.

Trav se levantó para sacar el DVD. Después se palmeó el bolsillo de la camisa para asegurarse de que el anillo seguía allí y se volvió hacia Natalie. Había llegado el momento de la verdad.

–He estado pensando que me gustaría que las cosas fueran así cuando Autumn se case –dijo, deteniéndose ante ella.

–¿Querrás una gran boda con desastres incluidos? –preguntó Natalie con una sonrisa.

–Estoy seguro de que habrá alguno, pero no me refería a eso –Trav se agachó hasta apoyar una rodilla en el suelo y tomó la mano izquierda de Natalie mientras la miraba a los ojos–. Nunca he dicho a otra mujer lo que estoy a punto de decirte, cariño –sonrió cuando ella abrió los ojos de par en par–. Te quiero, Natalie. Eres la dueña de mi corazón.

Los ojos de Natalie se llenaron de lágrimas.

–Yo también te quiero. Con todo mi corazón.

Trav sacó del bolsillo el anillo de diamantes que había comprado en Royal tras la reunión con los demás miembros del club.

–¿Me harás el honor de convertirte en mi esposa, Natalie Perez? ¿Estarás a mi lado cuando tenga que adaptarme a la idea de ser el padre de la novia y me ayudarás a pasar a la siguiente fase de nuestra vida?

Mientras sostenía el anillo y esperaba la respuesta, Travis se sintió como si el tiempo se hubiera detenido... pero la sonrisa que le dedicó Natalie fue lo más bonito que había visto en su vida.

Y se sintió más emocionado de lo que nunca habría creído posible cuando Natalie asintió y susurró:

–Sí. Nada me gustaría más en la vida que convertirme en la esposa de Travis Whelan.

–¿Nada? –sin esperar un segundo, Travis le puso el anillo–. Estaba pensando que tal vez querríamos un hermanito o hermanita para Autumn dentro de un par de años.

–Me encantaría tener más hijos tuyos –dijo Natalie a la vez que lo rodeaba con los brazos por el cuello.

–Pienso pasarme la vida dedicándome a cuidaros –dijo Travis–. Y te prometo que, mientras me quede un solo aliento en el cuerpo, nadie volverá a hacerte daño a ti ni a nuestros hijos.

–Eso ya lo sé –Natalie lo acarició con ternura en la mejilla–. Por eso vine a buscarte cuando me encontré en peligro. Aunque no quería admitirlo, siempre supe que tú eras mi caballero de blanca armadura.

Travis rió.

–Más bien tu vaquero de pantalones polvorientos –dijo, y a continuación se sentó junto a ella para estrecharla entre sus brazos–. ¿Qué clase de boda te gustaría, cariño? ¿Algo discreto, o una gran boda a la que asista todo Royal?

–Lo que decidas me parecerá bien, pero... ¿te importaría esperar al siguiente invierno?

–¿Por qué esperar tanto? –preguntó Travis sin ocultar su decepción. Por él, se habrían casado de inmediato. Pero Birkenfeld aún seguía libre y probablemente sería mejor retrasar la boda hasta que se hallara entre rejas.

–Nos conocimos en invierno, volvimos a reunirnos en invierno y he pensado que sería bonito empezar nuestra vida juntos en invierno.

Travis asintió. Después de lo que había sufrido, Natalie merecía un final como el de las películas que tanto le gustaban. Y si quería una boda en invierno, eso era exactamente lo que le ofrecería.

–Eso nos dará tiempo de sobra para que decidas qué clase de boda quieres –dijo antes de besarla–. Pero de advierto algo: casados o no, pienso pasar de ahora en adelante el día y la noche demostrándote cuánto te quiero.

–¿Y cuándo piensas empezar? –preguntó Natalie, sonriente.

–Ahora mismo, cariño –Travis sonrió de oreja a oreja mientras se levantaba del sofá con ella en brazos.

–Me gusta tu modo de pensar –dijo Natalie con expresión traviesa.

Fiel a su palabra, Trav pasó el resto de la noche demostrándole cuánto iba a amarla durante el resto de sus vidas.

DESEO

SARA ORWIG
EL HIJO DE OTRO

David Sorrenson había sido militar, por lo que sabía mucho sobre el peligro y la seguridad, pero nada sobre niños. Marissa Wilder era su única solución. Aquella muchacha sensata y familiar sabía muy bien cómo cuidar a un niño y aceptó el trabajo de niñera… que la obligaría a vivir en el rancho de David.

LAURA WRIGHT
ENCERRADOS CON EL DESEO

Cuando Tara empezó a recibir amenazas, Clint supo que debía protegerla, pero ella parecía empeñada en no hacer caso de sus advertencias… y en hacerle hervir la sangre de deseo. Tara era una mujer independiente e irresponsable que no dejaba que nadie se acercara demasiado a ella. ¿Qué podía hacer un texano como él?

N.º 543

KATHIE DeNOSKY
EL RECUERDO DE UNA NOCHE

El día de Nochebuena, Travis Whelan llegó a Royal y se encontró frente a frente con Natalie Pérez, la única mujer a la que no había podido olvidar… y con un bebé cuya existencia desconocía. Había pasado casi un año desde aquella noche que Travis había pasado junto a Natalie, un año desde el día en que su orgullo había quedado herido para siempre. Sin embargo, el recuerdo de aquella noche seguía vivo.

DESEO
PEGGY MORELAND

CINCO HERMANOS Y UN PROBLEMA

Al ver a aquella mujer con un pequeño en sus brazos, Ace comenzó a preguntarse qué iban a hacer sus cuatro hermanos y él con una niña tan pequeña.

Lo único que había hecho Maggie había sido entregar una niña huérfana a la familia a la que pertenecía por derecho. Pero Ace le había pedido que viviera con ellos..., así que poco tiempo después el atractivo ranchero y ella comenzaron a compartir algo más que los biberones a media noche.

TÚ SERÁS MÍA

La familia Tanner estaba a punto de adoptar a una pequeña, solo quedaba que Woodrow Tanner se lo comunicara a la doctora Elizabeth Montgomery, la única familiar que podía reclamar también la custodia del bebé. Pero él sabía perfectamente cómo conseguir lo que deseaba de una mujer. Claro que no había contado con que desearía tanto de aquella mujer...

N.º 544

Elizabeth siempre había querido tener una verdadera familia y cuando aquel atractivo cowboy le dio noticias de la pequeña, pensó que aquello era más de lo que habría podido soñar.

MICHELLE WILLINGHAM

El silencio del vikingo

Caragh O'Brannon se había defendido valientemente ante la llegada del enemigo. Y, al final, se había encontrado a solas con un vikingo. Un vikingo furioso…

Styr Hardrata había navegado hasta Irlanda con la intención de comerciar, pero jamás se habría imaginado a sí mismo hecho cautivo y encadenado por una hermosa doncella irlandesa.

El salvaje y atractivo guerrero aterrorizaba y atraía a Caragh a partes iguales, pero le estaba totalmente prohibido. Era un enemigo, y además estaba casado. Aún así, Styr poseía muchos secretos por desvelar…

La tentación del vikingo

El guerrero vikingo Ragnar Olafsson había sido testigo de cómo su mejor amigo había reclamado a la mujer que más deseaba.

Solo había un modo de ahogar la profunda oscuridad que habitaba en su interior: convertirse en un despiadado guerrero.

Elena había sido hecha prisionera y Ragnar lo había arriesgado todo por salvarla. Aislados, sin nada más que su respectiva compañía, cada deseo, cada mirada, cada caricia se volvería de repente prohibida. Elena podría haber tentado a un santo, y el pecador Ragnar sabía que no iba a poder aguantar mucho tiempo…

No. 81

¡YA EN TU PUNTO DE VENTA!

JAZMÍN™

JUDITH McWILLIAMS
ENAMORADA DE SU JEFE

Poco podía imaginar el director general de la empresa que aquella mujer que lo miraba con cara de amor no era otra que su secretaria, Jocelyn Stemic. Cuando empezó a recuperar la memoria, Lucas Forester se dio cuenta de que nada de lo que recordaba hacía pensar que Jocelyn fuera su esposa... Lo que sí sabía era que deseaba ser el marido de aquella encantadora dama por encima de todo.

REBECCA WINTERS
EL HÉROE DE SUS SUEÑOS

El millonario Payne Sterling estaba acostumbrado a ser famoso, pero no esperaba encontrarse su foto en la portada de varias novelas románticas. Jamás había posado para tal retrato y estaba empeñado en localizar a quien tanto lo había avergonzado. Rainey Bennett había visto la fotografía de Payne entre las que había tomado su hermano en las vacaciones; ahora aquel hombre quería llevarla a juicio... hasta que le propuso otra manera de compensarle por el daño.

N.º 575

CAROLINE ANDERSON
AMOR VERDADERO

Tras la muerte de su hermana, Claire Franklin se había quedado al cuidado de su pequeña sobrina y pensaba que Patrick Cameron era el padre de la niña, por mucho que él lo negara. Con la sospecha de que tal vez su difunto hermano fuera el padre, Patrick insistió en ayudar a Claire y a la pequeña Jess. A medida que iba formando parte de sus vidas, Patrick se dio cuenta de que la obligación se había convertido en devoción por Jess... y atracción hacia Claire.

JULIA™

STELLA BAGWELL
AMOR TRAIDOR

La periodista Juliet Madsen había sufrido varios desengaños amorosos y, de hecho, había huido de Dallas y se había instalado en un pueblecito de Texas huyendo del amor, pero no contaba con conocer al ganadero Matt Sánchez.

Matt era inteligente, sensual, leal a su familia y muy entregado a su hija adolescente, cualidades que ella siempre había buscado en un hombre.

El problema era que su jefe le había pedido que escribiera un artículo sacando a la luz ciertos trapos sucios de la familia de Matt y Juliet sabía que si él se enteraba, ella perdería lo que siempre había querido tener: una familia.

N.º 470

TERESA HILL
CARICIAS MUY ÍNTIMAS

Para Lily Tanner los hombres atractivos eran como los dulces: deliciosos, irresistibles y peligrosamente adictivos. Como Nick Malone, su nuevo vecino, toda una tentación para chuparse los dedos...

Sin embargo, después de un matrimonio horrible, Lily no quería saber nada más de los hombres. Aunque no le quedó más remedio que ayudar a Nick cuando éste se vio acosado por todas las mujeres del vecindario. El plan de Nick era muy simple: hacerse pasar por su pareja para contener a sus admiradoras. Pero sus métodos, a base de íntimas y profusas caricias, estaban causando estragos en la férrea determinación de Lily.

¡YA EN TU PUNTO DE VENTA!

Secretos de verano
Maureen Child

Esperando un hijo tuyo

El cirujano Sam Lonergan tenía una vida sin ningún tipo de ataduras… hasta que conoció a Maggie Collins, la joven y atractiva ama de llaves del rancho de su familia. Tuvieron un encuentro increíblemente apasionado, tras el cual Maggie descubrió que estaba embarazada.

Aunque se estaba enamorando, Maggie sabía que él no era de los que se casaban…

Seducida por el jefe

Harta de que el hombre del que llevaba años enamorada ni siquiera la viera, Kara Sloan decidió hacer las maletas y marcharse. Pero justo cuando estaba a punto de irse, Cooper Lonergan, su adorado jefe, la sorprendió con una noche de pasión.

No podía dejar que se le escapara la única mujer que ponía orden en su caos. El plan de Cooper era hacer todo lo que estuviera en sus manos para que Kara no saliera de su vida… incluyendo llevársela a la cama.

Ahora y siempre

No se habían vuelto a rozar desde aquella noche de hacía quince años, pero Donna Barreto aún reconocía el deseo en los ojos de Jake Lonergan. El deseo y la culpa. Tenía remordimientos por haber tratado de hacerla suya mientras ella era la novia de su primo. Aquel había sido su secreto… hasta que ella se había marchado de la ciudad con un secreto aún mayor.

Ahora Jake pretendía darle al hijo de Donna el apellido que merecía por derecho, el honor le obligaba a hacerlo. Pero era la pasión la que lo impulsaba a luchar por la mujer con la que solo había estado una vez.

Las mejores novelas de...
MATRIMONIO DE CONVENIENCIA

SHARON KENDRICK

Luna de miel griega

Finn Delaney era un tipo muy guapo; un irlandés alto y moreno que la londinense Catherine Walker encontraba irresistible. Entre ellos había surgido una pasión irrefrenable... y semanas después Catherine había descubierto que estaba embarazada. No se imaginó que el millonario Finn le hiciera una proposición de matrimonio, pero no se hacía la menor ilusión de que fuera por amor; no, aquello no era más que el típico matrimonio de conveniencia. Sin embargo, no les disgustaba lo más mínimo tener que compartir el lecho...

LINDSAY ARMSTRONG

Perlas de amor

Alex Constantin aceptó aquel matrimonio de conveniencia con Tatiana Beaufort porque se sentía intrigado por aquella mujer bella e ingenua. Pero la noche de bodas Tatiana le pidió un año antes de consumar su unión... Hasta entonces dormirían en camas separadas.

Un año después, el deseo estaba haciéndose irresistible y Tattie se sintió tentada cuando su guapísimo y enigmático marido le sugirió que se convirtieran en amantes de una vez por todas. Pero ella estaba empeñada en no convertirse en una verdadera esposa hasta que él no estuviera locamente enamorado de ella.

N.º 88

¡YA EN TU PUNTO DE VENTA!

DESEO

*¿Conseguiría una apuesta de fin de semana
domar el corazón de la Bestia?*

**APUESTA
DE UNA NOCHE**

KATHERINE GARBERA

N.º 2185

Indy Belmont se había propuesto revitalizar el pueblo de
Gilbert Corners. Para conseguir publicidad, desafió al célebre chef Conrad Gilbert, también conocido como la Bestia, a
un concurso de cocina en su famoso programa de televisión.
Él se negaba a regresar a su pueblo natal, hasta que conoció
a su bella contrincante. Aceptaría con una condición: si ella
perdía, le debería una noche de pasión… Pero esa noche
se convirtió en un tórrido fin de semana e Indy tenía que
convencer a Conrad de que olvidara la maldición que atormentaba su pasado. Para ello solo debía jugárselo todo…